葛水平作品典藏
GE SHUIPING ZUOPIN
DIANCANG

走过时间

葛水平 —— 著

ZOUGUO
SHIJIAN

时代出版传媒股份有限公司
安徽文艺出版社

葛水平

山西省文联主席，山西大学文学院教授，
中宣部文化"四个一批人才"，国务院特殊津贴专家。
著有:长篇小说《裸地》《活水》《和平》；
中短篇小说集《喊山》《过光景》《空山·草马》等；
散文集《走过时间》《河水带走两岸》《繁华的街巷》《我走我在》等；
电视剧剧本《盘龙卧虎高山顶》《平凡的世界》。
中篇小说《喊山》获第四届鲁迅文学奖。

葛水平作品典藏
GE SHUIPING ZUOPIN
DIANCANG

走过时间

葛水平 —— 著

ZOUGUO
SHIJIAN

时代出版传媒股份有限公司
安徽文艺出版社

图书在版编目（CIP）数据

走过时间 / 葛水平著. -- 合肥：安徽文艺出版社，2025.1. --（葛水平作品典藏）. -- ISBN 978-7-5396-8121-4

Ⅰ.I267

中国国家版本馆CIP数据核字第202448R0C2号

出 版 人：姚 巍
策　　划：朱寒冬　姚　巍　张妍妍　　统　筹：张妍妍　宋晓津
责任编辑：宋晓津　姚爱云　　　　　　装帧设计：王明自　张诚鑫

出版发行：安徽文艺出版社　www.awpub.com
地　　址：合肥市翡翠路1118号　邮政编码：230071
营 销 部：(0551)63533889
印　　制：安徽新华印刷股份有限公司　(0551)65859551

开本：880×1230　1/32　印张：10.625　字数：260千字
版次：2025年1月第1版
印次：2025年1月第1次印刷
定价：42.00元

(如发现印装质量问题，影响阅读，请与出版社联系调换)

版权所有，侵权必究

自序：乡村，一再被我看得贵重

一

　　这是一个世俗化和文化化并存的时代，民间的魅力已经远不同于二十世纪七八十年代，那时乡村情怀主要来自写作者个人命运和乡村生活的纠缠。那时的乡村，人们古道热肠，三餐四季激活了人身上潜藏的热爱，人欢马叫，在薪火相传的时间流程里，每一个个体生命都活得生机勃勃。现在，中国人的精神又开始一步一回头地，由城市转向乡村，由现代转向传统。对应着现代化城市不断显影的弊端，对于进入历史记忆的乡村，文化赋予了各种幻影幻觉，现代化乡村被审美化之后，对日益浮躁的现代人并没有起到清凉油和平衡器的作用。

　　那时，生活中的普通人是一些知足者，他们在生活的细小事情上都用着心劲，我留着他们的记忆。那些奇特的岁月就像是刚刚发生或正在发生，我仍然置身其中。过去，仿佛只是一瞬间。他们还不知道自己入了我的文字，而我因他们的人生早已成就了我此刻的声名。

　　这大概就是故事和故事里的人吧。

　　村庄、古庙、戏台、木雕、石雕、贫穷和富贵；古画、刺绣、旧宅、铜器瓷器、书籍和碑帖，一切曾被遗弃的都会告诉我：中国每个时代都有各自的精彩，创造伟大而美好社会的永远都是普通人中对生活提心劲的人。

关于土地的记忆泛化为大地,传统更多地升华为一种精神和感情的彼岸。日出而作,日落而息,想要了解中国农民几千年来的三餐四季,对于写作者来说,只能向童年的记忆回溯,或者,有些情境原本只是存在于诗文或想象中,思想中原有的毕竟还是一种富有诗情画意的期待。这种期待实际上来源于诗文或自己的憧憬、梦幻,是那种想象生造出来的清风明月式的幽雅与闲适情调。如果我们不俯身继续贴近泥土,走入百姓生活,我们就不知道生活在底层的人本来的样貌。

我不知道在这样的状态中会出现什么样的文学作品。

我的写作素材很单一,我只关心那些乡村小人物的故事。对小人物的体悟,比离奇和喧嚣更重要的是,我从他们身上看到了奔日月、奔前程中——活着的力量。

再没有什么比如此深刻的提醒能告诉我记住什么。活着可以把日夕改变,活着本身消耗的却永远是人的精神面貌,似乎只有这样才足够盛载悲喜。没有比自由的疯长更闹心的事情了。日子不易,在四季轮回面前,只有时间才具有总结一切、梳理一切、收割一切的力量。

故乡的人事是我情感地理的图谱,我用文字热爱他们。

二

道路,蕴藏着无限的成长方向和发展可能,远方的城市有文明照耀和财富的积累。一个普通的农人参与社会化大生产的意义,类同于一个国家对全球化世界格局的影响,决定性作用总是艰难的。有多少农人在长满万物的土地上劳作,在释放生命力量的行进中,以创造财富来经天纬地。他们是自由的,自由有可能和获得的财富不沾边,但是,自由又是多么叫人向往!

我在乡村看到了两个字：走失。

这个词在乡下人的日子里虚幻不定，一转眼，阳光可以从屋顶间的缝隙中照射进来，炎热而又潮湿的日子突然就走失成了去年，只有和泥土打交道的人才知道，当你想选择生活时，人已经老了，如同夕阳不想西下。

每一个活着的人都在追赶走失的自己。

我写故乡那些没用人。那些没用人不走正道。

山野之间崖壁上都有可供攀爬的路，日夕相遇，有丰茂的草木。乡下人很性情，实而真，直而诚，长得丰富极了。人和虫草鸟兽，以及四季中的风雨雷电，都是我说话的对象。

我见过母羊和小羊在羊圈里分开的情景。母羊要出山了，小羊，如一个儿童，不知脚下深浅，小羊要留在羊圈。放羊人挥舞着羊鞭，一下两下，母羊开始往羊圈栅栏门方向走。小羊在鞭声中跌跌撞撞，找不到母亲，见任何一只羊从身边走过都认为是自己的亲娘，用羊角顶撞母羊的可爱劲儿让人爱怜。那一瞬间，生活的剧情向前展开。

母羊们在鞭声甩击中走往山腰，长长的羊群，荡起了黄尘。

坐在村庄的空阔地带，听留守在村庄里的人讲一只母羊死去，放羊人把小羊的胞衣涂抹在其他母羊的身体上，血水淋漓，小羊跌跌撞撞寻着娘的味道。

娘的味道，含着前所未有的疼痛，勾勒、构建并呈现村庄之所以为村庄的光亮属性。娘的味道就是故乡啊！

网上说，每天中国的村庄都要消失近百座，村庄里的人呢？城市一直是他们富足的梦想地儿，那么土地呢？大面积的土地开始闲置，人总是在万不得已的情形下才会想到土地。

章太炎曾经感叹中国的国民性流转的多，持守的少。

人的坚守一再动摇,世相多变,性格中固执坚守是不是就是人的福气?

我对所有村庄里的物事充满认知欲,比如我和说书人聊天,和贩卖牲口的人做朋友,只是好奇,常被一种现象感动。我认同他们的手语和行话,一个没有社会背景的人,追求一切的难度很大。在这个貌似很简单的社会中,他们很难把自己复杂地呈现出来。

在底层寻找一种民间语言。民间,那一片海洋我无法表达。

"一个女子坐在坟头朝着你笑,眨眼间你看到海棠开花了。"民间语言鬼气十足。还有戏曲、鼓书、阴阳八卦等等。某次阅读,某个细节,在某些方面以鬼魅的方式呈现,让我的记忆宏阔、深邃、精疲力竭。

三

没有规矩地乱开乱合的民间知识,是我明亮或者幽暗的知识河道。

看那离地二里三里高的地方,晚夕挂着,只有远离尘嚣走入民间,我才能寻找到我的方向。其实,作家的蜿蜒走势皆源于写作者的命运和定力。

生存的风险系数越来越大,人们对从前的怀想与追忆越发显著。

我常听到的一句话是:物质极大地丰富了人们的生活。我们习惯于猜想物质的丰富和生活水平的提高,两者之间的关系。物质丰富了,生活中应该什么都有,这是不是人们的真正需求?似乎又是两码事。

事关个人,关乎个人生活水平和个人归宿。健康已经成为人们的首选,缺失了自然山水和淳朴心灵,物质富有的城市简直是一无所有。因此，乡村，一再被我看得贵重。

那些绝世手艺赠给我一段历史，是那么生动，虽然屈服于生活，却充满人性地在世俗中开花结果。

每个写作者都有自己的生活经验可资使用，不一定是建立在当下的准在场，而是建立在自认为好的"过去"之上，用记忆中的经验寻找故事。对我而言，生命里如果出现一个心仪的朋友，那一定是在乡下，乡下人用"填充"来满足我缺憾的空间，大度地让我"抄袭"他们的人生。每个人都经历着社会变迁，从一套价值观到另一套价值观，社会不是一成不变的。回到从前肯定不可能，但是以一种什么样的形式回归？我选择写乡村，写故乡的好人和"疯子"，相比时间，他们是有重量的，人生故事透彻地穿越时间留存下来。

在这套文集即将面世的此刻，我写下这些文字，我感谢故乡的普通人，生活艰苦，但他们是乐生的，他们教会了我热爱。

感谢在我成长的道路上帮助过我的人，感谢上苍给了我写作天赋，感谢文字为我抵抗了自身的毁灭。

2024 年 8 月 6 日

目录

自序：乡村，一再被我看得贵重 / 1

斑铜，一个从铜铣开始的华美转身 / 1

风把手艺刮进了天堂 / 6

故乡装满了好人和疯子 / 11

河水带走与带不走的 / 17

花朵破胸而出 / 23

黄草纸 / 29

民歌，最先绿过来的春天 / 34

壁上乾坤 / 40

天地生繁华 / 51

肠胃里的故乡 / 65

眼仁里那些印 / 80

我曾经是一个猎人的女儿 / 85

要命的欢喜 / 87

走过铁匠铺手心就热了 / 98

有些念头不想也是罪过 / 102

阅读一本旧杂志 / 106

李白与崂山 / 114

端详它风吹日晒的容颜 / 125

阿来的故乡马尔康 / 137

百合种满后地湾山坡 / 142

读书的日子是最好的日子 / 148

墨脱，藏语意为花朵 / 152

那一片十八岁春光 / 158

树的阴凉宽容而纵深 / 164

文学的摆渡人走了 / 174

武汉好 / 179

襄阳风日好 / 187

寻访那曾经热闹的墟市 / 195

月下，永康江穿城而过 / 199

在重庆南山上逛书店 / 204

种茶人都是传书人 / 210

劳动者的消息和风景 / 238

走过时间 / 251

村庄 / 259

最隆重的节日——年 / 275

石雕，是门前福喜 / 289

善陀 / 295

半夏的虫草 / 299

茶已成水 / 303

一种香，盛装在我的胃里 / 324

斑铜,一个从铜铣开始的华美转身

一

2000多年前,风摇醒了西汉都城城门楼上的檐铃,城中人便知道春天不远了。行走在皇宫中的大臣们,在云南进贡的贡品里,看到了一个精工细作的铜铣,一时间,这个小小的铜铣震动了朝野。

原来,在当时人们看来还是蛮夷之地的云南,竟然还有国家急需的铜资源。于是,铜矿开采被纳入中原经济发展的轨道。

铜作为一种金属,有非常广泛的用途,更加重要的是,它是历朝历代国家铸造钱币的标准材料。

铜矿开采处于极为重要的地位,全国有约百分之七十的钱币都是用此地的铜铸造的。每年运往京城的铜,从金沙江一路漂流直下,到镇江再经运河运到京城。

当年年产铜在6000吨到8000吨之间,这些铜被用作国家铸造钱币的标准材料。

铜矿在国家战略上的重要地位,直接令会泽(历史上的东川府)兴旺发达。在最鼎盛的时期,会泽被称作"铜都",聚集了全国各地的商人,这样的盛况从西汉开始,持续了近2000年。

古老的炼铜方法对木炭的需求量极大,每炼1000斤铜,要燃耗10000斤木炭,而烧出10000斤木炭,却要砍伐100000斤林木。

在清朝乾隆年间,每年要砍伐约10平方公里的森林,才能满足当时炼铜的需要。在2000年的岁月里,树木只能顺应自然,它一生的努力只是为了把自己的美丽张扬到极致。

在挺拔的历史和缘分的天空下,阳光千秋永照,树沉默着,它用贴近自然的情感回报人类的欲望。

2000年的时间里,采矿的方式没有变化,炼铜的方式也一直停滞在原始的状态里。在2000年的时间里,这样的公式一直在被忠实地遵循。

一直到洋铜进口。

我们在虔诚地敬畏历史时,也该对历史上被赋予了神圣的地位的铜都——会泽——心存呵护和疼惜。

二

一块上好的生铜已经和黄金的价格接近了。

由手艺人敲打出来的工艺品,精美绝伦,看上去比黄金更抒情。艺术作品因巧手而生动。

艺术作品的价值不单在作品本身,更在作品背后的故事。

一本记录会泽铜业的史志记载,商晚期,会泽已有成熟的制铜业。会泽生产的镍铜合金等比欧洲早15个世纪。明东川府铸钱局铸造的纪念币"嘉靖通宝"是至今世界上已发现的最大、最重的金属古钱币,是吉尼斯钱币之最,会泽因此有"钱王之乡"的美名。

大钱小钱,到处是钱。

拥有铜矿的会泽人因铜而"赌",和赌石人不一样的地方是,赌铜人是会泽铜匠。

铜匠所赌生铜是能出天价艺术作品的。

生铜是自然界铜元素在地质作用下的产物,可遇而不可求,不像铜矿,找到"苗引"便可大规模开采。过去都是矿工在山中采矿,或是砍柴人出山,偶尔捡到的,因而价格不菲。

生铜产自自然，往往掺杂着金、银、铁等金属元素，而一旦含的杂质太多，或是形成空洞，便成了废铜，连最有经验的铜匠也没办法保证用生铜做成铜器，这便是"赌铜"产生的原因。

生铜锻打出的斑铜器皿，饱含了日月光华，可以生出向往和想象的兴味。

赌铜的背后，其实是铜匠用身家在赌博，写满了悲欢离合。

所以，冶炼铜的最高境界还不是铸币，而是把心里的事物艺术化，从实用器具，到最后舍不得用，作为观赏的艺术品。从实用到艺术，艺术就是这样发展而来的，这就是艺术的根吧。

一件精美的斑铜作品首先得选取一块含铜量超过90%的天然生铜，然后经过净化、烧斑、精加工、打磨、抛光、露斑等二十余道工序。烧数十次，敲打数万锤方能成型。

将一个2公斤重的铜炉放进水中，铜炉能漂浮在水面上。这对锻打者的水平要求就相当高了，而且打造漂炉所需的生铜是十分昂贵的。

会泽街上有一位铜匠用了二十多年打出一个漂炉来，失败无数次却依然执着。

有人问：值吗？

值！

艺术最美的光环一定是由时间来检验的。

2008年6月，斑铜制作工艺被列入国家级非物质文化遗产名录，一跃成为"国宝"。有了这样的光环，斑铜的未来应该会更好。

到会泽，才知道斑铜可分为两种：生斑和熟斑。生斑以生铜为原料。生铜还是一味中药材，先经火煅，然后醋淬，反复九次后再研为细末，主治跌打损伤。熟斑，只是为弥补斑铜原料稀缺而通过冶炼熔铸加工而成，原料为电解铜等，工艺虽复杂，但原料不缺，产品较为丰富,价值上便逊色很多。

用优质生铜锻打出的器皿,五彩斑斓,所生成的"冰花"更是代表着一个铜匠在业内的地位和名气。

铜匠永远不知道生铜的内心世界,铜匠渴望相遇,也醉心于那种相遇,好的斑铜器皿便是生铜对铜匠知遇之恩的感念。

会泽"铜匠街",曾经是灯火通明之地。到会泽的人一定要到铜匠街买一件斑铜器皿,它看上去真是叫你的心情阳光灿烂啊!

三

会泽因铜而生出繁华,现在,对于会泽繁华的理解只有通过建筑了。

会泽古城,那些明清时期的大街小巷,留有深深马蹄印的青石板大街,让人想到"天南铜都"的马帮、驿站。

四合院里青瓦木质的古民居,古朴的会馆、庙宇,又让人想到当年商贾云集的热闹。

据说会泽是中国第121座历史文化名城,一定是因为会泽县3000余年铜文化的历史沉淀。

房屋是人们从出生到终老都要依附的物质载体,云南一些旅游城市正是因为还留存着大量的古建筑群,才留下人们对旧记忆的留恋。

会泽古城,既让古代文化保存于世,也亟待让部分古代文化遗产产生利用价值。

由一座古城看一组建筑、一群建筑,甚至可以看出一个城市形制的重要因素。社会进步的实现,有赖于从过去的和永恒不灭的知识中,尤其是从传统文化所蕴含的真理中汲取营养。古建筑作为过去的见证物,对其进行保护是为了今天和未来的进步与发展,意味着文明的延续,同样意味着人类自身价值的递增。

现在和未来是在过去的基础上发展起来的,并且受到过去的影响。

古,有助于我们了解、认识今天的社会、历史、政治、经济、文化和日常。人类取得的一切成就,以及与我们息息相关的自然与环境变迁……人类走到今天,是什么衔接了我们的文明?

会泽古城里那些会馆、规模宏大的庙宇,建筑独特,集规划、风水、雕刻、绘画、园林为一体,融儒学、道教、佛学于一体,也可说是明清时期的"古建筑博物馆""儒道佛大成地"。

一座城市的发展过程,一定程度上反映了她的整体文明发展进程。

对"斑铜文化"的发扬光大,使来过会泽的人在得到艺术与文化享受的同时,漫步在会泽古城,去感受曾经的热闹,曾经的前客去后客来的繁华。

古城是会泽历史的一角,也许有游客的乡愁在此。

风把手艺刮进了天堂

谁把打铁声摁在了文明喧嚣深处？

此时的雨覆盖了这个山村的各个部位，那个叫铁匠铺的地方，蛛网上粘着许多小虫子，我能想象出当年铺子里的热闹，所有的人都是顶着雨声到来的。

铁匠铺永远都是动的，动在雨声的浸淫之下。

它的持续时间是那么久。

红铁从烈火中被钳到铁砧上，锤起锤落，叮当磅礴，小锤点击，大锤紧跟。铁匠对于铁是一场浩劫般的惊扰。

铁匠铺的热闹为什么总是在雨天里？当然，更多的热闹是在冬天。真正的冬天开始了，北风呜呜吹过，一路卷起干枯的树叶和草根。农人看在眼里的活计都拾掇完了，就收拾好残缺的农具，沿着蜿蜒曲折的路走进铁匠铺。一个长长的冬季，锄头、镢头、铁锹、镰刀，日出或日落的声音，对于听觉敏锐的农人，大锤小锤的声音都是奢望，都是天籁，都是比时间要重要得多的来年的春暖河开。

猎人走进铁匠铺，他是来漏铁砂的。我曾看到过一只狼的腹部，一杆猎枪冲着它直射过去，那只狼打了个滚抽搐着，它被猎人提回到村庄，它的胸腔开满了紫色的小花。那只狼的死亡对我来说是一种极致的神秘，它活着时曾绕道来到村庄，学着小孩的哭声，声东击西，叼走了一头母猪。

轧钢淬火，铁匠的声名好坏在于一把镢头能刨几亩地。钢水好才能出活。农人说：好地废农具，好汉废老婆。

铁匠的另一个活计是给马蹄钉蹄铁,冬季用的蹄铁要打出三个防滑蹄爪,夏季蹄铁是平薄的。牵马人站在铁匠铺门前,铁匠揽住马腿,削平蹄底的老皮。铁匠和马腿,在我看来应是臻于禅境的,无悲无喜,无怨无怒,对造化万物心存感念,并与万物同在。只见那铁匠把一排铁钉含在口中,肩膀顶紧马腹,手抱紧弯曲朝上的马腿,把蹄铁合紧马蹄,将钉子穿入蹄铁的孔眼,那一口唾沫,随蹄铁直接钉入马蹄深处。铁匠此时有可能抬头看一下远处,郭外斜依的青山,风姿万千的杨柳,时光无时不在,无处不存,目无所视,手有所触,寸寸光阴,都只在盈手之间。那双手,就那么优雅而琐碎地生动着。

铁匠是农耕文明的先驱,也是土地本身的选择。

那是一个打铁的镇子,每年的农历九月十三,一年一度的庙会开始,铁匠们聚集在集市上,搭起炉灶,燃起炭火,拉起风箱,将烧红的铁块放在砧子上,甩开臂膀,抡起铁锤,叮叮当当,各自施展绝艺,吸引四面八方的商人前来交易。空气里弥漫着烧红的铁的气味,这气味又随着热风,浸入一切开放的空间。热浪一阵紧似一阵,像潮汐,奔来涌去。镇子上因为交易铁货,所有的木门、木窗户都钉了密密麻麻的铁钉。用劲推开嘎吱作响的铁门时,门头上挂着一个南瓜大的铁铃铛直响,如现代人的门铃。人勤的时候,铁铃铛像一树花,开得肆无忌惮,随风微颤,这家的热闹仿佛要挥霍尽铁匠最后的元气。

铁门上的铺首有古拙沧桑之感,门环轻叩,从门楼上倒挂下来的雨滴,如一只素手,到底是撩人的,和铁的内部有着脉络牵系。人生的故事都是从轻叩中寻来的。是的,过去,无论是帝王将相的皇宫、宅邸,还是平民百姓的小家、小院,一般都要有一个院门,门缝两侧、在一人来高的地方都装有一个类似门把手的物件,可以是门环,也可以是菱形的门坠,而衔着门环或吊着门坠、固定镶扣在大门上的底座被称为铺首,又叫门铺。铺首、门环都是大门上不可或缺的重要组成部件。

龙生九子各不同,铺首由龙子演变而来。世上本无龙,龙的神话由人创作。编造龙神话的枝枝蔓蔓,于是有"鲤鱼跳",有"生九子"。椒图作为龙的九子之一,其"形似螺蛳,性好闭,故立于门上",由商、周人模仿螺蛳,到"形似螺蛳"的椒图,形式未变,变化的只是源出。螺为水族类,归于龙的家族应该说是顺理成章的事。椒图,"性好闭",以螺之闭,来强调门之闭。铺首以一种精神,在朱漆的、黑漆的门扇上展示了几千年,它透露着属于中华门文化的精髓,由铁匠铺锻打出形。

铺首造型之精美,以庙宇、皇宫大门所用者为华贵。华贵的铺首呈圆形,兽首下面分上下两层,上层形若衔环,饰以飞龙戏珠图案,叫作"仰月千年锦",只具装饰功能,而无门环功用。这一层之下,有飞龙饰纹衬托"仰月千年锦"。铺首在朱漆宫门上,同金色门钉相互映衬,显示出皇家建筑的帝王气派。铺首别名金铺、金兽。汉代司马相如《长门赋》:"挤玉户以撼金铺兮,声噌吰而似钟音。"描写叩响门环的情形,玉户金铺的视觉效果交织,和金属碰撞的听觉效果交织。皇家流落到民间的东西少,尤其是金子做的,如果不是含了足量的铜,那响声能出得来出不来还是两说。我喜欢民间的铁铺首,轻叩门环的响在夜静的时候是压得住黑暗的,可以使走向村子的东西远远停住,也可以让它们悄无声息地融进墙影尘土里不再出现。

谁呀?

我呀。听不出来?

声音是话语的影子,走近时隔着门缝就能辨出是谁家来人。

与兽面铺首相类的,是门钹。门钹状似钹,周边通常取圆形、六边形、八角形,中部隆起如球面,上带钮头圈子。一般民宅门上的这种门钹,样式繁多,却不乏装饰美,有的还带吉祥符号,如外环圈饰以如意纹,或镂出蝙蝠的图案。在民间,更多的是铁匠铺里的手艺,也只有铺首可以体现铁匠的艺术品位。

我们常见镰刀等图案会被赋予特殊含义。我还记得关于收割谷子有一个谜语,说:河南上来个逗打逗(意思两个谷穗弯腰逗趣),脊背朝前肚朝后。谜底是谷子。春天的谷子到秋天黄灿灿的,在北方的泥地上,谷子、玉米、大豆、高粱、麦子,全都要用镰刀来收割。我还记得五月端阳我娘领我去一个叫雨井山的高处用镰刀割艾,端阳节家家门前的铺首上都插艾,闭五毒。艾草香的端阳节,让我欢愉、心安,感觉美好。若干年前铁匠送了我一只他锻打的锤子,锤形像一只豆包,我喜欢它敦厚温良的样子。不知为什么,我一直不喜欢钢钉,手工打的铁钉不守规矩,可它们适合挂厨房的用具,时间越久它们越是黑得像天空下的夜色。坐在院子里的阳光下用手中的铁锤砸核桃,像人脑一样的核桃仁引来很多活跃的蜜蜂,它们依附在核桃仁上面,阳光照着它们,我不像一个经历风浪的人,我看着它们笑,在它们面前我如此卑微。

我在夜空下看到过最壮丽的铁花,化开的铁水由匠人拍打进夜空,那是堪与秋日丰收无垠的繁华相媲美的一种壮观,一种极为阔大的气象,看的人和被看的人嘴都咧得很大,铁花承载了某种希冀,映着他们的笑脸,光彩夺目。

我喜欢铁匠,喜欢铁匠铺子里的雨声。大锤小锤的击打声,仿佛天地间万物生出了无数的口子,它们从隐处进入显处。我看到铁匠手中的铁精巧灵活,它们构成了人生凡世,让我看到了人间奇迹。铁匠,铁匠铺子,我一想到这些,手心就有了热气。

9

也许，我把铁匠铺子想得过于富有了，只想用文字的方式去理解它们，但是，它们毕竟属于一个远去了的年代。如今村子里再没有铁匠铺子里打铁的声音，没有了铁匠铺子，似乎整个村子都没有了声音。铁铺首都锈烂了，铁钉子换成了膨胀螺栓，五毛一斤的旧门板买了用来烧木炭。

我们丧失了的许多，恰恰可能是有关生命秘密的隐喻和福音。

故乡装满了好人和疯子

一

我常常在黄昏降临时看世界暗下来,在某个瞬间,涌动的人流猝然凝固,黄昏是一天最安静的时刻,我能听见那些老旧的家具在黄昏的天光下悄悄地发生变化。一切变化总是悄悄的,就像人的日子,一天比一天短。黄昏,能够安静下来的日子总是在乡村。乡村过日子饱满的元素有四种:水、家畜、人家和天空。如果没有水,万物是没有生气的,而人家则是麦熟茧老李杏黄,布及日常,可乐终身。

我生长在山西沁水县山神凹,荒山野沟,逃荒的祖先停下脚步,沟里有水,黄土崖壁少石,崖下挖洞,凹里人叫土窑窟窿,是人的避难所。小时候对山之外充满憧憬,跟随小爷上山放羊,站在山头上望远,小爷说:"长大了往山外走,山外有知识。"

上苍把我放置在穷乡僻壤的环境中。春天的暖阳里,梦中的蜂群和蝴蝶沿着散发花香的藤蔓缓缓下降,夜晚的院子里坐着许多背影,他们多数没有进过城,与城市永不谋面,仅仅出于生理的渴求,苦难的日子很简单地就把一件梦想的事潦草地做掉了。一个幻想者停止在炕上辗转反侧,时光早已被浪费,炕墙上的画,在堆积尘埃的旧时光里,像一本至善的书,我守着月光静静地阅读它们,不知道哪一个场景更加打动我。我在成长中对山外的认知少得可怜,炕墙画告诉了我历史,仿佛那是生活的一个必然背景,我在场,甚至不需要夜晚,炕就是我的舞台。一个山里人如果不读书上学,一辈子生活在山里,知命知足地活着就是幸福。童年的乡村给了我故事,与蛙鸣相约、与百姓相处,生活中耳闻目睹的人事占据了我最早对生活的认识,布衣素鞋,日出而作,日落而归,有些时候他们也有声响,譬如生就一张扯开嗓子骂人的花腔,活在人眼里,活在人嘴上,妖娆得疯涨。

人活着不生事那也能叫活人?人一辈子不能四平八稳,就连畜生都知道翻山越岭的日子叫"活得劲了",那是登得了高、下得了坡的能耐啊。

以写作为媒,传达个人经验,个人经验千差万别,我的人情事理产生在乡村,我听到我的乡民用朴实的话说:"钱都想,但世界上最想的还不是钱。"

乡民最想的是怀抱抚慰,是日子紧着一天过下去的人情事理。山之外的知识勾着我,离开乡村意味着逃离乡村,逃离便意味着再也回不去。同样一个人,谁改变了我的感情?人在时间面前就这样不堪。所以,天下事原本就是时间由之的,大地上裸露的可谓仪态万千,因天象地貌演变而生息繁衍的乡村和她的人和事,便有了我小说中的趣事、趣闻。乡村是我整个社会背景的缩影,背景得益于乡村的人和事,这些让我活得丰富,获得兴盛。乡村也是整个历史苦难最为深重的体现,社会的疲劳和营养不良,体现在乡村是劳苦大众的苦苦挣扎。也只有年节,走走亲戚,赶赶庙会,旷野里、秋阳下,庄稼人高兴而忙碌的事开始了,打酒买肉,日子再苦再难,灶间的烟火兴旺,日子才兴旺,余烟水气不灭,日子总有好过的一天。

乡村活起来了,城市也就活了,乡村和城市是不同艺术技法,乡村可以与城市作比、联想、对比、夸张。一个奇崛伟岸的社会,只有乡村才能具象地、多视角地、有声有色地展现在世界面前,并告诉世界这个国家生机勃勃！通过乡村的人、事和物,可以纵观历史,因此,对于衰败的故乡,我是不敢敷衍的。

我是从乡间走出去、懂"知识"的人,没有一株青草不折射风雨的恩泽。乡间生活的人们对我来说是久旱不雨的六月天的甘霖对青草的滋润,我就是那青草,是乡间生活的人们给了我养分。在这个社会上,如果我活着时不能做些有益的事情,我就愧对了这片厚土！我幸福的记忆一再潜入,让我想起乡村土路上胶皮两轮大车的车辙,山梁上我亲爱的村民穿大裆裤戴草帽荷锄下地的背影,河沟里有蛙鸣,七八个星,两三点雨,如今,蛙鸣永远鸣响在不朽的辞章里了。坟茔下有修成正果瓜瓞连绵的俗世爱情,曾经的早出晚归,曾经的撩猫逗狗,曾经的影子,只有躺下影子才合二为一,所有都化去了,化不去的是粗茶淡饭里曾经的真情实意。人生的道路越走越远,我终于明白了生活中某些东西更重要,首先肯定,于我,幸福一定是根植于乡土。

二

我在整个春天掰着指头数春雨,一场春雨一场暖。我牢记了一句话:所有情感都很潮湿。春天,去日的一些小事都还历历在目,人是一种没有长久记忆的动物,可记忆有着贪婪的胃口,人总是逃不脱回忆童年。由盛而衰的往事,以生命最美丽的部分传递着岁月的品质。一场秋雨一场寒,人类所有的痛苦都涵盖在失去季节的痛苦里,如今,时光搁浅在一个只有通过回忆才能记起来的地方,那个地方总是离乡土很近,总是显得离人群很近。我用汉字写我,写我的故乡的人事,写永远的乡愁,事实上我的乡民都是一些棱角分明的人,只有棱角分明的人入了文字才会有季节的波动。看那些被光阴粗糙了的脸吧,像卜辞一样,在汉字组成的这块象形的土地上,所有的文字都是他们活着的安魂曲。

故乡装满了好人和疯子。

文字有它的源头,文学不能够叫醒春天,在贫瘠的土地上,除去茂盛的万物,我从不想绕开生,也从不想绕开死,生死命定,生死与自己无关。或许正是和世界的瓜葛,文学的存在对社会的价值就只能是一个试探。即使一个优秀的作家竭尽全力呐喊,作用也是微小的。写作者就这样在物质条件匮乏的精神存在里流浪,才懂得什么叫心甘情愿。我一直把汲取知识看成"攒钱",看着众多的书,我越来越孤独,越来越讷于为人处世。我孤僻着,我把对农业的感恩全部栽种在文字里。我安静地等待生长。在世俗里,我已经清楚地看到了我的未来,在一茬一茬庄稼人被时光收割后,我写他们,写生活中某种忍受,某种不屈。

生是血性的,在农业的大地上呈现千姿百态的图案,死亡与生命相伴随,生活的真实总是在文字之外,我无法为写作下一个什么样的定义,文字只不过是文学的表达形式而已,只不过是对历史的共同记忆。

在我孤独的日子里,我是一个拿腔拿调的人,我的写作不能够传达出特立独行的价值观,我始终不满此处的生活,为什么文学只能是纸上黑墨?

我想回避现实,现实中我时常会被选择,我为生存困惑过,遭遇被否定或被肯定的目光,都来自一些生活小事。我从乡民身上获得力量,他们的胸怀可以装得下天下,他们是一群守着自然秩序的凡人,对所有的有生命的灵物都以兄弟相称,只因"农民"身份,各安天命,各从其类。突然有一天他们在农村成了多余的人,在城市里也成了多余的人,不是"好马不吃回头草"的古训作用,而是土地养活不了他们了。他们明白,时代在飞速进步,生活趋于简单,固有的民间心态,乡民们得意的样子是不用指着种地过日子了,那些有性格的人慢慢在改变,对于我这个写作者,乡民逐步让我失去了想入非非的境界。我知道想入非非才是一个写作者生存的能力和手段。更多的时候,我甚至讨厌我无知的乡民,我告诉他们不要离开土地。他们说,你说的都是谎话,谁愿意一辈子和土疙瘩打交道呢?我是一个坏人,他们依然把我当成他们的朋友,就这么简单。

坦率地说,做一个真正意义上的形而上的写作者是痛苦和沉重的。在走过的千山万水中,我用肉眼去发现生活的美,我慎之又慎地使用自己手中的权利,我倍加珍惜和维护我心中的尊严和神圣,我不屑做一个浅薄而根本不配写作的人,然而在这个世界上,我所做的一切都很令自己失望。我越来越茫然,越来越胆怯,面对文字我不知该如何表达我的心境,爱你越深恨你越甚,我有千百个理由拒绝那些为了生存艰难活着的乡民,我更有千百个理由陪伴在他们身边。活着,他们曾经形象鲜明地成为我的另一种阅读。身处这样一群人中间,我该如何选择我的渴求?他们从没有拒绝过生之柔情,同样每个生命都未曾拒绝过那些人为的暴戾,接纳悲喜如同接纳日常。

感情是不能支配的,能支配的感情一定是虚伪的。如特蕾莎修女的《活着就是爱》中的谈话,一个写作者要表达对世界的看法,得用一生的努力去贴近生活。我不得不再一次相信命运,我的村庄,我与我所经见的一切物事简单到不能再简单,我已经找不到理由拒绝对他们的依靠,因为,他们是我文字的依靠,也是我生命最后情感的依靠。

三

那些风口前的树,那些树下聊家常的人,说过去就过去了,人要知道节气,是不是？记忆如果会流泪该是怎样的绵长！村庄让我懂得什么是善良、仁慈和坚忍。岁月是如此曼妙而朴素,世上万物都有因果,在河岸上感受生命里的爱,我便懂得了一个人的灵魂因饥饿而终于变得坚强,因富足衰弱得像煮熟了的毛豆,听不到爆壳声,嗅不到生豆的味道。

有一天故乡的人告诉我,我对乡村的猜想是错误的,他们不是守不住土地了,是河道里没有水了。离开时,有的乡民坐在河道里哭泣,泪水是没有内容的,它就是泪水。群山云天,林谷之风又岂能消解他们心头的块垒？越走越远的乡民,已经没有回头的迹象了。头顶的燕子依然在飞,傍晚的阳光落卧在河岸上,那些窑洞,对我的当下而言,不过是一场往昔的寓言。一滴水的消失只是从前,我见过从前,我尽量无限温存地注视我的从前,从前醇酒般溢着日久弥香的岁月魅力,这让我想到了博尔赫斯的一句话:水消失于水。我说,永恒消失于永恒。就这样,在生命的一个年头里我的文字里搁置着我亲爱的乡民的从前。

我越来越依恋故乡,城市让我没有方向感,那些嘈杂的声音,让心像挂在身体外的一颗纽扣,没有知觉。一切意味着我已经离不开故乡那些好人和疯子,意味着对我漫长的骚动的生涯的肯定,又似乎包含着某种老年信息。我已经没路可选,路的长短,是一个不能用简单的测量方法来说话的数。我在路上,我的出生,我的亲人,我的朋友和老乡,他们给我他们私密的生活、泪下的人生,他们已经成为我挪不动步的那个"数",都算死我的一生。朱熹讲:人禀气而生,气有清浊之分。我心借我口,喊出他们的名字时我依然能流下眼泪。

河水带走与带不走的

蝉鸣柳梢,一条清溪映月,时间似乎抹去了我的现在。我站在山神凹的河边,河里没有了清溪,一河凹羊粪蛋。

我问柳树,你在守望什么?时间把你顽固地留在这里,你的叶片如竹叶,我一直认为你是北方的竹子,北方的,有秋的情绪,夏的纷乱。蝉在许多年前落在你的树枝上,你可知觉,蝉鸣时夏已经深了?

这条河叫蒲沟河,源头应该是山神凹的后沟。山大沟岔多,河大都以村庄的前后命名。从山神凹流出去两条河,一条蒲沟河,一条枣林河,两河出山汇入十里河,一路欢腾流往沁水县的固县河,之后由端氏镇入沁河。

我在很多年前和我父亲去后山山神凹河用筛子捞过虾,泉水里长大的虾实在是好吃,一铁锅河虾配山韭菜炒好端到院子里,嘴馋的人哪里等得拿筷子,手伸进盆里,虾就一口落肚了。

一河的泉水,在暧昧的夜色中,河流如同针线一样穿起了我童年的欢乐。

十多年前,我的小爷葛起富从山神凹进城来,背了一蛇皮袋子鸡粪,他要我在阳台上种几盆朝天椒。那一袋子鸡粪随小爷进得屋子里来时,臭也挤进来了。我想我还要不要在阳台上养朝天椒?

小爷进门第一句话说,蒲沟河细了,细得河道里长出了狗尿苔。

吓我一跳。几辈人就指望喝蒲沟河的水活命,水却断了。小爷说,还好,凹里没人住了,我能活几年?就怕断了的河,把人脉断了。

几年后小爷去世,一场雨过后,我看到院子里用了祖祖辈辈的水缸,聚集了雨水,秋风起时,还能泛起一轮一轮的涟漪,让我的心一下就生出了难过。山神凹后来只剩下一户,我喊他叔。

叔的一只眼睛瞎了。我回乡,坐在他对面的炕上。

叔说,我一辈子没有求过你啥事,我这眼睛,去年秋天收罢粮,好好的就疼,以为是秋虫招了一下,生疼,慢慢就肿成核桃大,生脓,脓把眼睛糊了。娃领我去长治看病,大夫说是眼癌。我怕是要死眼上了。

我说,世上的癌,数眼癌好治,剜了它,有一只眼就够了,你还怕世界装不到你心里?

叔说,你说得好容易,我就是想求你保住我的眼,一只眼看路,挑水都磕磕绊绊,一桶水能洒半路。

那时候山神凹没有水了,满河沟的水说没就没了。

后来有了自来水,也是隔山引过来的。可惜这样的日子没有享受多久,叔就入土为安了。

山神凹一断水,就断了人脉。野草疯长着,窑顶子塌了窟窿,年轻的一代都迁走了,村庄就像遗失在身后的羊粪蛋,风景依旧,只是少了流动。

我在冬日稍嫌和煦的阳光里,一窑一窑走进去,迎面的是灰塌塌的空。石板地、泥墙和老树,让我得以在一个午后穿过时怀想,那时候的窑洞多么年轻。

木头梁椽清晰地发出活动筋骨的声音,多么好的村庄,沉静细碎的阳光洒满了每一眼窑洞,多么不寻常啊。那热闹,那生,那死,那再也拽不回来的从前。时间悄然流逝,倏忽间,窑洞成了村庄的遗容。河流,水已不知流向了何方。故去的人和事都远去了,远去在消失的时间中。

我嫉妒这时间,把什么都贪走了,贪得山神凹成了荒山野沟。

如果一个人出生在乡村,童年也在乡村,乡村一辈子都会给人以饱满的形象。而乡村,任何一个催人落泪的故事,都在时间的流逝中消失了。

河流带走了一切。

只要怀念,我都会感觉山神凹人的眼睛在我的头顶上善意持续地注视,河流带不走我的童年。

在生命的轮回里,日与夜交替形成力量关系,我走着,很长一段时间后,我走出了山神凹人的视野,忘记了是山神凹的河流养育得我如此健壮。我在成长的过程中不知不觉地背叛一种美,没有故乡能有现在的我吗?没有那一方水土养着,我能把幸福带给我所有的文字吗?

我记得童年时夏天到窑垴上截麦秆,新麦的秸秆好闻,耐得住闻。麦收过后一段时间,我在谷子地里等谷穗弯腰,世事和人生都需要弯腰吃苦。

我家的祖坟就在我的身后。

小爷说,我是黄土埋到脖子的人了,我也快要走了。小爷看着祖坟,挽起袖管露出很结实的肌肉。天气有一些嫩寒,我看到谷子地里小爷的影子僵硬在那里,他的脸上皱纹成片地爬着,皱纹上了脸的人离死亡就近了吗?生命于我更像是一种无法言说的东西,我对生命的所知,便是我仍然对它有所不知。

黄土明摆着在脚下,怎么会埋到脖子了?

秋阳快要落山的傍晚,我坐在河边。河水流动让我内心安定。我走回凹里,走出山外。时间可以改变一切,但是,时间无法改变死亡。

曾经的山神凹，气力和心劲让凹里人欢马叫。曾经我不知道死亡是什么，死亡是一个朝代的结束，也意味着另一个朝代的诞生；是祖父的故去，也意味着孙儿的成长。

我们的生长拖着浓重的阴影，当它一再降临在我身边的亲人身上时，我看到亲人们的笑容淡淡的，轻得像烟，我站在老窑的门槛上望他们，看他们犹如跌进一潭深水，水慢慢地淹没了他们的笑容。

斑驳的墙壁竖立着，积灰的老窗合拢，我迈不动步，深远的回忆在我的脑海里涌现，当河水断流，老窑塌落，我突然觉得生活的意义再次变得恍惚，变得不可确定，因为我的活让我的亲人们远去。

我多么想找回炊烟似的人间烟火气，找回满山的羊群，找回从窑顶滑落至门槛，并照亮一群觅食的鸡的阳光。

还记得穿着枣红格格布衣裳，只回了一下头，我就已经找不到我的亲人。

山神凹成为我生死不移的眷恋和诱惑。生命在日子里发芽，倏忽间，这图景全然变作印象，沉淀于记忆之谷的深处，幻化成流年的碎影。这里所有的经历都纷纷展开，人们以往的精神空间被缩成薄如纸张的平面，文字跳跃，山神凹人经历的单纯过程横立在我的面前，如同牵挂着一个远方的旅人——我是他早已咧着嘴唇盟过誓的唯一的后人。

没有什么比河流的消失更动人心魄。它的消失没有挣扎，没有难过。正如彭斯用诗的语言描述的那样："我从未看到过野生的东西自怨自艾／小鸟冻死了，从树上掉下来／也没有自怜。"

河流在人的眼皮底下，谁也记不得它的消失，只知道长流水变成了季节河,当雨水再一次从天空降落时,河流的季节没有了。

蒲沟河是沁河一条细小的支流,小到没有任何意义,地图上都没有标出它。

我在河沟里走,有蒲公英开着黄色的小花,有一丛一丛的鸡冠花,还有苦苦菜,一条壁虎从我的脚跟后穿过,我还看到一块鹅卵石上,一只蚂蚁举着一只蚊子,风刮过来,蚂蚁不动,风刮过去,它继续爬行。

书上说,植物在它消失的地方必定会重现。会吗?亲爱的文字,你会欺骗我吗?

20世纪考古学家是划着木舟进入罗布泊的,我们都知道古楼兰是一个庞大的村庄。一座村庄的生机,最先是由一条河流营造的,河岸上,村庄最后都沦落成了一座座坟茔。我有多么孤独和寂寞。每个人只有一个故乡,就像每个人只有一个祖国,只有一个母亲一样。一个人一生要走很远的路,一提到山神凹,我的心都挖抓得难受。

蒲沟河岸上的窑洞,柔软肥沃的土地上长出的耳朵,它在听见时间的叹息和自己内心曾经的热闹的同时,还听见了热爱它的人在寂静的土地上对于生命的守护,对于时间的绝世应答,对于永不会撞个满怀的转瞬即逝的繁华,面对时间,我只能学圣者浩叹一声:逝者如斯夫,逝者如斯夫——感通广宇,戳破时空的沉寂,我写下它曾经热闹的一页。

一切都始于我对它的爱。时间迅疾而过,有多少生命骨殖深埋于时间中,亲情、友情、爱情,终于待在了一个安全的地方,那个去处直叫人呼吸到了月的清香、水的沁骨。生命的决绝让我的爱在产生的文字中获得回归。

当童年从我的文字中划过时,我体悟到了温情与哀绝,惆怅和眷念。"但使情亲千里近,须信,无情对面是山河。"辛弃疾的诗句,与我内心的感触对接了。时间如中国画缥缈的境界,明知道一切不可能出现,我却还愿意在疲倦的时候沉溺其中。

天地方寸间怀古,秋风年年吹,春草岁岁枯,逝去的以另一种方式活在现实中。

一位作家说过:"所有埋葬过自己血亲的地方都是故土。"

我说:"只有亲手盖过屋子并养育下后人的地方才能称是故土。"

我在人生的道路上越走越远,终于明白了生活中某些东西更重要,首先肯定,它不是物质的。

谁能阻挡美满家庭里生离死别有朝一日的到来呢?谁又能阻挡一条河流走远?既然不能,今世还有什么化不开的心结!

花朵破胸而出

童年时见小奶奶胸口下挂着一方绣花肚兜,在窑门口站着,远看过去,肚兜上的花朵破胸而出,那个好是一种说不出的味道。

一种颜色,一份好和俏丽,都在耐得住寂寞下盛开。好,隔着旧时光,它竟是华丽。

想想小奶奶,原本是地主家的小妾,后叫当长工的小爷娶了回来。那时的小奶奶也曾在一张挂着红绣帷幔的檀香木床上,早晨的第一声鸡鸣推醒了她,手环和颈前饰佩叮当,伸一个懒腰,在幽暗的晨光中,一切是静止的,风从一个缝隙挤进来,又从一个缝隙挤走。

时光的伤痕像冬眠的蛇,或被一场雨敲醒,舔着信子向脚前匍匐而来,你可以不知道你是谁,但不可以不知道自己喜欢什么。

小奶奶的样子,回眸时的意趣,只能在古典小说里见了。

一直喜欢老绣,尤是喜欢女子穿一片贴胸的肚兜,外罩一件披肩,初秋走在林子里,风像阔大的秋叶,缓缓吹动着那女子的头发,生活在时间的那一边,藏着,这个好也叫出色。

肚兜早时称"亵衣"。"亵"意为"轻浮",有"挑逗、勾魂"之意。悄没声息的喜悦,勾,或者魂,有许多风情。

少年时在夜晚走进过一间保存完好的老屋,是一位古人的书房。走进,有月光把心灵上的尘埃擦洗得干干净净,一些前尘往事在朦胧的光影下水一样晃动。我想象发黄的线装书,一个书生,三两点墨痕,绣帕如雀,荡起了廊檐下一树尘影。

我穿梭在时光中像鬼狐一样,抬头四顾,无奈而寂寞。

走出那间老屋,我想,什么是一场风花雪月啊?有比红绣银白更能泛滥时间暗淌的繁华吗?

从汉朝开始,平织绢就是常用的内衣面料,其上多用各色丝线绣出花纹图案,满工绣,把俗世的美意融进锦缎里,成为寓意的一部分。风华绝代,季节都开在胸口了,也只有中国的女子才有如此风情。

到了唐代,出现了一种无带的内衣,称为"诃子"。大唐,就那样,一直蛰伏在历史深处,因为有杨玉环,大唐,也许该是一个动词。杨玉环能从俗世中脱颖而出,与"诃子"有极大的关系,也是大唐外衣的形制特点所决定的。那时的女子喜穿"半露胸式裙装",露,就算有风来,只要不那么鲁莽,悬着的双乳也只在"诃子"上荡几下,之后,安静端坐,聆听春歌。

透明的罗纱内若隐若现,"诃子"的面料是考究的,色彩缤纷,常用的面料为"织成",挺括略有弹性,是手感厚实的麻料。穿时在胸下扎束两根带子即可,"织成"保证"诃子"胸上部分挺立。

杨玉环在大唐占有重要地位,写她的文字始终呈现着饱满的激情,附带着大唐的奢靡、诡异,全都是因为"诃子"的暗香袭人啊。

风华正茂时的武则天活在衣服里。金花红袄是她一抹机巧的显露和召唤,也是她招摇的主要手段。

说到宋代,宋代把肚兜喊为"抹胸",上身时"上可覆乳,下可遮肚",整个胸腹全被掩住,因而又称"抹肚"。平常人家多用棉织布,俗称土布,贵族人家用丝织品,绣花,花开富贵。

宋比唐瘦了一圈,或许是因为"抹胸"?不要那么多繁盛,像宋徽宗的瘦金体,只是一种雅趣。

宋代把抹胸穿得最有雅趣的是李师师。传言是古老生活的轨迹。幸好悄掩着的沉重的木门扇,入睡前已经用麻油把吱吱响的门闩涂了一下,才有了文字里的春夜。"并刀如水,吴盐胜雪,纤指破新橙。锦帷初温,兽香不断,相对坐调笙。低声问:向谁行宿?城上已三更,马滑霜浓,不如休去,直是少人行。"急促的短暂,由一片抹胸抹紧了被无限感动的那一刻。

  元代内衣叫"合欢襟"。仔细品,有点儿惶惑。有一些些儿艳俗,可叫人想入非非,是媚惑,更是手段。仨字组合得真好。不妨想象一下,审美经验和生命态度下的情趣,是关乎生命秘密的隐喻和福音。

  合,欢,襟。"生命"终归是一场"动物"性狂欢。

  也只有清代才把它叫"肚兜"。

  棉、丝绸,系束用的带子并不局限于绳,富贵之家多用金链,中等人家多用银链、铜链,小家碧玉则用红色丝绢。那是由颈部滑下的曲线,沿肩往两侧顺畅而下,与腰线到骨盆处向外那种圆弧状构图有上下辉映之美,从肩颈处微微看到锁骨,隐隐有一种风姿。像曲折幽深的花径,低调的张扬,是否是"世界的本质就在于它有一种味道"?真是这样的,因为它携有无所不在的繁华。

  黛玉的衣着,在《红楼梦》里少有具体描写,世人似乎都喜欢她那灵性,我总觉得她的衣衫好像是没有颜色的,只是简洁的布,纤腰一搦,樱桃小口里吐出的尽是尖酸刻薄。

  关于《三国演义》有一句歇后语:张飞绣花——粗中有细。

  一种丝线,是一种情感。几种情感重叠在一起,就出了浪漫的效果。

  我记得外婆给我母亲留下一个肚兜,一枝并蒂莲缠绕着向上,在外婆的胸口开放得十分美丽。然而,在肚兜的最上方又绣着一个小人儿驾着一辆马车,通常图案叫"骅骝开道",表示马车载了无数金银财宝进门。它绣在装钱的荷包上才对,可它停留在外婆的肚兜上。外婆早已驾鹤西去,没有人能告诉我个中奥秘。

我喜欢看绣在布和绸缎上的花花草草,但也只是喜欢看,说白了,其实是在那里像读书一样读绣在上面的心情。寻常花草、日常事物,一些些逸出,一些些阴幽,一些些深情,一些些洇出的小颓废,花语心影,缱绻醉意。

绣是养眼的事物呀,养心,养情,养命中的俗事。

花瓣的质地,是用语言形容不来的。而它的鲜艳,我只好说它像花朵一样鲜艳。

绣有夕阳的寂静之味。

往事在回忆里,有什么心事搁在心里了呢?

依旧是童年。

我还记得端阳妈妈为我做下的肚兜,一个香囊挂在上面,艾草味儿的香,如今妈妈已步入晚年。

秋天了,光照得草地露珠烁烁。不要跟秋天说话,只看炕边、枕上、墙体吉祥的绣,有图必有意,有意必吉祥。离尘世无比远,我忘了我是谁。那份心情炊烟般散散落落,一读一千年。好么!

现在城市里真正懂女红的不多了。偶见一两件上品,也是电脑制作出来的。电脑绣品,仿佛毕加索草草勾勒出的草图,被人们期待憧憬的东西,多数怪异得遥远。

好的绣品是拨动清水的手,一针一针绣出来的。

我记得小时候有过一双扎花绣鞋,红绒底面,裹了黑斜纹布口边,带扣盘儿的。小女孩的脚,站在黄昏的底色里,大老远地就看见了鞋面上细碎的"梅"。

洗净铅华的自然之美,多了一份野趣。那双绣鞋后来给了表妹秋,秋穿了它继续在乡间走着,一路撒欢的香甜快乐,布置了秋生命的翠绿。

南方的女红和北方的女红有很大区别(原谅我,我说的女红是直指丝线绣品,古典的)。

南方叫"刺绣",北方叫"扎花"。南方的绣品大都细腻温润。

锦绣风景落在一方绣床上,刺绣人脸上浮泛着一些暧昧。一块丝质的底布就这样在时间中一点一点地温柔起来。

南方的刺绣有一种喧嚣世界的宁静韵致,贤淑得美丽,安逸得幸福,也让在外做事的男人,越发地有了做事的感觉。

正如对于以往温馨事件的渴望。儿女们在这种氛围中成长,个个都干净清爽,个个都俊秀飘逸。这都是南方女红真性情中滋养出来的。因此被滋养出来的男人大都看上去很精明,而且精明中有一点儿挑剔的婉转,这也是观看女人的绣品,咂摸出来的。

嫣红姿影,春也罢,秋也罢,她不会为取悦俗世红尘而改变性情,任你蓄意鹄守也好,无意相逢也罢,顶多只给你满眼惊艳,自在轻飘的栖止,相知相惜。

北方的扎花就不一样了。南方的一个"刺"字是一种滋味儿,可北方的"扎"是一种痛,这种痛从一开始就注定与生活情绪血肉相连。

一个"扎"字可能是光明,是和煦的风儿,也可能是咸如海水的苦。因此北方女人的扎花是俗世的,热情满怀。

北方女人做女红不用绣床,连绣花绷子也不用,绣什么,就在物件上扎什么。

北方女人把一年两季的蚕茧卖掉,剩下那些谷草上的末梢子,取下来煮了,抽出丝,用颜色染出黄、绿、蓝,等凉透了,在指间缠绕成一把一把的小绺,粗细不均,珍藏在包袱里,用时拿出。

或一个肚兜,或一双鞋垫,或男人出门在外装体己的钱夹,带着欢喜吉庆,大都花花绿绿,没有内敛的风格,对比鲜明,如北方女人的性格——要惦记,不相负,要呵护,要不惜一切争得。

大红大绿是激情高亢,是恒久的期待,是乡间地垄上的日头,历经一生,似无终极。

穿戴扎花的儿女们,感情也是大起大落,心坦诚而不虚伪,直出直入,挺胸拍肚十二分热情。

北方的扎花色艳,活儿粗针大线,女人的笑容也是那种醍醐灌顶的爽,丝毫也不含蓄。更多的痕迹是那肥硕的身体偎在炕沿上,有一搭没一搭地闲聊,绣牡丹成了莲花,绣鸟时看上去像飞鱼,总体看是野性的,不拘一形一体,不随它意,只应本心。

喜欢老绣的人心里都有一种风气,那么就在衣饰上变化一些小格调吧。

多年前茨威格写道,所有生活的安定和秩序上最高成就的获得是以放弃为代价的。事实上,我决不放弃,一定要把"民间"说道成一句"津津乐道"。

黄草纸

文字斑驳地记录着老时光。

来自北方的桑皮麻头纸,再生环保。我还记得童年时,植物的纤维每次被平筛托起,即成一张纸。纸,有厚、有薄、有舒散、有凝聚。手工的纸,粗放里蕴含细腻,细腻里潜藏豁达,和风丽日中晾干,融入了阳光的色调,乡人叫它:黄草纸。

冬天的黄草纸糊在窗户上,整个村庄都很怀旧,镰刀似的月亮挑在树梢,猜不透,窗外雪地上一长串狐狸脚印,它的三寸金莲的印迹里盛满了各种故事,与生活有关,与风霜有关,与情感有关,糊窗纸没有捅破之前,我听到一个女人喊:

"雪啊,凉啊,屁股蛋子挂了霜啊。"

站在千年文化的凝结点上,需要和黄草纸一样悠远沉静的心境,才好去抚慰岁月。

从前的黄草纸糊在窗户上,透过阳光能够看见那些浮动的桑皮经络,亲切得让你觉得如体内的血液流动。我似乎又想起了从前,从前的心爱之物,阳光裹起密集的尘土,慢慢涌动着,我的亲人们穿梭在中间,有一点儿生存的荒凉味道,风吹动他们的衣襟,而笼罩在这一切之上的是一股扩散开来的牲畜的味儿,那一瞬间惶惑了,最好的命运被篡改了,是什么样的魔术手破坏了原有的秩序?

奇怪的是,事隔多年,当我站在乡村的山脊上时,村庄里的一些人和事,那么多年过去了,我还记得他们印在黄草纸铺满的窗格上的天光下的妖娆身姿。

这些记忆是扎了根的,在心里,有时候做什么事情时,也不知为何感觉那么熟悉。

　　绽开来,仿佛颓败的美好越来越大地颁洞开去。我把他们框在脑子里,很久之后,就想把他们一一画出来,可惜我没有那么高的天赋。我想,就随性而画吧。

　　想象一种情景时,脑海中出现的画面不是出自自己的视角,而是像灵魂出窍一般,因为真切地感受过他们的喜怒哀乐,所以动笔之前,他们只是视觉上一种强烈的刺激带来心尖上的一阵颤抖,墨落下时,黄昏跟随寂寞爬满了我的小屋。

　　一件事情开始之后,我总是怀揣着一个很大的抱负,看着纸上的他们,突然明白,抱负只是暂时被替换了,我还是一个写作者。天边的光线穿过云层,诚实地映射到我的脸上,我是我,我的画只是内心的一份不舍。不管怎么说,只要写作,只要画画,就可以洗涤我脑海中的一些烦恼。

　　想起童年,乡下的岁月弥漫着戏曲故事,炕围子上画着的《三娘教子》《苏武牧羊》《水漫金山》,寺庙墙壁上的《草船借箭》《游龙戏凤》《钟馗嫁妹》,拔步床脸上更是挂着一座舞台,人人都是描了金的彩妆,秀气的眉与眼,水蛇腰,风摆柳,或者水袖,或者髯口,骨骼间飘逸着秋水般的气息。

　　伴随着成长,后来又学了戏剧,可惜没有当过舞台上的主角。

　　庆幸的是,更多的日子里是站在台下看戏。风云变幻的历史,折射的却是社会的风情变迁,人生前无论怎样显赫、辉煌,尘埃落定后都将成为过眼云烟。

　　"饿肚皮包容古今,生傲骨支撑天地。"

　　正值好年华,那时候,有村就有庙,有庙就有台子,有台子就有戏唱,有戏就唱才子佳人。舞台上人生命运错落纷纭,连小脚老太都坐着小椅子,拿着茶壶,在场地上激动呢。我看台上,也看台下,台下就像被捅了一扁担的马蜂窝,戏没有开场时,人与人相见真是要出尽了风头。

台上,一把杨柳腰,烘托着纤纤身段,款款而行,每一位出场的演员一代一代,永远倾诉不完人间的一腔幽怨。

人这一辈子真是做不了几件事,一件事都做不到头,哪里有头呀!我实在不想轻易忘记从前,它们看似不存在了,等回忆起来的时候却像拉开了舞台幕布,进入一段历史,民间演绎的历史,让我长时间徜徉在里面。

尘世间形形色色的诱惑真多,好在尘世里没有多少东西总是吸引我,唯有唱戏的人和看戏的人,沉入其间我没有感觉到缺失了什么,比如人生缺失了什么都是缘分,都得感恩!

乡下,浮游的尘土罩着山里的生灵。春天,河开的日子里,觉得春风并不都是诗情画意,亦有风势渐紧的日子,活着的和曾经活着的,横晃着影子走进我的文字,岁月滴滴答答的水声,消歇了一代又一代人,那些走老了的倦怠的脚步,推着山水蠕蠕而动。那些风口前的树,那些树下聊家常的人,说过去就过去了,人是要知道节气的,是不是?

记忆如果会流泪,该是怎样的绵长!

亲人们让我懂得什么是善良、仁慈和坚忍,我庆幸我出生在平民家里,繁华的一切成为旧日的过眼云烟之后,身后无数的山河岁月,我的乡民,只要还想得起他们明澈的眼睛,就会感觉不久就是丰收的秋天了。

对于乡下人,收获的秋天就是一场戏剧"秋报"的开始。台上台下,台上是疯子,台下是傻子,生动的脸,无疑让我有了绘画的感觉。

岁月如发黄的黑白照片,想画时,感觉并不沉重,它清清淡淡、丝丝缕缕地由心底生起,像一声轻轻的叹息,单色调更像是彩色作品的底子,或者说是逝去日子的旁白。那些清新的人间烟火,让我再一次回到尚不算遥远的青春时代,回到那些已经在无数记忆中经过过滤留存下来的明月当空的日子,那些日子里有我们共同的卑微。是的,一种挥之不去的惆怅,我总得抓住光阴做点儿什么,以便对自己的生命作一个交代。

一生一世,时间的距离使追忆成为对现实感受的提炼,只想对他们深切地关注,他们都是我曾经的熟人熟事,入文入画都不如入心来得疼痛,我在画案前,我在书桌前,我们一起坐着天就黑了。

岁月是如此曼妙而朴素,世上万物都有因果,在村庄里感受生命里的爱。

无论现在还是从前,鸡狗畜生,都知道走至河边会感觉村庄格外平整敞亮。那些庄稼人的屋子总是朝着太阳,男人和女人担了生活的重担时,天空落下的碎金子般的阳光,这就是界限了,他们懂得,那些节外生枝的人生也许是另一番天地,但是,只有回到朝南开的屋门前才有勇气喜怒哀乐。

写作和画画都是怀恋从前,都是玩儿的生活。人生是一条没有目的的长路,一个人停留在一件事上,事与人成了彼此的目的,互相以依恋的方式存在着,既神妙莫测,又难以抗拒,其使命就是介入你,改变你,重塑你,将不可理解的事情变成天经地义,如此就有了自己的成长历程。

成长,其实也是寻找自我,不断靠近又远离自己的过程。

现在,我手上握着一支羊毫,尽管我只是一个初学者,很难控制对好的绘画的偷学,很害怕自己喜欢上了别人的东西,很怕被人影响,但是,不影响又能怎样?喜欢的同时又觉得,别人那么画挺好,我喜欢,但是,不是我心里的东西。我想画什么,技艺难以操控我的心力,或者说心力难以操控我的技艺,想到我经历过的生活,我就感到我自己不那么贫乏了。

我活不回从前了,可从前还活在我的心里。

文人学画,其实是走一条捷径。即便是诚心画,许多难度大的地方永远过不了关,简单的地方又容易流于油滑,所以画来画去,依旧是文学的声名,始终不能臻于画中妙境。

我始终不敢丢掉我的写作,画为余事。

想起张守仁老写汪曾祺,题目叫《最后一位文人作家汪曾祺》,说,汪曾祺的文好、字好、诗好,兼擅丹青,被人称为当代最后一位文人作家,这是因为天资聪颖的他从小就受了书香门第的熏陶。汪曾祺之后,谁能称为文人作家?我自称画的是文人画,但有些时候也会脸红。

我相信任何一门艺术都是有灵的,它会报答那些懂它的人,它在夜与昼交替之间,控制了未知,并一次次浇灭体内因欲望而生的焦火。人到中年,再一次靠近自己的兴趣,我才发现,写作和画画于出劳力的人,确实有份实在的功效。天气、物、光线,都是无法复制的,尤其是入画时的那一刻的静,就连风也比平常内敛。一辈子的好时光都留在了从前,那些我认识的故人,还有他们的恩情,我怎么好一个人执意往前走呢?在我从来就没有真正寂寞过的世界里,夜与昼之余,一种很幽深的精神勾连,让我犹如见到油菜花般地喜悦。信不?世界上最美好的事情就是这样,相互依存。

春大了,风吹着宣纸,飞花凌空掠过,一层景色,一番诗情画意。浪漫而不无虚荣的记忆,与生活有关,与风霜有关,与情感有关,站在千年文化的凝结点上,需要有和宣纸一样悠远沉静的内敛,我才好去抚慰岁月。

民歌,最先绿过来的春天

民歌,在我们生息的这块黄土高原上有着对生命本真的理解。这种由热爱自由、放任灵魂的真正民间艺人唱出来的旋律,让我感受到了荒凉的激情。1986年,一个荒凉的高地上,一位老羊倌仰着脖子唱一首信天游。我和同学背着简单的行囊,徒步走在黄土高原上。那时跟我们一起穿越这片高原的还有几个做买卖的小商贩,是他们起哄让山峁上的老汉唱信天游。他们反复激将,那位放羊的汉子在激动中扯开喉咙。我听到"引头头骡子带红缨,什么人留下赶牲灵"就已满脸泪水。

初春的上午,这股铺天盖地的苍凉是如此令人动心与清澈,水洗一样的蓝至黄赭色的高原连接处,一位头裹羊肚手巾的汉子,挥舞着羊铲,我找不出形象的描述。一种纯净无言的幸福,就好像是巨大的欢乐被忘掉的一刹那,却已刻在了心里。这是我从少女步入青年后获得的一次最彻底的感动。当脆弱的身体和灵魂被一曲"赶牲灵"坚定后,我明白了晚清大诗人黄遵宪"天籁难学"的出处。可以肯定,它改变了我的一生,让我最终选择了由民歌热爱民间。

是不是人心深处总是藏着一些无法说出的情感?而这种情感,最深的地方一定会是相思作怪?但广义的相思又会是什么?是不是蓝天大地?是不是自己的肉体?当一个人爱了恨了,来了又走了,你会感觉就连无数细小明亮的尘埃也一起合谋来堵你胸怀。对我来说唯一解脱的方式就是吼一首民歌,让它顺着窗外的高楼尖上去。我不知道为什么会在这么一种时候需要这么一种宣泄,但之后我会生发出奇怪的情绪,释然了,一切,只需一首民歌!

我曾一度因流行歌曲泛滥而拒绝接近民歌,最终接近又觉得它是多么丰富而生动。它情深缘浅的色晕,让我接近了永恒之光。我无法就此而无知地漠视这种伟大而亲切的声音,就像闻到母亲熟悉而温馨,并掺和着些许血腥气味的体香一样,民歌抚慰了我孤独的心。

1997年春天,我一直与一位来自内蒙古锡林郭勒草原上的女子在一起,她说美丽的草原有一种火的品质,像传统的乌珠穆沁的婚礼那样,草原上到处飘扬着乌珠穆沁长调。她是来自旗剧团的一名演员,我们同住在北京音乐学院,她喝一种草原上的高度白酒"套马杆"。她性格爽直,在一次酒醉之后,她给我唱了乌珠穆沁长调《都荣扎那》。那是一首歌唱一个19岁就被杀害了的蒙古族英雄的叙事歌,歌里重复着她故乡的星星,大荒无边的草原,还有生命中短暂的沧桑。她把欲望、憧憬凝聚在英雄、草原身上,来实现强烈、奔放、壮阔、无奈的生命意识。她满脸是泪,然后盯着我说:"走进草甸深处去,那里还有比生命更纯洁的歌谣。"这是我那半年在北京音乐学院的学习生活中最有意义的一件事,草原的歌声浸泡了我这一年生命中的春天。

乌珠穆沁草原是内蒙古唯一的牧人日常着蒙古袍的草原,而且乌珠穆沁人仍保持着唱长调的风俗。而在蒙古另一些汉人集中的地区,蒙古族不会唱蒙古族民歌已不新鲜。她说她爱人叫木日根。木日根在旗剧团唱那些最不起眼的最土气的民歌,没有人关注他,但他唱得非常投入。这让我想起我们居住的这个国家中民歌天堂——西北地区、西南地区。那里的民歌的丰富与承袭的相对稳定,正是以文化的封闭和经济的不发达为前提的。

我国的《乐记》认为,音乐能与天地相合,和鬼神相通,使宇宙大放光明,日月运行有序,四时风调雨顺,万物生长繁茂。可见我们的民族对音乐是崇拜至极的。可我们流行于大地之上的民歌呢?曾经在战争年代为革命者提供精神乳汁的民歌,如今就像我们历尽沧桑的奶娘,在明媚灿烂的日子里,有点四顾茫然了。

民歌,是一个民族美妙的心声,它以口唱心,有一种天然纯真的韵味,它的真切自然往往不是刻意为之的文人诗所能比拟的,它来自民间,切中人类脉搏,无所顾忌的自我精神在民歌中彻底展露。"一对对那个鸳鸯水那上漂,人家的那个都说是咱们两个好。你要是有那心思咱就慢慢交,没有那心思呀就也么就拉倒。你对我那个好来我那知道,就像那个老羊疼羊羔。墙头上跑那马呀还嫌低,我忘了我的娘老子我忘不了你。"这种白描见性的入骨,由乡下汉子唱出来,所有的想象、色彩和沉郁的感情,呼出了爱情欲望中生活的气息。

有一次,我和友人在京城听一场民歌音乐会,听到了《苏格兰的蓝铃花》那样的曲子,观众席上掌声如雷,之后是一曲民乐《兰花花》,却掌声稀落。有几个西洋人站起来挥舞双臂,嘴里吐出一连串"OK",我留意他们回过头来看一色儿黄色皮肤的绅士淑女时,眼中折射出一种蓝色的忧郁。1941年,当门德尔松指挥完丹麦人嘎德的《莪相之回忆》一曲后,被音乐振奋了的莱比锡人惊喜地看到,原来斯堪的纳维亚的英雄叙事民歌竟也那么动人,传统在工业飞跃的那一刻竟也有那么神奇的力量,看来现代文明并不轻易抹杀传统,相反它更依赖民族精神更鲜明、更坚定的确定与独立。而我在听完那场音乐会后,却感到我们国家的听众对民乐欣赏似乎产生了一种"土"的困惑。

能唱民歌的都有一副好嗓子,民歌不能用假嗓唱,但也不能野到天边。要唱好民歌必得有一个"情"字,听得人万般抒情辗转才好。民歌一般都有股子酸楚劲儿，现在的歌星把民歌唱得很欢快，连《兰花花》《走西口》之类的民歌都轻浮到了欢喜的套路上。流传在我国的俄罗斯民歌《三套车》："冰雪覆盖着伏尔加河，冰河上跑着三套车。"不说它的歌词，单单那旋律，你不忧郁都不行。歌声中是有画面的，如列维坦的风景画，那么清晰有力，我会想起陀思妥耶夫斯基、车尔尼雪夫斯基，在他们流放的经历里，一架三套车装着他们的文采远去。俄罗斯，生命内部是一个有次序的国家。

与俄罗斯民歌相比，我们的民歌更具民间活力。二十多年前，朋友送给我一个手摇唱机、一沓红色塑料胶片。手摇唱机摇起来发条咯咯响，一路听下去，居然有一张苏联民歌，有《红莓花儿开》《山楂树》《三套车》《太阳落山》《英雄夏伯阳走遍乌拉尔山》。苏联的歌曲没有现实的功利目的，非常大气，有一种难以表达的，特别是日常生活之外难以捕捉到的精神上的东西存在。我记得第一次学唱《红莓花儿开》是在乡村的一段土路上。地边的玉米秀出了穗，阳光漏射下来，小路空旷，我们的周围不见一个人。这里的"我们"是指我和林娜，一个北京来的知青。林娜悄声哼起一首不太像是我们国家的歌，有一股田野的热气荡过来，令我如此喜欢。林娜欢快地唱响了它。

林娜说这是一首苏联歌曲，叫《红莓花儿开》。这是我第一次听说"苏联"，因为我一直受大人的教育把"苏联"叫"苏修"。

"田野小河边，红莓花儿开，有一位少年真使我心爱⋯⋯"

沙沙沙沙的唱片声中，那歌声低沉、缓慢、忧郁，一如清清河水的流淌，其中它的低音部分很能表达出这首歌的情绪。

可以说，苏联歌曲与数代中国人的关系悱恻缠绵。在我们的领袖号召我们向苏联学习的同时，苏联歌曲那种苍凉的、山谷水间的忧郁让我们发现了人间情怀和生活情调。对于六七十岁的人来说,它就是粮食——对精神的寂寥、心灵的渴望、生活与生活之间的空隙进行着惬意的补充。地图上,苏联与中国接壤,历史上两国上下之间的关系,敌对与信任参半,凡此决定了中国特别关注苏联对自己的态度,我们在学习苏联方面就格外认真。几乎相信那些民歌就是我们的。试想一个二三十年代出生的人,走进群山,那满山遍野的夕阳金辉一下就会使他想起《太阳落山》《英雄夏伯阳走遍乌拉尔山》。浪漫和壮丽穿越艰难岁月,有时那简直就是一个象征——"在那遥远的地方,云雾在荡漾,微风轻轻吹过,扇动一片金色的麦浪……"

与苏联的交情,是我们那个年代里中国人的一项政治任务,可以说从思想上我们是学到了马列主义,从生活上我们看到了一种浪漫的、欧洲的东西。在革命的旗帜下,人们涌动着跟顿河哥萨克和彼得大帝战士一样的斯拉夫性格。但是,让我们从精神上肯定的还是苏联和俄罗斯的歌曲。它们超越了时间,在我们中国人民的中年和老年人中,产生了难以言说的精神上的辉煌。歌曲是无种族的,它好像比马列主义更让我们的人民产生了兴趣。

我喜欢中国民歌里唱的那些花事,正月里那迎春花儿开,二月里那柳絮花儿开,一直唱到十二月那蜡梅花儿开。所有的花儿都要往头上戴。花开富贵,拽长了大地的年轮。从春天开始,到冬天终结,为一切的存在而存在,四季供她们摇曳,为所有人的快乐存在。"清香那个玫瑰玉兰花儿开,蝴蝶那个恋花啊牵姐那个看呀,啊,鸳鸯那个戏水要郎猜,小小的郎儿呀。"唱到花,觉得都与女人有关,我一直对弱柳扶风似的男人不太欣赏,有时候想,那也能担得起"汉子"的叫法?但我还是相信民歌里藏着一个伟大到张狂的"汉子"。

民歌,人民的歌,人民从来都不会朦胧。好的民歌一定是植物的。沃野千里唱民歌。民歌真是日常生活吗？民歌的世事洞明其实是经验的结果。好的民歌阔爽大气，直白坦荡，偏又情致缠绵，余韵不歇。

"饥者歌其食，劳者歌其事。""感于哀乐，缘事而发。"出于心胜，激于真情。一首酸曲唱出来，肚子里的高兴翻出来。民歌，就像故乡有尘土和牛栅、马圈、鸡窝子，犹似地里流汗劳作的爹娘，我找不到合适的感觉，民歌对所有生命的姿态都应该是开放的。

一切来自民间的歌声，都很清澈激越，都很激动人心。我听过美国歌手保尔·罗伯逊唱的《老人河》："黑人劳动在密西西比河上，黑人劳动白人来享乐，黑人劳动早晚不得休息，从早推船直到太阳落。"他把快乐唱得饱含了苦难、沉重、无望，抒情到忧怨、愤恨。

我去新疆伊犁，在伊犁河畔，遇到维吾尔族和哈萨克族人，他们的歌声滑过伊犁河平静的水面，你能感觉到那歌声里的快乐是扭动的，他们用快乐化解他们的苦难。鸟一般飞翔的歌声一定能化解一切。我们的解放区就曾经用歌声化解了苦难。

民歌的力量是自由的，可以去改变，但是一定不要改变它的本质。

民歌，发自内心，注满心性，产生于感情，只要敢唱会唱，我认为从来都没有道德上的障碍。

民歌在民间，以另一种口粮来养命和爱情。

壁上乾坤

一

大雄宝殿门外,树老时,叶子黄了,贴地的蔓草疯长,几只麻雀在廊檐下像吸引我的童年的玩伴。醉人的安静弥漫进骨缝里,一缕阳光的贴近,让我感受到了温软、易逝、短暂。寺庙藏匿着时节带给我的梦呓和欢愉,让我回到自己的内心,安静地享受殿堂里绝好的手艺——壁画。

手艺,唯一可以对付时间的工具。

黄昏的夕阳,被咄咄逼人的神秘包围着,在那样的时分里,人显得那么弱小和无助,又显得那么生动。庙外,牛羊永远悠闲着一种姿态,庄稼轮回着节气,物质的世界醒着。

寺庙,乡土社会里相互依赖的生存方式使每个人都不会独立承担人生苦楚,或自享人生甘美。享福之人是在收获自己或前世清白人生的成果,而身处逆境则是在为自己前世的罪孽赎罪。在宗法制度和小农经济的价值观念中,万事万物都被无形的手笼罩着,那双无形的手对民间永远是存在的。

也许是由于地理位置和独特的气候,上党地区保存着大量的壁画。这些壁画向世人展示和诉说着佛法无边的如来当年在民间的辉煌。

上党,古时对晋东南的雅称。《荀子》称为"上地",高处的、上面的地方。因地势险要,自古以来为兵家必争之地,素有"得上党可望得中原"之说。在中华史前神话传说中,上党神话以其源流之原始、密度之集中、内容之详备,占据着举足轻重的地位。中国社会大多数壁画与宗教关联,基本上存留在寺观殿宇、风雨祭坛。壁画的兴起与佛教进驻寺庙以及装饰视觉艺术发展有极大的关系。佛教是属于亚洲人的一大宗教,它诞生在喜马拉雅南麓,古印度北部、现今尼泊尔境内。那依傍着河流而产生的宗教故事中,那个叫迦毗罗卫的国被描绘得庄严神圣、和平安宁,为烘托释迦牟尼抛弃一切荣华富贵、矢志不渝的高贵品格,佛教更是把这片土地描绘成花团锦簇、物产丰饶的仙境一般。

从社会发展的角度看,释迦王子当年所在的迦毗罗卫国,是一个以半农半牧为生存方式的土邦部落。即使王族,除了衣食无忧,以车代步,似乎并无多少优裕可供享受。举目世界,贫穷的地区和人群中似乎更适合生长美丽神话。释迦牟尼故去千年之后,当唐僧玄奘朝觐佛诞生圣地兰毗尼时,所见已是颓败景象:"空荒久远,人里稀旷。"

物质匮乏之处,往往只剩下精神世界。

哲学家汤因比总结人类文明起源的动力时指出过"优秀需要苦难",这一"逆境的美德",在不超越生存限度的艰难环境的刺激挑战下,即是文明与创造的结果。

最早,生活在高地之上的上党民众,他们不为外物所动,自信自身富足,也认同具有超自然的力量存在,因此,把日常社会关系准则也带进了因果报应之中。壁画的出现具有多重复合性和实用性,和佛教进入民间有很大的关系。

佛、道、儒三家思想在寺庙里逐渐合流,和官家意识形态对这种合流的默认与鼓励有关,似乎彼此之间的差异并没有不可逾越的鸿沟,民间也没有感觉到特别的心理震慑与精神约束,对求什么得什么只是一种兴趣，一种欲望，一种消闲雅事，一种在生活中解困脱厄祈福得佑的对象。他们找送子观音求子，去道观乞长生不老的秘诀，拜龙王以得雨，叩菩萨保平安。对神的出现不可去探讨真与假，因为民间对神的谱系理解都是具体而实用的，崇拜者与神灵只是单独的心灵交流和依赖，神不说话，人只是形式上的付出，实用观念使农民相信，所有的神都可能带来诸如此类的好处，神是无所不能的，都不该轻慢。天、地、门、财、土地、灶王等神祇，不管从哪里来的神，都使得民众生活于一个相互依赖的多重社会需求中。

寺庙中的壁画，是一个真实、自信的文明存在，它并非幻想的乌托邦。

从寺庙的房屋建筑中可以看到，历史上走出家乡的人们，心里怀着家乡的快乐，乡村里的寺庙就是信仰的土地，"心中的日月"。"五更三点望晓星，文武百官上朝廷。东华龙门文官走，西华龙门武将行。文官执笔安天下，武将上马定乾坤。"这是安定团结同在的一种宇宙观，有井然的社会秩序在里面，所以，壁画的世界也是人的世界的折射。"天上神仙府，人间宰相家"，是人对某种好日子的预期或期待，而这样的人生奋斗过程，使得民间难以主动地变更其与权力的从属关系。本来，神灵世界与现实世界之间并无严格界限可言，现实世界庞大的官僚机构在民间看来是无所不能的，宗教的进驻在中国完成了专制体制下君臣关系的翻版。

江上清风，山间明月，壁画艺人，手中一支笔，指点山河，激浊扬清，怀抱的虽是"致君尧舜上，再使风俗淳"的治世经国理想，私底下怀想的却是群山中的奇峰，激流里的风樯，开合的云涛，奔走的鸟兽，把一个简单的手艺人的风骨转化为笔底风光。看庙宇遗留在山门、大殿墙壁上的麒麟、凤凰、龙、虎、山林、旷远，你会想到，只有把笔墨与信仰熔铸在一起的人,才会把生命对自然的渴望转化为笔底风光。

仰头望去,风铃不因鸟的鸣叫而消失,许多的时尚原本就是从古时开始的呀。

二

壁画最主要的功能是教化世人,人造的神被赋予了人性,他们不仅具有超自然的力量,也有和凡人一样的衣食住行和七情六欲,既是超凡脱俗的,又是入世随俗的。既然神是无所不能的,为了获得帮助就要心甘情愿地把自己置身于神话故事和传说中,如神仙会盟、佛祖尼连禅河边修行、老子骑青牛出函谷关、汤王桑林祈雨、舜孝敬盲父、关公古城斩蔡阳等故事,其核心就是宣扬忠孝节义。在壁画所描述的生活境界中得到人生的情趣,在宗教的仪式里感受到天理与人心的沟通。大量佛本生故事,表现了释迦牟尼佛前生无数次轮回转生中,或做国王、王子、婆罗门、商客、仙人、苦行者和各种动物时,为了授法和救助他人,不惜抛弃自己一切的行善。

在我的印象中,壁画的题材,好像都是依据佛经得来的,但奇怪的是,同是壁画,同是佛的故事,不在同一个地点讲述出来的就大不相同。例如敦煌壁画中有一个"五百强盗成佛"的故事,而上党地区提到的五百罗汉故事似乎有着相同的命运又似乎大不相同,但是有一点它们是共同的,那就是放下屠刀立地成佛。

传入上党的佛教壁画内容受大乘佛教的影响较深。大乘佛教也是唐玄奘历尽千辛万苦去西天取来的"真经"。在佛教文字和美术上最为生动的表现,是描写佛的前世无数次牺牲为善的故事。例如"二十四孝"故事等等。民间,起源于以血缘观念为中心的家族意识,使得人民始终生活于一个相互依赖的多重社会关系中。唯上的向心观念使他们难以主动地变更其与权力的从属关系,而孔孟的中庸观念又使他们追求宁静祥和的田园生活,世俗社会的生活观念历久弥远,民间的佛经传播受到认知的限制,壁画故事便充满丰富的想象力和艺术性,带给人们心灵的震撼,比简单的说教更具感染力。

上党地区农民敬神的目的不是寻求神的帮助,因此他们并不想和神灵保持过于密切的关系,这与农民与政权间的若即若离一样。他们只愿在空间上与神接近,在规定时间内,进入寺庙表示一番敬意。信仰对于信徒没有特别的心理震慑和精神约束,信仰者可以根据自己的意愿、兴趣和知识构成来理解,这样的状态下,墙上的壁画只是一种知识、一种情趣、一种生活的消闲雅事。如是,山水画、花鸟画以高远为主,云烟四起的笔墨语境中,能看到山间草露之润、鱼虫嬉水之乐、旷谷潺溪之悠、崇山长岚之逸、孤山幽居之静,超然于人间的道理和缘起之趣。

壁画里同时又融入了部分戏剧故事。戏剧故事再现了凡俗人间的真实生活。壁画中的戏剧故事,基本上都是劝人向善,劝人重情,抓住一点真实的、最基本的东西,尽量让不识字的乡民一看就懂。

戏的世界就是现实的世界,被神赋予了福报。

既然现实生活不由神来主宰,那就可以在一定范围内予以改变。因此,他们寻找神、仙、佛和其他能提供帮助的神祇和精灵,遵循人际交往原则,常许下某种心愿作为回报,诸如:重修寺庙,重新粉刷庙墙,重画壁画故事。

我在沁县一处村庄的高地上看见一座破败的旧庙,寺院的规模很大,有旧的石碾和石磨,三进院,荒草丛生,有半壁墙还在,我留意它的墙体涂层很厚,果然,一层一层剥落时,我看到了宋、元、明、清的壁画,四层重叠,这是一个有意思的历史现象。

最里层是宋元时期的壁画,裸露出来的一角有一张人脸,半个身子,头戴官帽,手持马鞭,马头已经剥落,像是人正策马奔驰。描绘的应该是萧何月下追韩信,动静结合,寂静的山谷仿佛回荡着战马的嘶鸣声,寥寥数笔,可发现宋元画风,画匠不是在画画,而是在用笔描绘自己的人格,负载苦难的重压,体现生命的追忆。宋元之后是明显的明代壁画。明太祖朱元璋出身布衣,有佛教背景,提倡简朴,反对奢华。明代绘画基本重复宋元,崇尚淡雅,不尚重彩,引入禅意,构图简洁。

剥落最上一层,能依稀看见画的是一妇人与一童子,一位官人立在马旁正向妇人拱手施礼,妇人作回头状。我猜可能是《秋胡戏妻》。"秋胡戏妻"的故事最早出现于西汉刘向的《列女传·鲁秋洁妇》,但这一故事能在民间广为流传,得益于元杂剧《鲁大夫秋胡戏妻》在舞台上的常演不衰。在男子外出征战,女子持家主内的战争年代,这对于维持社会稳定起了一定作用。

明代的这幅壁画中最重要的因素就是政治力量的介入。

这个进程虽然从明代隐约有了苗头,但是,结果却是在清代看到。

三

清代壁画是中国美学的凝冻期,一方面传统还在惯性中运行,另一方面古典美学显然处于衰减期。清代乾隆时期,经济高度繁荣,堪比开元盛世,却难以掩盖美学的贫乏。乾隆朝唯一可说的是戏剧,把原本是娱神的形式变成了忠孝节义的图谱。

艺术家们不敢面对现实,训诂成为时尚。隐约能看到时代流风的端倪。山水是枯寂了，了无魏晋和隋唐的生动自然，人物虽然是写实的，但是已经缺乏艺术的典型化，明显感觉到了手艺过渡到经济消费利益中来，壁画勾勒线条不注重比例，调出的色调看上去丰富充足，其实讲究的只是华丽浮躁。更有甚者把"佛"画成"人"，已经彻底抛开了"画从经中来"。因为经历了风吹雨打，表面已经模糊不清，似乎是佛教故事，有一只手跷着兰花指，那翘依然少了生动传神。

有几个农民坐在荒草中间歇息，望着我发一会呆，我抬起头来，白石灰中掺和着的头发还看得见，雨水冲刷下来的黄泥像珠子一样挂在画中人的头发上，成为引发我思绪最为简单的色彩，天空有多大，大地就有多大，这些农民看样子从来就不想求得荣华富贵，只是想求得去病消灾。已经找不到画者当时那种无垠的空间，那种缓缓涌来的吉祥如意了。

绘画艺术是自然界和人们心目中一切美感的具象化表达，再严苛的宗教戒律也无法压抑画者对美的创造。从绘画的兴盛来讲，六朝的绘画讲究神韵，宋代的绘画崇尚寒荒，元朝的绘画追求逸气，明朝的绘画体味禅意，清朝的绘画钟情空寂，画的灵魂都在精神层面徘徊。壁画艺人从历史深处走来，他们身上没有书斋文人的那股酸劲，来自民间的青山绿水养育了他们的性子，艺里艺外皆是艺，不媚俗，不肯降格以求，感情上一直信守着一个"艺"字，每一次提笔都有自己的原则，在安宁的温馨里孤寂地体验人生的喧嚣和繁闹，墙上的风景就是他们心里的风景，那种沧桑的美，朗照一切并洞穿一切。

人如季节，走过了留下名声，生命消失后，名声长青。剥落的壁画中朝代更迭告诉了我们社会一路走来的浮华风尚。

壁画的兴盛为后世的人们了解当时社会的政治、经济、文化提供了极为宝贵的资料。从这些壁画中看到了释迦牟尼成佛前的"供佛图",他竟然虔诚到头朝地,以倒立的方式拜佛,表现了心诚则灵的处世学。有的壁画中还出现了蓝眼睛、黄头发的波斯商人。从这些壁画里,我们还看到了当年突厥的兴盛和突厥人崇拜狼的痕迹,生性好斗并且骄傲的突厥人曾一度成为西域霸主,然而,应了"盛极必衰"这句话,最终在威胁唐朝的西域统治200年后走上了灭亡之路。但是,历史却公正地在某个角落里顽强地显现出突厥文化当年的辉煌。

文学,一个引领时尚的标尺,它无形地影响着画匠们的绘画风格。绘画是艺术创造过程,但是,艺术从来就是极具个性的劳动。上党地区汤帝庙多,庙宇里的壁画,画的背景上有两扇书法屏风,一扇是唐代诗人刘禹锡的《陋室铭》,另一扇是王羲之的《兰亭序》。匾额是"敬之"。"敬之"一词出自《诗经·大雅·文王》:"穆穆文王,于缉熙敬之。"说明画匠有相当的文学水平。

寺庙墙壁上的时间是稳定的,光明永在,时间的味觉,时间的停滞,时间作为第四度空间,让你在那个切近的空间中,告诉你万物有灵,因为,世界是活着的,活着的万物,风和雾,雨和雪,所有东西都具有生命力。

随着佛教思想的传播,上党地区有了"善恶必报"的因果观念,有了上天堂和下地狱对灵魂的善恶之分。这样便出现了一些宣扬因果报应的壁画,此生的灾难源于前世的作孽,而今生的富足则是对前世善行的报偿。人死后要依据其生平或奖或罚。受奖者的灵魂被送往西方极乐世界,来世会获得荣华富贵、光宗耀祖。

壁画是一门高深的学问,以我对其浅显的了解不敢妄加雌黄。但是这并不影响我和许许多多的人对于壁画的热爱,哪怕仅仅是好奇。

因为我们还知道,世界上很多巨大的成功,往往是从好奇开始的。

四

壁画是立体的电影,站在这样的一幅幅历史巨片跟前,人的浮躁、人的狂妄是否可以立马灰飞烟灭?

当我看到头戴镂金的尖顶宝冠,面部造型近似笈多佛像,表情宁静、悲悯而温柔,右手以优雅的手势轻捻着一朵莲花,佩戴着宝石项链、珍珠项链和臂钏手镯,丝绸腰布纹饰简朴,呈现女性优美的三屈式,周围的爱侣、孔雀、猴子、棕榈、山石,五彩斑斓,构建出繁密幽深的背景,衬托得菩萨造像格外丰满明丽时,我第一时间想到了手艺的美好,接着那些花明月朗的愿望就诞生了。超凡出尘的灵性、德行、韵致和姿容之美,常叫我对悲凉的世道、凋敝的人心,增加些微暖意,且光华曦曦。

事实上,早期的佛教中并没有佛像,信徒们只是以脚印、法轮、宝树、舍利塔来象征佛陀。

民间相信大地深处与神灵有某种神秘的联系,因此热衷建庙,主要用于修行及信徒进行宗教仪式。寺庙壁画多以本生故事为主,多以象征手法为表现形式,如法轮、莲花、小白象等。

以人像和建筑图案配合为特色,构图富于变化,线条流畅,笔法洗练,色彩绚丽,内容多为佛教宣传。

古印度壁画还有一个重要部分是世俗性题材,其风格与中国、波斯的混杂,社会生活的各个方面都有所体现,如帝王宫廷欢宴、狩猎、朝觐的场面,飞禽走兽、奇花异草等等,构图活泼,栩栩如生。这些久远的艺术已成为古代印度宗教、艺术、社会生活的重要留存,也是后人了解过去的最直观的索引。但随着佛教在社会发展进步中式微,这些壁画渐渐被废弃,荒草丛生,密林掩映。

在一所破败倒塌的寺庙断墙前,我看到了折子戏《杀庙》。

韩琦属恶人之鹰犬,却天良未泯,心怀正义。行凶之前,陈世美唤他前来,先是备了酒,又在盛酒的盘子里放了五十两银子,然后吩咐说:"城南土地庙内,有一秦姓妇人,领着一双儿女,是我的仇人,今派你前去除我心头之患,不得造次。"

这出折子戏《杀庙》,无论是啥剧种,都成就了一个又一个好须生。杀手杀人是不犯忌的,不为啥原因,只见刀头带血。

韩琦唱了这样几句:"她母子把我心哭软,刀光霎时不放寒。背地里我把驸马怨,心比虎狼更凶残。你和发妻有仇怨,我和他结的哪里冤。把他的银两我赠予你,你母子逃走莫迟疑。"韩琦犯忌了,做了一个杀手不该做的事。秦香莲似有恍惚,拉着一双儿女要往庙门外走时,韩琦突然大喝一声。走与不走之瞬间,杀手韩琦考虑到了自己的性命。秦香莲这时也明白了江湖规矩:"要杀就把我杀了,留下这儿和这女,权当是大爷你亲生。"这一场戏是人性的自我"肉搏",终于,韩琦决定以自己的死,换取她母子三人的生。

壁画上画韩琦赠秦香莲银子,地上跪着两个孩童,韩琦一身皂衣,人显得很文气。秦香莲也是一身黑衣,台词里有"破烂罗裙"之说,一个穷愁贫贱的善良妇女,所有的积蓄都省下供老公进京赶考了。我想当年画匠一定是一个忠实的戏迷,几千年传统的封建社会,在漆黑一团的生活中弱势群体在呻吟,从韩琦这里看到了活的希望,杀手是有人性的。

《秦香莲》中包公也是一身黑,连他自己都唱:"头戴黑,身穿黑,浑身上下一锭墨。黑人黑相黑无比,马蹄印长在顶门额。"有些寺庙的壁画中也画包公,大多是陈州放粮途中的画面。老百姓喜欢这个官儿,似乎是前无古人后无来者,天地间唯一。他的唱词中有:"百姓也是娘生养,哪点与人不相同,她虽身贫有血性,不过未曾生皇宫。"

戏剧就是戏剧,壁画就是壁画,生活就是生活。

这是一个没有声音的世界,但这些历经千年的壁画却仿佛在诉说着什么。民间信仰,是从人类原始思维的原始信仰中传承、变异而来的,是民间思维观念的习俗惯例。只要置身于繁华静谧的壁画空间,我便体会到一种无限的自由快乐,时间在墙壁上遗留下来。

有什么样的时代,便有什么样的艺术。

贫穷滋生艺术。曾经的时代,人民不仅信仰众多的神祇,也认同具有超自然的力量存在,同时在戏剧的教化中也肯定社会的良心,种种因素使得百姓始终生活于一个相互依赖的多重社会关系之中。

生命充满了生与死、爱与恨,充满感知又处在未知,在精神底蕴无比深刻的荒芜之上,生存之外,循迹攀升,我能够找到声音的旋律,找到白天与夜晚交替的节奏和韵律,找到解救、释放、安稳,然后进入神奇之境。

寺庙的壁画,把我和现实社会拉开了一段距离,让我有个歇处,歇着,看自己和心的距离。

天地生繁华

在我的——包括我们那里的农民的——地理概念里,北方,就是我们自个儿脚下。很长时间——记事以来到现在,"沁河古堡"一直是北方骄傲的风景。"生年不满百,常怀千岁忧",中国历史伴随着无穷的忧患一路走来,贪恋生命的人怕失去生命,贪恋富贵的人怕失去富贵,但时空之大,社会之险,足以夺取富贵的力量无所不在。沁河古堡的出现,不是对神的敬畏,而是对人的防范。

我在一份史料上看到,在古代,整个内陆版图就像围棋棋盘,山水纵横,关中、河北、东南、四川是四角,中原为中央腹地。当然,这里主要是泛指,作为一个独立的地理意义上的单元,这些地域都有一些地理上的险要之处,比如山,比如水,都是以山为隔,以水为界。飞禽择木而栖,是天之道。人择水而居,则是自刀耕火种以来,从大自然的丛林法则中得到的智慧。一朝又一朝,忠烈豪强聚族而居,富贵荣华志在岸上;一代又一代,流水的岸上因富贵荣华展开厮杀。古今一脉,皆因为天下生出了:繁华。

一、天下景,有苏杭;天下庄,数窦庄

沁河古堡,必与其在交通上的关键地位密切相关。修筑古堡的大多是名宦豪族,为了自保,沁河两岸遂出现了一个又一个以村寨为主体的古城堡。城堡林立,又反映了明朝中叶以来沁河两岸的经济之盛。

沁河,黄河下游的一级支流,北倚太行,东临太岳,南屏中条,

西接晋南,当潞(长治)泽(晋城)之门户,扼平(临汾)蒲(运城)之咽喉。《水经注》记载:"沁水即少水也,或言出谷远县羊头山世靡谷。三源奇注,径泻一隍,又南会三山水,历落出,左右近溪,参差翼注之也。"这条山西的第二大河流,从山西沁源县的二郎神沟发出如歌的欢音,让此岸人相观彼岸世界,它是佛,一路走来,宁静心绪、洗涤尘埃、广布和谐姻缘,在青翠广阔的田野沃土上,于云雾山谷间远去。

历史上几次大的人口流动多由于天灾或政局不稳,而流入沁河两岸的灾民和流民,他们带来自己的手艺,繁华了沁河。沁河,用朴素的胸怀接纳了他们,并承载了纯正的中华文明。沁河掩12900平方公里的流域入怀,哺育出了中华文明发祥地之一的晋东南。从史前的下川文化、上古的舜尧文化,到创世神话盘古开天、女娲造人、嫦娥奔月、精卫填海、愚公移山——民间故事一向是社会底层文化的风向标。于此,能看出沁河古人对万物源起的认识、与大自然抗争的勇气。于此,人赋予了山水更多的文化内涵与诗意,同时也把沁河流域人的意志与欲念强加于山水,掠夺着它的无私与大度。

沁河走来,一些地理上的险要之处也随之发生了变化,支流的加入十分重要,水流丰沛的时代,村庄大都坐落在流水的岸上。可说是黄土塬沃野千里。水域宽广使沁河中游商贾云集财富堆积。沁河到此开始彰显攀比显富的风气。时间让财富留下了一座又一座古堡似的记忆,民间叫作"瞭望楼"或"河山楼""豫楼"。站在古堡之上,一种激动人心的崇高感就从这样的眺望中诞生了,山河于你胸臆之间,视觉之间,自我崇高之下郁气散尽。你不由得会想起古人的"啸台",幽州台上陈子昂,岳阳楼上范仲淹,乃至杜甫的"登高",登高可舒气而畅神。这样的"河山楼"星罗棋布于沁水县端氏镇和阳城县润城镇之间不足五十平方公里的沁河最富庶的地带,古人称为沁河奥区,意即沁河两岸文化经济最繁盛的地区。最古老的已距今三百八十余年。相对于那些声名显赫的建筑,它失之于更败落,更无符号性。我不由得想起唐杜牧《阿房宫赋》那"五步一楼,十步一阁,廊腰缦回,檐牙高啄,各抱地势,钩心斗角"的建筑,尽管我们还来不及想象,一个时代的建立艰辛而又漫长,谁又能想到它的败落竟如此简单而又快速,也只有向清风和明月讲述着自己往昔的骄纵与威武了。

沁河古堡以沁水县窦庄为先。民间有"天下景,有苏杭;天下庄,有窦庄"之语。窦庄位于端氏之南的沁河西岸卧牛山下,为明代建筑。明代是山西文化最为兴盛的时期,沁河流域捷足先登,科甲连绵,名人辈出。"三年清知府,十万雪花银。"这些社会名流名臣,往往是富甲一方的豪门大族,广有田产,再为官一方,官囊丰足,衣锦还乡,此时往往要大兴土木。最主要的是,明中叶以后,朝廷腐败,天下动乱,民变不断。朝廷自顾不暇,无力牵挂远离都邑、地处偏远的名宦豪族利益。这些豪族原本富甲一方,在一地又有很强的号召力。他们为了自保,遂筹资营建,修筑城堡。所以,城堡林立又反映了明朝中叶以来沁河流域的经济之盛。

窦庄最早的主人是窦氏。窦氏起源甚早,可远溯到夏朝,已有四千多年历史。《风俗通》记:"夏帝相遭有穷氏之难,其妃方娠,逃出自窦而生少康,其后氏焉。"少康是位中兴之主,他纠合同姓部落,除掉了寒浞,恢复了夏朝。窦氏的祖先荣耀,做了大禹的直系后裔。窦氏主要靠世爵荫袭封赠而做官,其结果是窦氏后人很难产生杰出的经国济世之才。我在窦庄看到张氏家谱,其上记载,窦庄张氏因姻缘关系于元朝末年由阳城匠村迁入窦庄,其中一世祖,妻窦氏;五世祖,妻窦氏;六世祖,妻窦氏。也就是说,张氏因了婚姻关系入住窦庄,之后有了世代联姻。张氏因没有祖宗荫庇,主要靠科举做官,明朝时出了在野官员张五典。张五典,世称宫保公,明万历二十五年(1597)进士。任官期间曾亲自处理过河南、山东等地民变,目睹天下灾荒遍地,百姓饥寒交迫,由现状而预测天下即将大乱,天启年间决定修筑窦庄城堡。张五典死后不久,陕西果然发生民变。陕西农民军一路沿河而上势如破竹,先后攻破沁水、阳城县城。强人走来时,繁华使他们惶惑了,杨柳葱茏的河道,汹涌而来的是寂静的阳光和农田,城堡式的建筑,不同于长安的气味,它有民间富贵的霸气。这些陕西乡下黄土塬上的来客,贫穷落后潦倒,除了长安城,他们啥时候看到过这般景象?绝望下的快意潮水般涌来,他们对沁河两岸的破坏是毁灭性的。他们于崇祯四年(1631)与五年(1632)三次攻打窦庄,久攻不下。谁也没有想到守城之人是张五典的儿媳妇霍氏。当流寇逼近,众人请弃堡避山时,霍氏作为留守妇女急集亲族,面对流寇,思量再三:"避贼而去,家不保,出而遇贼身更不保。等死尔,盍死于家。"张家女眷率僮仆坚守,流寇环攻四昼夜,无望而撤。

民变之后,修筑古堡一时成为风气。

我在窦庄见到他们的新任村主任张主任。他领我在窦庄走了一大圈。一些老房子只剩下了墙壁,头上空间出奇高远,光与影形成奇妙的组合,过去只能叫"过去"。张主任说,一些过街门楼上的石雕一夜之间丢了,明知道有人偷,可就是不敢出门,怕人家手里提了刀。和明朝的那些事儿一比较,朝代之下民间的性情就出来了。有一个民间传说,说张铨的母亲脚大貌丑满脸麻子,一直想进北京城,张铨怕京城同僚笑话,遂按北京城建了窦庄城堡。传说只能是传说,不过,窦庄居然有"西单""公主坟",可惜现在破败得看不见当年的英气了。这些名字与窦庄的关系为何如此暧昧?怕是野史都从正路来。

二、农民军走过,沁河古堡如雨后春笋

　　站在用砖头垒起的古堡之上,远眺周围连绵不断的青山,近看一望无边拥来的游客,浮上心头的一个突出的感觉就是:山河楼上望风月,一人一世界。对于历史,杀戮和吞噬从来都是不慌不忙的,我已经不能够翻阅它的从前,我看到的是它难以守住的安详。

　　天年好时,山河楼上望风月;寇乱猝起,山河楼内成为家族保命的最后防线。《沁水县志》记载,窦庄有城堡环卫,流寇横扫沁河流域时窦庄村民依赖城堡生存;而周边许多村庄由于未设屏障,遭遇空前战火浩劫。于是,沁河流域许多村镇,开始效仿窦庄修筑城堡。从沁河沿岸一路数来,从旧貌尚存的皇城、郭峪、窦庄、郭壁、湘峪,到残垣可窥的坪上、半峪、尉迟、屯城、刘善、周村,修筑的城堡竟有五十四座之多。想来城堡在日常生活中扮演过多么重要的角色,而后来修筑的城堡更是有着战乱发生时不可忽视的价值。

　　面对人马带来的滚滚黄尘,城堡在扎下根基时就已经埋下了抵御的种子。崇祯五年(1632),阳城郭峪陈氏家族在沁河支流樊溪河边中道庄修筑了皇城相府内城。

　　去过山西皇城相府的人,都该知道陈廷敬。其为清代名臣,入仕五十三年。历任经筵讲官(康熙帝的老师)、《康熙字典》的总裁官、工部尚书、户部尚书、刑部尚书、吏部尚书。陈氏一脉先后出现过41位贡生,19位举人,并有9人中进士,6人入翰林,享有"德积一门九进士,恩荣三世六翰林"的荣誉。皇城相府为双城古堡,整座城堡依山势而建。其内城为"斗筑居",是陈廷敬父辈建造的,极具防御功能。城墙头均设垛口,在重要部位还筑有堡楼。东侧的城墙内修建着层层叠叠的藏兵洞,严密地守护着城堡内的陈氏家

族。陈氏内城因建于明代，其格局基本为"明三暗五"四合院。而且楼房一概不施斗拱，柱间枋木组合主要是素面无饰的平板枋，与木栏板的梁架等一样极少装饰，体现了明代建筑简洁大方、庄重朴实的时代风格。外城紧依内城西侧，是陈廷敬入阁后所建。外城豪华瑰丽，屋顶置灰色瓦筒，檐下施斗拱、雀替、柱础。楼栏、窗户，棂花图样繁多。由高处向下俯瞰，整个皇城宛若一只头北尾南的龟，皇城又有"龟城"之说，民间寓为"千秋永固"之意。以皇城相府中道庄"河山楼"为例，它是城堡中最高的建筑，有"河山为囤"之意，又名"风月楼"。登楼四望，风月尽收。中道庄陈家的河山楼，楼平面呈长方形，面阔11.3米，进深8米，总高33.2米。楼有七层，层间有楼梯相通。崇祯年间沁河岸边竖起七层高楼，它的修建对安抚乡民发挥了重大的作用！整个河山楼只在南向辟一拱门，门设两道，为防火攻，外门为石门，门后施以杠栓。楼层间构筑棚板囤积物资。作为一座民用军事防御堡垒，河山楼的设计是充满智慧的。楼三层以上才设有窗户，进入堡垒的石门高悬于二层之上，通过吊桥与地面相通。楼顶建有垛口和堞楼，便于瞭望敌情守护城堡，底层深入地下，开辟有秘密地道，便于转移逃生。同时备有水井、碾、磨等生活设施，以应付可能出现的长期围困。

陈家"河山楼"工程尚未完工，农民起义军就来了。陈氏家族及附近村民八百余人入楼避难。搏命般的奋力抵抗让城堡外的农民军震惊了，世上居然有这么坚固的堡垒。久攻不下时，他们便萌发了在沁河岸边归顺朝廷，借归顺朝廷，分割这一块肥沃的土地的想法。农民军队终因内部指挥不统一，在未定结果之前将领多欲争功，致使归降失败。纷纷尘世里，那些曾经凌乱的脚印，也许像当初满世界的雪一样，神圣悲壮。假如农民军在沁水接受招安，明朝可能不会遭受后来的亡国之运，中国的历史可能会是另一番情形,可见世上之事,多有命定一说。列国周齐秦楚汉,兴亡多少事?千古人物在一个舞台共演同一出戏——守护财富。人不分男女老少,时不分子丑寅卯,山河楼上凭高临风,仔细看过去,人类文明史,相当一部分该是人类的掠夺史。生存在与掠夺、摩擦的共处中不断壮大,为了家族利益,这些城堡既彰显了沁河流域望族的荣光,又凝集了全体乡民的对抗精神。

三、古堡盛景里的欢爱和传说中旧了的物事

大凡人类历史的长河里,特殊的地理位置总会孕育出所在民族生存的特殊文化。谁也不能阻止这一切的发生,历史的背后是一个王朝制度。历史的经纬里,常缝合着一条这样的神秘丝线。

仓廪实而知礼仪,没有雄厚家财打底,十年寒窗只会苦上加苦。程门立雪、凿壁偷光、囊萤映雪永远是对寒门子弟的激励,远不会让他们富足得可以盖得起古堡。当我们去想象一个五谷丰登六畜兴旺的农耕场景时,它的富贵也只能说是田园牧歌式的。沁河流域的人的精明在于并非一味地遵循传统文化中的轻商,他们从不会放弃隔岸招手渡河的财富。水运时代,沁河走至沁水、阳城,水流相对平缓易于设渡,这样的地理位置肯定商旅云集。又因为沁河岸边的端氏古镇,隋朝至元代它一直是县治所在地,千年兴盛,还一度为州治。端氏东依崀山,隔沁河与榼山相望。古县河由北而来,至端氏汇入沁河;沁河由西而来,至端氏南折而去,留下一块三角洲沃地,端氏建于其上。沁河流经沁水县境内一百三十余里,自三郎始,至尉迟终,全沁河之锦绣,几乎全聚于此地了。光绪年的《沁水县志·山川》记载:"又西南数里,有崀山,西下数里滨于沁河,而端氏镇在焉。崀山与榼山东西相望,翠巘争奇,而沁河绕其中。故自端氏而下,二十余里之间,民居稠密,人文蔚起,灵秀所

钟,盖不偶矣。""稠密"二字把沁河的富足抬到我们后人仰望之高处。

《盐铁论》中"骐骥之挽盐车,垂头于太行之坂",就是描述盐商掌控下的良马驾着沉重的盐车,在太行山跋涉的情景。沁河谷深水曲,在水流浅缓之处,多设立迎来送往的津渡,无论民办官办,津渡都加快了异地百姓和商品的交流。民生必备的盐、铁、丝,加上本地丰富的煤,便这样源源不断地被运进运出。是啊,日影消逝,风在春里。一条河流,大福大难,大南大北,大起大落,谁也说不清楚,看不透,生命就这样走了过来。

公元前260年,秦赵两军对峙于长平,秦军八十里防线严阵以待,这防线就是晋东南古堡群的主要分布区。兵家守卫之道,在于易守难攻,此地险峻又可见一斑。

一路活过来的乡民想必研究过《守城录》之类的兵书,历史上的灾难告诉他们,居不易,尽量选在小环境相对独立的地方,同时也迎险而建。比如阳城县润城砥洎城的三面环水,郭壁的背山面河,虽不利于出行,但给敌人的进攻造成很大障碍。村庄、古堡、堡楼又形成三条防线,呈进阶式防守,收放自如。从被风霜侵蚀得老态横生的门楼进去,抬头是一线天,这是防范心甚重的深邃街巷所致。晋东南古堡街巷多四通八达,狭窄幽长,巷子呈丁字形,巷口巷门林立,院与院间有仅容一人的过道相连,坊与坊间有过街楼连接。这过街楼在古建筑中是罕见的,相当于现在的天桥。它们像迷宫一样,让攻城而入的敌人如入迷宫,居民却可以从四通八达的巷道和过街楼迅速逃脱和反击。

明清时期潞泽的富庶之地砥洎城,藏过多少女子?多少女子在砥洎城里像植物一样开花结果,却又实在是像"动物"一般被圈养着?砥洎城是用炼铁坩埚和砖石修筑的坚固城堡,整个城堡平面呈椭圆形,坐北朝南,占地约三万平方米,周长704千米。它依岩为垣,因涧为池,三围环水,形势奇险,为防御之天然屏障。因明清时期这一带的沁河为洎水,远望其城,如似砥柱中流,砥洎城因此得名。这是天下少见的一座古堡,工匠们利用废弃的坩埚和石料青砖,用石灰和炼铁渣调浆垒筑。城墙高10余米,上面设有炮台、垛堞、望楼、马道、藏兵洞等一整套防御体系。城下还设有水旱两门,旱门朝东南,可走轿马,通往陆路。水门朝西北,直达滔滔沁河,可供舟船摆渡。水旱两门两种营造,两种景观。堡内主要巷口都设有巷门,大的建筑群中还建有望楼。它的建筑特色突破了北方四合院单一独立的布局,大部分为二进或三进式的二三层阁楼小院。沁河流经此地变成一条蛰伏尘世不能飞翔的卧龙,地险出于天成,胜概收其精气。可以想象沁河拍打在城墙上的共鸣声,如雷声滑过长空。苟无顶天立地之骨,呼风唤雨之气,焉能挽狂澜于既倒?这也是一座可以拟人的古堡。该古堡创建于明朝末年的社会动乱中,由时任京城大兴县知县的润城人杨朴修建,工程历时五年,于崇祯十一年(1638)告竣。"居住为本"是砥洎城的建筑风格。

  砥洎古堡,在我怀乡的情绪里定格成为风景,不曾为外人关注,以至它颇有传奇色彩的种种来历,在民间自生自灭。

  进入砥洎城那天是五月端阳,老宅子上都挂着五色丝线和蟾蜍图案剪纸,想来是避邪驱五毒。进屋后知道宅子里故去的主人姓张。单看那门窗、外廊、拱柱、封檐、瓦脊,便透出几分大气来。老宅的中堂里有清代数学家张敦仁书写的楠木雕刻双屏:"己所不欲勿施于人,行有不得反求诸己。"我看这样一副对子时,屋外的榴花开得正红。我反复念着,声音里透着某种苍凉况味,尾音颤动,苍凉中又转出一分决绝。一个人用一生最后的感悟,用生的快乐写下来,我突然觉得该有一种什么样的故事发生过。

张家屋后不远处有很大一个废弃的园子，堆放着破瓦烂砖，同行的张老师告诉我，那曾经是杨家的后花园，传说中所种的奇花异草不下百种。或者说杨家此时的老宅子已经易主张姓。张姓人从杭州城里带回一个女子，那个女子从西湖来时脑海里装着一池荷塘，荷在青白月影下让她的灵魂自在轻盈。富贵面前年轻女子可以满足天下风流。夏日黄昏，花苞上飞落的蜻蜓，调笑似的拂一下她耳边的细发，之后，就又将身子吊在荷叶上了，是谁的琴音挑拨了一下，她觉得一股热流蔓延到了全身。

守护后花园的人在夏天的一个夜晚收拾看管的奇花异草时，突然起风了，霎时雷鸣电闪，他来不及离开园子，在一棵梅树下，一道闪电随之来了雷，雷炸响的瞬间，他身上的衣裤翼状般地飞起来。第一时间里大家都知道看园子的人死了，即将下葬的前一天，雷雨之后风静天晴，他在炕上醒来的瞬间，看守他的人以为是诈尸。只见他奇迹般坐起来下炕，一身死人行头，微笑着走到后花园深处的凉台上弹拨他的古琴，他奇迹般地活了。那个女子站在荷塘前满脸倦容迎风而泣。之后，每到雷雨之夜，看园子的人都要撑起油布伞在凉亭下面弹奏古琴，有时候月明之夜也弹，静谧在自然天籁中，喧哗在心灵幽巷下。女子每每听到那琴音便不能自持，脑海里重叠出与之有关的往昔，她掩饰得很好。大野蕴藏的一湾映日照月的水潭，到底发生了什么？古堡中藏着她多少心事，她用女红转移她生之负荷，我看到城堡里留下来的绣品用了各种绣法，破线绣、皱绣、打籽绣、平绣、包梗绣，那不是北方普通乡下人绣得出来的。绣品的所有花朵上水头很足，她用去了多少时光？我忽又想到她来自杭州，美好如天国的地方开满花朵。传说她几年后就跳水死了。如今她落水的那个水池里飞满了绿头苍蝇，城堡之下沁河水再也听不到拍岸惊涛。

生死之间将情义带走。她一定是死在秋天。古书上说,秋是刑官,它令草木凋零,万物变色。秋从不怜惜憔悴和肃杀。"文革"中她的棺材被人刨出时,如今活着的张家后人说:"那上面的花朵描了金,见了阳光,金霎时就成了一团黑。"什么样的花朵描了金会好看?死亡永远都是一团黑。砥洎城头落下一排不知名的黑鸟,城门里各户人家的厕所拥挤地排列在一起,各种污浊的水流在脚下,五月的苍蝇安之若素地飞起飞落,它们让我想到了人世间的翻天覆地。

四、古堡的风水学中那些牌匾隐含着的儒家文化

风水学在中国源远流长,神秘诡谲,深奥艰涩。在这个学说中,山岳河流均与天人相通,林莽草蔓皆有灵性,人生历史无不由此追根溯源,贫富兴衰都可得到征兆暗示。风水学用到建筑中完成了知识从动到静,从独立到融合的选择,抬头抬眼之间可安妥人的灵魂。

中国科举从隋文帝开始,三年一考,持续到清代光绪三十一年(1905)废除,长达一千三百余年,除去元代中断科举八十年,也有一千二百余年历史,举行科举考试四百余场。与古堡的建筑兴起于明代一样,我们看沈登苗《明清全国进士与人才的时空分布及其相互关系》统计,明代全国有进士24814名,山西全省共有1194名进士。地脉风水不仅是中国一种古老的很有影响的文化传统,而且是社会风俗的流传。尤其是沁河流域的古堡群建筑,依山傍水,人之习性形成于山,人是山水灵淑之气钟聚,山水文化的标识。登高望远,欲附云汉,腾空而去。作为封建社会的产物,它的建筑者丝毫不敢有任何含糊之心。

沁水郭壁,这个流淌了千年历史长河的古镇,铺着石板的古驿

道穿村而过,楼映院连五里多长,沁河流域号称"五里金郭壁"。村内划分的众多区域,通过内门楼或过街门楼分成若干互相联系而又相对独立的街区。这些街区均以"坊"或"里"命名。如现存的"宁远坊""三槐里"等,依旧保持着当年的格局。读书人的人生目标,就是金榜题名,学而优则仕。读书若不能"朝为田舍郎,暮登天子堂",人生是没有出息的。熟读诗书的底蕴和官位亨通后的见识,在建筑审美中开始凸显。比如城邑门匾的取名,处处见渊博儒雅。其村内有名的大院为"青缃里",可说是堡中之堡。它矗立在村西北的最高处,是为官至陕西、山东按察司兵备道王纪的府第。青者,青色也,寓意名垂青史;缃者,浅黄色也,代称书卷。"三槐里"则来源于《礼记》的"面三槐,三公位焉",这是解甲归田的朝臣对庙堂的执礼和怀念。而宅第的匾额名为"迎爽""乐善",谈的是为人处世的品性修养。

　　古堡内民居采用轴心线和对称的布局,是对古代城市修建中隐藏的儒家文化"礼"和"中庸"的效法,但它更多的是晋东南本土"四大八小"的棋盘式布局,取中国建筑传统美学中的"四平八稳"之意。——这些委婉的、趋利避害的谐音修辞格和数字象征意义,被娴熟地运用在建筑中。古建筑三大理论之一的风水,岂能被深谙此道的阴阳家忽略?比如上文的四平八稳,就属于阳宅风水,是说休养生息的地方,宜静不宜动。而沁水县上庄村的古堡则是另一例,它自上而下铺到樊溪边,又自下而上垒到对岸南坡,手法自然舒畅,还暗合"芝麻开花节节高"的寓意。

　　沁河流域的湘峪古堡,由明万历年间户部尚书孙居相、都察院右副都御史孙鼎相兄弟主持修建。因孙鼎相行三,府邸便被称为三都堂,古城亦被称为三都古城。湘峪原名乡谷,谷与峪同义。从乡谷之名分析,有谷而无山水,有碍风水,孙氏后人便在"乡谷"二字前面添水加山,便有了湘峪古堡。湘峪古堡除了是冷兵器时代防御工事的杰出典范,还有个与传统相悖的建筑形式"双插花"。中国传统观念讲究尊卑有序,体现在房屋上是中间高两边低,但湘峪古堡竣工于崇祯十一年(1638),却反其道而行之,中间正房高三层,左右两侧房高四层,乍看仿了中世纪欧洲教堂,实际是中国古代官帽的形状,叫"双插花"。是希望子孙书香立世,读书做官,不要落魄农耕。如古堡的西门匾额"来奕",语出汉代扬雄《太玄经》:"次六,息金消石,往小来奕。奕,大也。美称金,恶称石。金生水,善思恶。除故,小去大也。"来奕,即往小来奕,送走小的,迎来大的;送走恶,迎来好;送走今日或今世,迎来明日或后世。而古堡三门的匾额是一个意思:东门"迎晖",意迎来朝廷恩泽,古人常将帝王比作天日;南门"宸薰",意建功立业闻达朝廷。科举曾对中国的社会与文化产生深远的影响,然至明开始走向僵化、教条。八股取士的迂腐,范进中举的疯狂,对双插花是个注解。

  如今的郭壁古堡也好,湘峪古堡也罢,都已显得冷清了。曾经安抚了一辈辈当地人的灵魂,已完全隐匿在了新建的红墙黑瓦之间,往昔的灿烂、曾经的盛景,与现实生活疏离了,惯常的情趣与人生的欲望也疏离了。我看到一个壮年汉子赶着三五只羊拾级而上,那上面荒草丛生,他走下时,台阶松动塌落下来,躲开的瞬间,一群蚂蚁惊慌失措来来回回四下而去。

  沁河古堡,从古到今背影下都有一个偌大的影子,在这个影子里不知过往了多少人和事,鸡变成了凤凰,狐狸变成了精,这就是我们的岁月道场。

五、建筑承载了历史

  "我们应该研究汉阙,南北朝的石刻,唐宋的经幢,明清的牌楼,以及零星碑亭,泮池,影壁,石桥,华表的部署及雕刻,加以聪明的应用。"梁思成如是说。那些没有如是做的,是没感受到古堡建筑的大美。美是有"生气"的,这种生气源于富贵。沁河流域马家北院的斗拱、东岳庙献殿八角亭穿庐顶,皆艳色尽失,然一座座斗拱木叶绽放如初,其姿其势像百姓张臂问天,更像他们慷慨激昂,万手托天。

北方的天地间是苍黄土色,它需要一抹亮色。女子的红袄,孩娃的红兜肚,汉子的红裤带,院子里的似火榴花,它比南方更迫切地嗜红。在残垣断壁的旧地,一抹红甚至能挑出阳气。走进那些没有红色的古堡,红腿或黄腿的蚂蚱,从藏身的草丛间一跃而起,它的弹跳力显示了生之旺盛,而那些城墙上的电线被风吹得沙沙作响。沁河古堡除了"皇城相府"的中道庄,其他的极为有限的内容,让我看到岁月正展开不动声色的阴谋,我很害怕它们像大地上没有钉牢的钉子,有一天会突然歪下来。

沁河尚在流淌,它曾不辞劳苦地润泽着一方水土一方人民。千百年间,岁月之花绿了又黄,开了又落,荀子、董仲舒、李商隐、荆浩、郝天庭、唐寅、郝经、李瀚、常伦、刘东星、茹太素、萧照、毕振姬、王叔和、刘羲叟、李俊民、张慎言、王国光、张敦仁、陈廷敬、贾景德、孔三传、赵树理,一个个从沁河流域走过,农耕、从商、修建、求仕、祭奠,石磨面做麦芽枣糕,戏台上扬上党宫调,花样迭出,艺术而坚韧地活着。沁河古堡因了他们终成一方胜地,我走过,忍不住回头再望,那实在是叫天下着迷的地方。

肠胃里的故乡

等一碗面吃,尤其是冬日暮色下,白日的喧哗模糊了许多,一切淹没在暮霭中,这时,你会觉得日子仍然含混在黑白电影时代,也属于小说印数谨慎和有限的年代。擀面人站在地上,暗黄色的瓦数很小的灯泡照亮了她的背影。

"腾,腾,腾。"

灶台上铁锅中的水开了花,水开花时发出快乐的尖叫,用它的小手顶举着锅盖,旁边的锅碗瓢盆按捺不住喜悦,开始互相磕碰,火苗"欻欻"作响。

要下面了,和着模糊不清的等待,吃面人离开座位,又觉不妥,坐立不安,最不体面的事就是焦心地等一碗面的到来。

民以食为天,这是千百年来民众生存的一个大真理。填饱肚子不生事,依据常识行事,生活才会有鼓舞的日子出现。

在北方,填饱肚子,面,厥功至伟。

面,是天地之间最普通、最实在、最没有富贵气的食物,人们对面的态度,反映着社会生活的水平。

有面吃,才能饭饱生余情。

一、四千年前的一碗面

一碗面,在漆黑的夜里等待了四千年,搅和了山土的气息,尚存几分贵气。

一个女人,在松柏、柴草、野花的拥偎中,用一双巧手扯面,一切没有来得及送往嘴里,山动摇了,一瞬间,山和山洪扭滚在一起,这时候,闻到面的醇香,死亡,让一碗面成为一种考据。

被考古学家在中国西北青海省民和县喇家村的黄土高原泛滥区挖掘出来时,一小堆保存完好的条形物躺在一只陶土制成的碗里,鬼愣愣的,很惹人眼。

地震将这个小村庄埋在了地下三米处,假如不是沉睡,一碗面怎么可能蓬勃到现在?

面条已经煮过,覆盖在一只倒扣的陶碗中,看起来细细黄黄,极像山西人经常食用的小麦粉做成的拉面,并且反复扯成细长细长的条。

碗底的空隙形成一层保护空间,使软面条未被压碎而保存下来。

当陶碗出土见了日光、见了空气,面条如同吸了氧气,迅速化为齑粉。

不过,考古学家仍设法分析出了面条的成分。他们在查看面条中的淀粉粒和矿物粒时,发现这些古面条跟我们现在吃的不一样,不是由小麦制成,而是由小米做成的。

黍是一种个性鲜明的食物。它被驯化后,具有抗旱耐贫、生长期短的特点。《诗经·王风·黍离》中有这样一句诗:"彼黍离离,彼稷之苗。"黍的好友稷出现了。

稷,有人说它是不黏的黍,也有人说它是高粱。这种古老谷物的出现比黍稍晚,但稷的优点就是产量高。先民的人口因稷的出现而迅速繁衍。

稷,在先民心中不仅是种食物,还具备社会性。周人将稷奉为五谷之长,并把自己的始祖称为"后稷"。西周时,稷被神化,成为"谷神",与"土神"一起成为国家的代名词"社稷"的重要组成部分,由此,"稷"由谷物演变为"精神图腾"。

小麦在中国成功移植历时不短,它是逐渐从中国西北部发展到东部及南部的。考古学上有证据可以证明,虽然在5000—4500年前小麦已在中国西北部出现,但直到唐、宋才给推广起来,也就是从公元618到1279年之后,小麦才成为继大米之后中国第二大谷类作物。

也许是正午,也许是傍晚,捞往碗里的面遇到地震引发来的洪水,瞬间,全村直接被洪水淹没。

生命不仅仅存留在个体身上,还是一个薪火相传的时间流程,一个时间链中的节点,一碗面告诉了我们古人的生活质量。

小米是没什么黏性的,怎么可能做成面条呢?这是他们一直以来的一个疑惑,什么样的手工艺能做出如此细长的面条?

因为没有见过当时面条出土的样子,一直以来我心中的答案是,它是用北方一种压面的木制河捞床压下的面条,小米加了榆树皮碾碎的粉,起到黏合作用。

榆树,刮去皱裂的老皮,用锤子使劲捶砸开那白生生的嫩皮。捶得白皮丝丝缕缕,就可以一块块撕下来了。榆皮晒干,在石碾上碾烂,细箩筛下,榆皮面就成了。做榆皮面最好的是根上的皮,那皮深埋在土里,皮薄肉厚,而且碾后渣滓少,出面率高。

河捞面,多在北方人家尤其山西和陕北流行,在不同的地方名称不大一样,有叫河捞面的,也有叫饸饹面的。有专门压河捞的工具,称为"河捞床"。

老的木头制的河捞床是在一根木头上挖个杯口粗的圆坑,坑上下通透,在坑底下钉一块铁皮或铜板,上面均匀分布大小适中的小孔。将河捞床上方的一根圆柱体连接在一个轴上,将河捞床架于锅上,把和好的面搓成长圆形,在水里蘸一下,将面填满圆洞,放入河捞床坑内,木芯置于洞口,然后按住河捞床的床把,手扳木杠用力下压(挤压),将面从小孔中压入开水锅中,把面压尽后,用刀将河捞床底的面丝割断,三滚两滚,河捞面就熟了。

大的河捞床,要用两三个人的力量才能操作,适用于婚丧嫁娶的大宴席。家庭用的小河捞床,形如大河捞床,只是尺寸要小。压罢河捞要用小铁勺子挖干净床坑,当紧的事,一不当紧床坑里的面就干了。

好媳妇的河捞床很干净,清清爽爽,只用看河捞床就知道是不是居家过日子的好女人。

榆树皮面可以用在一盘散沙的面粉中,掺了榆树皮面粉的面食口感滑溜柔软,入口别有一番妙处。

四千年前,我们的先民已经有了较完善的技术对粮食作物进行脱粒、粉碎,获得足可以制作成面条的面粉,利用面粉做成和目前河捞面一样均匀、细长的面条,尽管当时面粉的颗粒还比较粗,但我相信掺拌着榆树皮面来黏合,再用工具压下完全是有可能的。

粮食在古老的节气里成熟,由面食工具看到了吃面人的愣硬倔。一碗面,头埋进碗里使劲刨,一副饿极了的熊样,那面吃得是汤溅四处、咀嚼山响。

陕西人说:"这面食把陕西人吃得胖乎乎的,尤其是关中人,都是盆盆脸,肉厚脖子粗。"

那么,统一中国的伟业还能由谁来完成?只能由吃面的人来完成!

过去中国人声称,马可·波罗把面条从中国带到意大利,意大利人则说,在马可·波罗之前他们就有面条。喇家村出土了一碗面,一碗面让我想到了伸向远方的道路。

在现今罗马北方的伊楚利亚古国,一幅公元前四世纪的古墓壁画描绘出奴仆和面、擀面、切面的情景。不过不管是伊楚利亚人还是意大利人，通常都喜欢将面拿来烤食。

除了中国人，我想象不出还有哪个国家的人有此耐心舍得用大把时间来做一碗面。

面是北方人的天，是把日子过成好光景，憋足劲走往人前头去的精神，是把人安顿住了，以圆润姿态把持着每一颗或远或近的心，是诚实、稳当、知足、认死理和一好百好的德行根源，世上的山珍海味再好也抵不过实实在在的一碗面！

二、麦黄杏黄，麦客开镰

麦黄杏黄时货郎的背褡里装了女人的等待，一旦他的拨浪鼓摇响，女人和娃娃就抢先站在了村庄当中。这时节村庄里的劳力准备开始下地割麦了，成群结队的麦客从一座村庄割往另一座村庄。女人们从货郎的背褡里用鸡蛋换下针线，就为了给自家汉子做一副厚实的垫肩。

五六层布的垫肩，它的形状是半椭圆形，有十五厘米左右宽窄（后宽、前窄），中间一个圆洞比脖颈大一些，围着人的肩膀转一圈，前面两边各有一根细绳，用来系在脖子前面防止滑落。

麦客在麦熟时节外出替别人收割麦子，俗称"赶麦场"。

麦客的存在缓解了广大农村在夏收时节面临的时间紧、任务重与人手不足的困境。

由北向南，由南返北，像候鸟一样迁徙游走的麦客，一把镰刀，一路收一路走，等麦客走到自家门前，自家的麦子也熟了；另一部分是早熟区的农民等自家收割完后便前往相对晚熟区收割。他们的共同点都是成群结队，其中有兄弟同行，还有父子同行甚至夫妻相随，用汗水换取微薄的收入，以补家庭短缺或寻找生路。

在农业机械化时代,因其使用机械收割也被称为"铁麦客""机械麦客"。

生活中的劳动者是一些知足者,他们在收获中获得平凡简朴的幸福。能够领受时节赠予的人是有福人,在时间里守候那些恒常的自然规律,只有劳动可获得最实在的安宁。

吃面人种麦子,麦子却是引进的外来作物。

植物遗传学和考古学研究表明,小麦起源于西亚。黄河流域虽有小麦的亲缘植物小麦草的分布,但迄今未发现野生的二粒小麦。

中原数以千计的新石器时代遗址中也未发现麦作遗存。

最早的麦作遗存发现于新疆孔雀河畔的古墓沟墓地中,距今约3800年。墓主头侧的草编小篓中有小麦随葬。墓主是一个头戴毡帽,身裹毛布或毛毯,脚穿羊皮靴的人。木制葬具上覆盖着牛皮,并且有牛羊角随葬,由此可知他是一个以经营畜牧业为主,并开始使用土地种植小麦的人。

孔雀河谷发现了麦作遗存,同时出土了大型磨麦器。

成书于战国时代的《穆天子传》记述周穆王西巡时,沿途部落大都以麦为献,周穆王将其带回中原种植。

羌人自古活跃在中国西部,在商代即与中原有密切的联系,周代这种关系得到了进一步的加强。

《汉书·赵充国传》中也谈到麦是羌人的主要粮食作物。

麦客收割走了麦地里的麦子。凌晨月光清澈高远,照着黑黝黝的山峦,拾麦人急慌慌出门。收割后的麦地空阔,新麦的香扑面而来,一寸一寸拾过去,运气好时捡拾下的麦子相当于一年一口人的新麦口粮。

北方人几天不吃面便觉得心焦难耐,一日少一顿面,在老人眼里,熟悉于心的日子已经过得不成样子了。

没面吃,日子完全没了架势。

没面吃终会扰乱富贵,做面的女主人便觉得空落落的,虚弱、酸楚,哪儿哪儿都不敢和有面吃的人家比。端着碗不敢去串门儿,跟打麦场上闲着的连枷似的,麦子可是一家子的细水长流哇!

童年时地少,或者说地不产粮,麦子少得可怜,吃面总要掺一些杂面,能吃一顿精白面的,家里不知道该有多少藏粮。

我最喜欢的面不是精细面,而是三合面。三合面做的浆水臊子,用七十年代的"为人民服务"大海碗一盛,坐在自家的土窑炕上,边吃面边听妈唠叨:"吃饱饱的,出门在外吃不上妈的手擀面了。"

世界那么大,阳光那么好,成长是多么不开心的事啊,那时虽然十几岁的年龄,自小常想长大以后的事,长大是要离家的,家是爸妈灶前扬眉与低首间的幸福,在家的日子就是蒙着爸妈的开恩,想吃面,不动手一碗面来了。出门人,就算一碗面摆在眼前,可那面里头再没有了爸妈的唠叨,再好吃的面都显得寡淡了。

不管是以前还是现在,足够的力气给到地里,地总会给你丰收的喜悦。麦子收成不好的季节,乡下人就用杂粮做面。

炕铺上的面盆里放着挤成枣样大小的剂子,一双巧手从两头搓起,成细若香头的面鱼,若是抬头望见日头高过窗棂了,来不及搓面鱼鱼的主妇,便捏成很薄的高粱红面壳壳。要么掰成块加菜拌食,要么切条,用鸡蛋、酸菜炒食。

下地人进了院门,嗅着那一股香,八珍玉食般垂涎。

过去村里孩子玩饿了,取一个红面壳壳,在碗里边倒一点盐醋,滴一点食用油,从边上掰一块蘸点盐醋吃,吃到最后,盐醋、壳壳来个一口香,老百姓叫"油盐蘸捻鱼窝窝"。

一般家庭主妇能用小麦粉、高粱面、豆面、荞麦面、莜面做几十种面食,如刀削面、拉面、圪坨面、推窝窝、灌肠等。

到了日子深处,做面人更是花样翻新,让人目不暇接,那真是一面百样、一面百味的境界啊。

面按照制作工艺来讲,有蒸制、煮制、烹制。有据可查的面食在山西就有280种之多,蒸、煎、烤、炒、烩、煨、炸、烂、贴、摊、拌、蘸、烧……

不说别的,仅馒头一说就有:花卷、刀切馍、圆馒、石榴馍、枣馍、麦芽馍、硬面馍等。

《事物纪原》里说,诸葛亮为了代替人头祭泸水发明了馒头。

《三国演义》第九十一回中,诸葛亮征南胜利班师,至泸水设祭。当地土人说,须依旧例,砍七七四十九颗人头为祭,但诸葛亮却"唤行厨宰杀牛马,和面为剂,塑成人头,内以牛羊等肉代之,名曰馒头"。以此来看,似乎"馒头"之名始自诸葛亮。不仅《三国演义》有如此说法,明朝郎瑛所撰《七修类稿》也说:"馒头本名蛮头。"当年诸葛亮亲自率兵征伐割据于云、贵一带的孟获,七擒七纵。叛乱既平,不忍心杀人祭泸水,用面馒头代替。

馒头开始成为宴会祭享的陈设品。晋以后有一段时间,古人把馒头也称作"饼"。唐以后,馒头的形态变小。宋时馒头成为读书人经常食用的点心,就不再是人头形状了。一直到清代,馒头的称谓出现了分野:北方谓无馅者为馒头,有馅者为包子;而南方则称有馅者为"面兜子",无馅者也有称作"大包子"的。

我比较喜欢南方对有馅馒头称作"面兜子"的叫法,形象、生动,装了货,一兜之隔,如沐春风。

蒸馒头蒸出了山西面塑。

面塑由麦子面经过揉面、造型、笼蒸、点色而成。配合岁时节令祭礼或上供,如"枣山"在祭祀神灵之中,还寓意"早生贵子"。用于清明节的"飞燕"花馍,既是扫坟祭礼的用品,也表示春燕飞来,阳光明媚。

童年时过年就为了正月里走亲戚。

从正月初二开始,乡村的土路上行人赶会似的,胳膊挽着荆条篮子,篮子里装了馍,从月初走到月尾,自己家的馍走了一个月亲戚又绕回来了,唯一留下的记号是白馍上长出的霉点,那是青霉素呢,乡人说。

年把人过老了。

刀锋似的岁月,摧残人的容颜和力气,还想着从前过年呢,掉转一下身,发现母亲站在案板前已经直不起腰身了。

三、面由花朵历经季候修成了正果

面是由花朵历经季候修成的正果,皆是雨露、日月凝结的精华。

物竞天择,水到渠成,人们除了具有对面类的食用惯性外,亦具备了对面的发现惯性,总应和着"民以食为天"的古训。

春季烧卤面,夏季凉拌面,秋季肉炒面,冬季热汤面的四季吃法,吃得北方汉子人高马大,走南闯北,一碗面落肚,露出肚腩,一忽闪褂子,要强的面子就显出来了。

面如我们的五千年文明,也让我们闻到了一股王者与平民日日里的优雅和闲逸之气。

东汉桓帝时有一个很喜欢吃面的尚书叫崔寔,写了一本《四民月令》的书。书上说:"五月,阴气入脏,腹中寒不能腻。先后日至各十日,薄荷味,毋多肥浓,距立秋毋食煮饼及水溲饼。"

"煮饼""水溲饼"就是最早的面食。

"饼"字由来已久,《说文》曰:"饼,面糍也,从食,并声。"周礼祭太牢,其中有种祭品叫"牢丸",就是用面做的圆形食物。这大概是饼的最早记载。

山西的饼食,同面条、花馍等面食一样食用普遍,有烤制、烙制、炒制,还有水煮、油炸等多种制作方法。在山西,东到娘子关,西到黄河边,南到风陵渡,北至雁门关,不管你是在宾馆饭店的筵席上,还是集市庙会的吃摊上,或是普通人家的餐桌上,都能经常见到饼食的踪影。

山西闻喜县煮饼在明末就有了名气。

煮饼外裹一层芝麻,滚圆状,将芝麻团掰开,便露出外深内浅的栗色皮层和绛白两色分明的饼馅,可拉出几厘米长的细丝。酥沙薄皮,甜而不腻,久放不变质,是越嚼越香。

崔寔尚书吃面居然吃出了经验,知道吃面也有自伤的时候,说有些月份是不可以多吃面的。

面条在魏晋时称"汤饼",南北朝称"水引""馎饦"。

我尤其喜欢先祖叫面条为"水引"。

来想象一下,就像中药罐中的药引子七粒红枣一样,失去了引子,中药药性就失去了大半。

面条是水引,在清水中一掩一映,一蓬一簇垂吊在筷子上,散披在锅里,让静伏在炉畔的胃肠,先是汩汩欲出口水;再是一阵难耐的下咽。眼睛里的馋啊,时不时地涌进半帘香雾,急不可待拿了细瓷碗儿一舀一吆喝,馋得人真要连碗咽下了。

《齐民要术》介绍说:做水引,先要用肉汁将面和好,然后用手将面挼成筷子粗细的条,一尺一断,放在盘中用水浸,做时手临锅边,面条要挼得如韭叶一般薄,用沸水煮熟,即为"水引面"。

吃面吃得热汗淋漓的要数宋朝。北宋汴梁城内,北食店有"罨生软羊面""桐皮面""冷淘""棋子"等,川饭店有"插肉面""大燠面",面食店有"桐皮熟脍面",寺院有"素面"。南宋都城临安城内,南食店有"铺羊肉""煎面""鹅面"等,面食店有"鸡丝面""三鲜面""银丝冷淘"等,菜店则专卖"菜面""齑淘""经带面"。山林之家有"百合面"和"梅花汤面"等。

面把北宋汴梁城丰仪得如雪地春风,宋徽宗和李师师,爱情一传老远的声气,让走在万古无春的天边路上的孤独有了斑斓春梦。

因了面,再看宋徽宗的瘦金体,横画收笔带钩,竖画收笔带点,撇如斜刀,捺如切刀,有些连笔像游丝行空,施展劲挺的样子怎么看都像案板上摆放着的面。

山西面食走出声名的是刀削面。

刀削面内虚、外筋、柔软、光滑,享有国际盛誉。

关于刀削面有一个民间传说。蒙古鞑靼侵占中原后,建立元朝。为防止"汉人"造反起义,他们将家家户户的金属全部没收,并规定10户用厨刀一把,切菜做饭轮流使用,用后再交回鞑靼保管。一天午时,一户人家的女子和好面后,让汉子去取刀,结果刀被别人取走,汉子只好空手返回。

在出鞑靼的大门时,汉子的脚被一块薄铁片碰了一下,他顺手捡起来揣在怀里。回家后,水在锅里滚着,全家人等面吃,刀没取回来,面团在案板上,汉子忽然想起怀里的铁片,取出来说:

"就用这个铁片切面吧!"

女子一看,铁片薄而软,嘟囔道:"这样软的东西咋好切面?"

汉子对鞑靼的占领很气愤,带着情绪说:"切不动就砍。"

"砍"字提了个醒,女子把面团放在一块木板上,左手端起木板,右手持铁片,站在开水锅边"砍"面,一片片面叶落入锅内,煮熟后捞到碗里,浇上卤汁让汉子先吃,汉子边吃边说:"以后不用再去取厨刀切面了。"

后来,凤阳出了朱元璋统一了中国,建立明朝,这种"砍面"在小摊贩上流行,又经过多次民间改革,演变为现在的刀削面。

刀削面传统的操作要诀是:"刀不离面,面不离刀,胳膊直硬手水平,手端一条线,一棱赶一棱,平刀是扁条,弯刀是三棱。"要说吃了刀削面是饱了口福,那么观看如何制作刀削面则饱了眼福。

1985年山西财贸系统在太原城技术比武时,饮食行业的削面高手每分钟削118刀,每小时可削25公斤面粉揉成的湿面团。

有顺口溜赞:"一叶落锅一叶飘,一叶离面又出刀,银鱼落水翻白浪,柳叶乘风下树梢。"

面勾人焦心,离乡人有面滋养胃口,滋养日久,再艰辛的生活,只要天天有面吃,走外的人差不多就要把他乡认故乡了。

四、上马饺子下马面

走南闯北的乡亲,外出,归家,迎客,送客,都有可亲可喜的风俗。

"上马饺子",说是饺子的样子像古时的银锞和元宝,希望出门人赚得盆满钵溢。

多少年来,与世界因此建立起联系的口福,总会想起故乡、庄稼地、麦子、妈妈。我可以在任何一个地方与故乡发生联系,是因为那里有面吃。

有了面,离乡的漂泊就好像有了根,就可以在任何一个地方呼吸生长,去开辟自己的一片天地。

饺子,取"更岁交子"之意,民间有"好吃不过饺子"的俗语。在中国许多地区民俗中,除夕守岁吃"饺子",是任何山珍海味所无法替代的。

起源于张仲景时代的"饺子"又名"交子"或者"娇耳"，有新旧交替之意，也是秉承上苍之意，是必须要吃的一道大宴美食，否则，上苍会在阴阳界中除去你的名字，死后你会变成不在册的孤魂野鬼。

饺子在其漫长的发展过程中，名目繁多，古时有"牢丸""扁食""饺饵""粉角"等等名称。三国时期称作"月牙馄饨"，南北朝时期称"馄饨"，唐代称为"偃月形馄饨"，宋代称为"角子"，元代称为"扁食"，清朝则称为"饺子"。

饺子一开始主要具有药用价值，张仲景用面皮包上一些祛寒的药材用来治病，避免病人耳朵上生冻疮。

"祛寒娇耳汤"是总结汉代数百年临床实践而成的，其做法是用羊肉和一些祛寒药材在锅里煮熬，煮好后再把这些东西捞出来切碎，用面皮包成耳朵状的"娇耳"，下锅煮熟后分给乞药的病人。每人两只娇耳、一碗汤。

人们吃下祛寒汤后浑身发热，血液通畅，两耳变暖。老百姓从冬至吃到除夕，治好了冻耳，也抵御了寒冷。

"好吃不过饺子。"

从前吃饺子时有许多俗规。

第一个饺子供火神，故意将其跌落在火台上，让它烤焦，扔进炉膛，日子要旺了。第一碗饺子要先供奉先祖，然后才是供诸神。河北民间有"神三鬼四"之说。给诸神上供 3 碗，每碗盛 3 个；给列祖列宗上供 4 碗，每碗盛 4 个饺子。

有的地方，饺子端到供桌上，家里老人还要虔诚地念上一段祷告式的顺口溜：

一个扁食两头尖，

下到锅里成万千。
金勺舀,银碗端,
端到桌上敬老天。
天神见了心喜欢,
一年四季保平安。

还记得月亮升得越来越高的除夕夜,守岁包饺子,一家人围坐在炕上,月明在枣树的枝头,树影像钟表的时针,听得除夕渐渐走远的声音,时辰一到,开门放炮。响声把大人的喉结解开了,把去年的不愉快带走了。

家人远归或者有客登门,接风的吃食必定是面条,俗称"下马面"。

传说面条像绳索,绊住来客的马腿,要他多住几天,表示亲热。

要是饭食安排错了,便有些难堪。"下马"吃饺子,表示主人有逐客之意,而"上马"吃了面条,绊着了马腿,预示旅行将不顺利。

出门人先要择吉日,吉日不难排,农历逢三、六、九的日子都是好日子。

七不出门,八不回家,小时候常听大人说。后来才知道是老祖宗留下来的教育人们的话,正确的解释是:七不出门,说的是出门前有七件事情,如果你没有办好的话不能出门。这七件事就是柴、米、油、盐、酱、醋、茶,因为以前女人是不能出门的或者是很少出门的。男人是一家之主,是当家的,如果你要出门的话首先要安排好家里的基本生活,把一家大小吃食问题先解决了,这样你才可以出门,出了门才能放心。

八不回家,是说你出门在外有八件事必须做好,做不好是不能回家的,这八件事是孝、悌、忠、信、礼、义、廉、耻。这八件事是古代做人的基本道德准则,违反了任何一条都对不起祖宗,无颜面对家人。

谚语说:"三六九,朝外走。"择了日子归家,无论你是闯关东,下南洋,还是少小离家白发归来,一顿"下马面",足令归家人老泪横流。

我妈说,吃了由面粉揉筋道的面,人才能长结实,才能长出硬面一样的肌筋,才敢向着离家很远的地方走。

人总是要离开故乡,人可以改变容貌,可以忘记从前,但永远改变不了生自故乡的肠胃。

土地用它的出产养育着它上面的人,如果说吃是健康的前提,那么,有面吃该是一生最好的渴念了。

日头用一只巨大的葫芦瓢,把黄黄的浓稠的阳光泼在人世间的每一寸土地上,那上面生长五谷杂粮,所有的生长就只能是为了吃,吃就是一种世俗呀,张家大爷海碗里的面拌了葱花的香气,那香气是什么呀,是你对旧时光阴的依恋。

怀念童年,最让我动心的怕是香透窗棂的那一碗面吧!

我曾见过一村人围着一口大锅吃面,吃得热火朝天,一口大锅增加了人们的凝聚力。煮在锅里的面滚熟了,举起胳膊,用一双很长的铁筷子,挑出面,挑进伸过来的一大片碗。此时山也朗润了,风也柔和了,花儿也开欢了,小鸟也出巢了。

娃儿们在大人的腿缝间穿行,他们喊叫着:"吃面啦,吃面啦,吃面啦!"

大人喊:"快,面来啦!"

眼仁里那些印

2012年的春天，4月，桃花在温润的地气推助下开花，春天最有风韵的那个部分由桃树的绿意释放出来，我无比陶醉。

看这样的景致时是在傍晚，我在一座老屋的地上站着，透过一扇老窗的花格，天地间一片花红柳绿。那个安静，那个衰落，那些个桃花开得烂漫。任何时代都需要殉道者，殉道本身就具有意义。那么谁是一个时代的殉道者？是破败下去的旧时老屋里的主人吗？还是就应该是一座老屋。旧去了，连老窗的花格都糟烂了，可那规格还在。

一阵风刮过，花蕊的香袭来，花瓣如发情的蜜蜂婀娜而飞。这样的窗户，也只有在旧时代才有。

翠鸟在远处鸣叫。

我害怕一丝声息都会惊吓那些花格上糟烂的木纹。窗户之内，青砖墁地，几代人走过的脚印重重叠叠，大大小小，生命存活于瞬间真实，有多少眼睛透过窗户的花格望着外面曾经笑容烂漫过？

与天空，与风，与雨雪，与隔窗有耳，有一种深邃的味道。

《说文》说：在墙曰牖，在屋曰窗。牖会意。从片、户、甫。片，锯开的木片，"户"指窗。先秦多用牖。窗少见。本义：窗户。牖，穿壁以木为交窗也。段玉裁注："交窗者，以木横直为之，即今之窗也。在墙曰牖，在屋曰窗。"苏轼《柳子玉亦见和因以送之兼寄其兄子璋道人》说："晴窗咽日肝肠暖，古殿朝真屡袖香。"在所有的感觉中视觉定然是使人最快乐的，这让我想到每一块参与建筑的木头，几百年之后依然无言地向你叙述着这些建筑的奇绝和透视的温暖。从人心深处到大千世界,看过去,是生命的活水流动。

窗户内的事情在历史深处早已破败无着,窗外的世界依然日新月异。我一直认为窗户就是建筑的眼睛,哪怕它已经散乱,沦陷到大地的内部,你依然可以感受到它的明亮。

先从窗棂说起。传统的窗棂大都雕花,如仙桃葫芦、福寿延年、石榴蝙蝠、扇状瓶形等等,极富富贵意味。富贵是人类向上努力的目标,那个目标之上永远填补不了心灵的空虚。意味需要用心感悟,增一分恶,减一分俗。富贵也是修来的,一是修心,二是修性,三是修行。所有的寓意和自然有关,"人在观察大自然的时候,会把心中最美好的东西拿出来",这句话是普里什文说的。

再来看我们中国传统建筑中的门窗。木构建筑,墙体一般都不承重,隔扇、槛窗可以做得轻盈通透,窗又常处在人们的视觉中心区域内,抬眼之间,朝夕相处的四季轮回扑面而来。至少从汉代以来,我们的祖先就已将自己的祈愿、祝福和喜悦刻在了窗的棂子、绦环板和裙板之上了。那份趣味不仅是窗户上的,也是窗户外的。比如在古典名诗中就有:"窗含西岭千秋雪,门泊东吴万里船。""画栋朝飞南浦云,珠帘暮卷西山雨。""梦觉隔窗残月尽,五更春鸟满山啼。""深秋帘幕千家雨,落日楼台一笛风。""今夜偏知春气暖,虫声新透绿窗纱。"美好的诗句永不灭!

回首岁月,也只有祖父窑门旁那扇窗户,夜静时望月,一格玻璃,两手青灰。不知多少人从此处望过,生多少种心情。有些痛既是人的,也是窗户的,终究,脆弱的是人,古老的是窗外月。

宋太祖建国时为避免唐安史之乱以来藩镇割据和宦官乱政的悲剧,遂采取重内轻外和重文抑武的国家政策。著名史学家陈寅恪言:"华夏民族之文化,历数千载之演进,造极于赵宋之世。"宋代,更是中国建筑发展的鼎盛期,这一时期出现了大量功能性好、棂条组合丰富、艺术和审美价值较高的门窗样式,最具中国特点的隔扇开始被普遍采用,促使建筑的整体风貌与室内的采光、通风得到改善。

我在沁河两岸已经看不到宋代的窗户了,所能见到的传统门窗,大多是明清两代的遗构。一切都不再像从前,一切都在改变。我穿行在老屋,四下打量,以免打断自己的冥想,我想念往昔。一间老屋里,一盘火炕,读书的女子在通透的窗户前,与那个当下保持着一定距离,炉台上的一壶春茶滋养了她,对往事倾情,窗外的世界旖旎媚惑,推开窗扇,把自己放在靠着窗户最近的阳光下,女子的脸,隆重地映现了屋子里的富贵。

真喜欢过去的时间,是那样具象、有力！精神上独自出游,那么谁会与荣华富贵结怨呢？不会。看那图案式的窗棂你便知道,文化内涵由门窗纹饰与图案便一目了然了。当门窗成为生活的一部分,文人与工匠一道,不遗余力地发挥想象和才智,使门窗艺术万千风华。官员、商人与文人的需求明显会有差异,文人都会从自己生存环境的角度出发,挑选喜爱或者让社会接受的纹饰与图案。而大多官宦人家喜欢一种含有龙意象的卷草图案做装饰,又叫"卷草缠枝龙"。头部有明显的龙头特征,而身、尾及四肢都成了卷草图案。产生一种连绵不断、轮回永生的祝愿。民间俗世的吉祥图案,有盘长、梅花、冰纹、大桃子、双鱼、万字、寿字等等,蕴含着深厚的寓意,把看过去的眼睛养得蓬勃芳香。唐代和唐代以前常常以直棂窗为代表。到宋代、辽代也做直棂窗,但是,图案的装饰纹样逐渐多起来,金代大力发展隔扇窗,在三间房中两间的窗子即用直棂窗,下部修筑槛墙。清代,除方格窗之外还有槛格窗。

沁河两岸窗户下有压窗石,大多刻的是狮子滚绣球、桃子和石榴。不过沁河两岸和陕北窑洞及山西平遥四合院不太一样,平遥和陕北喜欢做一个大花窗。大花为樱桃、双钱、麒麟钱,喜庆。

我一直不喜欢古钱图案,无端地会让我浮躁。

最早糊窗纸用的是什么我不知道,只知道沁河两岸的糊窗纸是麻纸,桑树皮做的,有木质的纤维隐约在里面,特别保暖。雍正年间,每年夏秋之际,有来自英国、法国、荷兰、奥地利和瑞典的贸易大船,挣出雾障由海路而来,这些大船前来购买中国的茶叶、瓷器和丝绸,虽然船上带来的基本上都是白银,一般是三至五吨重的西班牙银币,但是也有一些西洋物产,比如呢绒、钟表等,其中有一样比较特别的物产,就是玻璃。

窗户上镶嵌玻璃,只是大户官宦人家才有的,但也不是满镶,窗格中间四格镶嵌就算比较奢华了。有了玻璃便有了明亮,便没有了秘密。我一直喜欢麻纸糊窗的那种味道,比如春夜月色之下,我很强烈地感受那黄黄的光线,衬托着糊窗纸上的民间剪纸,很生动,是幸福的印记,也是世俗的色彩。

月光照着窗台,移动那只花猫的影子,被炕墙挡得跌落在花被上,跌落到睡觉人的睫毛上,茸茸如霜毫。过去的老窗户上没见挂过窗帘,倒是有遮羞窗,是不是有了玻璃才挂起了窗帘?有一句老话叫"捅破窗户纸",有了玻璃以后,便有了"玻璃肚皮——看透心肝"。《红楼梦》写下一个丫鬟叫玻璃,是不是曹雪芹因了玻璃的金贵信手拈来?

窗下事千般景致,万种风情,成就人一生难以泯灭的情怀。有《题窗上诗》:"何人窗下读书声,南斗阑干北斗横。千里思家归不得,春风肠断石头城。"《纱窗恨》:"新春燕子还来至,一双飞。垒巢泥湿时时坠,浣人衣。后园里看百花发,香风拂绣户金扉。月照纱窗,恨依依。"其实说来,窗下事都是动的,拱出窗户纸便都开始发芽了。

　　晚霞收尽了人声和呼吸,走进春天,青草散发出弥久的清香,花瓣一地,今晚留宿何处?我身后的村庄变得幽深,时光的一半是恩赐,一半是降服,突然明白,备受现代文明熏染的我,毕竟还有自觉的"痛苦",一个词,两个字,可能已经伤及了我的骨头。

我曾经是一个猎人的女儿
——《嗥月》创作谈

父亲有过猎人生涯。

记忆中的冬日,父亲背着猎枪追赶一头猎物。雪后的日子,太阳朗照。人是向往光明的,其他动物也是向往光明的。太阳朗照下,父亲寻着猎物的蹄印前行。他和它一前一后,目的明确,共同的沉默支配着彼此,无法言说的感觉。太阳很脆弱,甚至经不住一点声音的打搅,沉浸在始终无力抵达彼此的中间,结局并没有想象的那样满意。

我记得有一年冬天父亲抱回来三只小狼崽,第一次遭遇那样的目光,没有敌意只有仇恨。直戳戳射过来,心里有一丝慌乱,或者说是疼痛,剧烈的,暂时屏蔽了平日看见小动物的表情,不可捉摸不可把握,更为重要的是它们的死亡,不是因为父亲,是它们的母亲。它们的死亡是如此惊心动魄,一切与我父亲脱不开干系。

从前的日子,让我意识到它们的存在,并由此联想到更多的东西。母亲用它们的皮做了一双狼皮暖鞋,一个冬天,我穿着狼皮暖鞋走在有阳光的日子里,总觉得身后有动静在跟踪,频频闪现出惊慌。

我一直认为童年的生活是单纯的。贫穷的日子并没有影响我自己所感到的幸福,尽管我的想法单纯幼稚,甚至一直想和狼成为朋友。当我看到父亲一次一次浇灭体内因奔走而生出的焦火,并且每次都有不同程度的受伤时,我相信狼是一种有灵之物。

父亲后来失去了猎枪。也是一个冬天,他在回乡的山路上遭到了狼的伏击。孤独的战斗到底经历了什么？他活着时我甚至忘记了详细追问。父亲会做猎枪,母亲一直敌视他。人是能制造和使用工具的高级动物,当生产工具与人一起出现在这个世界上时,父亲的猎物让村庄充满了咀嚼声,同时也让他频频出入在当地派出所。

写这样一篇小说,其实是想给狼写一封道歉信,说一声对不起。

在有限的生命中,我们和动植物有一种很幽深的命运勾连,它们更容易让我怀想起那些像阳光一样寂寞而又温馨的往昔,生龙活虎,是的,这是民间本能的力量。

在激荡着山风的沉沉大野里,这些,共同构成了生命的痛楚与美丽、缺憾与圆满。

要命的欢喜

当我有限的记忆因岁月漫漶得模糊不清,而我又迫切想回忆当时的情景的时候,我什么都不顾忌了,只会躺在床上,平息自己的红尘欲望,去想。帘下的风拂过来,窗外有什么已经不重要了,我很惬意,一半的想回到了过去,一半的想徒具了其形。我不太窈窕的姿态,谁又能够说我不好!我不能说床就是纯粹的私人化空间,我只能说我爱床就像爱天空一样情深。

去年冬天,我在山西沁河岸边寻得一张清中期富家小姐的闺床。精致的木格雕花完好无损,红色的大漆旧了,旧得纯粹就成了一种时尚。床体采用贴金箔、嵌螺钿等工艺技法,共雕有十个戏剧故事,有《三娘教子》《龙凤再生缘》《唐伯虎点秋香》《琵琶记》等。每个作品形象生动,惟妙惟肖。描金人物故事更显出古床的华丽美艳。只是床板有些不太稳重,倏忽之间来一声响,那一声响倒叫我想起曾经的男欢女爱。床的三面有花格窗户,也都是描了金的。花格下画了人物故事,细细的婆娑的画面,我一直没有考证出她们都是哪出古典戏剧里的女子。那腰身,那兰花翘指,凤眼细眯着,往悠悠的时间长河里去想,那真叫个枭娜。二百多年的历史,假如二十年一代人,十代人过去了,与空气摩擦着溅出了多少火花?盘腿坐在床上,回想我睡土炕的乡亲,一辈一辈的生命从土炕上站起来出门,又在土炕上躺下,最后移挪进土里,他们何曾睡过雕花木床?我突然觉得泥土是吃人的,吃人的泥土没有良心,那么没白没黑地伺候你,给你一生的劳动,到最后挣不来一张床。在我熟悉的回忆里支撑我活下去的唯一理由,该是一张精美的雕花床,就像时间里敞开的一间间店面,算盘珠子噼里啪啦,都算计走了,你活下去的心事,你活下去的目的,你活下去的争斗。一张床,会有多少故事发生呢?我坐在床上,再一次看那些时光下的雕刻,那满月的脸儿,俏丽的眉眼呼之欲出,什么样的美丽能经得起岁月这般残酷的打磨?难道只能是一双匠人的手才够得上美丽、绵长?

坐在床上的人,心思不动,便无悲无喜。

可坐在床上的人往往会生出许多人间幻景。

沁河岸边出过许多有能耐的人,比如阳城县皇城相府的陈廷敬。陈廷敬原名陈敬,顺治十五年(1658)考中戊戌科进士。因同榜有同名者,因此朝廷给他加上了个"廷"字,改名为廷敬。此人生来好学,诗、文、乐皆佳,与清初散文家汪琬、著名诗人王士禛皆有往来,"皆能得其深处,而面目各不相假"。康熙对陈廷敬有"房姚比就韵,李杜并诗豪"的评价。过去对官宦人家的称呼是有讲究的,一直到了民国,称呼都很规范。做了大官的人家叫"府邸",经商人家的叫"公馆",有钱有势的人家叫"宅院",有文化有脸面的人家称呼"寓所",只有老百姓的才叫"家",喊老婆叫"家属"。"皇城相府",原本也不叫这重口味的名字,虽然乾隆皇帝亲笔书过"德积一门九进士,恩荣三世六翰林"的楹联,可是康熙为陈廷敬题匾"午亭山村"四个字告诉我们它原本是叫这个谦称的。"春归乔木浓荫茂,秋到黄花晚节香",康熙的这一联和午亭山村与陈廷敬很吻合,很有点故乡的脐带陪伴一生的感觉。做了"皇城相府",不能说不好,于平民来说只能说是不家常。相府正门,有高大巍峨的城堡式门楼,上方书有"中道庄"三个大字。中道庄,为皇城相府的旧称,内城为陈廷敬伯父陈昌言于明崇祯六年(1633)所建,名为"斗筑可居"。外城为清康熙四十二年(1703)陈廷敬所建,名为"中道庄"。

这样的名字实在没有让人心情不好的理由。

我这张床传说就是从"相府"流落出来的。床是一个最宜于梦想的地方，传说给它抹上了一层浪漫色彩，并通过点点滴滴完成了我对它的基本怀想。它是一张大家闺秀的婚床，也是睡床，20世纪40年代流落到了民间，70年代它一直在大队的库房里放着，当没有大队库房的时候它流落到了一户人家的柴房，90年代末当柴火卖了。它的运气来了，木头的运气就是被一个木匠看到。木匠是木头的伯乐。木匠打着手电筒照着，灰秃秃的床上堆着谷壳，老鼠跳上跳下，为秋天田野上粮食的气味而快乐。木匠喊了一声："去，都走开！"老鼠散了，木匠看到眉目传情的美。木匠把手艺信奉为神，他坐在谷壳上，许多心事来了。木匠开始抽他的旱烟，安抚他的心事。木匠和主家说："我给你做活不要工钱，走时你把它送给我。"主家说："快拿走，你就不怕床上出妖精！"说罢此话嘴扯得和脸盆似的大笑。木匠买了它就睡在上面。2000年有人开始收购古床，它的身价一下就提升了。此时的木匠老了，儿子打着光棍，没有人喜欢雕花手艺，时间对于所有人都是一样的，让你生存，让你决定，又让你无法决定。卖吧，卖了是钱，不卖是命。古玩贩子买走的第二天木匠去要，其实也不是去要，就是去看看。那张床已经不在了。木匠的心一下跌落到了肚脐眼下，他不能骂，也不说人家的不是，他已经预先知道床会消失，可谁也没有想到他重重地打了自己一个耳光。讲这个传言的人告诉我，那个木匠失去了床就疯了，就因为床上雕刻的那几个女子，那张床上睡过妖精。

我说："你不怕那妖精让我也疯掉？"

古玩贩子看着我笑了："不怕，因为你也是妖精。"

传言是一个罪恶的群体，人们拥有统一的语言，统一的情感，统一的思想，统一的方向，那个方向必须有所牺牲，没有一个人相信木匠的疯是因为再也看不见床上的手艺。得到可以让人亢奋不已,失去也可以让人亢奋不已。我得到它时已经经历了几手。买了它回来,我仔细擦干净,上了一遍桐油,暗红的光泽下散发出来的芬芳让我如此欢喜。

就着那份意境,无端地从花格伸进来一盏台灯,台灯蛋黄的光照在一册喜欢的书上,静夜的好时光下便觉得幸福莫过于此了。古人说:"吹灭读书灯,一身都是月。"我就试着想找这种感觉。人活一辈子就为了找一种感觉,感觉找到的时候,就发现幸福了。

今年春天的四月,我去看桃花,沁河岸边的一座古庙里,所有的一切衰败得厉害,桃花是唯一的鲜活。我走近一棵桃树时,发现它的树干动了一下,吓我一跳,仔细看看却发现是一个头发蓬乱的人,一层灰土一层黑皮,一只手耷拉在离地三尺高的地方,像一枝折断了的桃枝。他居然躺在桃树上睡觉,树下有半个黑馍,黑馍上爬了许多蚂蚁。蜜蜂嗡嗡嗡地绕着桃花,绕着他飞,围绕着把他和桃花区别开,蜜蜂知道他身体上没有花粉可采。一个人,树也可以做床。

最早的人是不是也睡在树上?《广博物志》里有记载,传说最早的床是神农氏发明。谁发明的不重要,重要的是人在夜晚离开了土地。

我们的先祖最早是从哪里走来的,树还是海洋?可以肯定,在农业与文明还没有发展起来之前,树可以遮风挡雨,可以钻木取火,人的隐私处是用树皮和树叶来遮挡的,一棵树可以是我们的一切,人是多么离不开树木!当树成为木头的时候,木头在人心目中的形象无限放大,天地人寰,木匠来了。对美好事物的巨大热爱,对幸福生活的追求,让木匠成为一个日常奢侈的欲望。

中国最早的床的实物是河南信阳长台关出土的战国彩漆木

床。该床长218厘米,宽139厘米,6足,足高19厘米,床面为活抽屉板,四面装配围栏,前后各留一缺口以便上下。我觉得当时的床是放在房子的正中间,不然不会有前后缺口。屋子能有多大?一张装得下夜晚梦境的床占据了屋子中央,木匠让我们后来的出生固定在大地某一个位置上。想想,真是透着一股古老传统的时间和诡异之谜。说一个地方人杰地灵,也与床有关系。说东汉时期的徐稚(97—168),字孺子,豫章南昌(今南昌市高新区北沥徐村)人,一贯崇尚"恭俭义让,淡泊明志",不愿为官而乐于助人,被人们尊称为"南州高士"和"布衣学者"。十五岁拜当时著名学者唐檀为师。唐檀去世以后,徐孺子便在楮山过起隐居生活,一面种地,一面设帐授徒。东汉名臣陈蕃到豫章做太守,立志做一番大事,一到当地就急着找名流徐孺子请教天下大事,随从劝谏应该先到衙门去,结果被他臭骂一顿。当时徐已年过半百,陈蕃派人将他从楮山请来时,专门为他准备了一张可活动的床,徐来时放下,走后挂起。王勃在《滕王阁序》中说"人杰地灵,徐孺下陈蕃之榻",认为徐孺子是灵秀之地生长出的杰出人才。杰出人才多少年后依然杰出在文字里,这世界能有几人?人活着的意义就在于是否能在世上留下一段佳话。很多时候很多人没了,一辈子活得似乎很凌乱的样子,爱恨荣辱一波未平一波又起的势头到最后和佳话始终是不沾边儿。

　　从沁河两岸一路走过来,我留意那些窗户下放着的床,大都已经现代化了。阳城一带有一种床叫簸箕床,民国到新中国成立初很流行,也还有点意思,很像是榻和罗汉床演变过来的。清代的床在沁河两岸大体保留了明代的风格和特点,一般用硬杂木,好的用核桃木打造,没有南方的精雕细刻。在沁河岸边的豆庄我见过一张老床,三块独板结合而成的屏风,床头床尾画"功名富贵"。古人的功名富贵怎么来画？就画牡丹,就画公鸡。公鸡有五德:头顶红冠,被古人认为是"文德";姿态凶猛,是"武德";公鸡好斗,见比自己勇猛的就会应战,被认为是"勇德";觅见食物就招呼同伴,是"仁德";按时报晓是"信德"。唐朝诗人李贺有"雄鸡一唱天下白"的诗句,鸡鸣预示着日头要升起来了。同时,"公"与"功"同音,"鸣"与"名"同音。牡丹则寓意富贵。功名富贵是高官厚禄,是丰衣足食,是无忧无虑,是吉祥美好。床身和抛物线的华丽束腰一体,透雕狮子和阳雕草龙纹、云纹一气呵成,靠背中间阳文雕刻了"福寿三多"瓜果。"三多"来源于《庄子·天地》中的"华封三祝"。佛手的"佛"与"福"读音相近;传说吃了桃子可以长生不老,是长寿的象征;石榴多籽,寓意多子多福。圆雕和透雕结合的脚榻底端是神兽。该榻通体以黑漆为底,以极细的工笔和富有层次感的写意手法,在屏板内侧描金满绘蝙蝠。这让我想起来乾隆下江南时睡的一张老床,乾隆在那张老床上书写了七言古诗:"轩辕液金作神物,德合天地明日月。阴阳精气此蕴郁,万八千春岂湮没。丁甲护持魑魅袯,中圆光外绿云蔚。如星重轮丽天阙,四灵五岳卒难核。汉唐俗制气早夺,其祥应不让屈轶……"并附二印,其一为"德充符",另一为"会心不远"。乾隆皇帝的七言诗和二印很有些意蕴,乾隆不是一个生活不节制的皇帝,不像汉刘骜因了贪恋床上功夫到了最后连走路都有点迟缓,一个竭尽追求自己欲望活着的人,床笫之欢让他合上眼时不是醒,是绝命而去。

在床上人性是解放的,床的丰富性、复杂性和层次性得以逐步展开,和自然山水有一样的疗疾功能,弥散和蕴含着使人身心舒畅的"释放",也可驱郁化闷,却不能叫人耳聪目明。"床事"是一个暧昧的词,我的一位学医的朋友说,床事可调节中枢神经系统的兴奋和抑制状态,改善心肌营养,刺激造血系统功能,可使红细胞和血红蛋白增加,可使人放松。也就是说,能叫你神凝形释,豁然疏朗。

我走进一户人家,正是采摘花椒的季节,院子里铺了一层,屋子里床上铺了一层,花椒的香气无端地叫我想起了"椒房"。洪昇的《长生殿·定情》有:"怕庸姿下体,不堪陪从椒房。受宠承恩,一霎里身判人间天上。"我看见那个在灶台边炸麻花的女人笑了。麻油在锅里慢慢地鼓着油窝,她一边往面盆里撒椒盐一边和我说话,两只手搓着长长的面,拧成麻花,"刺溜"一声下锅了。我看到她的嘴唇四周起了一层干皮,一个缺了水分的女人。她说:"那是一张地主家的床,祖上土改分来的,那画着的金人儿出自老戏《西厢记》,来看的人,多没有一个出高价。我睡这床糟蹋了。"我说:"嗨,床就是叫人睡觉,叫人生儿育女的地方。"她大笑了起来,好像有一星唾沫落进了油锅里,响了一下,她手上的一根麻花又下进了锅里。果然是画了《西厢记》,有些衣纹不是太清晰了,我站在床前看,始终看不仔细。一个男孩跑进来喊:"妈,麻花好了没有?戏快要开了。"村子里唱戏才要炸麻花煎油糕,村中央的什么地方传来锣鼓家伙的声音,男孩拿了一根麻花跑了出去,女人喊:"还没有给老爷烧香,你个吃嘴东西!"女人看着我说:"他就是在这个床上生的,坐月子,没少往那画上尿,看不清,尿洗过还是看不清。小孩家屁也不懂。"案板上的麻花已经堆起来,她麻利洗手也赶着出门去看戏。

我走过戏台,看到戏台上有红帐子,一个头顶盖头的女子正在听谯楼上打三更,那个舞台上的男人不去掀她的盖头,一掀了盖头便就是含情脉脉,半推半就。我一时想不起唱的是哪出戏,看到所有的人僵僵的,等洞房花烛夜一波三折风生水起。

《梁书·羊侃传》记载:有个叫张僧胤的宦官去找羊侃,羊侃不理他,说:"我床非阉人所坐!"过去的人是如此决绝,床是人生交际的开始。《世说新语》也有记载:"纪僧真得幸于齐世祖,尝请曰:'臣出自本县武吏,遭逢圣时,阶荣至此,无所须,惟就陛下乞作士大夫。'"齐世祖告诉他:"此事由江敩、谢瀹,我不得措意,可自诣之。"于是纪僧真领旨去了江敩处,他刚"登榻坐定",江敩就马上顾命左右曰:"移吾床远客!"弄得纪僧真"丧气而退,以告世祖"。而齐世祖的回答却是:"士大夫故非天子所命。"表示他也无可奈何。士大夫应该就是当今有文化的人,有文化的人有骨气,也当有一种不一样的世道人心。

这一点农民比"士大夫"胸怀开阔,你只要一进门,家里的女人就会说:"坐,床上坐。"上门不欺客,是打心眼里亲热,无一点生分。对于上门的客人,农民的情感来得总是卑微。

假如床上生出的都是不成仙不成佛的孽种,断不掉尘念,超脱不得,在人界冥界天界之间一个连魂扯肉的半界世界徘徊,离开床便开始神经直跳,灵肉俱狂,终将成为一个自私的人,一个唯我独尊的人。回到床上,谁都会想到明天是最美的永远,那么连接明天的永远是一张床,人要在床上度过三分之一的人生,那么床上床下都请不要叛离自己吧。

据说"床"在汉代是一个名称使用范围更广的词语,不仅卧具,连坐具也称床,如"移吾床远客"。汉代还有梳洗床、火炉床、居床、册床等。西汉后期出现了"榻","榻"的出现让"床"才有了明显的区分。对于床,汉代刘熙在《释名·床篇》中解释道:"人所坐卧曰床。"又说:"长狭而卑者曰榻。"《说文》也说:"床,身之安也。"而榻,则是专供休息与待客所用的坐具。汉代少数民族的"胡床",是一种高足坐具,其实也是我们所叫的"榻"。隋朝"胡床"变称"交床",唐朝又变称"绳床",宋代又变称"交椅"或"太师椅"。沁河两岸的"交椅"和"太师椅"多,20世纪90年代末期,有收古家具的从古村往出拉椅子,拉到大路口或县城出河北、河南的地界,有人不到两年时间跑坏了两辆四轮车。美好的东西都与知识有关。那么是谁叫生活逼迫得疯了,要做出一些无知的事情?"破四旧"让农民与俗世隔绝,当所有的"美"全部以"新"为准时,"新"竟是如此霸道!

我在沁河岸边的上庄见过一张架子床。它的做法是四角安立柱,床顶安盖,俗谓"承尘",顶盖四围装楣板和倒挂牙子。床面的两侧和后面装有围栏,多用小块木料做榫拼接成几何纹样。因为床有顶架,所以叫架子床。上庄的村民告诉我,原来上庄的王家有一张拔步床。他说不出那床的样子,只说是其外形好像把架子床安放在一个木制平台上,平台长出床的前沿二三尺,平台四角立柱镶以木制围栏。还有的在两边安上窗户,使床前形成一个小廊子,廊子两侧放些桌凳小家具,也可放铜脸盆和尿桶。说拔步床放在王姓大户人家的室内,很像一幢独立的小屋子。王家的另一个院子有过一张罗汉床。它的左右和后面装有围栏,但不带床架,围栏多用小木做榫攒接而成。围栏两端做出阶梯形软圆角,有几分大气入了进去。后来叫人当柴火烧了,因为木头硬,竟然燃得不够欢。我见到王家宅院的时候,王家门前已经只剩下三棵老槐树。原来上庄是有煤矿的,借助煤矿可以带动旅游,小煤矿关了,谁也不拿闲钱出来维护。大热的夏天,我想大喝一声:"这么好的东西,谁该来买单!"

有一本书上说,以前土家族男女青年结婚,男子家要打一架"滴水床"。滴水床并不滴水,只是形状上好像屋檐的滴水一样。素常有一道滴水和两道滴水之分。两道滴水床,又称"出一步"床,雕龙画凤,十分讲究,堪称土家族一绝。一道滴水和二道滴水之间为踏板,宽六尺零半寸,深四尺零半寸,左右设床头柜,可当坐凳。

主要木雕在二道滴水上,如"八仙过海""金瓜垂吊""龙凤呈祥"以及各种花纹的"芽饰",加上漆工艺术处理,显得斑斓绚丽。按鄂西习俗,床的尺码,均不得用整数,必须加半寸,俗话说,"床不离半,屋不离八","半"由"伴"的谐音而来,"八"由"发"而来。古人的可爱之处是把一个汉字真当一个字来用,用尽用透用出另一种韵味来。我们现在用汉字就像用一粒空壳子弹,怎么都射不进一个人的心灵。

　　床事不能情绪化,而要理性化,否则就是对生命的摧残。床板上油漆匠和木匠画出和雕刻的那些人物故事,重要的不是图个好看,而是睡醒之后提醒人活着的意义。有一个说书人,开场前说了一个段子,说一个老头娶了个少妻,终于一病不起。大夫警告他:"你骨髓已经没了,只剩下脑髓了。"老头看着娇妻发自肺腑地问:"大夫,你着实和我说,脑髓还可供我战上几次?"居家过日子,得把握一个度,床是天堂也是地狱。

　　人安居方能乐业,可往往居不易。守护土地的是一座村庄,守护家庭的是一场婚姻。婚姻生活最主要的用具是床。婚姻不和的先兆是分床。"阿妹的肚子像牙床,是个冬暖夏凉的好地方。"近乎承袭和稳定了生命最初的忠实,白描见心的入骨,床的重要性就看出来了。词典对婚姻的解释是这样的:男女结合成为夫妻。我以为婚姻最主要的一件事,就是依赖床合法化地生儿育女。

　　记得有一年夏天我去一个工地找我表弟,晚上的建筑工地睡满了民工,他们只穿裤衩,躺在凉席上,睡得很放肆,四仰八叉,有的人在旁边打扑克叫喊声很大居然也没吵醒他们。各种牌子的香烟燃起的烟雾懒散地飘在建筑工地的上空,灰的幕笼罩了一切,月光懒懒散散相拥,不亲近,也不拒绝,地上的鼾声此起彼伏,如同白天他们的体力活那样沉重。他们一辈子没有睡过一张好床,睡眠却很踏实。柳青说过："人是一架耐磨的机器。"就他们那样的集体睡姿我以后再没有见过。童年时夏日的夜里，院子里铺一领苇席，男人女人孩子们都坐在上面，月光明晃晃地当头照下来，就等于给梦找一个栖身之地。我听到了不远处的玉米地里，蛙鸣声弹着青玉米的叶子，明丽的月影朗照一切，白天出山的大人们把山外听来的事努力用农民文学家的口吻复述一遍，谁都怕上茅厕漏了精彩的一段。小孩子们不敢大声喊叫，怕一不留神碰落了玉米的香气、青草的香气。月影下老窑花纹繁复的窗栏板，一棵树宽的门扇，紫铜的门环，铁葫芦锁，看着看着睡意来了，不等散场人就睡过去了，被大人喊醒时骨软心糊得恨不得死过去。那样的睡眠我再没有找到过，尽管我费尽心力买了一张清代的雕花床。换一种说法，我在雕花老床上读书却是读得入迷，读得有了要命的欢喜。

走过铁匠铺手心就热了

去往铁匠铺的路上,我还是一个嗫着厚嘴唇的女孩。

时光虽然从我的生命中带走了很多东西,但也让我懂得有过的好。

我的手心再也没有因为遇见一些事物而热过,除了铁匠铺。有些时候,我甚至怀疑其中某些细节的真实,比如黄泥小路上的晨光,弥漫在空气里冷霜的味道,还有那磕磕绊绊相继走过的脚印。

秋收罢,农家院墙上有一排铁钩,上面挂着闲置下来的犁耙锄锹,一年的生计做完了,该挂锄了。庄稼人脸上像牲口卸下挽具似的浮着一层浅浅的轻松,农具挂起来时地便收割干净了。阔亮的地面上有鸟起落,一阵风刮过来,干黄的叶片刷刷刷往下掉,入冬了,落叶、草屑连同所有轻飘的东西都被风刮得原地打转。早晨和傍晚,落叶铺满了院子,还有街道,远处重峦叠嶂的山体恰似劈面而立的一幅巨大的水墨画屏,霜打过的红叶还挂在一些干枝梢上,怕冷的人已经裹上了冬装,袖住了手。

跑往山野的风停在农具上歇息,风把农具上的泥尘抖落下来,眯了走过的人的眼,想起那金粉飘洒的阳春三月,农人看着挂起来的农具说:该进铁匠铺了。

秋庄稼入仓,那些留在地里的秸秆和茬头堆积在地当央,火燃起来时,乌鸦在飘浮的灰烬中上下翻飞,它们在抢食最后一季逃飞的蠓虫儿。天气干爽得很,空气就像刚擦洗过的玻璃窗户,乌鸦的叫声,拨动了人敏感的神经,孩子们追逐着乌鸦,他们想把它们驱赶到高处的山上。每个人手里都拿着一根长竹竿，那些抢食的乌鸦在孩子们的驱赶下飞往远处。谁家的马打着响鼻，河岸上未成年的柳树是拴马的马桩，青草在入冬之前衰败，如一层脱落的马毛，马干嚼着，不时抬头望着走往铁匠铺三三两两高声大气说话的人群。

马肚子里装了村庄人所有的成长故事，每个人的故事马想起来都觉得好笑。马没能忍住它的表情，扬起嘴巴开始大笑。

一个知道季节的人牵着他的毛驴走在村庄弯月形的桥上，他要翻越山头去有煤的地方驮炭，冬天，雪就要来了。驴在桥上停顿了一下，它听见了马笑，一只不晓得人生的蜜蜂未经许可落在了驴耳朵上，扰乱了它的倾听，它很生气地抬起它的"漆皮鞋""梆梆"敲打了两下青石路面，蜜蜂被抖擞飞了。赶驴人咳嗽了一声，嘴里挤出一声"哒"。像风吹落了一棵柿子树上的柿子。都没有关系，驴胡乱想了点往事就又往前走了。

村庄里的铁匠铺开始热闹了，用了一年的农具需要轧钢蘸火。用麻绳串起来的农具挂在铁匠铺的墙角，大锤小锤的击打声此起彼伏。取农具的人不走了，送农具的人也不走了，或蹲或坐，劣质香烟味在铁匠铺弥漫。轧好钢的锄头扔进水盆里，一咕嘟热气浪起来。龇着牙的农人开始说秋天的事，秋天的丰收总是按年成来计算，雨多了涝，雨少了旱，不管啥年成，入冬就要歇息了。

冬天是一个说闲话的日子，冬天的闲话把历史都要揪出来晒两轮儿。

从小生活在村镇的那一代人，回忆起从前的日子来那是有很多说道的。每一个节气到来都要先敬神。天地间与人掰扯不开的神是农家院子里的天地爷神位，虽然敬奉的是天地人三界尊神之位，但最主要的还是天神、地神。万物的本源若没有辽阔的土地，人们便会失去生存的根基。我们的上古神话有盘古化生万物，盘古以肌肉化成田土，用血液滋润大地，后来又出现了后土。乡民们开工动土时先要献土，土为"后土"。后土是谁？共工氏有子曰勾龙，为后土。因为共工氏统治天下时，他的儿子能够平治九州的土地。后土有凭尊贵和功劳享受庙宇的资本。乡民院子里的天地疙窑子由专门工匠造就，大户人家都建在自己正房的门脸前，有的在进大门处，有石雕和砖雕样式。拜祭地神与拜祭天神是对应的，天地合称为"皇天后土"。

作为司农神的后土神，常和土地的出产物——五谷神合在一起祭祀。谷神最早祭祀的是"稷"。《风俗通义·祀典》说，稷者，五谷之长。五谷众多不可遍祭，故立稷为代表。敬神是护佑来年风调雨顺，铁匠铺则是生活背后的力量。

有人讲土地庙里的土地神，虽是最小的神却直接管着人的口粮。说是山前山后各有土地庙，山前热闹山后冷清。山后土地来山前土地庙里抱怨，正好山前土地要出门会友，便委托山后土地代理几天，以便得些香火供品。山前土地前脚走便来一人祭祀，请土地刮一阵顺风，明天他要行船。接着又来一人，请土地明日千万不要刮风，他的梨树正在花季。没等山后土地决定，又来一老头祭神求雨，他要种田。后又来一老太要大响晴，因为她要晒姜。山后土地实在是没有工作经验，急请山前土地回来定夺。山前土地告诉他：刮风顺河走，躲过梨树沟；黑夜把雨降，白天晒干姜。

在他们的谈话中，村庄里的事物都不是固定的，具有弹性，有拖泥带水式的长句。村庄已经不能叫村庄了，门外越来越看不见年轻人的脸了，连路人无意中吹的一声口哨都觉得是一种生气。围绕着铁匠铺的地上丢满了烟蒂，因为抢秋，黄土刺进了他们的脸皮，搓着脸上和脖子下的黄泥，弹出一个泥蛋蛋，又一个，他们的生活质量,也许就是现在这样的,一脸麻木不仁的自由。

旧时的颜色是由手艺人描绘的。我一直不相信有天堂,天堂在我的意念中该是叮当作响的铁匠铺。现在农业器具都是机器制造了,铁匠铺除了为一些工地打打铁钎子、铁镐头,别的活儿基本都没了。偶尔还会在街道上看到拴牲口的铁链,锁门用的门鼻子,以及钉棺材的铁钉。我在一家农家乐吃饭,上菜用的瓷盘子换成了铁锨,我一直在想,镰刀、铁叉、锄头、斧头、锤子如果都上了饭桌子呢?哈呀,显然就没有了吃饭的乐趣。随着时间推移,机器逐渐代替了手工,耕田用上了旋耕机,收割用上了收割机,脱粒时再也不是老牛拉着石砘辘转,而是用上了脱粒机。前不久在新闻上看到,为了禁止燃烧农作物秸秆还用上了打包机,看来用不了多少年,一些农具就会逐渐淡出人们的生活成为民俗展品。伸展到生活细微处的那些铁匠铺,有一天就会成为多余的风景落幕,没有了铁匠铺的生活还会继续。铁匠铺没有了铁匠,所有的就只能画在纸上了。

乡村城市化的过程中最明显的一点是让我们丢弃了铁匠铺。

我一直怀念铁匠铺里男人们的气质、表情、谈吐和铁锤的敲击声,还有,是农具赋予了他们做人的尊严、自由和信心。

有些念头不想也是罪过

　　山神凹的人住窑洞,现在窑洞里早已不住人了,圈羊。我要说的是若干年前回山神凹过年。雪下得再大,回家过年是不敢含糊的。那一年冬天,腊八午后开始下雪了,雪下了三天,下雪时有尖厉的北风呼号,山里的雪被风拧成一疙瘩,沟壑里积了很厚,平坦的路面上雪忽起忽伏,树上挂着冰凌子,白花花的山野,太阳出来照不透,雪片和雪片叠得很瓷实。我和父亲要赶在腊月二十三小年时回到凹里。城市里的班车通到一座叫黑虎岭的山脚下不走了,这样我们只能走着回。往山顶上爬时只见世界一派苍茫灰白,浮雪随风在路面上打旋,太阳照化的地方,枯疏干草和一些荆棘枝蔓在风中瑟瑟颤抖。父亲扛着很大的一个行李袋子,那里面装着过年割下的肉,还有凹里汉子抽的烟丝和一些零碎不用的东西要送给乡里人。那时候我梳着两条长长的辫子,母亲在我的辫梢上结了两朵粉绸子花,那辫子不时在我低头看路时从肩头溜下来,当我一次次反手撩起时,父亲发狠地把两条辫子在我脖子后系了一个疙瘩。

　　回到山神凹时天黑实了。有一个山外进凹说书的盲人被大雪封在了凹里,他住在我小爷隔壁的邻居家,叫拴鱼。我们进凹的时候狗开始叫,叫着叫着就哼哼上了,家里人知道是城里人回家来过年了。小爷豁着牙笑着看大小两个黑影走进窑,炕烧得很热,一进窑我就爬上了炕,两条腿不像自己的了,重得没有了知觉。窑洞里的小奶奶四颗镂空金牙露出来,笑着边帮我捏腿边张罗着叫小爷炒肉。盲人走进来,两只陷落的眼窝不时动着,他能准确捕捉到人声,虽然是盲人,可看上去照样眉眼生动。窑洞里的人从来不知道什么叫沙发,炕是人们生活的舞台,进窑的人说话吃饭都坐在炕上,一铺炕有时候能坐下七八个人。炕上铺一领羊毛黑毡,每到冬天,小爷都要剪羊毛擀毡。擀毡的主要工具是弹杖和一床木帘。弹杖用来反复弹匀羊毛,如弹棉花的棉花客,弹杖被拉扯得"嗡嗡嗡"响,好听极了。擀毡需要豆面,豆面有黏性,羊毛和豆面掺和在一起,怕虫蛀常要熬一些花椒水搅拌在一起。木帘用来铺平羊毛,而主要的工序全是脚踩手揉。擀一领毡要用去两个汉子三天时间,擀毡的日子大多是在腊月天,人闲了,炕也要过年,铺一炕新毡等于给炕穿了一件新衣。我看到小爷的窑炕靠墙的一面新换了炕腰围子,故乡人叫"炕墙画"。会画炕腰围子的油匠在乡间很吃香。炕腰围子的造型艺术形式,是壁画、建筑彩绘、年画的复合体。躺在炕上脸朝炕墙,看那月光下的美好,常常会觉得自己要融化进去了,会在入睡前忘记贫穷。光说炕腰围子画的边道就很有讲究,常用的有:褪色边、玉带边、竹节边、边棠边、冰竹梅边、卷书边、万字边、狮子滚绣球边、富贵不断头边、暗八仙边(八仙手持的道具)、鹤寿边(白鹤与各种寿字)、福寿边(佛手与桃或蝙蝠与寿字)、金玉满堂边(金鱼加水草纹)等等,可谓百色百样。每套炕围画边道的繁简多寡不尽相同。边道周围还有几种与之相配的图案纹样,画在画空两旁的为"卡头",设在第二组边道下面角隅处的称作"角云子",这些图案都是"细炕围"的附加装饰,乡间有钱人才要如此讲究。小爷家的炕墙上只简简单单地画边道,内里几朵富贵牡丹。不过今年小爷家的炕墙画换了戏曲故事《莺莺听琴》。"小红低唱我吹箫"的幽幽怨怨似乎更适合热炕。"一生二,二生三,三生万物,万物负阴而抱阳",炕上的岁月是一个家族的红火。

父亲从隔壁邻居家给拴鱼拿来他的家什要他说两句书。拴鱼也不拒绝,坐在灶火前的凳子上拉着二胡开始了:

国正天心顺,
官清民自安。
妻和夫祸少,
子孝父心宽——
腊月里得过年,
二月里是惊蛰。
三月谷雨忙春耕,
四月立夏是小满。
五月初六是芒种,
六月日晒小麦黄。
七月白露躲大暑,
八月寒露是中秋。
九月霜降缝棉袄,
十月立冬送寒衣。
寒冬腊月扫旧气,
一年岁月盖笑容。

那一年拴鱼就留在凹里过年。

年三十父亲砍回初一五更点亮的明火柴,也就是松柴,堆到院子里。凹里人说说笑笑,谁家的明火柴不大孩子们就不停地加柴。夜里包饺子,包好的饺子在高粱篦子上一行行排着队,火上的水烧欢时饺子撒欢似的倾进了锅里。年三十守岁,小爷在各个神位前上香,祖宗也请了回来,请在中堂前,祖宗的牌位前摆放了年里丰盛的供品,小爷取来一杆牛皮鞭子放在供桌上点了香磕了头。初一五更天,山神凹是我们家第一个放开门炮,接着家家都点了捻子有了爆响。明火柴点燃后,满凹里明晃晃的,火光映照着凹里人过年的笑容。父亲拿了中堂上的牛皮鞭子走到大门外站到碾盘上,凹里的男男女女都站在碾盘周围,父亲张开了腕口,一条生命弧线炸开了。鞭声不沾尘土与落雪交融,凹里人觉得心畅亮了,血沸了。明火柴点燃的噼啪声中,火光把院子照得如同白昼,雪地被火光烤出了一个很大的圆。我用荆条穿了饺子在明火柴上烧,吃了明火柴烧的粮食能点亮心灯。拴鱼坐在碾盘上开始说书,红红的火苗舔着他幸福的脸膛,二胡响起的时候,拴鱼的书说得声情并茂:"老少爷们婶子大娘姐哎——"

  年,让乡间的人永远都旺盛着生之活力,透过久远的时间和空间,曾经的场景蕴含着多少岁月美好,促我热泪盈眶。年里活泛的说书人一波三折的长音,多少年里年年都柔软着我的心肠。

阅读一本旧杂志

春日午后，读一本关于风情的旧杂志。

一篇文章中说胡兰成的女人怀孕了，找张爱玲去倾诉，那女人讲到她肚子里的孩子时，脸上有哀婉之色。

张爱玲打开箱子，取出一只金手镯递给那女人。爱，生活的，全都逝去了，寂寞和孤独扑面而来。张爱玲要女人去当了镯子，打掉那个孩子。孩子的出现本就带了一点鬼气。

镯子如胡兰成的市井情调，被兑现后即刻烟消云散。

对胡兰成的认识依赖于一张旧照片，照片上一个耗尽阳气的男人，嘴角轮廓还算柔和，不知为什么，也许是因为张爱玲，看他时我的嘴角略带嘲讽。一个女人用一只金镯子给她爱过的男人消费，这个女人容我五花八门去想，始终会想到她的胸襟。爱情本来并不复杂，来来去去不过仨字，不是"我爱你""我恨你"，便是"算了吧"。

这个社会没有一个人敢穿一袭清朝大袍走在大街上，但张爱玲敢，她有那份举手投足间的气度。我见过张爱玲的照片，她手上戴着的手镯不像是金子的，老照片尽显她的雍容和妩媚。有一段时间我老想她的气质，那腕间戴着的该是什么材质？她的耳环长长短短，倒是都很明朗，每一张照片都可以称得上经典。

旧杂志里我看见过宋美龄，106岁，一张素脸，两粒翡翠耳扣，被时间浸泡过的纸质上看不出成色，富贵人家的阵容全在。左手腕上一圈翡翠玉镯，右手腕上一圈翡翠玉镯，长长的一串翡翠珠子挂在脖子上,我猜她一辈子是喜欢翡翠的。一个女人,年老时脸上已经挂不住胭脂和薄粉了,她依旧画嘴唇涂指甲油,依旧戴手镯。一辈子颠倒众生,迷惑人心,到老都保持着政坛贵夫人的格调。欲望对女人的诱惑没有权力支撑时,首饰可以代替并满足一切。

放下杂志时我想起了林徽因。没见过一张照片上林徽因手腕上有手镯,最多时候是脖子间的那一粒小巧的鸡心长项链,黑裙白衣,她是以书卷味与才女气质行走在民国的。从个人化的诗人转型为北京的设计师,当年她拍案大骂吴晗保护北京不利,并勇闯北京市市长彭真的办公室,百试无功下,她痛心疾首地问天:有朝一日,悔之晚矣!尽管有些任性,却恣肆得惊天动地。

这个女人,天也妒忌。

我一直无法想象她戴镯子的样子,那么,如果她手上戴了玉镯呢?

林徽因不需要戴什么首饰,好看的人什么不戴也好看。

说真的,我更喜欢腕间有悦耳的叮当声。有一位朋友,手腕上常戴着沉香珠子,知道他是什么珠子协会的,珠子协会里的人都喜欢收藏什么样的珠子呢?玛瑙?琉璃?玉石?珍珠?金子?水珠、泪珠、钢珠算不算?"泪落连珠子",我想"泪珠子"也该算一种珠宝,因为它有情感。凡是掉泪珠子的人内心都受到了外伤的冲击。其实任何一种珠子都来自于一次意外的伤害。比如珍珠,当海底一只海贝的身体无意中嵌进一粒沙子的时候,为了缓解沙子给身体带来的疼痛,海贝们开始分泌一种液体包裹那粒沙子,最后让它们凝结成一粒珍珠。还比如琥珀,无端地把一只在尘埃中飞行的昆虫胶死在里面。

"却与小姑别,泪落连珠子。""试把临流抖擞看,琉璃珠子泪双滴。"当年看电影《红河谷》,它的主题曲响起,一听到那句"我的眼睛里含着你的泪水",我便也想落泪珠子。

我有一串元青花包银手链,老瓷黑褐色的斑点上带点锡光。我一看到它便怀想蒙古帝国控制下的漫漫丝绸之路,到达亚洲的另一端,已经是七百年前的事情了。

我的那串手链,一些时间里成为我着装的一个"眼",我穿什么样的衣服,它在腕间都有一种与众不同的婉约。

旧杂志包含的信息量很大,仔细阅读似乎办刊宗旨就是为了取悦女人。依旧是说女人的配饰,下意识地我看看我胸前的三粒"蜻蜓眼",出土的玻璃料器,也叫琉璃。琉璃被誉为中国五大名器之一(金银、玉翠、琉璃、陶瓷、青铜),也是佛家七宝之一,到了明代制作方法已基本失传,只在传说与神怪小说里有记载,《西游记》中的沙僧就是因为打破一只琉璃盏而被贬下天庭。我用粗麻编了一条绳,那三粒琉璃就坠在我的胸口上。它积淀了历史的华丽,早晨一起床洗漱完毕挂上它,抬眼时便看到世界到处是绚丽的快乐。

和金比较,我喜欢银,并且一定要老。喜欢老银的色调、质地、样式,因为它散发着一个时代更为丰富的民间气息。

有女子手腕上会戴五六只很素的银镯,它的声响不是翠响,是若即若离。举起手,放下,动作里有银的慰藉,真的很好。

手腕上的银镯,如早晨的树,阳光升起来,隐约间闪烁着银的光,那光如喜动的蜜蜂。

那一年我去德国,在海德堡的老店里,买过一只民国特色的卡扣镯,可以开合,有簧片扣着,两端有银链相系。与漆器手镯同戴在一只腕上竟有意想不到的特殊美感。在海德堡我还买过一只红金手镯,是一条蛇,两只眼睛是红宝石,蛇头镶嵌绿松石,一头一尾是红金雕花,身子是一种麻,我说不出到底它是麻类的哪一种植物。蛇头下有一行英文,大意是1865年打造的,为一个女人。天光迅速流尽的冬日傍晚,它缠绕在我的手腕上,我举着一杯红酒,酒精在体内涌动,情绪在流淌中高涨,它从一个欧洲女人的手腕上来到中国,它诞生的那个时代,到底发生了什么样的故事?

我的女友说,它的出现有可能是为了纪念某个人的母亲。首饰天生就是为女人设计,母亲也是由爱情进化过来的名词,终归是和感情有关。我一直弄不懂,甚至完全相信,这个世界正发生着比我想象中还要出格的事情。

我还有一只藤包银的手镯,上面刻有暗八仙、寿字纹、葵花、盘长、芙蓉等纹饰,分别代表着幸福、长寿、多子、吉祥、富贵。它的空白处有一行小字,上面写了"月下美人来",另一空白处写了"庆爷",都是后刻上去的。我觉得这几句话有些蹊跷,像是一个女人在偷情。银上的寓意已经明白,再写就是多余。何况那"庆爷"两个字江湖味儿十足。不管它的曾经,戴着它,想象和那个"庆爷"调情的女人,只想告诉他,我是你想不到的唯一的一个例外,你已旧去,我还半新。

清代到民国时期精工模压錾花的锁片、项圈之类也是我颈上的配饰,如果搭民族风的衣裳走出去也会成为众人瞩目的焦点。老银耳环中隆重的点翠和嵌宝耳坠我也有,一般不戴,我怕丢失。如果要戴,也要选面料柔软、不带蕾丝或网眼的衣服,以防摩擦或勾拉损坏。老首饰全是老银匠手工一锤一錾敲击出来的,千山万水来到我手上,无边风月难掩我的笨拙和兴奋,当知:手艺是长久的珍惜。

我朋友的父亲年轻时是一位小银匠,他说,在过去好的银匠没有三年是出不了师的。好的首饰戴在气质般配的女人身上会叫人眼前一亮,戴着定有惴惴不安的心跳。

旧杂志上有文章纪念屈原,诗人把屈原当作自己的祖先。多少富贵荣华,多少功成名就,多少道德文章,多少方略宏图,一概远去了,可是谁的生命能够嵌入历史呢?那些被欲望绊着脚的享乐者一定不能。屈原携长诗登场,"亦余心之所善兮,虽九死其犹未悔"。为了追求心中的东西啊,多少次死亡也不惧惮。又或是前路无望,所求渺茫,亦不曾有片刻动摇:"路漫漫其修远兮,吾将上下而求索。"历史中集体的瓦解,个体的登场,一个屈原够了。

不想那些沉重的话题了,想五月端阳就是一个女儿节日。

端阳节前,生得白里透粉的女孩儿手腕间和脚腕间拴上了五彩丝线,温婉清丽的样子。在黄昏苍茫的院子里蹦蹦跳跳,时间和空间在氤氲之中被分割为两段,小女孩在最幸福的年龄段里一无所知。端阳节好像是给女孩儿过的节日。各种丝线粗粗细细,袖管挽了很高,洗脸玩水都不舍得打湿了。我现在回想起来,那个年龄怎么回忆都是一团影子,只记得腕上最早的首饰是母亲给的。"彩线轻缠红玉臂,小符斜挂绿云鬟。佳人相见一千年。"是女孩儿的另一段开始。苏轼写这首《浣溪沙·端阳》的第二天就是端午节,他写给心爱的女人朝云。岭南的旧历五月,天气应该是很热了,他的女人要用兰花香草来沐浴,然后用彩线缠臂,以期祛病除灾。

文人是不是在每一首诗歌里都要珍藏自己的情感秘密和生命气息?

端阳节拴五彩丝线,有的地方叫"五彩长命缕"或"五彩续命缕"。"系出五丝命可续","五月五日,以五色丝系臂,名长命缕",后人也称"续命缕"。我小时候戴端午彩线要戴到八月十五,躲过酷夏,在一个有雨的日子我母亲帮我剪下扔进河里。母亲说,五彩丝线可以避邪和防止酷夏五毒近身。我还记得剪下丝线时,我和母亲站在河边,母亲口里念念有词:"叫河刮走吧,刮走近我闺女的

110

邪门歪道。"我看着那旧了的丝线漂在水面上,一个小波浪、一个小波浪俏皮地翻滚着远去了。

河流带走了许多,我一直希望,守着一条河流,过世界上最美的日子,我知道我已不能,每个人都无法逃脱命运的悲剧。

说到悲剧,这本旧杂志上也写到了杜十娘,她一生的财富是她用全部心身换得的首饰,她想带着她的首饰离开那个淫言秽行的下流之地,去寻求清洁雅淡的风流,她不知,世间的"风流"原本都是露水恩情。她只能感叹:"妾腹内有玉,恨郎眼内无珠。"翠玉明珰,瑶簪宝珥,祖母绿、猫儿眼,值钱吗?要我看最值钱的是睁着眼看世间百态。我认为,女人自己买首饰某种程度可以助长女性的独立意识和欢喜,男人送女人首饰只能说一时之间可以扩大感情的衍生空间。

有一年去枣庄,去时已是冬天。去看李宗仁史料馆。经营史料馆的女人已经逝了,是李宗仁最后一位太太,影星胡蝶的女儿,叫胡友松。她活着时说:"一生有着太多的迷茫,胸中有着万千沟壑。"影星胡蝶告诉她:"记住,你只有母亲,没有父亲。"她是胡蝶和人偷欢而来的。胡友松和李宗仁的婚姻只有两年半。不知道她是否也一样拥有母亲胡蝶的花容月貌?我问那个讲解员,那女孩看着我半天想不出来该如何回答。走到楼上的阳台前她突然回转身说:"她手上一直戴着一个绿色的塑料镯子,因为她的首饰都捐献给了桂林李宗仁官邸,就那个塑料镯子,没有人看得出它的贱来,六十多岁的她戴着,衬托得她贵气逼人。"

女人手上的指环,在古代是用来区别和记载宫廷女子被皇帝"御幸"的标志。女人"进御君王"时,都要经过女史登记,女史事先向每位宫女发放金指环、银指环各一枚。如果某一宫女左手戴银指环,表示已安排将要与皇帝同欢;而右手戴银指环,表示已与皇帝同欢完毕。如果右手戴金指环，表示正当月事、怀孕之时，应该暂避君王御幸，女史见了就不将其列入名单，起到"禁戒"作用。

项链和手镯就不用多说了，起源于原始母系氏族社会向父系氏族社会转变时期所发生的抢婚。在从夫居的制度下，男子往往掠夺其他部落的妇女或在战争中俘获的女子作为妻子。为防止被抢妇女趁战乱或夜间逃走，胜利者往往用一根绳索或树枝套住女性的脖子或双手，企图驯服她们。后来逐渐演变成用金属套住脖子或手。耳环也是驯服女性的"刑具"之一。女人们啊，一路风雨而来，因祸得宠了。生命不可以返回初衷，到后来却点缀得女人风情万种。

看好莱坞大片，会发现好莱坞从来都是混迹着世界上最有型的帅哥，这些人的举手投足包括他们的各种行头通过镜头传递到世界各地，手环、耳环、项链，就是潮流和魅力的标杆。再配上独具个性的发型，一副酷劲十足的眼镜，若隐若现着内敛奢华的袖扣，抑或是标准的六块腹肌……这些面子功课无非是"耍帅装酷"打造出一个型男。只是任何的修饰都不如一款有分量的手表和首饰来得画龙点睛、切中要害。

看强尼·戴普，他可以算是手镯的忠诚粉丝，嬉皮的、西部的、搞怪的……你可以在他手腕上看见各种稀奇古怪又个性十足的手镯、手链。想想看，一个魅力十足的男人，必须是一个懂得在合适的场合借助恰当的装饰表达自我的男人。男人的首饰对接了男人的气质，有时候就是女人的毒药。

杂志的封底是一张老照片，旧的月份牌上穿旗袍的女子，旁边放着一包香烟。和中国的香烟比，我更喜欢西方的雪茄。其实雪茄之于男人，正如首饰之于女人。虽然男人表现魅力不在于肤浅的形式，而在于品位和生活态度。可我总认为雪茄在男人身上的表现,可以让生性浮躁的心有收山之势。作家里边陈忠实抽雪茄,抽抽停停。似乎李敬泽也抽,记不太清了。

对陈忠实想起来较多,主要是因为那张脸,沟壑纵横,似乎是灞河水的波纹深嵌到了脸上,他那张脸很适合画油画。想他一脸尘土,一路走来,在一片金黄色的麦地前圪蹴着,嘴里一根长长的旱烟袋,温暖、结实、安泰。可他偏偏抽雪茄。雪茄与他的《白鹿原》的关系,实在容不得我们在阅读中太过怠慢。我和他聊天,雪茄的香气总是在谈话的背景中缭绕,很好闻,有一种促使话说下去的潜移默化的功用。那种范儿,不是人人都有的。

西方现实生活中,真正能代言雪茄的恐怕只有一人,那便是英国前首相丘吉尔。历史风云人物,都有自己的嗜好。几乎所有的历史图片中他都抽着雪茄,因此,雪茄被认为是他的标志性符号。

据说,丘吉尔一生中抽过的雪茄总长度为46公里,抽雪茄的总重量为3000公斤,是世界上抽雪茄吉尼斯纪录的保持者。一个首相抽雪茄抽出了自己的牌子,为前卫的世界带来了丰富的人文意义。

这些都还是其次了,我最欣赏二战期间丘吉尔和一个记者的对话:

　　记者:"莎士比亚与印度哪个更重要?"
　　丘吉尔:"宁可失去一百个印度,也不能失去一个莎士比亚。"

有时候我想:能够征服世界,主宰世界,不是因为战争,而是因为拥有文化和文化人的精神力量。

李白与崂山

一

若干年前,我去青岛,作家艾玛指着远处犬牙状的山脉说,那是崂山,陆地在此暂停。

崂山从此嵌入了我的记忆。只记得,立于海边很久,我觉得周身有一股气流推开,又吸附。此时一切都是静止的,时间凝住我的眼睛,无限广阔的空间,海水如人生一种境界,暂停,由此而扩展出前路。

不知道崂山的山有多高,是不是很陡峭,它给我的感觉是虚幻的,不切实际的。

有一天翻阅崂山文化类图书,看见了李白写崂山的诗歌。

历代关于崂山的诗成百上千。其中有无名氏的,也不乏名家的,如李白、丘处机、赵孟頫、顾炎武、王士禛、蒲松龄、康有为和柳亚子等,至于当时当地的名流则更多了。

可能李白的《寄王屋山人孟大融》在崂山诗歌中影响算最大:

> 我昔东海上,
> 劳山餐紫霞。
> 亲见安期公,
> 食枣大如瓜。
> 中年谒汉主,

不惬还归家。
朱颜谢春辉,
白发见生涯。
所期就金液,
飞步登云车。
愿随夫子天坛上,
闲与仙人扫落花。

停留在书页的诗歌上搁浅着一小缕阳光,我所能感受到更多更近的那缕阳光中尘的自由,它们在我阅读的眼帘下飞舞,我感觉我回到了李白的那个时代,那时的崂山叫劳山,山谷、岩石、深壑,还有自由的海鸥,它们飞翔在风中,那风把它们托举得高高的,那是自由展翅。

假如真如书上所说,李白来崂山是天宝三载(744),那时的李白应该是43岁了,他在初春时刚走出长安城,对于长安他已经不再留恋,长安城城墙上旗幡舞动,寒意的风溜墙根而过,走过的风扰乱了他的衣袍,他复杂的心境不仅仅是因为耗费三年在长安等待,惴惴不安的是三年中空掷了李太白虚名。

世俗中有多少人超尘拔俗又渴望平步青云,李白也不例外,他能够走出长安多少安慰了后人对他的想象。

我们可以来理一下李白求仕的历程:二十多岁时,他对仕途就已经热衷了,年年蹭蹬年年自荐,先给韩朝宗和裴长史写信,恳请他们保举自己,不成,有点扫兴,却不肯罢休。后来总算有一位道士兼诗友的吴筠举荐成功,得以进宫来到唐玄宗跟前。这时的李白是狂妄的:"仰天大笑出门去,我辈岂是蓬蒿人。"他的志向是当一名宰相,他一向认为要"谋帝王之术,奋其智能,愿为辅弼",而且不惜以吕尚、张良、诸葛亮、谢安等人相比,觉得自己并不逊色多少,结果给自己的日后埋下了伏笔。

从写崂山这首诗中,可以看出他此时的心境,人生"暂停"折腾了。

《寄王屋山人孟大融》,王屋山在今河南省济源市西北,自古为道教圣地,号称"清虚小有洞天",位居道教十大洞天之首。一谓"山中有洞,深不可入,洞中如王者之宫,故名曰王屋也";一谓"山有三重,其状如屋,故名"。

王屋山绝顶海拔1715.7米,相传为轩辕氏黄帝祈天之所,名曰"天坛"。

开元年间,唐玄宗在王屋山为道教上清派宗师司马承祯敕建阳台观,司马承祯是李白的诗友,可能是应他的邀请,天宝三载(744)的冬天,43岁的李白同杜甫一起渡过黄河,去王屋山。他们本想寻访道士华盖君,但没有遇到。

他们遇到了一个叫孟大融的道士,陌路相逢,志趣相投,所以李白写这首诗时突然想到了他。

写这首诗是在离开崂山之后不久,以回忆的笔调写下的。

崂山给了他无法言说的畅快。

离开长安的李白求仙梦想强烈,渴望弃世登仙,做一个超越生死的神仙!成为诗仙,也不过是醉酒泼墨吟诗之时灵性的闪烁罢了。

登崂山,薄雾缭绕如登仙境,沐一脸一身赤红霞光,双眸里丹光如金,那一霎,仕途与命运、长安与唐玄宗都如眼前烟云,随风消逝了。悬崖峭壁的高峰上,飞旋着巨大的山鹰,弯弯曲曲的山道边,也总有灵兽的足迹。东海静如平镜的水面,信徒们虔诚往太清宫的身影,海里映现出的崂山倒影,曾经的荣光带给他的激动与骄傲,早已沉在心里最深的地方。

披云赏月,倚松卧雪,仙界般神奇,云海万种变幻,李白翩翩然高举双手对如梦云海,醉眼婆娑吟唱。

"危楼高百尺,手可摘星辰。不敢高声语,恐惊天上人。"喃喃之音立刻笼上浓雾,紫霞如缕融化在唇际。

唐朝的大部分皇帝自认为是道教创始人李聃的后裔,而把道教奉为国教,尊老子为"太上玄元皇帝"。更加有意思的是,李白仅仅因为也姓李而去凑这个"道教至上"的热闹。

他来崂山,是因为老道吴筠的怂恿。

前面曾经写过吴筠举荐过李白。一个连举人都不第的人为什么受到李白尊崇?吴筠可不是一般人,用科举衡量一个人的身份历来是错误的,死学和学死是一回事儿。吴筠从小便阅遍典籍,工于诗文,曾作《游仙诗》阐述自己的思想,作《览古诗》凭吊古圣先贤,又作有《高士咏》,歌颂古今高士。

虽然未能进士及第,但他的诗文非常有名,连皇帝都知晓,唐玄宗曾遣使召他入京,在大同殿接见。有一次,玄宗召他入宫向他问道,吴筠说:"天下之间能够深晓,通达于道的,只有老子《五千言》(即《道德经》),而其余的著述不过是在浪费纸墨罢了!"

唐玄宗又向他问以神仙修炼之事,他的问答更为客观,但很深刻且辩证。吴筠应对唐玄宗关于神仙修炼之事说:"此野人之事,当以岁月功行求之,非人主之所宜适意。"

《旧唐书》记载:吴筠在朝堂上"每与缁黄(释徒)列坐,朝臣启奏,筠之所陈,但名教世务而已,间以讽咏,以达其诚",试想帝王不谋君国民生大事,而在意神仙修炼,就是不务正业。可见吴筠为人之客观、无畏、不谀与实事求是。

当然,知时识务也体现道士的机警,史书记载:唐天宝年间,朝廷中李林甫、杨国忠用事,朝政纲纪日渐紊乱,吴筠知道长此以往,国将不国,唐王朝将要由内忧而引发外患。

二

吴筠在744年遇到李白之前,已经去嵩山和茅山修炼过多年。他希望李白访崂山,只有崂山可以让李白放纵手中如椽大笔,缘情任性地挥洒一番。

与李白同来崂山的人里可能就有吴筠,李白对崂山印象更深的是海,人事有代谢,往来成古今。

海既能引领风光,又能承受风浪。可能"直挂云帆济沧海",也可能"过尽千帆皆不是",还可能"船破偏遇顶头风",永远波谲云诡、风浪不息。在这种过于雄大磅礴的荒凉自然之中,人渺小到连悲哀都是徒劳。于是,他只好逃离现实,向历史寻觅,叩问历史似乎容易使人变得自信起来。

所以,他先说"东海"(东边的海,泛指,而不是现在作为专有名词的"东海"),然后说"劳山"。

吃文化是中国文化的重要组成部分,或者说是核心部分。李白喜欢驰毫骤墨,酣畅恣肆,精擅笔歌墨舞的李白在自然中幻想得到膨胀,想象得到最大的满足,用饮食来比喻"餐紫霞",这是把紫霞比成了食物。文人一畅快,下笔必然畅达,李白的浪漫主义情调越发昂扬和瑰丽,想象奇警华赡,兴会标举。

"食枣大如瓜",把枣子比成瓜虽然不是那么张狂,但也够夸大。

这个比喻出自有关安期公的传说。据《史记》说,安期公吃的枣子大得像瓜。安期公本来是琅琊郡的一位隐士,在海边以卖药为生,老而不死,后来得道成仙,被称为"千岁翁"。他是传说中的人物,一个一千岁的人吃的枣子如瓜一样,想必也是寿星。

诗中的"金液"是能使人成仙的"神药",《抱朴子》说,人服了金液就可以成仙,就可以腾云驾雾。《史记·孝武本纪》记载,(方士李少君)言于上曰:"祠灶则致物,致物而丹砂可化为黄金,黄金成以为饮食器则益寿,益寿而海中蓬莱仙者可见,见之以封禅则不死,黄帝是也。臣尝游海上,见安期生,食巨枣,大如瓜。安期生仙者,通蓬莱中,合则见人,不合则隐。"

秦始皇分天下为36郡,其中之一为琅琊郡,那时,别说是崂山,连青岛都属于琅琊郡。

秦始皇东巡的最后一站就是琅琊,他曾经召见过这位比彭祖还寿长200年的安期公,与之密谈了三天三夜。安期公离开时,给秦始皇留言:"千年之后,求我于蓬莱山下。"因此,有一种传说认为,秦始皇派遣徐福等人入海去求的就是这位"千岁翁"。

李白到了崂山,听说或想起这位道教传说中的神仙时,臆想"亲见安期公",这在某种意义上可以说是李白的一次灵魂的漫游。对于所有依靠精神写作的人来说,重要的不是生活,而是对生活的想象,崂山的山和海仿佛就是这种想象的过滤方式,李白用诗歌的方式去表达,诗歌成为李白想象的盛宴。

李白不光仰羡道,还曾长时期学过道,实际是位游走在道观之外的道教徒。他有一套道服,身上经常带着道书和道士炼丹用的药,"仙药满囊,道书盈筐",云游天下。

山东对于李白的学道作用与影响极大,因而他曾在山东留下许多诗作,这些诗作涉及他在山东学道的许多经历。李白写于山东的诗作中有"学道北海仙"之句,北海即现胶东一带。他的道友说他"曾受道箓于齐",他写于山东的诗作《奉饯高尊师如贵道士传道箓毕归北海》正是在"传道箓"这一大典完成之后。

访仙与从政,一对矛盾体构成了李白的一生。

李白研究专家往往把李白登上政治舞台之前的41年作为他人生的第一时期。在这一时期，李白频频往来齐鲁之间，一则为学剑，如诗中所言"学剑来山东"；二则为访道，即所谓"结神仙交"；三则因为携家移居山东兖州，在齐鲁逗留日久，结下一方地缘亲情。

三

唐朝人避尊者讳，也是为了免祸，讽喻当朝时，常以汉代唐，"汉主"实指"唐朝皇帝"。

白居易《长恨歌》起篇就是"汉皇重色思倾国"。瞧，"俺嘲讽的不是你李隆基，而是汉朝的某个昏君。你可别找我的麻烦，让我吃文字官司啊。"这等于给文字狱打了免疫针。

李白所拜谒的皇帝就是唐玄宗李隆基，拜见的时间是742年，当时他已经41岁了，所以说是"中年谒汉主"。

李白坚信自己是天才，而且坚信"天生我材必有用"，所以，他是抱着很大的抱负奉召入朝的，但到了长安，他发现根本不是那么回事。宫廷生活看了不老少，自是另外一种世界。看不尽美人玉佩，艳饰绮装；赏不完霓裳羽衣，舞袖歌弦，日子比他携家云游安定得多，不再饱受漂泊中的风雨之苦，只是，他那颗鲜活的心渐渐地不痛快起来，他首先发现唐玄宗此时已沉湎于声色犬马，只想让他当词臣，给皇帝御用文人的班子里，再加一枚棋子罢了。李白感觉颇为"不惬"。

他在长安的酒肆、青楼赋闲、荒唐、等待了三年之后，绝望了，也厌倦了。当两个人所想产生如此巨大的不和谐时，和帝王想建立的"非师即友"的关系，也被击得粉碎。

"戏万乘若僚友，视俦列如草芥"理所当然使自己孤立了，此时的唐玄宗已经不管任何事情，只想做享福的"太平天子"，凡事交由狡诈阴沉的李林甫和女里女气的高力士。李林甫说:"想来我以后不会有好名声,不如眼前享它个极乐。"这对李白来说,先是惊愕不已,后是厌恶不已,想不到天子如此,宰相如此,直产生误入白虎节堂的懊悔。

李白计算着走出长安,这表明漂泊的生活又将开始。于是,李白的济世之志转为出世之思。

《抱朴子》说,人服了金液就可以成仙,就可以腾云驾雾。在上古,就有神仙以云为车的传说。诗写到这里,李白已经沉醉于自己的想象,连车子都准备好了,连在天上的工作都找好了——跟仙人们一起扫扫落花而已。

多么轻松、惬意、逍遥。

那个时代,文字是长了手脚的,李白咏颂崂山的诗快速攀附着人嘴送往了长安。本来唐玄宗对崂山仙境早就产生了浓厚兴趣,李白的诗歌如一味中药让唐玄宗胃口大开。

这时候李白已经浪迹江湖,自然山水富足而风情万种撩拨得他情趣盎然,长安已经抛在身后。长安人开始怀念他,他们对这位用握手方式道别的诗人充满了想象,他的每一首诗歌都如天空的乐章,灌入灵魂,像天上的甘泉,清冽芬芳。浮想和暗示,人性的张扬和舒展让血性的大地上溅呈出千姿百态的传说、奇迹与遭遇,李白的诗歌把整个大地都带到了长安人眼前。

唐玄宗开始珍视自己的生命,累赘之生总要熄灭,大地却生生不息,让人多么不舍!人性就是这么复杂,一方面用拼命寻找延长生命的方式来保障自己的利益,另一方面又用强行结束一小部分人生命的方式来保障整个群体的利益。

舍不得放弃大好江山和曾经享有的一切,唐玄宗于天宝七载(748)派王旻、李华周和孙昙来崂山寻找仙药。

他们落脚在明道观,现在崂山招风岭前仍存有"敕孙昙采药山房"等石刻。就是那次采药,孙昙写下了《棋盘石明道观自咏》一诗:"日上万峰雪渐消,负笈携铲不辞劳。一生采得长生药,救生济苦疾病消。"此后,崂山被改称"辅唐山"。

如今,从太清宫背后的垭口出发,沿着蟠桃峰的梯子石北上,登上500余级台阶,就会见到右前方的石壁上刻着李白的游崂山诗《李白赠王屋山人》。此诗共13行,每行5字,竖排,字径25厘米,刻石面积8平方米,由青岛市书法家高小岩书。

李白一生足迹遍及四川、湖北、湖南、江西、浙江、陕西、河南、河北、山东、山西等地,游遍了南北名山大川,写出了许多脍炙人口、流传千古的壮丽诗篇。他游过峨眉山、青城山,登过巫山,访过戴天山,在岷山之阳隐居过,始有《蜀道难》。他出三峡,入湖北,登过黄鹤楼,游过洞庭湖,有《早发白帝城》为证。在黄山、敬亭山、九华山、天门山等都留下诗篇。游过浙江天台山、四明山,留下了《梦游天姥吟留别》。在陕西,曾游过华山、终南山、太白山。后又进山西,访东鲁,登泰山,游崂山……

李白遍览齐鲁名山,尤以对临海大山崂山印象最为深刻。

也是由于欲求长生不老之药的帝王需求,由于山路崎岖,登山极为辛劳艰苦,登攀崂山寻仙觅药之人称之为"劳山"。

这一寻仙觅药事后来被元人于钦收入《齐乘》一书中,遂使崂山之名更具传奇色彩。

李白在诗中将崂山写作"劳山",可知此传说在唐代已盛行。

天宝三载(744),被"赐金放还"的李白离开长安以后,有近一年的时间在东鲁一带游历。

四

在崂山蟠桃峰下李白诗刻不远处,立着一块高三米的长方形巨石，上刻"太白石"三字，王蕴华书，这是为纪念李白游崂山而雕刻的。

传说这块石是当年的太白星上一个小石块陨落于此，故名太白石。

李白与宫廷乐师、道士吴筠（两人是好朋友，在宫廷里，一个写诗，一个谱曲，搭档非常默契）游至此地，得知这块石头的名字与自己的名字相同，十分高兴。两人经常在此巨石上观看日出日落，听潮观霞光，看山间云雾变幻。酒仙出行，当然少不了美酒，他自认与崂山有缘，又见其峰顶王母瑶池巍峨神奇，于是趁着酒兴，与吴筠即兴创作出了《清平调·咏王母蟠桃峰》，随后传给太清宫道士。

此曲从宋代以后成为白云洞、太平宫、斗母宫和明道观等庙沿用至今的步虚殿坛经韵曲牌。

之前太清宫曾有碑记，后毁于明代佛道之争。

学者陈振涛在《崂山道教音乐考查记》一文中写道，李白和吴筠这次至崂山，是以虔诚的信道者身份前来参访的。李白和吴筠受到太清宫道长的盛情款待，深受感动，便将南派大型经韵曲牌《三涂五苦颂》传给了太清宫道长詹兆升。此后，崂山的百姓和诸庙道士们便将李白饮酒于"太白石"传为佳话。

饮酒、写诗，李白笔下写出来的诗歌描绘了一个熟悉而又全新的崂山，也让我们看到了，选择一种生活不容易，坚守一种生活更难，也许诗歌梦长做不醒才是人间的大快乐。

浪漫诗人李白在诗中运用浪漫主义手法，抒写了对崂山神仙世界的热烈向往，表达了鄙弃尘俗、蔑视权贵、追求自由的思想、情怀。

李白也曾以诗表达对道界仙家的追求："五岳寻仙不辞远，一生好入名山游。"但正如后世学者所评价的那样，李白"好神仙而非慕其轻举",而是把神仙世界当作没有权贵、没有倾轧的美好境界来追求。

崂山,正是作为李白梦寐以求的理想境界出现在他的笔下。如果说,此前的李白还徘徊于学道和从政之间,那么此时被"赐金放还"的李白从此开始了遍访名山、求仙学道的生涯,而餐霞崂山正是他第二个人生期的开端。

这一名句名言因其出于诗仙李白的笔下,又或者其意义已经超出诗人一己对道家仙境的憧憬和向往,而代表了许多士林中人弃政学道的心灵独白,把崇道、慕道上升到士子阶层对道教的认知,从而使崂山与诗仙李白乃至与这个道教的"黄金时代",产生了神秘的历史关联。

青岛文史专家李偲源介绍,唐朝是全国道乐的大发展时期,这与上层统治者的扶持有着莫大的关系,在宫廷里,唐玄宗亲自教授道乐,燕飨活动中演奏的道曲就有60多首。

李白所处年代,崂山道观庙宇大兴,道乐也随之获得发展,增加了琴、笙、箫、琵琶等一批器乐伴奏。更为重要的是,与全国其他道教音乐相比,崂山道乐因有李白与吴筠的亲自指点,更具宫廷音乐的庄严典雅气质。

人们对李白游崂山的诗作耳熟能详,但对其教授崂山道士音乐之事则知之甚少。

崂山太清宫道乐,清心流畅,柔软地也是坚硬地沟通了更阔大的世界。

那个世界隐逸世外,让动的、静的、外在的、内在的、内敛的、坚守的,多一些"暂停"的快慰。

崂山道教音乐的空气里,有没有被世俗污染的心跳。

端详它风吹日晒的容颜

高坡上有一座庙,昔年曾叫寿圣寺,唐时种过一棵槐,在时间中死了。又种过一棵槐,活到现在。根也死了,树桩还立着。满身的疤疙瘩烂窟窿,冷眼看着身后的庙。从半块柱础的造像上看,庙很大,大,便代表了身份。庙脊原本有五彩琉璃,被人扒走了,还能看见一小块孔雀蓝凤爪在瓦坡上自在着。其实也无所谓,有些劫难躲不过,只好很惬意地享受它。毁灭还是诞生？鬼话。

我在乡亲的猪圈墙上找了两块琉璃,很好的琉璃,黄昏下迷人眼目。

他们说,要那东西有啥用处？我说,端详它风吹日晒的容颜。

长治城里有一座城隍庙,听朋友说,十年前一个贼和另一个贼说,你要是把屋脊上那条黑龙弄下来,我给你十万崭豁啦啦新票子。贼在一个月黑风高的夜晚带着绳子、梯子、锤子、钳子,飞毛腿一路狂奔到了墙角下。贼屡屡得手惯了,到了墙角下,突然尿紧,本该迎风出一丈,却是顺风滴两鞋,心头一时涌起了淡淡的莫名其妙的伤感。贼靠着墙角点了一根烟抽了两口,站起来搂紧行头走开了。十年后那个不做贼的人打电话告诉朋友,城隍庙拆下来的琉璃在院子里堆着,你去把它们拍下来,知道你喜欢。

那些美好的琉璃,在阳城阳陵村的琉璃塔上,我仰着脖子望呀望,一只灰色的鸟在上面立着,我想起一条短信：鸟虽小,玩的是天空,你以为你是天空吗？

夕阳里,徜徉在肃穆静谧的寺院,我不禁会为眼前清澈澄明的琉璃所驻足。佛塔上的琉璃散发出晶莹剔透的光泽和变幻神奇的色彩。琉璃,被人们赋予了蓄纳佛家净土的光明与智慧的功能,它吸纳华彩却又纯净透明,美艳惊世却又来去无踪,化身万象却又亘古宁静。琉璃澄明的特质契合着佛教的"明心见性"的境界,不觉顿悟——净如琉璃,静如琉璃——照见三界之暗,照得五蕴皆空。琉璃是带色的陶。陶最早是用河泥为原料,加了芦苇花絮,制成各种陶坯时晒干,烧制彩绘。陶开始带色,琉璃出场。历代老百姓认为琉璃对于供佛、辟邪和镇宅都有强大的正向能力,但在封建社会森严的等级制度下,琉璃是民间可望而不可即的重器。非令壮丽无以重威。威,是一个满怀壮志的王朝给自己的定位。高大之上,宏伟壮丽。

帝王因佛生威,佛住的宫殿依山势渐次抬高,直逼天宇。寺庙成为故乡土地上的风物标志,成为乡村文化的组成部分。曾经的寺庙里在晚照下暮鼓声响了,那一声响,空灵澄明,悠远浩渺。"孤村树色昏残雨,远寺钟声带夕阳",随之而来的还有夕阳下琉璃的光芒。

手艺是一个人一生承重的支点。农耕时代,自然生存,人靠什么活着?手艺。手艺能把万事万物送到远方,送向未来。

对于过去那段历史,那一些美好,我该用怎样的方式与它们说话?它们以五彩斑斓的色彩对抗着大地,它们让村庄里的人忘记了大地上满目的荒凉。我一直认为寺庙是村庄长出的最好的建筑,它的出现,始终没有因为生长在贫瘠土地的边远地带而寂寞简单,反而成为乡村百姓很不容易改变的狂热,带有偏执的性质。

沁河从它的发源地开始,一路而下,流经了多少村庄?我一时统计不出来,大大小小,哪座村庄里没有寺庙?

有寺庙的村庄,只要走进去,你永不会感受到走进城市的那种陌生感。寺庙,有一股强大的底层生活的气流在游动,你会觉得没有寺庙就不会有村庄的繁荣。时间流转,逝者如斯,过往岁月里,人类的劳动、创造和智慧,历经冲刷淘洗之后,仍然得以以各种各样的形式存留。

寺庙在用它的光亮推动着村庄的发展。

可是谁又能知道诸多的苦衷和哀怨,不是来自命运的本身,而是来自天灾人祸?

神话的痕迹和宗教的幻想,给村庄一个巨大的安慰,也许他们太需要这种来自寺庙的慰藉了,他们对虚无缥缈的东西充满感激,寺庙是乡民谋求幸福的天堂。乡民的天堂是华丽的,那种华丽民间秀才从书本里读到过,抑或是在人寰中梦到过,它的瓦楞应该轮廓分明,光亮夺目,它的屋脊更应该是天庭欢乐。

沁河两岸的寺庙,无论歇山顶、悬山顶、硬山顶,它们的脊瓦上都会挂着五彩琉璃。雨后初晴,若有阳光,透过水雾还能看到七彩虹霓。

沁河流域的琉璃烧造工艺始于魏晋南北朝时期,历经宋、元,工艺革新和技术改进,走到明清时可说是达到鼎盛。住在近山的地方用石造屋,住在近水的地方用贝壳和着涛声造屋,住在自己心境里的人用宗教造屋。

沁河两岸煤矿、坩子土、石英砂、铜、锰、铝土矿和方铅矿等资源极为丰富,充足的原料为琉璃的烧制营造了基础条件,他们用琉璃造屋。琉璃瓦、脊筒、宝顶、脊兽、鸱吻、瓦当、滴水、琉璃影壁、琉璃塔、牌坊、棺罩、香炉、狮座、童枕、熏炉,中堂前几桌上的佛像、狮子像、烛台、供盘,家居用的浴盆、鼓凳、缸、佛龛,继秦砖汉瓦之后,琉璃在建筑领域又进入了厅堂。

不过琉璃用器始终没有作为餐具出现,它不像瓷器是高温釉下彩,琉璃是低温烧造,更多用于观赏。

村庄中的寺庙,印象中它是走远归乡的人一个无形的客栈,走至庙门前都要愣着看一眼,步子停顿的瞬间心里会默念着保佑平安。还有就是墙上的标语,二十世纪六七十年代,规划着一个村庄的未来。屋脊上的琉璃,老树掩映下,端着大海碗坐在庙前广场说古论今的人,说琉璃的烧造是一门好手艺,人们的眼睛就集体往天空望,孩子们淘气,拿着弹弓瞄着屋顶上的脊兽打过去,年长的人站起来拦住说:"打不得祖宗,小日本见了都得磕头。"

寺庙和皇权的崇拜是相辅相成的,你看遍布村庄的寺庙,你就会明白信仰在乡村有着怎样久远的传统。

沁河沿岸最有名的烧造匠人姓乔,在山西众多门派的琉璃匠人中,乔姓也是人数最多、延续时间最长的一支。乔氏琉璃出阳城,阳城乔家烧制琉璃传承关系明确,班辈序列清晰。

史料中乔家族谱记载,阳城乔家烧制琉璃从明正统年间开始,一直到清顺治、康熙、乾隆、嘉庆年间达到鼎盛。大庙小庙,乔家几代人烧造了多少琉璃?那些琉璃在屋脊上被照得明亮,而烧造它的匠人,生命死去又诞生着,死生之间延续着他们不外传的手艺。乔家的祖先,唐代由陕西西安龙桥迁至高平县桥沟,经宋、元两代,于明初辗转到达阳城。乔家的先祖是带着手艺来到阳城的,为了生计,也为了他们所看到的晋东南一代的富裕生活和寺庙建造的广阔前景。一开始他们在县城东关游伴沟安家,后来为了取材方便,再加上后则腰的瓷土质量更好,所以才又迁至后则腰定居。他们不仅烧造琉璃,也烧造黑、绿瓷器。

寺庙遍布村庄对于乔家来说犹如金子埋在了他们的门前。

一座寺庙一种规制,丈量土地,古时候也是一样的斤斤计较。

屋脊上的琉璃因庙规格不一便也不能用模子脱扣。乔家做琉璃从来不用模具,能徒手做大件人物造型,技艺无人能比。据说北京故宫的琉璃狮子和明十三陵的部分琉璃制品,都发现有"阳城琉璃匠乔"字样。

新中国成立后,翻修北京故宫时,也发现很多琉璃瓦后面有"山西泽州"字样,也有人说"山西泽州"琉璃不一定是乔家烧造,还有潞州的赵姓琉璃匠人,只是因为乔家琉璃窑名气大,私下里挂了乔家的名子。我倒觉得这样更好,沁河两岸的庙宇,一个乔家怎么能烧造得过来?这样就神龙见首不见尾了。

就像"画中有诗的王维",就像"米氏云山"的米芾,就像《兰亭序》的最后消失,他们果有真迹流传至今的话,那会减少我们多少向往和想象的兴味!

历史是时间烧造出来的,留存下来的匠人们的传奇往往都有点神奇故事在边上烘云托月。

我现在站在阳城阳陵村的寿圣寺,就有乔家的传说在里面。

与寿圣寺的别院紧挨着的偏房里住着一位老人,秋天,老人从地里摘回来南瓜,窗户上、廊檐下,一个挨一个的南瓜摆放出一种姿态,任日头和月光轮番擦拭它们脱离泥土的胎毛。

窗户上安装了玻璃,对于屋子已经全无了秘密。

老人说,我住着的后墙是庙墙,你看,墙已经凹进来了。我看到他用两根木柱支着,两根木柱上挂着几个"金龙鱼"塑料空油瓶。墙到了几根木柱也快难以支撑的地步了。

屋子里一股潮味,我仔细看着墙上一张奖状,是小学二年级期末考试的嘉奖。我能感觉到我身后一只肺在粗重地呼吸。守着美好的东西,那美好却不能如一床素花被子更能叫他们得到温暖,这是他们平凡而真实的人生。

很奇怪的是,在靠另一面墙前的桌子上,我看到他供奉了一个牌位，那上面写了"供奉佛塔烧造匠人乔氏宗亲之灵位"。

从窗户上就能看到琉璃塔，它是那么美好，那些色彩在晚照下绚丽多彩。

不禁惊叹：真好！

老人说，敬归敬，说归说，好啥？还不如立个烟筒叫人也知道这里是个厂房。

我说，因何敬奉着乔家的牌位，难道你是乔家的后人？他回答，我的先祖是乔家的徒弟。

据说乔家的后人并没有从事琉璃制作，这样一个小户人家，居然年节还想到了他先祖的师傅，这也许就是手艺人的根基在民间吧，是普通人对"孝义"精神的延续吧。

塔和村庄一起存在，人们敬奉它，它带不来一穗谷子。可原来建它的人是有"信"在里面的呀。

佛塔上整块的琉璃虽样式不一，但都是佛教故事，它的底部写着出资烧造的某某村某某人家的姓氏。

那一疙瘩银子集资送到琉璃匠人乔家窑前时，他们便双手接住，然后再用心把那家人的福气印一样盖在了塔身。佛在看得见的地方俯视，繁华世界，金钱、财富和权力耗费了多少视线和精力，又由此衍生出多少难以预想的结局。

沁河的琉璃烧造有两种技法，都叫琉璃，技法却不同，一种就叫琉璃，一种叫珐华。

我一直不明白琉璃和珐华的区别，烧造琉璃的师傅告诉我，珐华有松香黄釉、孔雀蓝釉、孔雀绿釉、茄皮紫、葡萄紫。

珐华肇始的年代，现在已经很难考证了，从釉的质地上看，它和琉璃是有区别的。明代的珐华用途比较多，陪葬品占了绝大多数，用在寺庙上的一般都是人物和小兽，大的器物、鸱吻和龙脊则用琉璃。清雍正年以后,珐华就用得少了。

珐华按照产地可分为五种:一是蒲州一带烧造的,二是潞安泽州一带烧造的,三是平阳霍州一带烧造的,四是山西其他地方烧造的,五是江西九江烧造的。

"最大气的东西在你们晋东南。"这是中国文联副主席,写小说《神鞭》和《三寸金莲》的冯骥才说的。

书上说:珐华,是陶瓷装饰技法。低温色釉陶瓷器制品,亦称珐华、珐华。始于元而盛于明。珐华釉以牙硝作助溶剂,制作时,使用特别的带管泥浆袋,在器胎表面勾勒出凸线的纹饰轮廓,再按设计需要用色釉填出底子和花纹,入窑烧成。珐华器主要产于山西晋东南地区,以陶胎为主,器型有花瓶、香炉、动物等。珐华器物别开生面,虽小却比琉璃要更华贵美好。珐华不但制作很难,欣赏也很难,有专门学问在里面。现在这种手艺已经失传了,有人试图想再造它的辉煌,却是连那配料都研制不出来。

琉璃匠人是佛遗留在人间的手眼,佛有千手千眼。

从寿圣寺出来,我取老人送我的一个足有两尺长的南瓜,像抱着一个半大的新生儿。回过头再看寿圣寺的琉璃塔,从远处观它似乎比走近更叫人心悸。

美,源于人类千百年以来的感性经验。我的视觉是在丰富生动的客观世界中进化过来的。我们祖先习惯于这种丰富生动,也就使我们习惯于这种丰富生动。

美,体现在一个尺度上,远观和近赏,是两种不同的感觉。我沉醉于这种距离中,且近且远都叫我心动。

沁河两岸的那一片辉煌我无法表达。

《战国策》说:"(楚王)遣车百乘,献骇鸡之犀、夜光之璧于秦王。"夜光璧,星月下烂漫,那可是琉璃的银片在闪亮?《魏书》中的

《西域传·大月氏》记载:"世祖时,其国人商贩京师,自云能铸石为五色琉璃。于是采矿山中,于京师铸之,既成,光泽乃美于西方来者。乃诏为行殿,容百余人。"

这说明从公元四世纪开始,琉璃制品已被当作功能和艺术的统一体应用在建筑上了。当琉璃从皇宫走到民间,被充分利用于寺庙的建筑上时,琉璃,那个曾经在赵飞燕手里"青琉璃为扇"的宝贝因"贱民"的喜欢而变得"贱"了。如《魏书》所说"自此中国琉璃遂贱,人不复珍之"了。

不过再捡拾起琉璃,我们要感谢隋。隋在历史书上,仅仅维持了37年,一个男人的长成、娶妻、生子的年龄。当它使消失了数十年的琉璃技术得到恢复时,唐终结了隋朝。

手艺在迅疾的时间中流逝并被重新捡拾,是"贱民"开拓了它们的前程。

《隋书·何稠传》载:"中国久绝琉璃之作,匠人无人敢厝意,稠以绿瓷为之,与真无异。"何稠是把琉璃技术从"久绝"境地恢复起来的人。他只是一个手艺人,如乔家的琉璃窑口,他们都是用手艺来丰沛岁月的"贱民",他们只想给那些守着流水和丰收的人修筑一座看得见的天堂。

这世间有天堂吗?

这些美好都在民间。

民间,以虔诚之心对待生活,他们始终相信,寺庙里供奉的是自己的前世今生,所有的一切一定都是由卑微的生灵修来的。

让寺庙从寂静的暗夜中苏醒的,是唐代。

除了寺庙建筑构件之外,唐朝还诞生了一朵琉璃奇葩——"唐三彩"。我在沁河岸边的琉璃作坊听一位姓谢的师傅讲,唐代烧造不同色彩的琉璃釉,需要使用不同的氧化物,如浅黄色的为铁和锑,深黄色的为铁,绿色的为铜,蓝色的为铜或钴,紫色的为锰。"

他和我说了一句叫我吃惊的话:唐三彩的烧造,道士在化学中起了一定的作用。

他也是一个叫我吃惊的手艺人。那么宋代呢?秦观的《春日》里写到"一夕轻雷落万丝,霁光浮瓦碧参差"。屋脊上那琉璃,天水滋润,那美好,延伸到王实甫的《西厢记》里,就有了"梵王宫殿月轮高,碧琉璃瑞烟笼罩"。美好只有普及到民间,才可能进入繁荣盛世。

我再去见那个姓谢的匠人,已是夏天。他生性对劳作存有一种喜好和沉迷。我看到院子里的那些佛,那些俑,那些陶台的龙、凤,同时看到了墙角那切割开的明代屋脊正中的"胡人献宝",它的眉眼都模糊了,脸部和手脚是茄皮紫,神韵还在。

众多的琉璃中,它吸引了我。匠人在他的炉前,脖子上搭着一块毛巾,汗流得睁不开眼,他拽下毛巾来抹一把。我说:"你叫我买走你那一块吧?"他看着我伸出舌头抿舔着嘴角的汗水。

"你要它做甚?"

我说:"因为喜欢,所以要。"

他说:"那是我用来做样本的。"

我说:"嗨,这么模糊的眉眼早就印在了你心里。"

他一定很想听到一个女人这样夸奖他。他扭头看着那块"胡人献宝",说:"简单放几个钱拿走吧。"

"简单"二字是一种境界。沁河两岸烧造的琉璃正是以简单大气流传于民间。

万有的缘法都是偶然凑泊的。我得到它,便得到了我的情有独钟。那个姓谢的匠人,借用佛家的一句话说"因缘现身"。

在晋城我又认识了一个喜欢收藏珐华和琉璃的朋友,他告诉我,鉴别琉璃和珐华,别管它的珐色,只管用骨关节敲,年代久远的敲出的是"缸音",那些浅近的出不来那音。

我在他的地下室看他的藏品,边走边敲它们的台骨,果然有音乐的质地。

庙脊上,曾是神灵走动的地方,我得敬奉它。一一拜过去,拜那一份留在世间的手艺。

我一直认为,寺庙是一个有着完整管理体制的地方,一个人可以不为任何好处献身寺庙。

在这里,佛家思想脱颖而出,敬畏,以至礼教治国成为封建统治威恩并加的又一大法宝。看那照壁、牌楼、楼阁、香亭、寺塔、神像、供器、花坛以及镶贴在墙上的花砖等,形态各异,不胜其韵。

山西的琉璃饰件图案主要以火焰纹、龙凤纹、如意纹、莲花纹、海水江崖纹、宝珠纹和绫锦纹等传统吉祥图案为主。此外,明代的脊兽也在元代的基础上得以完善,看上去有几分凶悍。

再看那垂脊兽,按顺序排着龙、凤、狮子、麒麟、天马、海马、狻猊、押鱼、獬豸、斗牛、行什等,神态生动到一声喝令都能活蹦乱跳起来。

明代整修和新建的寺庙较多,沁河两岸的寺庙大多建于明万历年间,那些琉璃也都出自这一时期。烧造琉璃大体要经过选料、成型、素烧、施釉、釉烧等几个阶段。

琉璃的原料大都是就地取材或就近取材,以往因缺少有效的原料检测技术和设备,制陶匠人在原料选择上总结出了一套简便实用、行之有效的土办法,有经验的匠师通过"看""捏""舔""划""咬"等方式判断泥料的成分和性能。琉璃釉料的配置在这一行业中是最难掌握的技艺,尤其是像"孔雀蓝"这类釉料的配方,匠人视其为"绝技",民间有"传媳不传女"之说。

一件琉璃的制作,除劳动之外还有更多方面的相互依存关系,尤其重要的是它包含了那些个匠人的丰富的人生。

对于我们的乡人,我至今没有在感情上走近过他们,乡村太贫穷太偏僻。

我固执地认为苦难是由懒惰衍变来的,是容易传染的。

然而对于寺庙,完全是有别于乡村的另一个世界,我是如此喜欢。

初中的学校在沁水县十里镇下泊寺,一座两进院的庙宇。室内雕梁画栋,室外的屋脊上却全部是灰脊。那时候不懂也不明白,直到去年冬天我回去仔细寻找,竟然发现下泊寺的庙后山崖下有许多琉璃碎块,有一块中间正脊上的琉璃,隐约还能看清上面一行小字,明德化的字样,可惜庙已荒废。

陪同的乡亲说,听老人们讲,老早时,打远处就能看见一瓦坡的明光闪亮。那一定是琉璃的光芒。那么什么时候琉璃开始大势已去?

一定脱不开寒碜粗陋,脱不开无知无念,脱不开战乱和凋敝。

如果借助我们的想象,时间能够获得空间的可视性的话,我们会看到什么样的景象?花落水流,手艺因大自然这种无情的淘汰法则已经面目全非。

几日前有人捎话叫我去看两块塔上的佛讲经故事,说是孔雀蓝。我看见时,怎么看都觉得心慌。

他一定要我仔细看。

我觉得"仔细看"应该是一个动词,果然发现那"蓝"像贼的眼睛。

消失的东西果然就消失了吗?这样的作假,悲凉得竟如此真实。那一晚我喝了半斤酒,"喝酒"也是个动词。我想用那半斤酒把自己放倒,我就着两条小黄鱼,我的脸前头竖着那个"胡人献宝"图,我喝醉了,"胡人"陪我醉,醉得一塌糊涂,只为曾经的手艺,消失得比风还快,虔敬不在,我们拿什么来坚守?

阿来的故乡马尔康

马尔康的秋天是植物撒欢的季节,人们在这个季节变得明亮,或许是因为阳光,或许是因为无数原始神灵。走进马尔康,需要有身体之外的东西,比如对文学的崇敬。

因为,马尔康是长篇小说《尘埃落定》作者阿来的故乡。

阿来说:"我出生在这片构成大地阶梯的群山中间,并在这里生活、成长,直到36岁时,方才离开。所以选择这个时候离开,无非是两个原因。首先,对于一个时刻都试图扩展自己眼界的人来说,这个群山环抱的地方时时会显出一种不太宽广的固守。但更为重要的是,我相信,只有在这个时候,这片大地所赋予我的一切重要的地方,不会因为将来纷纭多变的生活而有所改变。有时候,离开是一种更本质意义上的切近与归来。我的情感就蕴藏在全部的叙述中间不断离开,又不断归来。"

在这个流年似水的世界上,故乡是一个最具生活实感和象征意味的词,是成长中温饱袅袅的炊烟,是遥望下抚慰至性的满天秋风,同时也是一座巨大的故事粮仓。生命本质意义上是一个从流浪到皈依的过程,当一个人在流雨飞风的世界走远时,世间精彩都需要亮相,不然,从种子出发,再回到种子本身,一个在旷野上独立向远,清楚地迷茫,却不屈不挠的人,能知道那是游子与故乡独知独享的绚烂?

"梭磨"藏语含义为"岗哨多",又有"帝王之梳篦"之称。我站在河水东岸,身后是高高在上的直波古城,与直波古城相对应的是藏地最高的八角碉。陪伴在我身边的是马尔康羌族女子杨素筠,她给我讲梭磨河带走了最后一位女土司。

高处,稀疏的林木和凄凉的土司官寨,像一个传说,那些至今存活在人们心里的故事,像她的讲述,偶尔的停顿包含了对悲剧的认同。

时间带走和带不走的,存活于世的人,那是一些无法历数的令人痛楚的关于时间和空间的印记。生命是为数众多,岁月却是如此脆弱和无情。

阅读阿来的《尘埃落定》,大约是在1998年春天,我当时正在中国艺术研究院读书,忘记了是哪位同学拿着这本书在课堂上炫耀。我们相伴从新华书店各自买下,兴冲冲回到地下室宿舍借着灰暗的灯光阅读。读进去,也许是对一本书最大的奖赏。那是一个我陌生的世界,遥远而神秘,他的语言、叙述、奇异的故事,如同什么样的语言必须匹配什么样的环境,如同经过了上苍的手那样,凝合为一,只有那样的地方才能栽种出这样的理想根芽。

那个"傻子",他的灵魂一直在衍生着高原。他必须是显赫的康巴藏族土司,在酒后和汉族太太生下的一个傻子。他在高远的天空下看着皱褶的土地,他把自己的理想种下。如此,琐碎的生活,在他眼里,成为他辨识方向的标志。这个人人都认定的傻子与现实生活格格不入,却有着超时代的预感和举止,成为土司制度兴衰的见证人。因为,他是傻子,他可以看到本质。

一个旧的腐朽的世界终于尘埃落定。"傻子少爷"说:"我看见麦其家的精灵,已变成一股旋风飞到了天上,剩下的尘埃落下来,融入大地。我的时候就要到了,我当了一辈子的傻子,现在,我知道自己不是傻子也不是聪明人,不过是在土司制度将要完结的时候到这片奇异的土地上来走了一遭似的,上天叫我看见,听见,叫我置身事外,又叫我超然物外,上天是为了这个目的才让我看起来像傻子。"

我一直觉得高原是个与历史交换话语权的地方,它储藏了激情、梦想、愿望。太阳投着花和树的影子,岁月所放的蛊和魔法,那个寻花捉月的傻子,他看见聪明人把眼皮都晒薄了,他在马尔康的集市上迎风行走,快意满怀,他终于完结了上天的一个愿望。

细思,我脚踩的地方,有多少聪明人走过。

阿来在柯盘天街,穿着藏族服装。服装是与外界交流的另一种语言。汉人说,人是衣服马是鞍。作家素素说:阿来穿这身服装更像藏地文学"土司"。

尘世旧梦,"柯盘天街"因松岗土司而繁华。

金钱是上苍在"柯盘天街"栽种的一地玫瑰,美丽、妖娆、充满魅惑的力量。一只黑鸟飞过,不可言说的神秘投影在雨中。正午时分,时间转换成现在,"阿来书屋"在"柯盘天街"拐角处开业。书让时间更短,或者说,只有书可以让金钱丢盔弃甲。

我希望老死在时间中的"柯盘天街"曾经的土司和头人们潜入这间小屋看看,古老典籍扑鼻的书香,或许就地让他们托生成一本静默无言的书。

如果说那个"傻子"总结了"柯盘天街"的繁华,那么现在的"阿来书屋"就是超度他们灵魂的地方。

藏族女子巴桑给我讲马尔康的历史。

在二十世纪三四十年代,马尔康最早为一座寺庙,在寺庙前宽广平坦的白杨萧萧成林的河滩上,形成了一个季节性的市场。商人们来自嘉绒各个土司的领地,还有很多是来自四川的汉族人和甘肃的回民。夏天各路商人络绎不绝,人们把这个繁荣一时的季节性街市叫作"马尔康"。

马尔康过去属于嘉绒十八土司的梭磨土司、卓克基土司、松岗土司、党坝土司辖地。嘉绒藏族有自己的语言、服饰和风俗,曾被认为是一个独立民族。在新中国成立初期进行的民族识别中,确认嘉绒是由古藏人而来,属于藏民族的一个分支,并由此归入藏族。马尔康是土司政权最后的遗留地区之一,新中国成立初期,中央政府在原嘉绒十八土司中的卓克基、松岗、党坝、梭磨四个土司属地中进行新时代的"改土归流",归并四土地区,纳入政府管理,并重新取名为"马尔康"。

马尔康的藏语含义为"火苗旺盛的地方"。

过几日,马尔康的红叶要红了,满山遍野火苗一样灿烂。

杨素筠带我们去茶堡山里看名叫"克萨"的碉房。马尔康茶堡河流域的山谷,保留着上百座藏式邛笼石碉房。暗古色的面容,跟涌起皱褶的土地一样。有多少故事在里面就有多少理由在里面,如果今天已经成为过去,我庆幸杨素筠带我们去了一个好去处。

《后汉书·南蛮西南夷传》记载:"累石为屋,高者十余丈,为邛笼。"这些碉房带着明显的象雄文化烙印。站在碉房最高处,这里是主人与上天、与辽阔久远的历史交换话语的地方,同时,也是一个驿站。碉房把一代又一代人送往远方,在碉房里故去的人,曾经踩踏屋顶,双手合十,煨桑的青烟,小巧的借助风力自行转动的转经筒,晴空万里,那样的风、阳光和幸福,因为渗透了藏族人的劳苦功高,突然有一种说不出的悲怆滋味漫到我头顶。

碉房中所承载的温情,正在被外界令人眼花缭乱的奢华一点一点消解着,人的命运像时间流走般带着某些神秘和不可预知性。也许,建筑是对历史最稳定、最真实的记录,能完成人类对高原想象力最夸张的表情。碉楼墙壁上挂着一些生活照片,它是唯一能够挽留住时光步履的。许多许多年以后,再寻觅这些丝丝缕缕的痕迹时,在茫茫的时间之海中才得以找到消弭了的历史回声。我希望碉楼永在,神永在。

那个叫卓玛的女孩,打开车窗吆喝着田里劳作的兄长,银铃一样的声音吞没了我的言语,泪水充盈。黄昏在无边地淹没和覆盖,视觉的无形中,我感到了一种强大的高原存在。

时间倒流,相信永恒,相信在此生的时间之外有一个永恒,那就是文学。

这样的地方不出一部《尘埃落定》真是说不过去呀。

百合种满后地湾山坡

一

仲夏,沿途风景不俗。上山路盘旋曲折,凹凸不平,颠簸之中,偶见三三两两农人,顿时,我产生了归家的感觉。峰回路转,夹峙在郁绿的松、灌木之中,高处,那么宁静、虚远。四周都是开阔的青山,狼毒花开着,还有百合和洋芋花。村庄,总是在你走累了的时候恰到好处地出现在你眼前,供你歇脚。

村庄叫后地湾,地处甘肃临洮县太石镇,村子里留守的老人就坐在村口砖砌的花池前晒太阳。

村庄的后山坡上种着百合,一位叫杨国平的 83 岁老人坐在百合地前抽着自制的纸烟。他抽烟的姿态有点酷,为了配合人们照相,他表情丰富,甚至不时做一个鬼脸。

就冲他此刻的样子,杨国平年轻时一定是一个调皮捣蛋的后生。

杨国平来山上看他种下的党参,党参是一味中药。村子里的人和土地有盘根错节的情感。让土地和人们掰扯不开的是庄稼。不知道从什么年代起,农田撂荒后大面积种植了百合和一些中药材。这些植物比粮食来钱快。当然,现在白面、大米、食用油都是户户有余。

后地湾村位于甘肃临洮县太石镇东北部深山区,海拔 2650 米,地处马衔山半山腰。马衔山高寒阴湿的气候特征,使后地湾村成为离兰州最近——仅40多公里——的清凉地。

"人最难过的日子过去了。"

村口晒太阳的70岁的杨国珍笑着说。

在千篇一律的枯燥生活中,如果能够得暇开个小差,抛开纷扰的世事,将自己放牧在幽幽的山林,置身于陌生的乡道,呼吸一口濡湿而清新的空气,确是一种难言的乐趣。

但是,后地湾从前的生活并非如此。村子里唯一的主干道是土路,路面坑坑洼洼,路边山上落石时有发生,山上的人们出山一次总是计划赶不上变化,有些时候要等上一年。地里秋收的农作物基本靠人一点一点背到家里,人是地的劳力,劳苦一辈子不一定能娶上媳妇。用女孩子给儿子换亲是当地的风俗。

从前的日子太苦,尤其是冬天,雪地上重重叠叠的低矮的土平房在积雪之下已看不清眉眼。钻天杨纵横交错地分割了连片的村庄,它们光秃的枝丫凝固在乌灰的空中,整体上保持着爆炸的姿势。一只乌鸦从老牛背上飞起,将苍凉的聒噪带向远处。四顾无人,因为太冷,连空中的炊烟也打着寒战。

稍一深入,每家每户换亲的故事让人听起来好生难过。

从前的故事是后地湾村一块隐秘的伤疤。

杨国珍说:现在,村子里的老汉们天天闲得晒太阳。上面种党参的是我二哥,抽烟厉害,一辈子不停歇抽,83岁了,叫杨国平。我是杨家老四。以前种地,全家7口人30亩地。包产到户那年我父母都还活着。我父母亲是叫土地累死的。那时我有皮肤病,不能挨土。地里草多,锄地都锄不出来。那时候分家,爸爸妈妈跟着我,可怜我,跟着我是想帮扶我,因为能带过来两个人的口粮地。妻子生育了仨孩后结扎了。其实山上的土地从来都不好好长粮食,只能种洋芋、麦子和青稞,青稞磨面吃。山里人靠天吃饭,每一年都有暴雨和冰雹。过去天旱不下雨,下了雨留不住水,粮食不丰收,还要交公粮。年年吃救济,国家每月每户一口人救济10斤苞谷,那些年国家也穷哇。我只上到小学四年级,小学没有毕业,身体长成了,读书是花钱生意,种地打粮食是根本。眼光短浅,还是穷哇。日子转变在包产到户后。我的大孩子娶媳妇都是我女儿换下的亲,换亲花了6000块。那时的6000比现在的6万还多。那时最大的票子是10元票面,50、100的都没有,借钱贷款,一堆钱搭配女儿送往山外,换来一个知书识礼的儿媳妇。

后来赶上了好时候,我老二孩和我说:爸爸,我要自己娶媳妇。他果然是自己娶了媳妇。那是因为他离开了后地湾。

农村人的评判标准就是,不种地就是有出息了。

现在退耕还林都有20年了,已经没有土地种了,没能力往地里下力气了。在城里替娃看孙子,夏天带着孙子回来避暑。和从前比一碗饭都吃不动了,过去干活一顿饭三四碗,脑袋大的碗。过去吃洋芋糊糊,这地方凉得很,吃多了烧心,吃少了饿肚子。

土地撂荒是要负法律责任的。如果家里没有人种,就委托集体种,公益性质的。现在地里的油菜长成了,谁想收谁收。搁以前是做梦都不敢想。

社会是真好了呀,城里人不上班拿不上工资,可后地湾农民不用种地就可以有粮吃。啥时候有这样的生活?开天辟地。可惜我老了。

黑衣黑裤,说话时很惋惜自己的年龄。大红、粉红的月季在他身后开着,又一位老人走过来。远处几只鸟,一声接着一声鸣叫,干干净净的空气和村庄,有几个放学的小孩子背诵着唐诗跑来,诗和童话的气息就在后地湾街道的空间里弥散开来。

二

四围的山开阔得无法想象,大地与心境皆无寸尘。陪同我的是后地湾驻村干部牟旭东,1984年出生,军转干部,当了12年消防兵。

你们认识他吗？我问。

熟悉,天天见。

牟旭东说:他们天天在这里晒太阳。

牟旭东本来想到基层锻炼,结果在地方干了两年。

我说:经常有人来帮扶,会不会让老百姓产生懒惰情绪?

他说:会。

70岁老人晒太阳可以,年轻人不能晒太阳。人都有懒惰思想,村庄都有懒汉。驻村干部不是天天在村上溜达,是发现每家每户的问题,解决问题,有懒汉出现要说教他们去干活,人不可以吃老本,更不能吃公家。农村的条件一家和一家不一样。发现一个矛盾,解决一个矛盾,只要让懒汉把过日子的心劲提起来,什么矛盾都能化解。

他指着脚下的路说:这条路叫国培路,为纪念一位故去的老人,村子里的人自发修建的。故去的老人叫张国培,1932年出生于后地湾村张家山头一个贫苦的农民家庭,1949年9月参加中国人民解放军,1950年加入中国共产党,1951年6月参加中国人民志愿军赴朝作战。1950年6月,朝鲜战争爆发,新生的共和国面临生死攸关的威胁。三八线烽烟骤起,志愿军跨过鸭绿江,保家卫国,奋力冲杀。朝鲜半岛的炮火砸在张国培和战友们的心上。他们星夜兼程,奔赴战场……

心中有信念,战斗不怕死。一次战斗中,机智勇敢的张国培炸毁美军坦克3辆,此战张国培荣立一等功。子弹擦过头顶,头皮卷起半边,从战场上捡回一条命。

1988年,张国培回到阔别已久的后地湾村张家山头老家看望父老乡亲时,看到泥泞的土路傻了眼。当时,普银公路刚好竣工,但是受时代和条件的限制,后地湾群众出行还是非常困难。为了解决家乡父老出行交通不便的问题,1989年,张国培四处筹措资金购买客车,申请开通了从临洮县城途经普银公路至兰州市文化宫的长途班线。这是一个非常艰难的过程。

老一辈人都有情怀,老一辈人情怀和格局要大,知道疼人。

老一辈人不计功名,老一辈人也是榜样。

后地湾有班车可以开到川里了。57岁起,张国培不顾路途遥远和艰辛,自己开着大班车往返于临洮和兰州之间,安全准时地为普银路沿线群众服务。这一开就是15年。车费有记账的,也有现金,一年到头群众的心里有本账,他的退休金全贴补了家乡的道路。

2005年9月22日,张国培终因积劳成疾,病逝于后地湾村张家山头老家,终年73岁。张国培用一生,回报着国家,回报着组织,回报着家乡。淬火成钢的精神品质,坚如磐石的理想信念,对党和国家的绝对忠诚,张国培用自己的一言一行影响着亲人晚辈。后地湾村自发组织修建了后地湾村这条最短的路,为的是纪念国培老人无私奉献的一生。

以前的人是自给自足小农经济,吃饱肚子不生事,现在不行了,老百姓从地里找不出太多的钱,只能进城,谁能说老百姓进城不对?

退耕还林余剩的地除去种百合,还种了暴马丁香、紫叶稠李、牡丹、芍药。

"生活富裕"的目标,彻底改变了"人养地方,地方不养人"的后地湾村。老天爷虽然不长眼,给了后地湾从前苦熬日子的穷困生活,可变化中的后地湾的故居旧境又激活了城里人的往昔记忆。

　　如果没有欣赏过大地上的山川和落日的壮丽,感受过林木间寂静和风声,如果不曾领略土地化育和接纳万物的宽阔胸怀,如果大地本身不是坚实如磐,我们怎么能够感悟反复呈现的乡村季节?正是建立在血缘、伦理根基上的土地文化养育了中华五千年文明。

　　留守在后地湾的村民这时候正在百合地里把百合的花剪掉。种百合,叶子长得好,根系不发达;根系长得好,花必须掐掉。

　　后地湾的大地上铺满了百合的花,而目之所及,心之所及,生命的每分每秒都成了诗。

读书的日子是最好的日子

由幕阜山走入平原,沿途风景不俗,回头仰望,奇峰耸立,风光奇险,越过蜿蜒崎岖的谷道,群山环绕景色清幽的山间盆地,坪上书院迎面而来。

正是初夏,书院黑瓦白墙醒目,一派静谧。颠簸之中偶见三三两两的行人,他们捎着农具下地劳作,顿时,我产生了归家的感觉。

一座老屋,在回忆里重重叠叠。这个世界上没有一件事物可以永留,它们飘忽不定,因为离开的时候是慌乱的,拥有它的主人甚至奋力去遗忘。曾经的欢乐不曾遗忘,一代一代人走过,总有一瞬间无可预料的风吹来,吹出了它的容颜。

"远移工部死,来伴大夫魂。流落同千古,风骚共一源。"宋朝王得臣对伟大爱国诗人杜甫葬于平江县,与同样长眠汨罗江畔的屈原相伴,有无尽感慨。

杜甫所葬之地平江县安定镇,亦是坪上书院之地,地处平江县南部,西南与浏阳市社港镇相邻。相传明洪武初有安定郡陈氏族众迁于此,建有一座石桥,名安定桥,安定镇因此得名。

一座老屋旧了,经历了长久的期待而郁结下的新鲜渴望,被今人唤醒,让一种安静的美好呈现,犹如遇见故人。从黑暗中涌现出来,从旧时代中跳脱出来,这个时代能够与心灵对话,与肉体交谈,与梦想商量的物件一定是旧的,这个世界给你一切,同时又在剥夺一切,旧是有记忆的,唯有记忆每一次遇见都揪人心肠。

坪上书院,原本只是一栋老屋,2015年被定为"农村文化建设示范点"。如今,这栋有着200多年历史的老屋,已经成了村民闲暇读书的好去处。

读书的日子是最好的日子,也是自己的日子。

有点像老庄说过的"小国寡民"。对"小国寡民"的解释,近代学者一般喜将老子的"小国寡民"理解为实指,即国家小,人民少。

秦汉时期的河上公则不这么看,其注解说:"圣人虽治大国,犹以为小,示俭约,不为奢泰。民虽众,犹若寡少,不敢劳之也。"这就是说,"小国寡民"不是实指,而是以之为小,以之为寡,实则国大民多。

坪上书院是乡村书院,来读书的大都是当地农民,相当于乡村图书馆和阅览室。从我记事起乡村不仅没有图书馆,而且许多学校都合并了。当下乡村能读书的人大都是一些孤寡老人,即便这样也算是好的村庄,为了生计,农民都基本不读书了。

常见老年人听收音机,青壮年大都人手一机刷微信、玩游戏,女人们跳广场舞。农村现在耕地不多了,机械把农民从繁重的体力劳作中解放出来。物质生活的改善和劳动强度的减轻并没有带来相应的文化提升,生活方式一如既往,甚至不如从前那么简约疏朗,很多人一闲下来就凑到一起喝酒、打牌。

乡村几乎看不到可以凭借的精神资源,乡村书院是当下民间迫切的需要。

在坪上书院,我看到一双粗糙得能把皮肤割破的手,捧着一本书,他的阅读似乎不受周围干扰。我走过回头看他,他抬起头笑,一张被忧患琢成苦瓜模样的皱脸如此生动。我侧身而过,去看那些挂在墙上的油画,不时地回头看他,没有被吵闹声惊扰的他低着头把一本书读进去了。

老屋的书,品种多样,在这里,不仅可以学到各种知识,还可以让心灵得到净化。

想到了"安定"二字。阳光每一天都是新的,而更多的人每一天都在离去,能够留下来的肯定是有什么缘由,或者肯定不需要什么缘由。凡是有能力越过时日的风雨,日益鲜明起来,是否要认真品咂这"安定"二字?

安定镇民国时为安定乡,新中国成立后为思安乡,1958年为东方红人民公社,1961年为安定公社,1984年改安定镇,1995年大桥、长田、安定合并为安定镇。安定镇以低山丘陵为主,气候温暖湿润,适宜植物生长。

公元769年,杜甫从长沙孤舟入洞庭,因重疾复发,资费用尽,只得溯汨罗江往昌江县投友求医,不幸病逝,葬于安定镇小田村天井湖。其子宗武、孙嗣业留下守墓,杜氏自此繁衍,一脉相传。

安定,作为恒常的生活庇护,天启和神谕有多么重要!

真是人心所向,众望所归啊!

时间永远在空间上运行,我们惊讶于世界的永恒,它带给我们无力的安全感,带给我们更深的失落,安定已是一种梦想。

一方水土养一方人,一方人也会因这方水土形成独特的生活习俗。眼前的坪上书院,青山与绿水之间,古旧的门、雕花的窗、青砖垒出的墙、五颜六色的花朵,大厅左右两侧各开一个天井,晴耕雨读,一种古老的诗意栖居在此。

老建筑让人气定神闲,书香气让灵魂在深层喜悦。每个人心里都有一个山长水阔的背景,那里是否就应该是自己走远了的故乡?

在乡村紧张地追求时尚而牺牲传统的当下,我们怎么可以忘记乡下的信义和祖宗?下棋人懂得留个眼,画画人懂得留白,坪上书院,是村庄里的气场,也是乡村技艺传习所,它把那些尚有生命力的艺术元素培养起来,给大家一点乐趣。书本让人开阔视野,让农民的日常生活有一点审美上的依托。

安定镇秉承杜甫遗风,崇文尚武,人才辈出。从这里走出去的,武有开国名将傅秋涛上将,历任炮兵司令员、第五机械工业部部长、总后勤部副部长的邱创成中将,还有徐德操少将、吕展少将等,文有彭见明、彭东明两位作家兄弟。我们的朋友彭见明,凭《那山那人那狗》享誉文坛,改编的同名电影也多次在国际国内获奖。

站在坪上书院的土地上,人的浮躁,人的狂妄,因坪上书院的书香气消散,在这样的沉静里,人又像更年轻时那样拥有了激情、美感和幸福了。

墨脱，藏语意为花朵

2013年10月31日，墨脱公路通车仪式在岗日嘎布山南坡海拔约2100米的西藏自治区墨脱县达木乡波弄贡村举行，这标志着墨脱县正式结束全国唯一不通公路县的历史。

墨脱公路起点为波密县扎木镇，终点为墨脱县墨脱镇，所以墨脱公路又叫扎（木）墨（脱）公路。墨脱镇是我国最后通公路的一个县城。

虽然墨脱不通公路的历史已经结束，但由于自然条件所限，这条公路仍然不是全年全天候畅通的道路。

沿线季节性雪崩、泥石流、滑坡、山洪等自然灾害的危险依然存在。在墨脱县及其周边，大致以马蹄形大拐弯的雅鲁藏布江为界，江南属喜马拉雅山东段（主峰海拔7782米），江北属念青唐古拉山（主峰7111米），以西属冈底斯山脉东段郭喀拉日居山（主峰6288米），以东属岗日嘎布山（主峰6882米）。受喜马拉雅山、岗日嘎布山等重重雪山峻岭和雅鲁藏布江大峡谷（包括其支流帕隆藏布江）的阻隔，墨脱历来交通闭塞，被形容为高原孤岛。

墨脱，藏语意为花朵，因外人难以到达，对其了解不多而被称为隐秘的花朵。

通往墨脱的道路有六条：

由米林县派镇翻多雄拉（海拔4221米），经背崩乡至墨脱。

由波密县大兴越金珠拉（海拔约5000米）至墨脱。

由波密县翻索瓦拉（也叫随瓦拉，海拔约4400米）至墨脱。

从波密县扎木镇沿嘎隆北曲上行,翻嘎隆拉(海拔约4311米,人行小道)、多热拉(海拔约4304米,公路),沿嘎隆南曲经波弄贡、沿金珠藏布经冷多、沿雅鲁藏布江至墨脱。

从派镇顺雅鲁藏布江进入大峡谷到白马狗熊,从白马狗熊上山,翻西兴拉(海拔约3692米),再下到大峡谷沿江至墨脱。

沿帕隆藏布、雅鲁藏布江至墨脱。

除了上面的六条,1965年,曾开工修建沿帕隆藏布至雅鲁藏布江通往墨脱的公路,但由于山势太险而被迫停工。

前四条道路都要翻越4200米以上的高山隘口,由于冰雪封冻,每年只能通行三四个月;而后两条路,虽不翻雪山,但要穿行于雅鲁藏布大峡谷之中,面对悬崖峭壁和深切的沟壑,道路更为险要。

这里地名中常出现的"拉"字,是隘口(山口、垭口)的意思。

藏语中"拉"是敬辞,用在这里表示对山的尊敬、对大自然的崇拜。

从20世纪70年代起,西藏交通部门组织力量多次修建该路,终于在1993年10月将初具公路雏形的"毛路"打通至墨脱县城,实现了公路初通,并有一辆卡车开进了墨脱。

但由于泥石流、滑坡和山洪等自然灾害,初通的公路很快就大段被毁,全线又处于瘫痪状态。

开进墨脱的卡车再也没有开出来。

几十年来虽然屡屡投资,几经修建,数十人为之付出宝贵的生命,但这条墨脱通往外界的简易道路,仍然只能每年分段、分季节勉强通行3个月左右,即每年6月至9月多热拉积雪融化时,汽车可经此翻越岗日嘎布山进入墨脱。但这段时间刚好又是雨季,泥石流、滑坡、山洪等地质灾害极为活跃,时常造成道路中断。

2010年12月,全长3310米的嘎隆拉隧道顺利贯通,从此避免长达半年之久的大雪封山、雪崩等灾害对公路交通的影响,使被茫茫雪山阻隔的墨脱人得以与外界交流。

在此以前,墨脱需要的各种物资,一是在有限的时间段内通过勉强通车的扎墨公路运进。二是从米林县派镇(海拔2950米)由人力肩背和马帮驮运,经过多雄拉(海拔约4221米),翻越喜马拉雅至墨脱。此路为小道,路况差,不少路段十分危险,安全隐患大,为配合运输和接应进出墨脱的工作人员,墨脱县政府专门在派镇设立了一个转运站。三是由马帮走前述的第二条路,即翻越金珠拉(海拔约4570米)至墨脱。

墨脱虽近在咫尺,却是遥不可及的地方。

当路经嘎隆拉冰川侧碛垄时,地质专家们毫不犹豫登了上去,站在上面能清晰地听见"咔咔"的断裂声。

这个声音是冰层断裂的声音,表明脚下的冰川正在运动。

站在侧碛垄上观察冰川的弧形拐弯,感觉更壮观。

扎墨公路就从冰川弧形拐弯顶端的侧碛垄边缘通过。

2007年8月5日,正值盛夏,树木枝繁叶茂,从嘎弄北曲口至24K,公路在茂密的原始森林中穿行,满目青翠,赏心悦目。

8月份和5月份进入墨脱大不一样,冰川雪水滋润的高山湿地水草茂盛,牛群散落在茵茵的草地上吃草。

24K实际上是墨脱县在这里设置的一个接待站,主要为翻越嘎隆拉或进出墨脱的人员服务。

沿途有三个高山湖泊出现在眼前,这就是嘎隆拉山顶冰雪融化形成的冰湖,当地人称为嘎隆拉天池,像三颗晶莹透亮的蓝宝石镶嵌在山间,公路在它们边上旋绕。

这是三个冰碛湖。冰川末端消融后退时,嘎隆拉冰湖携带的石块沙砾在地面堆积成四周高、中间低的积水洼地。

没有见过的蓝,湖水折射出天空的蓝。

湖面水平如镜,没有一丝涟漪,倒映着山岩和天空的云朵,美得令人窒息。湖的周边是高山草甸,山坡上野花艳丽夺目,远处的山坡上发育着悬冰川。

在湖边的一处山坡上,开满了雪莲花,雪莲花周围还开放着很多不知名的小黄花、小红花。

高山雪莲是一种适应高山环境、具有抗寒特性的花朵,充满神秘之感。

如今嘎隆拉隧道打通后,进出墨脱再也不用翻山了,但路人也与山顶的冰湖等美景失之交臂了。

公路不仅很窄,而且崎岖坎坷,外侧是悬崖。这一段属危险路段,主要危险来自坡陡弯急和雪崩及冰雪路面等。由于嘎隆拉隧道(扎木端高程约3780米,墨脱端约3650米)的贯通,从24K到52K距离缩短了约20公里,所以52K现在应为"32K"。进入墨脱后的另一个感觉就是瀑布多,有的路段瀑布高悬在公路上方,汽车直接穿越瀑布通过。

52K以下不远处的森林中,有成片的树木顶部都是光秃秃的,这是冬季大雪压断树枝甚至折断树木留下的痕迹。随后,进入地质灾害多发区,泥石流、滑坡、落石、山洪等成为危害公路安全畅通的主要因素。从扎木镇到墨脱县城途中80公里的地方,里程数字比村名更响亮。

夏天,嘎隆拉山冰雪古冰川U形谷中的52K,驻扎在52K的公路抢险队。

从80K可以进出波密,但因为是雨季,80K到墨脱镇的路上泥石流、滑坡、山洪等灾害频繁,道路基本不通。

夏天结束,雨季过了,基本不再有泥石流等地质灾害,可以进出墨脱镇,但是嘎隆拉与多热拉又大雪封山了。

与蚂蟥遭遇是进入墨脱者的新常态。

墨脱的蚂蟥为旱蚂蟥,主要生活在草和灌木的叶子上。墨脱的蚂蟥外表暗绿色,大的身长有3—4厘米,一弓一张地行走,也会一弓后一张弹跳。

蚂蟥没有吸血时,像一根牙签粗细;吸饱血后,最大的可有人的小指般粗。叮上人体吸血时,它会先分泌一种蚂蟥素,既有麻醉作用,让人感觉不到被叮,又有稀释血液稠度的作用,便于它吸食。

蚂蟥素能破坏凝血酶,使血液的凝血能力显著降低,即使蚂蟥吸饱血掉下来,创口好长时间还会流血,所以它对血小板低的人危害更大。

蚂蟥身体柔软,拿在手里软绵绵的。它富含胶质,韧性很强,研究人员曾用协助工作的门巴人的腰刀去切割蚂蟥,但使劲切也没有切断。

崎岖的山路上,马帮作为一种运输工具,时至如今仍然是不可缺少的。

说到马帮,又让人想起了蚂蟥。蚂蟥不仅吸人的血,也吸牲畜的血。马要吃草,灌木草丛中蚂蟥多,蚂蟥很容易跳到马的身上。马的皮厚,蚂蟥就找马身上皮薄或没有皮的地方吸血。

当地人亲眼见过马帮的马匹,发现有蚂蟥叮在马的肛门和眼角吸血。

墨脱马帮的马匹真的很叫人心疼,它们既要负重行走在险峻的山林之中,又要忍受蚂蟥吸血,所以都很瘦。

比起感受爱的能力的限度,人类感受幸福的能力显得更为有限。幸福和快乐每天都会消耗,对一个地方的痴迷总是像雪球一样越滚越大,而且常常会因为一些莫名的理由,不远千里前往,无视路途险阻,无惧透支生命。

也许这就是去往墨脱的理由。

那一片十八岁春光

戏台是一个村庄最重要的场所。在家族中、在村子里,它和我们走过的许多村子一样,都很辉煌、很显赫地坐落在村子中央。

每年一度的繁华,与四周简陋的房屋形成鲜明对比,是与日常重复的劳动生活划开的区域,有许多激动的时光。很多很多的欢乐都让时间的拂尘一下一下地拂淡了。走上戏台,我惊讶地发现,一些诸如锣鼓的家伙,一派高亢的梆子腔,都被封在它的木板和廊柱的木纹里了,一起风,咿咿呀呀似有回放。

纵观戏曲的发展史,戏台总是与戏曲的产生和发展同步。戏曲萌生的北宋之前,尚为歌舞伎乐表演,这种表演只是划一块地方。沁河一带叫"打地圪圈"。摺地为场,有天性活跃的人在场地中央手舞足蹈。后来出现了露台,把艺人抬高,成为艺人展示自己的活跃的天地。有史记载,这种舞台始于汉,普及于宋,到11世纪的北宋中叶,北方农村的庙宇内开始出现专供乐伎与供奉之用的建筑——舞亭。

舞亭的消失与舞台的出现有关,大众化娱乐给戏曲艺术走向成熟提供了适宜的土壤。

一天中最值得记忆的美好是从早晨起始的,一年中最值得记忆的喜庆是从秋收后的锣鼓家伙开始的。中国是世界上造神最多的国家。中国民间的神有伏羲、女娲、炎帝、舜帝、汤王、关帝、城隍、玉皇等诸多国家级本庙,更有二仙、崔府君、马仙姑、张宗祠等诸多的地域庙宇。人敬畏神,神不言而永恒。一座舞台的出现可以让村庄的天空改变分量,连贫穷也像绸缎一样鲜亮。舞台是村庄伸出的手臂,向神表示敬意。倘若村庄里没有戏台,"不惟戏无以演,神无以奉,为一村之羞也"。凡是村庄的神庙必有戏台,甚至戏台都能与庙宇的主殿相媲美。戏台是主庙之后最华丽的建筑。戏台是人类为自己创造快乐的一个场所。

我始终不能忘记,阳光总是很妖艳地照在舞台上,如舞台上后来的灯光。人们将历史搁置在舞台上,开始娱乐历史,享乐历史,笑话历史。历史上帝王也有守不住江山的那一天,上天总会让他遭逢对手,于是就有各路英雄死在舞台上,死在锣鼓家伙里,看他们的人生曲曲折折,既熟悉又陌生,坐着、说笑着看历史,看谁有能耐活到今天,天底下还是俺们老百姓有人的活头啊。看戏的人笑舞台上的人一生吃的是啥力气,过的是啥日子,心里受的是啥委屈,担的是啥惊慌。看的人傻了,演的人疯了。当热闹、张扬、放肆、喧哗,牢牢地挂在台上台下人们的脸上时,神这时候也变得人性化了,神明白自己是人世间最有人性的神,是人操控着神的心力。

山里人对戏台真是太热爱了,热爱入了血液里。哪一年村子里都要开台唱戏,几乎每座装扮得金碧辉煌的戏台下面都能看到喝河水喝老了的人,他们把唱戏看作是村庄的脸面、村庄的光荣。一年能开上两台戏,村庄里的人外出走动都得昂着头。所以,台上锣鼓家伙一响,台下清一色黑乎乎核桃皮般的脸上,都会漾开一片儿十八岁春光。

戏台,拢着几千年中国的影子。纸上的东西了解得多了,对于老百姓来说总是不太踏实,过分动听的词句,往往都含有水分。一台戏,短促的热闹,闲月闹天的阶段,庄稼人看回头,看得情趣盎然才叫好。这不,天才麻麻亮,汉子就扛着板凳占位置了,落定的板凳腿要等戏唱完了才能回家。女人们傍晚等不及吃饭叽叽喳喳早已在戏台下说笑开了,男人允许女人在唱戏期间浪笑几天。那样的时光,是村庄人潮喧闹的时节,也是流里流气的男人绝难一逢的际遇。剧团的演员接戏箱一到,女演员就在村中央找自己的住地了。最早他们都住在空了的庙里,或腾出来的学校,地上铺着谷草,地铺就在谷草上打开。后来演员长大了,对爱情开始向往,到了唱戏的台口,一部分人就懒得和大家群居了。乡下人给剧团编了四句顺口溜:"一等人睡炕铺毡,二等人支桌蹬砖,三等人满街乱窜,四等人就地铺盖。"头句是说男女一号们都住在大队院,有床,床上还有毡;第二句是说男女二号们在腾空的学校里抢先用学生的桌子合并了高出地面的床;第三句讲,既睡不上床又抢不到桌子的演员心有不甘,只好满街窜着想借住几天人家的空床铺;最后一句是讲跑龙套打把子,自觉低人一等,只好有啥睡啥。现在和从前有所不同,剧团演员都睡钢丝折叠床。不知为什么,我还是喜欢从前。

　　从前的四方步,伴着梆子板眼敲打的节奏,油彩一涂,似乎就穿行在了写实与象征的二重世界。人生如果是一场梦,演员演到极致便回到了自己的前世,前世演过跌宕起伏的大戏,今生却不知依旧是戏在演绎自己。人不知舞台上萧何月下追韩信,为何要义无反顾?为何?大流氓刘邦说:"母死不能葬,乃无能也;寄居长亭,乞食漂母,乃无耻也;受胯下辱,一市皆笑,乃无勇也;仕楚三年,官止执戟,乃无用也!"有谁知?有谁知?追来的人到最后落下一段唱:"到如今一统山河富贵安享,人头会把我诓,前功尽弃被困在未央,这才是敌国破谋臣亡,狡兔死走狗烹,飞鸟尽良弓藏!"人生苦哇,若干年后,江苏淮安推出"漂母杯"文化大奖,如若不是韩信,谁能知道那个无名氏"漂母"?天下事,"演朝野奇闻兴废输赢可鉴,唱古今人物是非曲直当资"。

那样的舞台上,那样的大英雄悲歌。

我看见过山西省万荣县孤山脚下北宋石碑,碑上记录着民间集资建造的中国最早的戏曲舞台。北宋叫"舞亭""乐楼",在大都市汴京还被称作"勾栏""瓦舍""乐棚"。"山乡庙会流水板整日不息,村镇戏场梆子腔至晚犹敲。"这是一副来自民间旧戏台上的楹联,当今人想要和历史对话,能找到的唯一的"活物"实际就是舞台了。其他还有什么呢?得天时之利益于一世,扬个性通达于舞台,时风时雨造就了读书人两种出路,一在庙堂,一在江湖。江湖多出编剧才子,身价不涨,只混个江湖受人追捧,那样的才子虽死犹生。

沁河岸边的古戏楼旧了,肉眼寻见它时,它已经失去了俗世快乐,它赤裸在天地间,曾经在黑夜里能瞥见丽日天光的地方,也是给普通人再现贵族资源的地方,我看到它时寂寞到了悲伤的程度。无人救我。只有那戏台上重檐歇山顶、青灰筒瓦、正脊鸱尾艰难涌动直刺青天;只有那左右垂脊各立瓦神戏文武将,靠旗长枪,等待着大锣亮声好腾空远望。然而都安慰不了我,天地间只活跃着我的喘气声,我清醒得过于明白:修补是必须的,不修补就是毁灭,但往往修补就是另一种毁灭。一座古老的建筑,它生或者说它死,谁来多问几句?!

那是一座由斗拱组成的呈放射状的戏台藻井,覆斗式八卦形,盘龙圆心结顶,周边复套小八卦,并由八条游龙镶嵌其间,一座富丽纤巧的舞楼。改革开放后,它的挑角塌落了,匠人修复时看到一条椽上写着:"比我工匠好的少上一根椽,不如我的多上一根椽,再好的工匠也有多少之差。"拆卸时是编了号的,修复时现代的工匠多上了两根椽。手艺消失得如此快速。文明的复兴是历史进程,慢是一种坚实凝聚。慢下来吧,让我们慢一些走向生命的终极。

难道像生物体的衰老那样,建筑也无可逃避?笼天罩地下,沉郁的秋,深邃明净,丈量不出的广阔与深厚,谁预支了晚秋萧瑟的悲凉?黄昏甫至,该是"余霞散成绮"的季节,为何,黯淡暮色,沉重如铅色?

宋金时期,沁河流域的神庙中,除了专门用于神仙仪典的祭台和献台以外,普遍出现了专门用于乐舞戏曲表演的乐台、舞亭和戏楼。殿前的广场上,设置两座露天的方台,一座是摆设供品的献台,一座是用于乐舞戏曲表演的露台。当时在露天舞台上,表演的乐舞戏曲演员叫作"露台弟子",演绎到民间便有了"露水夫妻"。露台的分离意味着乐舞演出与食品供奉的分工,乐舞百戏表演作为精神文化需要在庙会中显得越来越重要。金元之交,戏曲从乐舞百戏的摇篮里脱颖而出。庙会期间,除了社火以外,人们更喜欢雇请专业的戏班。露台和舞亭逐渐演变为殿阁的形式,戏楼和神庙之间又留出了开阔的观看场地。自从杂剧出现之后,戏楼跟戏曲之间,有一个互相适应、互相磨合的过程。从沁河两岸古戏台的形式上看,有单檐歇山顶,有重檐歇山顶,还有十字歇山顶。特别是金元戏台,作为建筑的一种遗存,其本身又是一个综合的艺术品,有雕梁画栋,有琉璃、砖雕、木雕,还有石雕镶嵌的戏楼。再有一个,就是它的楹联,比如:"六七步九州四海,三五人万马千军。"四个龙套,一个主将,舞台上转一个圈,从长安一下就北上进入了蕞尔小国。楹联表现了虚拟性,但它本身却涉及了舞台小社会,社会大舞台。到宋金元时期,从"惟有露台阙焉""既有舞基,自来不曾兴盖"等神庙碑文所记来看,露台或舞亭已经成为当时许多神庙必备的建筑之一。舞台在不断的扩建中一点一点消失,消失在人扩大的欲望下。

清,舞台最活跃的是春秋二祭,即春种时来祷告许愿,祈神降雨,盼望春耕顺利,秋祭时杀猪献五谷,请戏班子唱大戏。这些是村庄对自然敬畏的象征,为酬神而建。神庙大都坐北朝南,正中间叫正殿,正殿代表着一个礼的概念,要在那儿举行仪式,对面的戏台,则代表着乐的概念,古老的礼乐,礼以兴之,乐以成之。礼乐不是一种技艺,不是任何训练,是一切,是一个人对从生到死与自己相关的苦难的敬畏。

眼下,我们还需要敬畏什么?!敬畏,这是人体肺腑最健康的拥有,缺失在了浮躁狂妄散乱之下。许多美好被遗弃,被当作历史垃圾。这些历史垃圾成为戏剧财富,成为萧何月下追韩信,成为徐策跑城,成为霸王别姬,成为杨门女将,成为贵妃醉酒,成为王宝钏守寒窑,成为岁月的灰烬,世界不再是奔跑速度,而是一种慢下来的享受。

树的阴凉宽容而纵深

一

古树是崂山的守护神。历近千年,树根不光深深地扎进了地心,还在土里往四面八方伸展开来。或许由于书中描写的古树,大部分是苍老的,承载着浓厚的历史风尘,所以古树总是被人看成受过历史磨难的深沉的模样。其实在我的印象里,崂山的古树不是像人们说的那般沉重,充满了风尘,古树总是睿智的、充满生机的、坚毅的。

与时间有着类似的质地常用来相互经比喻的物质是流水。海,浩浩荡荡地裹挟着时光一往无前,而往事总是像沙砾般在竭力挣脱并沉淀下来。

崂山的古树名木是编了号的,由1株到231株,主要分布在太清宫、上清宫、太平宫、华楼宫、明霞洞、华严寺、蔚竹庵等庙宇周围。

生长在太清宫三皇殿的汉柏凌霄、耐冬绛雪,三官殿的千年银杏,仰口白云洞的白玉兰等许多珍奇古树都是珍稀的植物资源。这些古树名卉不仅是悠久的历史和文化的见证,也是研究地区气候、保护生态环境的重要依据。

崂山的古树名花大都与宫观寺庵相依共存。崂山是中国道教发祥地之一,佛教历史也很久远。道教与佛教在建设、修复庙宇的同时都喜欢栽植树木和花卉,接下来的时光中,相当多短龄树种相继死亡,部分长寿树木得以保留,与宫观庙宇相伴至今。

尤其是佛教传入中国,改变了早期佛教持钵行乞的苦行僧的生活方式,僧人们建寺而居,置地自种。

寺院常建在山势奇特、林深木茂之处。魏晋以来,佛教兴盛。寺院建在幽静的山林之中,一方面利于僧人修行,另一方面由于文人与僧人交游往来,过一种闲云野鹤般的、适意的生活,又可以超脱"红尘",有利于文人"澄怀观道",甚至还包括希冀延年益寿的需求在内。

道教,更讲究人与自然的融合关系。道士们常常沉浸在青山白云、流水清泉之中,领悟生命的真谛。修道人,以天地为庐、四海为家,到处都可以住。树下,既可以避雨,又很凉爽,所以在树下住;可是每一棵树底下,不能住超过三天,只可以住两宿。为什么不可以超过三天呢?因为真正修道的、清净的修行人,不希望有缘法,不希望有人认识他而来供养他,所以在一个地方住两宿就走了。

丛林也是寺院的雅称,和树有密切的关系。《大智度论》卷三:"僧伽秦言众,多比丘一处和合,是名僧伽;譬如大树丛聚是名为林。"后泛称寺院为丛林。从宋代起,丛林即有甲乙徒弟院、十方住持院、敕差住持院三种之分。甲乙徒弟院,是由自己所度的弟子轮流住持甲乙而传者,略称为甲乙院。十方住持院,系公请诸方名宿住持,略称为十方院。敕差住持院,是由朝廷给牒任命住持,略称为给牒院。甲乙院住持是一种师资相承的世袭制,故又称为剃度丛林或子孙丛林。

二

太清宫有两株树龄2100余年的圆柏,是西汉建元年间张廉夫在初创太清宫时亲手所植;三官殿西侧树龄1100余年的糙叶树"龙头榆"是三皇殿初建时栽的;三官殿二进院的两株树龄1040余年的银杏是宋代太清宫修建时栽植的;位于上清宫、华楼宫等地的银杏树均属初建宫院时所植。

还有的庙宇建造时间较晚,但因早期就有道人在此修炼并栽植一些树木,所以树龄远远大于建庙的时间。白云洞、明道观的银杏树龄比建庙的时间长。

在不少庙宇中,某些古树与该庙宇历史上不定期出现的著名宗教人物有关,后人出于对这些名人的崇敬和仰慕,对他们亲手栽植的树木倍加爱护。这类古树名木未受人为伤害,寿命得以延长。

以树接引众生,"一为山门添景致,二为子孙树榜样"。

种树爱树,自古就是佛教的优良传统。以树来抒发内心的境界,最著名的公案就是五祖弘忍门下神秀和慧能的偈颂。弘忍禅师准备传法给门人,验其功夫,于是就命大家写出体悟的境界。神秀大师写的是:"身似菩提树,心似明镜台,时时勤拂拭,不使惹尘埃。"六祖感觉悟禅不彻底,于是他吟出了:"菩提本无树,明镜亦非台,本来无一物,何处惹尘埃?"

无论道士还是僧人,都有云游的习惯,这在很大程度上促进了各地树木花卉的交流,对珍贵、稀有树种的传播和奇异花卉的引种起到了积极的推动作用。如崂山太清宫和明霞洞树龄700—800年的小叶黄杨、上清宫树龄200余年的桂花等多属此类。崂山的古树有一部分非人工栽植,属于自然野生,起初并不被人注意,长到一定规模后才引起人们的重视。

传统观念认为某地有较大的野生树木必有其风水上的原因,任意砍伐会破坏风水,故而这类野生植物得以长寿长存。其原生性形成可分为两类:一类是相对集中的原生植物群,一类是零散分布的单株或单独的小树群。

在青岛近海诸岛上有中国山茶自然分布最北端的原生性古山茶群。山茶原生地为亚热带，因携带山茶种子的鸟常在青岛周边无人居住或人烟稀少的海岛上进食、排便、栖息，加之对山茶生存有利的海岛自然条件，所以山茶得以存活与生长。

崂山的古树名木除少数是原生性形成以外，几乎都与不同历史时期人类的社会活动息息相关，因此又具备了特定的文化内涵，构成了与其他遗产类物种相近而又不相同的文化积淀。

崂山的山茶，是隆冬季节青岛地区唯一能在野外开花的常绿树种，又称耐冬。据传明朝以前，青岛市区和崂山山中没有山茶，它们都是明代著名道士张三丰从海岛上移栽后慢慢繁衍而成的，现已成为崂山各庙宇冬季观花的主要树种。太清宫的古山茶因为蒲松龄的《聊斋志异·香玉》篇中的红衣花仙而有了一个独一无二的名字——绛雪。随着《聊斋志异》被列入世界文学宝库，绛雪的名字已走向世界。

崂山的许多山峰上都有高龄野生古树，因地处高山难以攀登，只能远望而不能近观。山里流传着许多关于它们的美丽故事。

崂山棋盘石景区有一座海拔981米的山峰，山高势险，当地人称"天茶顶"。山峰东侧悬崖石缝中生有一株数百年树龄的山茶。遥看此树，葳蕤如初，似得天助，人们称它为"天茶"，也有人称其为"神茶"。崂山的部分古树名木在生长过程中，有的得益于特殊地理条件，形成独特的形状，有的则与周围环境相互配合，形成了奇妙的自然奇观。如太清宫的"逢仙桥"旁，有一株榆科植物——糙叶树，树高约19米，树冠极大，主干虬曲，结节突出，形状极似龙头，故又被称为"龙头榆"。此树是五代时期崂山著名道士李哲玄在建造太清宫"三皇殿"时亲手栽植的，已有1100余年的历史。

三

七八月份的崂山,老树上寄居的蝉鸣声此起彼伏,那真是一场宏大的叙事。

正午的骄阳被挡在外面,趴在古树角落的蝉儿发出的鸣声,给漫长夏日增加了无穷诗意。蝉被人们视为高洁的象征,它餐风饮露,成为盛夏不可多得的宝物。

"一花一世界,一叶一春秋""有声听音,无声听己""弱水三千,只取一瓢""同船不同路,度人亦度己",蝉鸣能给人带来野趣、宁静和凉意。那抑扬顿挫的蝉鸣声,往往还会使人追忆儿时的情景。

夏季,一阵雷雨过后,在树根周围的地面上即可发现一些圆圆的洞穴,这就是蝉儿出土的地方,碰上好运气,还能抓到没有蜕壳的蝉儿。蚱蝉又叫知了、鸣蝉,有些地方叫大妈妈、妈唧妞。

伏了蝉到夏至时才登台歌唱,"伏了、伏了"地连声不停,伏天刚到,它便迫不及待地告诉人们"伏了"。也许它是好意,提前告诉人们伏天就要结束了,请做好天气变凉的准备。

寒蝉,体长约2.5厘米,头胸为淡绿色,因它在深秋时节叫得欢,故又称秋蝉。寒蝉入秋才开始鸣叫,它们的歌唱才是这场"蝉鸣系列音乐会"的压轴。不过它们只"吱吱吱"的一个音符,唱得太单调,其艺术水平实在不堪担负压轴的重任。

蝉之所以能鸣叫,是因为它的腹部有一对鸣器,由鼓膜和盖板组成,当腹内发音膜收缩时,便产生声波,发出嘹亮的声音。不过鸣器只雄蝉才有,雌蝉是"哑巴"。

"居高声自远,非是藉秋风。"蝉声远传,一般人往往以为是借助于秋风的传送,实际上"居高"自能致远。这种独特的感受蕴含一个真理:品格高洁的人,并不需要某种外在的凭借(例如权势地位、有力者的帮助),自能声名远播。正像曹丕在《典论·论文》中所说的那样:"不假良史之辞,不托飞驰之势,而声名自传于后。"这里所突出强调的是人格的美、人格的力量。两句中的"自"字、"非"字,一正一反,相互呼应,表达出对人的内在品格的热情赞美和高度自信,表现出一种雍容不迫的风度气韵。

历史上,唐太宗曾经多次称赏虞世南的"五绝"(德行、忠直、博学、文辞、书翰),诗人笔下的人格化的"蝉",可能带有自况的意味吧。沈德潜说:"咏蝉者每咏其声,此独尊其品格。"(《唐诗别裁》)这确是一语破的之论。

张潮《幽梦影》中云:"春听鸟声,夏听蝉声,秋听虫声,冬听雪声,白昼听棋声,月下听箫声,山中听松声,水际听欸乃声,方不虚此生耳。"言下之意,"夏听蝉声",乃人生快事之一也。

崂山听蝉,从一早开始,树木密集葱茏,夏蝉云集之地,天光发白,一蝉鸣响,众蝉呼应,此起彼伏,阵阵如雨。假如用"蝉雨"二字来形容,不仅不给人聒噪感,而且还送人一份清凉透爽、温润熨帖的快意。

太清宫的老树苍苍,古意盎然,夏日里,枝叶纷披,浓荫匝地,落满了蝉。如若你是站在某个制高点上,蝉声响起,小巷幽深,那蝉声蜿蜒而出,如溪水潺潺,一路行走,一路蝉声,蝉声就有了一种婉约、杳渺之美。蝉声并不密集,疏疏落落的,那份疏落,自生一份悠然的闲适。有时候,一蝉独鸣,如古筝独奏,嘶嘶悠悠,那份吟唱,便不免让人生发出一份地老天荒的苍凉感。蝉盛时节,粗粗细细的枝干上,都踞满了蝉——满树熙攘。看树上的蝉,蠕蠕而动。蝉的鸣叫是极有规律的,总是一蝉鸣响,众蝉呼应,叫一阵后,就缓缓地停下来,进入一种近乎死寂的状态,如此循环往复着。有时候,也会出现众蝉鸣响的情况,那声音,就特别嘹亮而悠远。

崂山南北没有高山阻隔,东西又与海洋相连,降雨量大,空气湿度高,特殊的地理环境,加上人工引种栽培,使崂山植物种类繁多。这里是植物的南北过渡地带,因此也是一个南北引种实验场所,是植物南移北迁的驯化地带、良种繁育基地。在过去的一段时期内,青岛引进了大量的物种,崂山在青岛外来物种引进过程中占据着重要地位。根据野外调查研究和对大量文献资料的整理分析,崂山有意和无意引种植物约有232种,分属于72科。

夜晚时分,232种林木,枝柯疏朗,月光透过树枝间的缝隙,落在地面上,斑驳细碎,迷离醉人。皎洁的月光照在树上,时常惊得蝉哗然鸣响。真是想象不出崂山有多少蝉儿,蝉声哗然而起,惊人、拥挤,仿佛角角落落、旮旮旯旯都是蝉声。蝉声弥漫崂山,无处不在。

四

历史上引进崂山林木的人是崂山的功臣。

耐冬,在崂山赢得更长的时间。早在距今600年前的明朝永乐年间,道人张三丰从沿海岛屿采回耐冬,在山中居民庭院中种植,后繁衍开来。张三丰成为崂山历史上最早引进花木之人。据《即墨县志》记载,早在清朝康熙年间,即墨知县康霖生派专人来崂山教种花椒,从1670年至1672年,用了三年时间,足见其决心之大,从此崂山有了花椒树。

19世纪末德国占领青岛后,为了绿化青岛的山,引进了刺槐。至今山里人还叫它德文名"卡齐"。这种树易活,繁殖快,耐贫瘠。

20世纪60年代,历史上曾声名远播的崂山窝梨因土壤沙多酸重质量差而断了销路,树也快被砍光了。为了利用闲置的大量山坡地,并让崂山人秋冬两季有水果,政府帮助农民引进了苹果树。

20世纪50年代初期,由于日本松干蚧危害严重,崂山赤松纯林几乎全部被毁。为此,崂山林场提出了引进优良树种,改造赤松次生纯林的方针,通过营林措施消除松干蚧的危害。但是由于缺乏科学指导,盲目引进,结果全部失败。

后来,通过普查崂山树种资源,分析自然条件,查阅引种历史,发现崂山曾有人种过落叶松,现长势较好,经过采种育苗观察、育苗试验和十几年的反复实践,引种成功,掌握了从播种、育苗到幼林、成林一整套抚育技术,1964到1974年间,进行了大面积生产性造林,十年间共造落叶松林32000亩,基本上完成了对松干蚧危害致残的赤松纯林的改造。

70年代,冬无严寒、夏无酷暑,被称为"小江南"的下宫林区,作为南方树种引驯区,自1974年开始,先后从国内国外引进140多个树种,经过育苗和扩大栽培试验,日本花柏、檫木、鹅掌楸等已获成功。另外冬季气温较低、积雪多、冰期长,被称为"小关东"的北九水林区,作为北方树种引驯区,先后从东北引进红松、樟子松、冷杉等耐寒树种,均获成功。

崂山地处暖温带与亚热带北缘交汇点上,西接华北,南濒黄海,处于温带大陆季风区,受海洋气候影响较大,因而崂山既有华北植物区系的植物,又有东北地区及亚热带的植物,同时还有与日本、美国相近的植物。且由于崂山地形复杂形成不同的小气候区,直接影响着树种的分布类型。

温暖类型区,主要在崂山南麓的下清宫至崂山头一带,为亚热带树种。这一分布区间,常绿阔叶树种山茶(耐冬)、锦熟黄杨、棕榈、洋玉兰、竹叶椒、大叶胡颓子、红楠、络石、金丝桃、南天竺等,与多样落叶阔叶树种相伴生,构成多姿多彩的林木空间。同时这里还是国内外引育树种的引驯基地，引进树种的母本来自日本、欧洲、北美及国内的黄山、福建等地。

阴湿类型区，主要在崂山后坡北宅街道的卧龙以东至北九水，王哥庄街道的石人河以东至青山一带。原有树种赤松曾有大面积的纯林，还有多种伴生树种及大面积的人工林，引进树种有日本黑松、日本落叶松、刺槐，构成独特的植物群落。

干旱类型区，在流河、登瀛、沙子口、汉河一带山地阳坡及王哥庄街道的大标山、二标山东坡。山麓平原区，常见有杨柳、榆、刺槐、国槐、楸树及欧美杨等用材林树种和苹果、葡萄、杏、桃、梨等经济林树种。

滨海岛屿区，常见乔木有刺槐、绒毛白蜡、旱柳、白榆，灌木有棉槐、柽柳，偶见单叶蔓荆。

我在海岛长门岩看到大面积的野生树木耐冬、大叶胡颓子、扶芳藤、刺榆、野花椒等，形成特有的群落树种。也许，事物总是阴阳相补的，因为孤独，长门岩的耐冬开得灿烂，并且，向上生长的树和向下蜿蜒伸展的根，两极生长，互相支持（根还有支撑作用），在生命四季繁茂的激烈竞争中获得生存空间。发达的根须，则保护着易于流失的水土，也让生活其间的人灵魂和肉体得到双重的安顿。

长门岩岛上的树木靠天水生存，天水成就了姹紫嫣红的小岛。行走于古树名木之间，深感树木不愧是贮水器和空气净化器，枝叶间缓缓释放的水分，净化并滋润了生命的空间，好山好水，花草虫鸟，也和树木相映成趣，构成一条有序完整的生命链。树木与我们一样，都是大地上的生命伙伴，只不过生命的形态不同而已。所以宋人张载说："民吾同胞，物吾与也。"人与物的差别只在同胞与朋辈间，而与我们最亲近之物中，无疑就有树木。它为我们调节气候，提供生活所需，也提供慰藉心灵的情感思绪。

长门岩岛上的年轻战士们,守着盛开的灿烂,守着四围的浩茫,我为生活在长门岩上的所有生命鼓掌。这个世界是生机无限、丰富而有趣味的,面对长门岩上的年轻生命和盛开的花朵,有些热闹真是应该隐退。孤岛上生活的守海人,他们的使命永远是凝固的历史与活着的生命相拥的奇迹。

文学的摆渡人走了

　　武翩翩打电话告诉我崔道怡老师走了。我停顿了一下,生命真是脆弱,不堪一击,树木始终守在四季交替的枯荣中,而站立在树下的那位白发红衣人不见了。一个素净的人,浑身洋溢着艺术气息,他温文尔雅,彬彬有礼,而整个人站在那里的文学形式感又非常强烈,尤其说话时,表现出的对写作的执着和认真,更是极端向上的。

　　这种感觉首先是属于时间的,认识一个人作为时间的依存物而存在,我在脑海里努力搜寻与崔道怡老师的相识。

　　想起来是在绍兴,是第四届鲁迅文学奖颁发地,我和将韵姐一起,在一棵树下,他迎着我们走来,目标显著,一下子就吸住了我的目光。同时在崔道怡老师的身后还跟着走来施战军老师,看上去他们真是喜悦。在互相介绍中谈到了我和将韵姐的获奖小说,小个子的我们在大个子面前受到了明丽阳光的温慰,也第一次感觉到了文学前辈把襟底怀中的肯定尽情述说。

　　认识了便有了后来的邮件往来。同时也因崔道怡老师认识了另一位文学前辈——一脸菊花盛开的张守仁老师。

　　两位前辈对我的影响是从一篇约写的散文开始的。

　　崔道怡老师约我为《人民日报》副刊写一篇"征文",写好发去后,我收到了崔老师的一封邮件。

　　水平:

你好。你应邀为"征文"所写作品,早收见了。当时觉得未如我所料想——我料想你的作品,无疑应该是"头条"的——所以没能即复,要等张守仁先生看后再说。张看后,也不甚满意,认为"皮大馅小",如果留用,需加压缩。而他是专于散文的,便让我来压缩。这些时,忙于编发早收到的"征文"稿,没来得及加工你这一篇。

现在,发这封信给你,是想征求你的意见,可否同意我们对你的作品进行压缩——《人民日报》强调最好在两千字以内,那么需要删掉近千字了。

因而,我有个想法:你可否另写一篇,与"放歌60年"贴得更紧密些,只要两千字,但更有味道与分量?我由衷希望,在此"征文"中,你能有更醒目之作见诸《人民日报》版面。

若你很忙,不愿新写,就请说明,是否同意我们压缩。

等待着你的回复。祝福你一切顺利。

崔道怡 6月3日 10:23

"皮大馅小",我盯着这四个字看了很久,有力的批评对一个写作的人有多么重要,是一种有力的帮助,尤其对一个文学青年。我后来很少看到这样的文学关怀和文学批评了。对文学的热爱不是文学的态度,是生活的态度,生活给一个作者提供了文学素材,作者得知道尊重这些素材,而不是自大地情绪化覆盖这些素材。我认为写作的人大多是心理比较优越的人,有阅历,对生活有理解,各自持受的宝剑显然是被自己紧握着,不容置疑,很不愿意听到他人的意见。其实这样下去,文学创作便失去了趣味,失去了生动,更失去了力量。归根结底,这句话提醒了我,或者说警示了我。我的创作是有很多缺点和毛病的,如果一味享受迎面而来的夸奖,

"捧杀"二字一定不是为我而存在。

张守仁老师曾经写过一篇《文学的摆渡人——崔道怡》,文章中讲到李国文老师的创作经历。一个经受磨难、满腹才华的作家,对每一天生活应该是什么、生命的本质,有自己不清晰但坚定的方向。文章中引用李国文老师的话说:

> 编辑的劳动,是一种付出代价但成果却并不属于自己的劳动。正是由于编辑的劳动,作家的劳动才得以保证不致付诸东流……一部文学史,上面刻满了作家的名字、文学评论家的名字、领导文艺运动者的名字,独独没有编辑——为我们摆渡过河的人的名字,这当然是不公平的。

曾经我和崔道怡老师在往返邮件中谈到创作,他说:你守着太行山就等于占有了文学富矿,只要你获奖后心不浮躁,潜心写作,就一定会写出好作品。

少有获奖后不浮躁的人。一个人无论自我感觉有多么棒,要知道自己和自己所处的环境很受局限。有人会打破,有人会长久受到牵制,写作一旦被名利牵制,人就会变得奇奇怪怪。对生活的认识,对人生的认识,每个人都不乏真知灼见,但一个人不知努力、自我约束、忍受孤独,真是让人觉得好滑稽。

一辈子为他人作嫁衣裳。

用崔道怡老师的话说,文学编辑的业务素质就是"为他人作嫁衣裳",要做到但问耕耘,不计收成,不求闻达。他总结过编辑工作的"五字诀":看稿要"准",选稿要"宽",改稿要"细",退稿要"慎",发稿要"严"。

《唐诗三百首》中秦韬玉的《贫女》,以其名句流传千古:"苦恨年年压金线,为他人作嫁衣裳。"

"最后一句在流传中,已经脱离原诗本义,成为一种对人生和人品状态的比喻——为他人得意而奉献自己。这状态后来又被引用形容某些行业特色,表现该行业及从业者的素质。自有活版印刷以来,在图书出版和期刊发行系统中,专门从事编辑工作的业者,便时常被著作者称赞是——'为他人作嫁衣裳'。"

崔道怡老师的解释如一面镜子,映照出了编辑与作家彼此的辉煌明净。一位素净而清爽的人,真是庆幸他曾经编辑过我的书。一位活到神仙状态和高寿的学者,做编辑是他一生的工作,也是他生活中的重要组成部分。什么是神仙?全身心入了一种境界就是神仙。

如同张守仁老师问崔道怡老师的问题,我也曾经不知深浅问过崔老师:"我想知道崔老师对小说创作的经验谈,毕竟您是一位优秀的编辑。"

阳光下一头白发、一脸灿烂笑容的崔道怡老师说:"我没有什么理论,根据多年来阅读和编稿的体会,总结出五个字,即人、情、事、理、味,用以检验小说的质量。人,就是人物;情,就是感情;事,就是故事、情节;理,就是内涵、意蕴、哲理或思想;味,就是味道,就是在有限的空间里,浓缩着密集的美感信息。"

这是对小说写作的高标准要求,但是,又有多少人可以接近?

当我沉浸在往事的回忆中时,这些往事因世事变迁而愈加珍贵了,产生对生命脆弱的无穷感叹,于是知道了"生死大限,只是一线之差",过往的人生悲喜哀乐,如今看来只不过是一种人生体验,于是就会发现原来曾经的"沾沾自喜"有多么轻佻,其实都不需要,那不过是一个人的经历,仅此而已。和崔道怡老师以及张守仁老师对比,他们就像精神的引领者,在他们面前我永远都是在仰望中。

　　文学的摆渡人走了,在文学写作的大河面前,会有很多人怀念他,他懂得这条河与它的秘密。如今,在往返中,他永远停留在了彼岸,他明白自己的选择和位置。我想,在另一个世界他依旧是文学的摆渡人,一头白发,一袭红衣,站立在天地之间,他是一道风景,是人世间永远的定力!

武汉好

　　这世上的山和水都是自然界给你搭配好的。武汉，一条江岸的码头，码头是依了水的，只有水路上才有码头。虽然武汉作为码头在世界上不算非常有名，但与多数著名的码头相同，武汉建在水的岸边，并且是一条大水——长江的岸边。

　　沿江有一条宽敞的路，叫江滩，恋爱中的武汉人几乎都在江滩上散过步。我也在夜晚的江滩上走了一回，夜幕的深处，长江水无声地流着，它的对面是武昌，武昌城的繁华透着灯光折射在江面上。江面上有船走过，我能听到江水对整个堤岸的抚摸。长江就在我的脚下，脚能触摸到的地方，就是力量起始的地方。

　　我在武汉的江滩上念天地之悠悠，想百舸争流相映的景观，如此，我也像一条鼓满了风的小船，向前驶去。

　　武汉原来是个镇，叫江夏，现在没有镇的影子了。不叫江夏，后来叫汉口。"汉口"这个叫法是有来历的。因为江夏在汉水、长江交汇之处，古时水上交通是一条正经路。

　　水上码头，它容纳往来船只停靠，收留了来自四面八方的通行者。码头要像兄弟一样对待它的宾客。

　　码头宽厚松弛地接纳南北东西过往船只，首先它让停靠者目击了码头上的繁华。

　　长堤街、汉正街、花楼街这些有意思的街道，叫江夏时就开始相继建成。当时，由水路来江夏做生意的大部分是本省的商人；外来客商中，要算陕西来的最多。因为江夏是汉水流入长江的出口，而汉水的发源地又正好在陕西,所以当时在他们中间流传着这样一首歌谣:"要做生意你莫愁,拿好本钱备小舟,顺着汉水往下走,生意兴隆算汉口。"

陕西人把江夏叫汉口。

他们说:汉口、汉口,就是汉水的出口。汉口成为商人的发财地,江夏历史结束。汉口肆意在他们中间横行。虽然中华人民共和国的各级政府行政建制中,从来没有汉口这个区划,但是一些系统内部还是常常将它们在武汉市的机构冠以"汉口"二字。比如《汉口租界条款》,它说的是武汉发生的事情,那些事情过后,武汉留下了西洋建筑。

其实,汉口作为地名在史籍上出现,该始于明代成化年间的汉水改道。

一条水促进了庄稼的长势,带动了商人的情绪。

对于从前热闹的追忆,有大量的文字记载,一条水默默地流着日月,流着阴晴不定、水光潋滟下的陈年往事。汉水从龟山南边注入长江,到成化年间,其主流则从龟山北的集家嘴注入长江,汉水改道后的低洼荒洲地带,至清嘉庆年间发展成为与河南朱仙、江西景德、广东佛山并称四大名镇之盛誉的汉口。不过民间的汉口似乎就指武汉,或是我的印象。

汉口自鸦片战争后开埠通商,欲望像藤蔓一样在脚前迅速生长,如蜘蛛吐丝缠绕不绝。

这世上鞭子都不能成为欲望加速膨胀的有力武器,只有利益才能。长江之水自古至今泛着金色的光芒。

很小的时候,折一只纸船,船上点半截蜡烛,轻放在有水的河上,潺潺的溪流带着纸船上的灯光走往远方。我好奇地问我娘:"水也有重量,能托得动船吗?

我娘说:"船底长着脚,水是一条路。"

"水明明是水,不是一条路呀!"

我娘答:"水叫水路。沿着水走能找见宝藏。"

"水路有多长?"

我娘答:"像黄河、长江一样长。"

"可船有走不动的时候呀!"

我娘答:"走不动时就歇在古渡滩头,落脚在那里,生儿育女。"

长大后,知道古渡滩头是被水夯实过多少遍的地方,水丰富了码头的历史,建筑壮大了码头的腔调。

我在沿江大道上走着,夜色流岚,对面的建筑被衬得生机一片。那些建筑成为武汉市的城市地标,衡量着这座城市的文化、道德、手艺、繁华的流向和气度。

地标建筑中都曾经住着漂泊江湖的人。

在武汉市汉口沿江大道中段,江汉路以北、麻阳街太古下码头以南、中山大道东南的滨江地段,约2.2平方公里的土地,这里哥特式、洛可可式、巴洛克式等欧式建筑一应俱全。世界上没有离开水可以活着的生命,没有。

水从不返回,水的母姓如大地一样是万物的种源,搁浅在武汉的江湖,见证时代风云历程和心路,它映照出中国社会与政治、宗教、民俗等宏大主题的天光云影。

这些19世纪60年代至20世纪上半叶汉口租界的遗存,按地理方位从西南向东北排列,分别为英、俄、法、德、日5国租界。

历史的细节,犹如历史枝干上摇曳而繁茂的花花叶叶,使后来如我这样对此有兴趣而又知之甚少的好奇者,好像看到了历史的细微表情和时代的真切面容,而这样的表情和面容是我们阅读各种历史教材无法看到的。汉口租界的数量仅次于天津,居全国第二位,面积仅次于上海、天津,居全国第三位,其影响力位列内地各外国租界之首。

一座城市有一座城市的历史,武汉,作为一座城市,它的码头文化是历史上的大文化。

中英鸦片战争、中日甲午战争、中法马江战争、庚子八国联军入侵,当"强掳由海上来时",他们绝不是通过海上的炮舰这一单向度来完成的,而是通过长江航运,将一个"亚洲内陆市场"作为帝国旧梦来掌握世界的金融体系。

外国列强根据不平等条约,在租界实行独立于中国政府的行政系统和法律制度之外的另一套制度,成为国中之国。当我现在回过头来看武汉遗存的这些建筑时,这些建筑,成为我接近消失的灵魂最真实的地方。

光阴的味觉,光阴的停滞,客观一些说,也推动了武汉的近代化进程,在城市规划、城市基础设施建设以及城市交通、公共卫生管理等方面,给我们留下了许多可资借鉴的经验。

一切固定的东西都会烟消云散,热闹终究会成为过去。过去的武汉租界其实是设在中国的帝国主义政府。汉口开埠后,各国洋行及轮船公司于租界内外相继修筑轮船码头。1863年,英国宝顺洋行在英租界宝顺街建宝顺栈五码头,为汉口港首座轮船码头。1871年,俄国顺丰洋行在俄租界列尔宾街(今兰陵路)建顺丰砖茶码头,专供汉茶出口外运。辛亥革命前,汉口沿江一带深水港几乎为外商码头占据。这些码头的背后便是富人居住的租界,他们在此风花雪月,在他们的租界上,外国人不是外来人,而是武汉的一个特殊阶层,也是一个摩登的阶层。

从沿江大道看步行街,江汉关、日清银行相峙左右。作为武汉近代标志性建筑江汉关,其庄重典雅的古典风格,从石材的色泽里,从科林斯柱精致的毛茛叶中,浓浓地散发开来。

房屋维修的建筑师对它的评价是:一座有生命的庞大艺术品。

我推开一间在原租界中改装的咖啡屋,看看门外忙碌的人,这里可真是一个闲散的地方。如果你要忘记光阴,不管这是你的脆弱还是虚荣,在这样的地方你就是一个不为别人的想法而活着的人。

找一个地方温暖自己的寂寞。

找一个可以不掩饰自己的地方,这些由遗留的建筑改装成的酒吧和咖啡屋是容纳你真实情绪最合适的地方。

从租界的建筑里,我依然能够看到租界与租界互相攀比,它们豪华、气派、舒适、美观,我依然要把最美的赞辞、最高的褒奖献给这些建筑,它们遗世独立,成为光阴遗留在这座城市独有的建筑风景。

关于它们是根据不平等条约,愣在长江边上因利而割出一块块的地进行殖民统治,作为那个时代政府的懦弱行为的产物,我已经不想去追问了。

这些建筑让我了解武汉的从前、码头的从前,一条大江成为入住者的天然条件。

今天的武汉依然隐现着昔日的香艳,每一座老房子都有它自己的故事,承载着繁华的旧梦。徜徉在江汉路,台湾银行、上海银行、大清银行,石头建成的楼房,花饰精巧,线形曲美,繁富整饬,可谓精妙绝伦。

熟悉江汉路的老人说,江汉路是武汉20世纪建筑的博物馆,任何其他地方都无法复制。

码头之后是租界,租界之中是银行。

西方列强凭借种种政治特权和经济、技术优势,纷纷来武汉,既倾销洋货,又利用内地廉价劳动力和原材料,加工农副产品运销国外,同时直接生产商品占领中国市场。

沿江租界地区先后有 8 国商人建立银行,开办汇兑、信贷、储蓄存款、买卖货币、发行钞票等业务。这些外国银行 80% 建立于清末,少数建于民国前期,1920 年达到 18 家。最早在汉开设的是英国的麦加利银行,它于 1863 年率先来汉在英租界设立分行,随之英国又开设汇隆、汇丰、丽如、利生银行,共 5 家。美国有花旗、友华、万国银行 3 家,日本有正金、住友、汉口银行 3 家,还有德、俄、比利时、意大利、法等国开办了德胜、清华、华比、义品、东方汇理银行等。在众多的外国银行中,历史悠久、业务最活跃、势力最大、作用最突出的要算汇丰银行。史料记载,19 世纪汉口开埠后到 20 世纪初,汉口洋行一度超过百家。

人在适合自己生存的土地上会设法营造自己的福祉,钱是开路先锋,犹如文官执笔安天下,武将上马定乾坤。

若干年前,我从女作家池莉的小说中阅读过汉正街。历史悠久的汉正街是汉口最古老的街道之一,《夏口县志》等书记载,这条街迄今为止已有 500 年的历史。早在明朝万历年间,汉正街就已形成市镇,这里沿江从西至东,出现了宗三庙、杨家河、武圣庙、老官庙和集家嘴等众多的码头,为商埠吞吐、集散物资。

由于水上交通便利,沿街店铺行栈日益增多,贸易往来频繁。到清代康熙、乾隆的经济发展鼎盛时期,汉正街已成为"汉口之正街"。乾隆四年(1739),汉正街修起条石路面。同治三年(1864)郡守钟谦钧在此主持修建了万安巷等新码头。从此,汉正街更是商贾云集,交易兴盛,市场繁荣,被称为"江湖连接,无地不通,一舟出门,万里唯意",吸引了四方商旅,八方游客,热闹繁华,盛极一时。

于是,本省荆州、孝感各县,外地山西、陕西、四川、湖南、江西、安徽、浙江等省人口纷纷迁入。正如清代汉阳人徐远志的《汉口竹枝词》所云:"石镇街道土镇坡,八码头临一带河。瓦屋竹楼千万户,本乡人少异乡多。"眼前的汉正街,游客和商贩整日把它挤得水泄不通,成为一种民间生存背景与氛围。虽然它备受摧残的容颜与那些寂寞的老建筑对比形成了两种境界,但也许正是它那柴烟的气息养育了红尘男女的幸福。

武汉是大码头,早就是热闹繁华地,温柔富贵乡。情随事迁,心由物转,江汉平原让我有想和历史靠拢的欲望。凭借文化意象的导引走进武汉,有感于世人喊武汉是大码头,真个是人间有方圆。我喜欢武汉的万国建筑,这些建筑让我看到了幽深曲折,像春天的花园一样绚烂多姿的人间,如今,这样的人间只有建筑才能描绘。

建筑是城市的雕塑群,比如建立在洋人遗留的建筑里的警察博物馆,说它是一部大书,实在是不为过,它让我对武汉产生丰富的联想。博物馆采取编年史与重大专题相结合的展陈方式,向社会全方位、多角度地公开展示警察所走过的艰辛历程以及公安在改革开放以来,为维护社会稳定,保卫人民安全,打击违法犯罪和维护宪法及法律尊严等方面所做出的巨大贡献和取得的辉煌成就。

警察博物馆的建筑风格为西洋古典式,建于 20 世纪初,灰调中有一种压得住繁华的正气。门头上的"武汉警察博物馆"更是体现了警察是和平年代捍卫国家安全和社会安宁的坚实后盾。

灿烂至极后归于平淡,逝者如斯,来者如斯,光阴夹击着每一个自信忙碌或无所事事的人,时间能带来许多,但同样能带走很多。

这些租界遗留下的建筑给武汉庄重的历史感,一种旁若无人的自在。氤氲生香的酒吧、咖啡馆和这些老建筑联系在一起,明晰与幽古的暧昧之间,那些快要泛滥的窗棂,那些寻常靠椅,种植的花,被光线和色彩相加,异国情调并不豪华或者奇异,而是借助了低成本的民间本色,又讲究着人气和搭配,这些当年的遗留,是经得起你挑剔的。

文化借助老建筑就地生根,让你好好享受武汉的码头文化。除了洋文化泛滥,武汉还有一群民间艺人,他们是武汉夜晚的歌手,他们在市民的饭桌旁怀抱吉他,并制造出了悦耳、智慧和富有冥想气质的调情。

> 小小的鲤鱼红红的鳃,
> 上江游到下江来,
> 上江吃的金丝草,
> 下江吃的水青苔,
> 金的金丝草,
> 水的水青苔,
> 不为这些好朋友我不到这地方来。

那些老建筑,那些民间歌手,都是武汉高楼下面开放的向日葵,而光阴中,白天、黑夜,武汉都是叫你生情的地方。

襄阳风日好

一、汉江之美与襄阳之魅

襄阳,被一条汉江穿城而过,分为江南的襄城和江北的樊城,山川灵秀。襄阳正应了这样一句话,"一江碧水穿城过,十里青山伴入城"。

汉江,又称汉水,因为汉水与银河夏季走向一致,所以也叫地上的银河。在古人的认知中,横亘天空的银河与横卧黄河、长江之间的汉水,形成天地对应关系。《诗经》说:"维天有汉,监亦有光。"中国文学两大源头《诗经》和《楚辞》发源和交汇于此,汉水孕育了荆楚文化,这里人文资源也非常丰富,曾被历史上无数文人所歌咏。

汉江青青,诗仙李白在《襄阳歌》中写道:"遥看汉水鸭头绿,恰似葡萄初酦醅。"将碧绿的汉江水形容为刚成形的青葡萄。苏轼途经襄阳,在《汉水》中写道:"襄阳逢汉水,偶似蜀江清。"而在众多赞颂汉江的诗歌中以王维的《汉江临眺》最为著名,其中曰:"襄阳好风日,留醉与山翁。"

汉江之美与襄阳之魅,让我们发现襄阳是一个观望历史和让历史观望的城市。历经沧海桑田、气象开阔,当阳光照在大地上时,无限风光由一条汉江带走了多少日月下的好春秋?

时间是一条没有起点也没有终点的直线,只不过被人为地划出了刻度,时间的刻度让一座城市的门扉洞开,我们发现襄阳自古多出隐士,隐逸形式五花八门,身隐、心隐、朝隐、吏隐……世间精彩都需要亮相,不然谁知道、谁认为那是精彩?

汉末魏晋南北朝时期,是隐士文化的第一个也是最大的兴盛期。由于时代的大动乱,这一时期的知识分子阶层逐渐从汉代经学的桎梏中解放出来,个体意识开始觉醒,追求独立完善的人格境界,呈现出和现实政治明显的离心倾向。诚如孔子所言,"邦有道则仕,邦无道则隐",襄阳的隐士是这座城市辉煌的记忆符号。

"山不高而秀雅,水不深而澄清;地不广而平坦,林不大而茂盛;猿鹤相亲,松篁交翠,古朴清幽"的地理环境催生和滋养了隐逸之风。孟子说,"水由地中行,江河淮汉是也",把汉江与长江、黄河、淮河一道并称"江河淮汉"。

汉江曲里拐弯流过襄阳,"曲莫如汉"的寓意中,隐士挥舞着命运的手臂,在季节最深邃的时候闪耀出智慧的光芒。

二、智慧近于妖术的诸葛孔明

走进襄阳的古隆中是在一个雨天,四溢的雨中充盈着不易发觉的季节迟暮,湿漉漉的天地间,一座古隆中牌坊立在前方。

牌坊暗藏着的青石莹润内敛的潮气扑面盈怀,我在仰望的瞬间,脑子里重叠着与之有关的往昔。

诸葛孔明,一位有着经天纬地才能的智者,他上知天文,下通地理,在军事上也是用兵如神。如果没有诸葛亮,单凭刘备起初的实力,根本不可能成就三国鼎立的霸业。

诸葛亮在隆中十年,结交庞德公、庞统、司马徽、黄承彦、石广元、崔州平、孟公威、徐庶等名士,其中多是当时著名的绝意仕途的隐士,也就是说,诸葛亮周围基本上形成了一个隐士群体,这无疑会对诸葛亮的心理、人格产生影响。如庞德公是东汉高士,说他与诸葛亮、司马徽相友善,居岘山之南,躬耕田里。荆州刺史刘表几次以礼延请,皆不就,可见是位真正的隐士。

高卧襄阳古隆中时,诸葛孔明只是一介书生,即被当时大名主庞德公称为"卧龙",司马徽赞为"识时务的俊杰"。

做一个真正的隐士无形无息,但还是碰巧被一个枭雄洞见了智慧,"三顾茅庐"成为礼贤下士的代名词,历史深处,我感到了一种强大的存在。"三顾"是一种言语,一种"假借",心却是飞扬跋扈的。

"三顾茅庐"之后,诸葛孔明出山辅佐势单力薄的刘备,先与孙、曹逐鹿中原,后与司马懿争雄天下。正是凭借他的智慧,曾无立锥之地的刘备才能走出困境,取荆、益两州,三分天下,成就帝业,刘备也有资格从一个漂泊而毫无目的的军阀进阶为一个诸侯。诸葛亮就好比黑暗中的路灯,指引着刘备脚下的道路。

所以,刘备对诸葛亮的评价是:孤之有孔明,犹鱼之有水也。

一颗忠心,两朝元老,三顾茅庐而三分天下,五丈原头,八卦阵中,六出祁山而七擒孟获。赤胆忠心,足智多谋,助他人之霸业成自己威名。出师未捷身先死,长使英雄泪满襟。

诸葛亮,也可以说是中华民族公认的智慧之神,他整个人的颜色无穷变换、神秘魅惑,在英才辈出的三国时代应该就有"智多星"的称号,否则刘备不可能放下身份三顾茅庐。

汉江水浩浩荡荡裹挟着时光一往无前,而往事总是像沙砾般在竭力挣脱和沉淀下来。

在古隆中盛传着诸葛亮另外一个平民化的故事,说他是一个种西瓜的能人。诸葛孔明种下的西瓜,个儿大,沙瓤,并且无尾酸,凡来隆中做客的隐士和过路人都要到瓜园里一饱口福。于是,周围的人都向他学习种瓜,他则毫无保留地告诉他们种瓜一定要在沙土上,施肥一定要用麻饼或者香油脚子。

瓜管吃好,瓜子儿留下。

吃瓜留子儿。一条谋生的好手段传播了他的名声,也给他带来了光明的前程。

在隆中十年,是诸葛亮人生观价值观形成的重要阶段。他的出仕,并不违反他当初"不求闻达"的初衷,有道是有大志之人,虽能耐寂寞,却不会一辈子默默无闻,其中所蕴含的智慧,便是庸者无法感悟的。

雨水淋湿的路上,想象一位手持鹅毛扇子、头戴葛巾的儒士,一个懂得生存智慧的人,他照亮了襄阳过往的岁月,也扩大了旅行人对历史想象的空间。

三、孟浩然的情义重过生命

孟浩然,一位歌颂田园的诗人,出生在襄阳,世称孟襄阳。和诸葛亮不同,他渴望自己的鸿鹄之志用于治国,可惜仕途困顿,在痛苦失望后,最终修道归隐终身。40岁游京师,应进士不第,返襄阳经长安时,与张九龄、王维交谊甚笃。后漫游吴越,穷极山水以排遣仕途的失意。

孟浩然的诗歌绝大部分为五言短篇,多写山水田园和隐逸、行旅等内容。他和王维并称,其诗虽不如王诗境界广阔,但在艺术上有独特造诣,而且是继陶渊明、谢灵运之后,开盛唐田园山水诗派之先风。

民间有一句俗语:生就的骨头长就的肉。在反复无常的命运颠簸后,孟浩然重新回到他应有的原点。他的一些诗往往在白描之中见整练之致,经纬绵密处却似不经意道出。

"故人具鸡黍,邀我至田家。绿树村边合,青山郭外斜。开轩

面场圃,把酒话桑麻。待到重阳日,还来就菊花。"——《过故人庄》

每个人都不清楚,哪条路通向自己最终的目的地,远方是大而无形的希望,故土从来都是质疑者。经过跋涉与灼热、痛苦后的失望,孟浩然以诗歌的方式携带着故土开启了流浪。

对故土的谙熟使孟浩然不需要用眼睛来承载它,经历痛苦,是为了收获经验,一支笔使一切追求成为最终的功名。

公元741年,王昌龄游襄阳,当时孟浩然患有痈疽,是一种毒疮,将要痊愈了,大夫嘱咐他不要喝酒、吃鱼鲜。

"朋友这杯酒最珍贵。"

正如古龙曾说过的:"其实,我不是很爱喝酒的。我爱的不是酒的味道,而是喝酒时的朋友,还有喝过了酒的气氛和趣味,这种气氛只有酒才能制造得出来。"

一道美味大餐让孟浩然食指大动,结果,王昌龄还没离开襄阳,孟因为喝酒、吃鱼病发作去世。

筵席最后都是散,一场筵席完成了人间最有情义的离别。

人间是多种力量争夺的阵地,是名利场的风口浪尖,从生命的开始到生命的终结,人生作为放大镜和显微镜式的舞台,每个人上演的戏有着十二分的精彩,看热闹的资源取之不尽,而真正能留下的中国好故事不多。

孟浩然用诗歌成就了中国故事。读他的诗犹如纳凉看夕阳、池月,到微风飒来,到荷风送香,到竹露滴响,然后,由鸣琴而联想到知己好友,所感触到的全部是襄阳花草葳郁和情感幽怀。和同时代的诗人比,不似李白的豪纵,不似王维的深粹,不似杜甫的盘郁,却着实是孟襄阳的清雅。

四、米芾装癫疯供养人间烟云

米芾是襄阳人,传说他个性怪异,一个北宋人喜穿唐服,嗜洁成癖,遇见山石称兄道弟,常常膜拜不已,人称"米癫子"。

米癫子常使石头无言。

喜欢米芾的字,他的字显得情绪饱满,有意蕴有墨趣,如戏剧人物的身段手势,行云流水一般流畅,又蕴含力度。不过也有用笔多变时,比如正侧藏露,长短粗细,体态万千,充分体现了他"刷字"的独特风格。米芾的字真是灵动而极富生命感啊。

到了襄阳才知道襄阳是米芾的故里。

米芾这人一生恃才自傲,少奴性,性格中明暗的对比,就像阳光和影子,如影随形。和其他历史人物不同,米芾一生在官场如鱼得水般活跃。

"蜀素"是北宋时四川造的质地精良的丝绸织物,上织有乌丝栏,制作精美。由于丝绸织品的纹理粗糙,艰涩难写,故非功力深厚者不敢问津。米芾敢写。据说,蜀素上米芾的字笔意率真大胆,气势飞动。

写瘦金体的宋徽宗很喜欢他的书法,经常招他进宫写字。有一次他给皇上写完字后,偷窥皇上的御用砚台,对徽宗说:"皇帝的砚台不能给庶民用,而如今皇帝的砚台被我用过了,臣子是低等的,既然这砚台已经被我玷污了,皇上就送给我吧。"宋徽宗还没有回应,米芾拿起砚台揣在怀里跑了,宋徽宗的笑声跟随他走了好远。

米芾之狂气在《宋史》中记载得十分传神。

宋徽宗赵佶初次招米芾入宫,请他先在御用屏风上书写《周官》某篇。米芾奋笔疾书,完成后掷笔在地,并大大咧咧地声称,洗去二王所写的烂字,才能照耀大宋皇帝万年。要知道,艺术皇帝赵佶可是王羲之、王献之的天字第一号铁粉,米癫虽比皇帝大一岁,但也不该随意消遣二王。

听到米芾的狂言,悄悄站在屏风后面的宋徽宗竟不由自主地走了出来,仔细欣赏他的书法。其实米芾之所以在高手如林的北宋书法界称雄,是因为他扎扎实实的功底,从二王到颜柳,他都曾经一丝不苟地临摹和揣摩,尽得前辈精华。

米芾因爱砚而深爱石头,常常将一方好砚比作自己的头,抱着所爱之砚共眠卧榻。

这也是米芾要拜石的缘由。米芾把玩异石砚台,有时到了痴迷之态。《梁溪漫志》记载:他在安徽无为做官时,听说濡须河边有一块奇形怪石,当时人们出于迷信以为神仙之石,不敢妄加擅动,怕招来不测,而米芾立刻派人将其搬进自己的寓所,摆好供桌,上好供品,向怪石下拜,念念有词:

"亲爱的老朋友,相见恨晚,相见恨晚。"

此事被传了出去,由于有失官方体面,米芾被人弹劾而罢了官。

米芾的隐是一种大隐,他乐于用他的方式来与世界沟通,在他自己的世界里寻找神话的可能,一半是谋生,一半是供养烟云,把不可能的高处市井化。市井多么美好,辣椒和葱爆肉丝的味道,所有的高贵就成了人间烟火。

五、汉江带走了惊心动魄的四季轮回

中国哲学讲究"人与天侔"。这里有两重意思:一重意思是,人应该是同环境相和谐,努力同生存的环境保持天然节拍的一致;另一重意思是,人应该和自己的天性保持本真的一致。襄阳在汉江中游,受汉水影响,气候温和,土地肥沃,物产丰富。优越的自然环境使得这里的人民生活较为安逸,性格也较为平和,形成了豪爽率真、忠厚朴实的民风。

《襄阳府志》记载:"襄郡七属,民俗尚淳,民风崇俭。"《汉书》

也讲:"楚有江汉川泽山林之饶;江南地广,或火耕水耨。民食鱼稻,以渔猎山伐为止,果蓏蠃蛤,食物常足。故呰窳偷生,而亡积聚,饮食还给,不忧冻饿,亦亡千金之家。"

在古代隐者的故乡,隐既是一种生命形式的结束,也是另一种生命形式的开始。天人合一的和谐,造成了人与自然无往而不适的大自在。襄阳是个好地方,拥有得天独厚的地理方位,走到现在,它承载的文化是沉甸甸的。

文化似雾,似雨,似风,在城市上空飘、飞、荡、晃。但真正要抓到实处,怕的就是文而化之。俗话说,好酒不怕巷子深,这是农耕时代,鸡犬之声相闻,老死不相往来的传播学;好酒也怕巷子深,这是现代信息时代的传播学。

所以说,文化不简单的是谈古阅今。

历史悠久、数量繁多的襄阳名人,已成为襄阳的一块金字招牌,地因人彰显,人文之胜,往往牵连出了本土的物质和非物质文化遗产,比如襄阳的绿影壁、仲宣楼、春秋寨、东巩高跷、老河口木板年画等等。汉水流域文化是一种区域文化,地理与人文相互激荡,最终形成充满地域特色的文明。

有水的地方才可能发展文明。

流域作为一个相对独立的地理单元,往往促成区域内的文化认同。"我住长江头,君住长江尾",地缘产生亲缘,便有"共饮一江水"的观念。随着南水北调中线工程的进行,汉江又将成为北京人的水源。京城文化将再一次因流动渗入襄阳,襄阳在哪里结束将在哪里重新开始!

寻访那曾经热闹的墟市

在广东岭南台山有很多海外华侨留下的"墟",当地人称"趁墟"。趁墟就是赶集的意思,我们叫集市,他们叫墟市。

台山繁盛时期有上百个墟市,因为台山曾经商贸繁荣,日日货如轮转,墟期一到,大人小孩一脸欢喜,从街头到街尾,货物琳琅,小孩不仅可以买到喜欢的零嘴儿,还能见识自己没有见过的人、事。

墟与村庄联系最为密切,墟与日常联系最为密切,可以使少年认识繁华,使日常生活内容丰富。人和世界上其他一切有生命的动物一样,都喜欢在平常的日子里有一个"流动的圣节",人挨人地挤一挤,小孩子拼命挤夹在大人的腿裆里,人和人裹拥着,吆喝声、讨价声、调侃声,此时最美好的事情莫过于自己的声音没过了头顶。

货物热闹了墟市,墟市喧闹了人声。假如头顶有明晃晃的阳光照耀,墟市的乱就能把热闹抬高出屋顶十丈,天空的鸟儿常常要追闹着藏进树林。

台山的商铺建筑带有浓厚的西洋文化韵味,也可说是中西合璧,那些骑楼商铺、宗族祠堂、庙宇、学校、碉楼、教堂,一路走过去,突然进入梦境似的恍惚了起来,明明是走在南方,却实实地领略了欧洲小镇的风情,这绝不是一种简单的错觉。

我们从台山现有的常住人口数来看,现有常住人口98万多,但旅居海外的人数却达到了130万之众,遍布92个国家和地区。250年的"下南洋"历史,形成了"内外两个台山"的格局。台山先侨从海外带回来先进的西方近代文明,商品经济日益渗入乡村,形成外购内销的经济体系。华侨带来的新经济条件与意识形态,与台山源远的墟市相结合,我们便看到了曾经的繁荣景观。

"下南洋",我们现在听起来只是一个代表着指向某个目的地、和生存密切关联的词语,有着不受空间限制的美好。曾经的"下南洋"后边连带着"闯金山",财富的目的地让"下南洋"坠着一个"发财梦"。而台山和台山的墟,就是下南洋之后不舍的根脉,它的存在,它的魂魄,它热闹了快乐的日常生活,在我看来这就是生命的嘱托,就是不忘家国。

我在台山博物馆看到这样一段话:"美国人都很富,他们希望并且欢迎中国人到那里去。那里工资高,房子又宽敞。至于吃和穿,更是任你挑任你选的。你可以随时给亲友写信寄钱,我们保证信和钱都能邮到。那可是个好地方,没有官府,没有士兵,人人平等。现在那里已经有许多中国人,你不会感到陌生的。那里有中国的财神,还有招工局代办处。别害怕,你会走运。美国的钱多得很,随你花。"

这段话的旁边标注说明:"外国公司或'猪仔头'的欺骗性宣传,诱使许多身无分文的农民出洋。这是一则描述华工前途的招工广告。""猪仔头"则是对下南洋"契约华工"的侮辱称呼。19世纪,西方文明可以说是以掠夺殖民地而崛起,包括诱掠廉价劳动力。被诱骗者在出国前签订合同后,当作商品被卖,变成奴隶。"猪仔贸易"始于西方殖民者东来之时,盛行于咸丰、同治年间(1851—1874),这条络绎不绝的"出洋古道"一直延续至今。

发生过的事情,参与的人物,不会再一次在我们眼前出现,那个年代对我来说已经成为一个邈远而扩大的点,那些漂洋过海的"猪仔头"已经远逝在湛蓝色的时光尽头。下南洋中有多少人丧失了性命,不得而知。但有一点可以确定,通往财富的途中,他们都是理想主义者,怀揣着梦想,他们为这个梦想真诚地活着,艰辛地努力,他们的存在使这个世界上有华人的地方有了一束生动而绚丽的阳光。

为了财富而赢得尊重是一件艰难的事,生命存活于瞬间的真实,从瞬间的真实之中我们来看历史。美国著名的金山橙,就是台山人刘锦浓把家乡的园艺引到美国的成果。1888年培植出的良种"刘锦浓橙",1911年获美国果树学会的"威尔特尔"奖。数万华工参加了1863—1869年美国和加拿大中央太平洋铁路的建设,数千人为此付出了生命的代价。加拿大首任总理约翰·麦当劳公开对下议院说:"没有华工助建的话,太平洋铁路不知道会到何时建成,西部的矿藏也不可能开采了。铁路是以破纪录的速度在五年内建成了。"美国总统罗斯福说:"开发美西华侨功居第一。"

是的,华工长久地活在喧嚣中,活得疲惫而毫无激情,活得努力而没有根脉,一个"归"字撞伤了他们柔软的内心。他们只身出走时留下了他们的亲人,他们昼夜凝结不散的亲情,一个"归"字让他们回乡的路执着而坚定。为完成短暂的生命最后的夙愿,他们要在活着时在自己出生的土地上实现人生愿景。

上万栋的"小洋楼"是台山乡村发展史的重要见证。为了维持家族的持续发展,他们采用西方先进的商业运作模式,新建侨墟,安置家人亲友做生意,利用对海外熟悉的外购优势,展开外购内销的商品贸易,并且与家乡原有的集市贸易相结合,造就了台山近百个侨墟的繁荣昌盛。

台山的骑楼建筑结合了中国廊檐式临街建筑风格,形成一种"晴不曝日,雨不湿鞋""前铺后库,上宅下店"的建筑形式,西式风格的廊柱饰以盾牌、圣诞花环,女儿墙构图丰富多彩,明显带有西方文艺复兴、巴洛克和古典主义的烙印。墟市和居住功用兼之,人总是追求一些实在的东西作为依靠,他们选择了居住的同时又想到了日常需求。在人生的矛盾中,也许唯一真实永久的,不是情感的文字,而是物质的现实。

繁荣了近一个世纪的侨墟,随着改革开放和越来越多的侨眷移居海外,墟市的商贸也渐渐清冷了。墟市日渐萧瑟,其作为墟的功能也逐渐消失了,这些被遗弃的建筑因为缺少了人间烟火,大都被无形的岁月侵蚀得筋骨外露。我走进去,浮想联翩,我看到了它独特的景观,它曾经有过一段什么样的历史,它画满了人一生最后的句号——衣锦还乡。

我在浮月村和冈宁墟看到了一种几乎是历史本身的面孔,它斑驳而迷蒙。走进一家民居,我看到了他们的祖宗堂,他们的后人说,这屋子里居住着他们的祖先,是他们的祖先修建的老屋,外出打工的人,年年清明会回来祭拜祖先。把自己乡下的老屋留给祖先住,留作走向城市热闹回眸时的一个牵念。

是的,我不得不敬重台山的华侨,他们越洋过海寻求财富的同时,也把世间的文明带回到故土,抖掉一身的疲惫,为自己的故土织就了一件美丽的锦。

人的一生,最亲近的就是自己的故乡。台山的建筑不胜枚举,仿佛能让人从这里读出"出洋古道"后的归乡史。远走远归,台山的墟埋藏了多少曾经的热闹?当我们将寻找生活的目光投向山林草木河水的深处时,我们是否也应该投向台山的墟,去看看建立在文明基础上的社会制度?

台山的洋楼,它们的影子里藏着一部由陆地走向海洋的辛酸史和文明史,它集台山风物、载台山历史、展台山人情、承台山魂魄、留台山根脉,虽无限沧桑,却有着气象万千的旖旎。

月下,永康江穿城而过

一

那一年去兰州,记得也是入秋时,同行中一位写诗歌的永康女孩叫杨芳,一路走一路熟识,同一个瞬间感受到了世界的广袤。同行在通往河西走廊的戈壁滩上,夜明如水,漫天星雨,黑暗的世界里闪烁着数不胜数的星辰,其间偶尔也会有流星闪过,划出一道两道长线。

杨芳说:"我的故乡方岩的天空此刻也是满天星斗。"

那时便知道了永康的方岩。自然、世界,真是无比奇妙,想象着此刻的天空下在我的故乡会不会看见流星?现在想来,这种不可思议的结论应该是:对于万物来说,时光的流逝是平等的。我仿佛一个孩子,并非从知识的角度,而是从感性上对这个世界有了最初的惊喜。

80年前,郁达夫在《方岩纪静》里写道:"从前看中国画里的奇岩绝壁,皴法皱迭,苍劲雄伟到不可思议的地步,现在到了方岩,向各山略一举目,才知道南宋北派的画山点石,都还有未到之处。"

悠远的时空,就在我们每天生活的同一瞬间,南宋北派的画山点石未到之处的方岩,让我心中的神秘感逐年递增。

郁达夫先生的那份悠然与放任,我是不敢想的。在千篇一律的生活面前,能够得暇来到永康,将自己放牧在悠幽的山林,置身于方岩,呼吸一口濡湿而清新的空气,秋日的出门人,的确有一种窃喜在胸。

9月的永康在一条永康江岸上,江边的树叶浓密得铺张。江水青绿凝碧,在秋阳的拂照下,耀金闪银,鳞波泛泛,轻风吹皱了江面,缕缕潋滟的光带,宛如一条条素娟在水面上漂动。

微风徐来,江中倒映出重檐廊桥西津桥,这是一座始建于清代的石桥墩木结构重檐廊桥,在永康城区南苑路与西津路交叉路口,南北走向,横跨于永康江之上。西津桥真是适合被远望,暗藏着梁木莹润内敛的潮气扑面盈怀,单步梁,歇山顶,阴阳瓦,真是风雨莫及。

西津桥墩高于岸,下可通航。

一座风雨廊桥,是这个城市久远的记忆符号。审美来自一切事物的外表,我喜欢美丽外表下蕴藏的与众不同的心。书上说,对一种事物的真相所知越多,便越有远见也越懂得这种事物对人的生存的呵护。

月亮的存在对于夜晚来说有着非同寻常的意义,风雨廊桥在江面上,月亮皎洁的光辉照耀着外来人永远不能穷尽的远方。永康人在风雨廊桥上眉开眼笑,波涛般的灯光扑面盈怀,月亮在湛蓝色的天幕上饱满和清晰起来。

唯有月光,始终虔诚地挂在遥远的星空。

好的城市,一定有一条月下江穿城而过。

二

开始进入方岩的腹地,山体平地拔起,四面如削,山高384米,直耸云天,峻险非凡,远望如城堡方山,故名方岩。书上说:自宋以来,游人络绎不绝。

江河溪海,名山大川,雨露霜雪,历来都是文人骚客的审美客体。方岩不算高山,整座冈峦拱绿耸翠,蓊郁莽莽,灼灼青青,但见山岚缥缈,聚散无定,冉冉旋升,铁锈色的方岩石山耸立其间。

中国画的画山点石,画不出方岩山。

那一刻看到的石山让我无法忘怀。郁达夫游方岩时曾说,方岩附近的山都是绝壁陡起,山势险峻,令人望而生畏。山上瀑美洞奇,重峦叠嶂,随着天气和光线变化,方岩也呈现出不同的姿态。

此时是午后,在少了人烟的方岩盘山小路上,面对无言的万物,我伫立很久,只觉得一股气势迎面扑来,这样的山形,为什么偏偏是这种状态? 天地造化中的灵性,形诸在宣纸上,很难重现方岩石山鲜活的生命真实。回忆也好,捕捉光影、勾勒情怀也罢,充其量只是粗具形体的原始素描,就算是最最真切的照片,也不可能是那种记录三维空间整体信息的全息影片。

郁达夫说:"一般宋儒的每喜利用山洞或风景幽丽的地方作讲堂,推其本意,大约总也在想借了自然的威力来压制人欲的缘故;不看金华的山水,这种宋儒的苦心是猜不出来的。"郁达夫是一个对人欲有特别体会的人,这在《沉沦》《伤感的旅行》等作品中有相当坦诚的表露。

从郁达夫这一段话里,我们可以体会到,一方面是自我的放纵和发泄,一方面又想借助某些外在的力量来压制这股强大的人欲。贯穿于这两者之间的,是人性中比人欲更强大的负罪感。他讲到的"宋儒的苦心",何尝不是他自己的苦呢?

郁达夫笔下的"公公岩""婆婆岩""老虎岩"等等,依然矗立于地面之上,一目了然。

一目了然的方岩,带着野性,像植物上欲滴的露水,凝结着时光,滋润着永康人的山水岁月。

从方岩的南麓拾级而上,行至山腰,有一依山而筑的楼阁,名为罗汉洞。相传方岩开山祖师"正德禅师"最初在此修行。洞旁有蛟龙泉,泉水清澄,人称方岩"虎跑泉"。从罗汉洞往上,坡陡如梯,称"百步峻",峻上建有步云亭,亭虽小,却甚精致,额有"名山活佛"字样。

"活佛"应该是说不远即至广慈寺里敬奉的"胡公"。北宋兵部侍郎胡则,字子正,永康人,尝向仁宗皇帝奏免衢、婺两州身丁钱,百姓感德,故立庙纪念,香火颇旺。山顶尚有读书堂、听泉楼、千人坑、金鼓洞、龟雀亭、"眼睛睁"等胜迹。

我称永康的胡公为圣人。

胡则生于永康一个普通的农民家庭,由于家里条件并不好,胡则还帮着家人种过田,也学过不少农活和手工活,即"田舍郎",因此,他对老百姓的生活便有了切身体会,以至于在之后的为官路上,一直记着百姓的难。

中国是一个熟人社会,熟人社会的有效运转不能依赖强权,而需要的是道德垂范与对人心世故的熟练运用,这也是儒家而不是法家最后成为传统中国主流意识形态的原因。

自古以来,在民间社会中生长成为一个圣人太难。传说中胡公仁心善念、修身以德、积极进取、持之以恒,将自己的善以身体力行的方式向外投射,以成圣为目标做好每件事积累事功。故事代代相传,生生不已,有着很强生命力的胡则在永康很"赫灵"。

民间传说,北宋末年,发生了《水浒传》中提到的方腊农民起义。一开始,起义军声势浩大,所向披靡,一路打到了永康方岩,却死活打不下来。当地官员就向朝廷奏报,说是胡公显灵。于是,官府就封了胡则为祐顺侯。

之后,宋高宗赵构应百姓之请求,用"赫灵"两字作为胡公的庙额。

"赫灵"是很灵的意思。

这让我想起了平凡琐碎的人生一定有看不见的秩序,如同在茫茫大海漂泊了一辈子仍然相信这世界有陆地存在。

"赫灵"是一种公道和护佑,哪怕成王败寇,它总是给你希望的伟力。

三

五峰书院在方岩山脚下,一沟林木,犹如洪荒时代的河流。

我不知道,人类最早的房子出现在什么年代。泥和石头,使人类告别洞穴,有了家园。方岩山脚下的五峰书院,让我体验了石檐滴落的水珠汇聚成潭,获得一种安静和力量,它遵循了精神的运行轨道,使转动的生活车轮慢下来。

一杯茶中的闲适,人与自然悄悄融合了。从山的豁口处仰观一下远山,蓊蔚从树林升腾,烟霞在天际变幻;俯察几眼近处,修篁在晴空中播风,清泉在山涧鸣唱。

以一颗新鲜活泼、自由自在的心领悟这世界,千般污浊,万种思虑,都在一刹那消遁;物我契合,精神自得,生命也就获得了新的意义。

在重庆南山上逛书店

一、一页纸的重量一定不取决于声音

在重庆南山上,繁忙的道路突然清静下来,有挑着青菜的农妇没入一片暮色中,南山上的绿植、花朵,披一身细碎的晚夕,一些经历了季节的秋叶由黄而金,作为季节的背景,呈现出沧桑、温暖的色调。

远处的高楼和近处的朦胧,使我突然觉得一座城市楼群的高度不是最重要的。低矮的花朵,它们的腰肢是柔软的,迎风摇曳,秋风贴地而生,当一个陌生人融入了这座城市时,这些花朵凝聚了光和色,在傍晚的释放与渲染中,我对重庆南山产生了想象和梦幻。

花朵深处是绿色植物,植物深处是南之山书店。

读书人在城市的街道上行走,长江的岸上,生命无法返回初衷。记忆里的书店已经永远地留在了记忆里,它总是驻留在繁华的热闹地带,匆匆忙忙的行人,携着目的而来,然后怀揣目的而去。书店坚守着城市文艺青年们最后的乌托邦,那些立志要一年读完多少本书的人,最后都向手机投降。那些年的书店在理想中一个接一个开张,又在现实中一个接一个倒闭。

当书店开在僻静地时,书店的目的不仅仅是卖书了。这个安静的书店,除了风声、雨声、鸟鸣和夏日的蝉鸣,再也没有其他声音,交流只限于人与书、人与景、人与心之间,一页纸的重量一定不取决于声音。

南之山书店的格局比较紧凑,进门过玄关之后,左手边是书架,右手边是落地窗,中间一条走廊贯穿至餐吧,楼上是投影室和六个房间。店员说了,这样的店,在许多城市已经很多了,但是重庆没有,重庆被文艺风"吹醒"时,重庆的标签就不再是"山城""火锅""码头""美女",重庆也要做先行者,在南山上,做一个灯塔,照亮一部分重庆人。

也许"南之山"的作用在于让你无处安放的文艺情怀有一个温暖的着落。

随着城市经济的快速发展,上班族有了这样的需求:渴望把生活慢下来,有自己的读书空间。来南之山读书的人都是不折不扣的书痴,和书相遇,如同走访一个故交,把远方推向更远,寻找的人愿意脚踩花朵,走入时光投影的深处,如同寻找没有结果,就只想在一扇老木门前终结,以至把行走的快乐看成是自由的快乐。

让书更好地与人相遇,突显寂寞、清冷。

温馨、精致,穿绿围裙的店员,怎么看都是文艺电影的调调。音乐和灯光恰到好处地搭配,书的陈列也很有味道,俯下身,会忘记一切。

国字号书店也许只会搞教辅、畅销榜,但这里,只搞文艺范儿。我看到旅行、摄影及艺术类的书籍、碟片,还有一些精致、文艺的小礼品和瓶瓶罐罐。这里会不定期举行各类文化艺术活动,并可重温经典电影,经常能看到艺术家过来。

点杯茶或咖啡,翻翻手边的书,一切都是锦上添花的好事啊。

南之山书店采用日式现代主义设计风格,在设计之初受到了日本茑屋书店的启发,"神似而形不似":大片的玻璃窗将室外的山景引到了室内,区别于其他灯光昏暗、以暖色为主的"地下室书店"

或"商场书店",南之山书店提供的是一种明亮、富有朝气的阅读空间;在色彩的搭配上,采用了简洁的黑白作为主色,与绿色的南山结合起来,给人一种宁静纯粹的感觉。

看得见风景的书店,走入和走出如此迅速。古人形容得好:白驹过隙,在没有思考出生命意义的当下,欲望正在消耗着人们的激情,去往僻静处,在以时间和空间为纵横轴的坐标上,找到自己并不容易,然而书本可以帮助我们,书中的世界有人们存在的见证。

南之山书店告诉我们,阅读不应该苦读,应该与美食、美酒、美景、音乐、电影一样,是一种融入生活点滴的美好享受。

美好,使我们得以在植物和书香中打量人间。

二、和书籍生活在一起,永远不会叹气

"从前有座山,山上有座城,城头没得神住老一群重庆人。"

解放碑、观音桥、渣滓洞、磁器口、长江索道,处处可观光;火锅、抄手、酸辣粉、重庆小面,光听名字就让人口水直流。重庆无处不惊喜。而最大的惊喜是这些暖暖的书店,重庆南山精典书店,有90%的空间在卖书,仅有10%的空间在经营咖啡。在这里可以看到壮阔的江景,美丽的渝中半岛,是个读一下午书的好地方。

罗曼·罗兰说过:"和书籍生活在一起,永远不会叹气。"

如果你厌倦了都市的喧闹与嘈杂,可以走进书店找一处安静地,点上一杯咖啡,一边阅读一边消磨慵懒的午后。淡淡的音乐,简洁雅致的装修,友好热情的服务,闲适慵懒的氛围……

精典书店,书架及顶,书台成排,整齐摆放着近20万册图书,类别涵盖科学、人文、经济;独特的吊脚楼设计与莫比乌斯环、克莱因瓶、超级立方体等艺术造型,让书店显得别致、高雅;站在书店的咖啡厅眺望窗外,优美的长江河曲和壮丽的渝中半岛尽收眼底。

"没有科学的人文是愚昧的,没有人文的科学是冰冷的。只有科学与人文结合,世界才会变得温暖而理性。"

这家创办于1998年的书店,一直秉持不媚俗、不跟风的经营理念,坚持把富有人文精神和科学思想的精品书籍奉献给书友,频繁更新图书,选择最好的国内外名著版本、译本,注重科学图书占比,形成书店"高冷"的特色,但也正因为这样的特色,吸引了一大批阅读爱好者跟随。

2016年底,精典书店从坚守了18年的解放碑搬离,新店在南滨路开业。落户南滨路后,南岸区政府给予了优惠政策,将区图书馆分馆设于其中,为读者提供借阅服务,举办各类读书活动,业主也最大限度地降低了书店的房租和物管费。

精典书店除了图书业务外,还有画廊、演讲厅、咖啡厅,可以举行画展、摄影展、话剧表演、民乐演出、学术报告等活动,精典书店就是要打造成重庆的"文化会客厅"。

受城市发展的冲击,曾经熟悉的书店已经慢慢消失在大众的生活中。其实,对一家书店谈使命,过分了点,但创建18年的精典书店,逐渐地承担起了一种责任。

文化产业的发展,离不开文化氛围的培养。书店开设起来了,就要鼓励市民养成阅读的习惯。在南山上,并不只有高大上的商业书店,在背街小巷,你也能找到为基层百姓打造的"阅读空间"。

南岸区龙门浩临近南滨路一带,有一处隐于闹市的文艺老街——下浩老街。虽地处繁华的南滨路旁,置身于老街之中,却丝毫感受不到都市的繁闹和喧嚣。这里,有三栋文艺气息十足的小屋,分别叫"冻绿房""小馆""下浩里",都是南岸区图书馆的分馆。它们不仅构成老街的一道独特风景线,更成为市民阅读的主要阵地,前来阅读的读者络绎不绝。

复古水泥墙上贴着圆形照片,老藤椅搭配着手工靠枕,旧茶桌铺着扎染蓝布,尽管地处东水门大桥下,但"冻绿房"屋里屋外都格外安静。

人生旅途中每个人都有消沉和失意的时候,这时候,书店就是你远离尘嚣的一处避风港,可以诗意地栖息在这里,回归自我。

三、大众书局打的是小众阅读招牌

时间似乎一直在考验我们的记忆,让我们挑剔生活,忘记什么、不忘记什么,都在恍然之中,仿佛一切也都在寻找之中。一座城市的背后总有一个"看不见的城市",这个"看不见的城市"才是这个城市的更迭,而情感都有一些隐秘的入口,那就是书店。

南山上的大众书局刻意营造出"慢阅读集合地,重庆文化会客厅"这样的精神栖息地。据了解,重庆大众书局面积为1075平方米,共有12万册图书,是一间设在四合院内、以文学类和儿童类书籍为主的综合性书店。

大众书局里面有书林漫步、生态阅读、咖啡飘香、文创开眼、鲜花相伴、烘焙暖心、儿童乐园等8个区域。书局的空间设计很有特点,平层、夹层、转角楼梯、阁楼,极具重庆特点的设计,既不单调也不烦琐,各层次的结合恰到好处,是一个具有重庆当地文化特色的现代美感书店。

在消费主义、物质主义的时代,在经历了放逐、碰撞与激荡之后,我们的精神必将走向丰富多彩,并进入一个安静的有书香的世界,享受一种自我解压的体验,也可以由此提升自身修养。

书,离灵魂最近的地方,在成长的岁月里,在那么多的表达中,选择阅读,在无限展开的书本的时空里,才容得下青春的飞翔。书是有性灵、有温度,甚至有呼吸的,你可以认为世界上最高的是书山,但最低的一定不是海,是人心。因为人心,城市多了一束书店的灯光;因为书店,城市的景色中多了一处文艺的地标;因为"等等灵魂",读书也一如"大众"的名字,变成了一件小众引领大众喜悦的事。

书店之间的竞争说到底就是服务的竞争。大众书局在孜孜探寻和尝试适合读者的个性化服务中,建立了一个以书店为核心的读者群。一个城市并不缺少书店,但往往缺少有文化想象力的书店。书店不光是个经营的场所,更应该是文化交流的平台。

虽然电子阅读已经普及,但纸质阅读所富有的艺术美感和体验,是无法被替代的。大众书局在空间设计上做了很多新的突破,将书中的想象之美变成书店的现实风景,吸引读者的原因也在这里。以文史书籍见长的书店,一些比较旧的书还待在书架上,总能给淘书的人一点惊喜,书总是越来越多,于是书架放得很密,书放得很满,更叫人安静。

大众书局,有一种说不出的老派、淡定的味道。

种茶人都是传书人

一

崂山的夏天少雨,知了声声,蚊子多。

蚊子是那种花蚊子,暗色的,看见人直接叮过来,如果没有患耳闭症,还可以听见它的嘤嘤声,瞬间,有针尖麦芒刺到般的钝痛,一巴掌拍上去立竿见影,蚊子急迫地填饱肚子送死。毒素留在体内,几天不散,热风吹来奇痒,抓一次大一圈,入冬才可消停。

崂山人说,蚊子从海上来。

崂山也有风,强劲的风从海上来,吹起崂山女人的裙袍和头发,使人有些气急。太清宫的风铃发出强烈的撞击声,而平日它们总是悦耳叮当,十分清亮和圆润。风大时能把人开腔的念头压下去,或者在从前的耐冬树下,或者在一块礁石凹下去的低处,风发出隆隆的响声,充溢着追逐和放荡的迅疾。有人顶着风喊:"来一场雨吧!"

崂山人盼雨,多半是为了茶园。

崂山茶的名声不是太大,可崂山茶是好茶。

青岛人为了风雨而忧愁着。崂山茶园宽阔平整,两边茶园的排水沟足以容纳狂暴的雨点,茶农们隔着铝合金玻璃门望着,想着,雨,来得猛烈点吧。其实一场雨并不能让暑气消减下来,蚊子迅速成长,由茶园的蓄水沟开始。青岛人说,花蚊子都是崂山茶园养大的。

茶园里的崂山人舍不得下药,再多的蚊子也不怕。

种崂山茶的大都是庄稼人,这些年来由于土地被征用,他们的农民身份也随之改变,无须再栉风沐雨了,成了茶园里的茶农,或者走南闯北的做卖茶的生意人。崂山,山岭重叠,山路崎岖,山气浓重,实在不适合把它改造成工业基地,这也使世代坐落于此的崂山人家,生活秩序没有过多改变,生活语言仍然沉浸在沐浴海风的泥水里。

这种一脉相传的生活,温馨而平静。崂山从视觉上看那是相当雄奇的,但是可用来耕种的田并不多,还要依山势划割成大丘小丘,任何一种机械都很难进入。曾经老牛、犁、镰刀、锄耙等惯用的农耕工具带不来丰收的喜悦,这样风来雨往,更多时间牵掣人心,担心天长地久不雨而干旱没有收成。虽然守着东海,可人不能天天吃海鲜,人的胫骨还得要粮食养壮。当敏感的鸟嗅出北方的寒气,携家带口向南迁徙,这往往使崂山人正担心明年的粮食,计划相机走往他乡做点什么的时候,他们会突然想起祖先留下的诸多遗产。关于崂山的离乡就有一说:

"千难万难不离崂山。"

这是崂山流传许久的一句谚语,是明朝崂山异人胡峄阳所言。

胡氏族人分散在青岛的很多地方,比较集中的主要是李沧区的板桥坊村和崂山区沙子口街道的北龙口村、北崂村,现在在世的差不多有300人。胡氏始祖在明永乐二年(1404)从青州移居流亭,十世祖胡峄阳由于著述丰富、思想造诣深厚,他的故事被人们从清代康熙中期一直传诵至今。在现今胡峄阳祀堂内,仍有楹联:"儒也为儒,仙也为仙,精神与墨水同长;欹而不欹,乱而不乱,唯居之崂山最稳。"

历史上传说胡峄阳"生有异禀,精研《周易》",他运用易经理论研究崂山,得出了"千难万难不离崂山"的论断。

其中蕴藏了崂山是陆地上一块"风水宝地"的含义。

崂山属北温带季风大陆性气候。崂山还具有显著的高山气候特征,主要表现在南北两侧的气温悬殊,可谓"十里不同天"。

人们称巨峰前后为"北关东、南江南"。

一山之隔两重天,给崂山创造了独具特色的"云山雾海"气象。古话说:天时不如地利,地利不如人和。崂山人待人接物诚恳、旷达,少小聪明、多大智慧,与东海之阔大、崂山之奇雄有很大关系。

心大思想便不僵滞,出于对家园的呵护,崂山人喜欢把外面的世界带回来,血脉的流传是永远生长的活泛。

崂山人容纳南北东西各方,崂山人的好奇心总是高过青岛其他地方人,他们把各地的植物移植过来,使得这里的植物种类居然达400多种,中药材有1147种,崂山茶便是最重要的一种有药用价值的植物。

崂山茶在没有进入崂山时,崂山对外宣扬的是道、佛、隐居之地。

深居崂山,修身养性,崂山茶必是不可少的。正因为有延年益寿一说,民间才有了崂山有神仙、有仙药的传说。

对于喝茶者来说,茶是怎么种的,其实无关紧要。借用钱钟书的妙喻,理想的食客,只问鸡蛋味道如何,而不追究是哪只鸡在何种状态下以什么方式生产的。崂山人不能忘记崂山的茶,也是珍惜将逝的光阴,古人为茶而有留存雪泥鸿爪的冲动,若干年后,所有的种茶人都是传书人。

二

登崂山顶,发现东南有山地突出,西部缓丘起伏,平原、盆地交错环列其间,山海相依。崂山是中国万里海岸线上的第一高山,古有"泰山虽云高,不如东海崂"之说。

古时候,崂山是外乡人的托梦之处。

也许是对热闹越来越厌倦了,富足的人家总喜欢逃离,有一种敏感的需求,他们身上的自然情调就不容置疑了。

崂山流传着的民间茶文化离不开富足人家的男女亲爱:

传说某一秋日,崂山太清宫来了一位年轻俊朗的书生。书生原籍杭州,家境殷实,只因自小有两大嗜好,一是品茗饮茶,二是琴棋书画,而于八股学业上则不甚用心,屡试不第,遂生出心灰意冷之念,终致携琴揣茗,离家出走。秋天的太清宫,横亘在天地之间,但见浩瀚大海,一碧万顷,清风徐来,花香鸟鸣,大有宠辱皆忘、超然物外的愉悦心境。书生遂借居庙中,早晚与庙中道士或品茗论道,或抚琴赏乐,竟在此长住不归。东海龙王的三女儿长相水灵,莹净脸庞上的双眸像乍开的野蔷薇,却向四周散发着淡淡的凉意。一日闲暇,她踩水游玩,来至崂山太清宫,走在绿荫小径上,环顾四周都是草木遮蔽山体的绿色,身披五彩的山鸡张皇失措地穿过小径,消失在草丛中,有啁啾的声响。

人常说万籁无声,稍一细听则无处不出声响,自然如此丰富充沛,她沐着和煦的细风,突然,在相距一丈之地,从绿树掩映的山路深处送传了一阵委婉幽雅的琴声。

循着琴声,她来到一处道舍窗外,看见了自己乐于梦幻的景致。但见屋内书生正在抚琴,面前的几案上放着一杯热茶,袅袅上升的热气中,股股浓郁的茶香沁人肺腑。

耳闻阳春白雪,近嗅浓郁茶香,小龙女醉了。

古老的故事大都与爱情有关,也只有爱情可以割断红尘,续结俗缘,前方是炼狱,是天堂,是希望,是毁灭,都不重要,重要的是在一起。

却说光阴如梭,转眼已是数月。忽一日书生面带愁容,原来自杭州带来的茶叶已经没有了,崂山当地没有茶,断了吃茶这一嗜好之源,令书生整日无精打采、心思不安,大有回归故里的意思。小龙女一听,原来如此,莞尔一笑,对书生说:"相公,崂山乃天下神山,不管是江南的,还是塞北的,只要是世上有的,崂山就有,何况是一株茶呢。崂山巨峰顶下、比高崮上,就有一株神茶,明天我和你一起去采回来,茶叶不就有了吗?"小龙女说完,从头上摘下一支珠花簪子,扬手一扔,只见这支簪子随风飘飘摇摇,朝着比高崮飞了上去。

第二天,书生和小龙女来到比高崮上时,见崮顶上石缝中,已经长出了数株翠绿鲜嫩的茶树,摘一片叶下来,那种本真的滋味,生息、藏露、青涩,满口生津,心情激越畅快,草木性情的人与草木性情的茶就这样在崂山顶上相遇了。

关于崂山茶,还有另外两个道家的故事。

崂山比高崮附近有两座庙。东南不远处的一座叫"铁瓦殿",是道教文化重要的传播地之一。铁瓦殿原为白云庵之玉皇殿,后倒塌,明嘉靖年间由道士李阳兴重修,覆以铁瓦,名为铁瓦殿,中祀玉皇,又名玉皇殿。瓦长三尺,呈龙形,上铸施主姓名。清康熙年间该殿毁于火灾,后遂为废墟。西南不远处的一座叫"白云庵",建成于明朝嘉靖年间,略早于铁瓦殿的重修,至清朝康乾时期,因无人居住而逐渐倾废。

故事之一说,早年间有一位住在铁瓦殿的老道士,因为年纪大了,所以经常出门爬山,一为锻炼身体,二为采集药材,坚持数年,自觉确实有益。邻近的白云庵里住着一位老道姑,年纪跟老道士相仿,也经常出门爬山,有时候与老道士相伴一起走上一段山路,不过,很少见到老道姑采集山珍草药一类的东西。令老道士百思不解的是,多年来自己坚持不懈地锻炼和药补,确实于身体有益,可是终究年纪不饶人,一年一年,老相益深。再看老道姑,锻炼是一样的,且从未见老道姑服用什么灵丹妙药,但老道姑多年来始终是鹤发童颜。想至此,老道士自愧弗如,见面时就觉矮人三分,时间一长,竟因此而病,一直卧床不起。

忽一日,但闻"吱呀"一声,铁瓦殿柴扉轻启,老道姑来到了老道士的病榻前。只见道姑从怀中摸出一小纸包,从中取出几片黑褐色的树叶状的东西,放在碗里,冲上开水,扶起老道士,给他喝了几口。

昏睡中的老道士正迷迷糊糊,危在旦夕,忽然觉得一股热流入口后直冲丹田,只听得"呵"一声,老道士缓过气来了。睁开眼的老道士见老道姑坐在自己身旁,知道是老道姑救了自己一命,遂转问老道姑给自己喝的是什么药。老道姑回答,是比高崮上神茶叶子,并且告诉他,自己就是因为常年喝这种神茶水,所以身体健壮,百病不染,容颜不衰。老道士恍然大悟,只觉得精气神又回到了自己的躯体内。从此,他每日与老道姑一起到比高崮下寻捡神茶落下来的叶子,常年饮用,两人相偕百岁之后无疾而终。

比之爱情故事,道家的是另外一种类型。道家的生存价值观落褥于实用,守着滴滴答答的岁月,从不想绿肥红瘦。长命百岁是对出生孩子的祝福,从生命开始的那一刻起,我们就在逐渐变老,在生命的链条中,人总是不可避免地走向死亡,但是,有没有可能让这一死亡进程延缓呢?

几乎每个修道人都希望长生不老,炼金术士也孜孜以求寻找永生仙丹。"山中易寻千年树,路上难逢百岁人。"

生命、生存、生长之意,遵循阴阳五行、生化收藏之变化规律,获取阳光、空气、水、地磁、食物五大自然元素,对人体进行科学调养,保持生命健康活力。其中,"精神养生"是指通过明心见性、怡养心神、调摄情志、调剂生活等方法,从而达到保养身体、祛除疾病、增进健康、延年益寿的目的。得法便可颐养天年、长命百岁!这些浸泡在岁月中的民间传说,是聪慧而富有情调的造物主的杰作,如果没有民间做一番审美意义上的传说,也不会有后来抽打人心的欲望。

崂山茶有记载的历史可上溯到千年前。传说在崂山的名峰中,最富有神秘色彩的要数天茶顶了。它的神秘之处就在于那棵富有传奇性的"天茶"。天茶顶位于巨峰东侧明霞洞北面,海拔近千米,远望巍峨雄伟,直刺青天,山势陡峭险峻,悬崖石壁如刀削斧斫,古人说它"鸟飞不过,兽迹难通"。最奇的是,东面绝崖之处,石峰中竟凌空生长着一棵古老的茶树。

几百年来,春天泛绿,夏季葱茏,深秋凋落,从来没有人敢攀登采摘,所以称为"天茶"。于是,道家的第二个故事来了。

民间相传,在天茶顶上住着一个老道士、一个小道士。一天老道士派小道士下山采购日常用品。小道士办完事后一看,天色还早,就在集市上转转。他闻到一股诱人的香味,一看是卖牛肉的。小道士这个馋啊,忍不住买了几斤。回山的路上翻山越岭走饿了,再加上也怕师父发现了受罚,就把牛肉拿出来狼吞虎咽地吃了。晚上睡觉的时候小道士就觉得腹胀难耐,呻吟不止。老道士进来问明缘由就出屋了,不一会儿端来一碗绿莹莹的透着奇香的汤水,小道士喝后感觉肚里咕噜噜一阵响,腹胀感神奇地消失了。小道士翻身跪谢师父,并问刚才喝的是什么。老道士呵呵笑道:"此乃天茶也。"自此,天茶顶上有神茶的传说也流传了下来。

我们从传说回到现实中,也许真有曾经的生命和曾经的意义,人类离不开故事，与我们内心深处最柔软的部分相依相守，时光就有了衔接。

三

今天我们吐纳的还是曾经的空气，嗅一嗅，我们的灵魂便粘在了一起，但是，谈起崂山茶时，现代崂山茶传送的是另外一种生命形式。

崂山茶始于20世纪50年代。

1958年，毛主席指示"在山坡上多多种茶，种树"，当时的山东省委书记谭启龙倡导尝试"南茶北移"。

民谚云："千茶万桑，万事兴旺。"茶树是经济作物，种植茶树，是发财致富之路。"一片茶叶七粒米"，茶叶的经济产值比粮食作物要高。虽然有些时候是"一番风雨一番狼藉"，但浸泡在凄风苦雨中的中国人民总喜欢酝酿理想中的丰收景象。

明代许次纾《茶流考本》曰："茶不移本，植必子生，古人结婚必以茶为礼，取其不移志之意也。"明人郎瑛在《七修类稿》中追述："种茶下籽，不可移植。移植则不复生也，故女子受聘，谓之吃茶。又聘以茶为礼者，见其从一义。"古人认为茶树只能从种子萌芽成株，种下去不可移栽。这种误解使得茶树有了坚贞的美好含义，人们也因此从来没有想过南茶北移。

主席的指示指导着民间对自身生存的选择。

1958年，青岛市园林局经过考察，决定从安徽黄山购5000株茶苗在青岛中山公园试种。

一开始的实验带有盲目性和观赏性，只考虑到茶树喜温、喜湿、喜漫射光。享有"海上第一名山"之誉的崂山是我国海岸线上唯一海拔超过千米的高山，气候温暖湿润，光照较强，霜期也较南方长,加之昼夜温差大,也符合一定的植被生长的温湿度条件。

崂山人积极响应主席和省委的号召,他们认为"高山长好茶,平地也应该长好茶",在一定高度的山区可以,在海岸线上种茶树也许更有利。5000株茶树不仅种在公园里,也种在人行道两边,甚至取代了路边的杨柳树。但是,热情还是无法违抗自然规律,在寒冷的冬天,崂山的冷风毫不留情。

老祖宗留下的谚语都是从失败的生活经验中获取的:"茶怕干冻。"

其实关于茶园的朝向,各地也有不同的讲究。宋徽宗认为茶树栽培,必须"植产之地,崖必阳,圃必阴","阴阳相济则茶之滋长得其宜"。福建有民谚云:"向阳好种茶,背阳好插杉。"陕西安康地区则认为茶树种在阴坡好:"高山生漆低山麻,阳坡桐子阴坡茶。"

因为气候、土壤等条件不适宜以及品种的适应能力不强,5000株茶树苗在1958年的冬天几乎全部冻死。

1958年9月16日,毛泽东主席在安徽舒城视察人民公社时,大力表扬人民公社好,也发出了"以后山坡上要多多开辟茶园"的指示。茶园"大跃进"开始,全国出现了波澜壮阔的建设茶叶生产基地的热潮。

1959年刚过完年,青岛市园林局不敢消停,吸取经验教训,再一次派人从浙江引入抗寒能力强的茶树品种,选择适宜茶树生长的崂山林场引种育苗。世上无难事,只怕下定决心。

终于,奇迹在经历寒冬后发生了,来年春天,崂山幽绿的茶园结束了中国几千年茶不生北方的历史。

接着,茶树在崂山太清宫、王哥庄、姜家村、晓望村等地引种,到20世纪70年代,崂山茶的种植面积近百亩。90年代以后,崂山区委政府加大对崂山茶栽培种植的政策激励和资金扶持力度,崂山茶的种植进入迅速发展的轨道。

　　对于当年毛主席号召种茶,崂山人至今充满了感激之情。其实早在20世纪40年代,毛主席就认为中国有两样东西对世界是有贡献的,一个是中医中药,一个是中国饭菜。毛泽东说到陆羽的《茶经》时,特别说"这也是中国人对世界做的贡献"。

　　茶在毛主席这里,既是良药,又是美食。

　　从1958年号召全国种茶开始,中国茶园面积仅有524万亩,到1973年,仅仅过了15年时间,全国的茶园面积已经接近1000万亩,到1976年已接近1500万亩。将茶作为"药"来看待,毛主席曾对他的保健医生徐涛这样说:"我的生活里有四味药:吃饭、睡觉、喝茶、大小便。能睡、能吃、能喝、大小便顺利,比什么别的药都好。"他还引经据典,"茶可以益思、明目、少卧、轻身,这些可是你们的药学祖师爷李时珍说的。"

　　喝茶人知道茶叶有大量的多酚类、芳香物质和蛋白质、氨基酸、维生素等有益人体健康的成分,那是指好茶,好茶总是在回报人民。

　　崂山茶本身有一种天然的、独特的豌豆面、山栗子面的香气。这种香气到底是怎么形成的?也许与四季有关。南方的四季满眼新绿,没有西北风的痕迹,大概也是因为永恒般的单一绿色,所以南方植物远没有北方植物对季节更替敏感,也体会不到北方植物对春、夏的渴望和随之而产生的欣快。

　　"南茶北引"的举措铸就了青岛又一闪亮的品牌,40多年的精心培育和辛勤耕耘,使崂山茶赢得了"江北第一茶""茶中新贵"的声誉。

四

　　在阳光明媚的早晨采访种茶人胡孝林。40岁左右的胡孝林,中等身材,不善言谈,还保持着朴实、敦厚的农家汉子的气质,眉宇间流动着谦虚和智慧的自信。至今,他仍以自己的父亲引种、研究了十多年茶叶种植、制作技巧为骄傲,为自己是茶农的儿子自豪。他从跟随父亲从事茶叶种植开始,与茶深交 20 多年,感情笃深。

他说,30 多年前,父亲种茶,是一次冒着风险的选择,也是第一次"吃螃蟹"之举。

1981 年 3 月的一个晚上,父亲胡维金在认真听完县农业局专家举行的茶叶种植知识讲座后,有些激动,很大胆地捧回来了一包茶树种子,进门后第一句话就是:

"今年清明节前所有地收拾出来种茶树。"

突发性的决定让母亲的目光里流露出几分凌厉和不理解:

"一旦种不好,粮食也荒了,我们一家人吃什么?"

胡维金安慰说:"茶园里可套种大豆、花生、苞米,对收成没有大的影响,每亩茶叶每年国家还有 300 块钱补贴,即使种砸了,也不会影响吃饭。"

在 20 世纪 80 年代初期,每年每亩地 300 块钱补贴,已不是一笔小数目,村民们却不为所动。

那时,整个中国社会农村经济复苏,在崂山沙子口一带,进工厂做工、跑运输、种蔬菜、栽果树,成为众多农民的新选择。为完成上级下达的 5 亩茶园种植任务,村里不得不制定补贴政策。在高额补贴政策下,"最没有本事的农民"都走上了茶叶种植之路。

5 月,茶叶幼苗破土而出,有喜悦,胡孝林一家就像呵护一个初生婴儿那样尽心,怕它冷也怕它热。

"夏天,太阳毒,茶苗害怕阳光照射,一家人顶着火辣辣的太阳,到山上砍松树枝子,然后拖回来给茶苗遮阳保水分。"

1986 年,茶叶有了少量收获,村子里没人想到要喝自己的茶。

最主要的原因是,南方茉莉花茶在中国北方大行其道,民间肠胃已经熟悉了茉莉花香,对崂山茶黄菜叶子味道一时不能接受,知识的欠缺更是让很多人不了解喝它的好处。

1987年和1988年,年成好,茶叶丰收了,可丰收反而不是好事情,茶农不知怎么销售,市场还没有肯定崂山茶,几乎无人收购。大多数春茶被扔在了地里,看着长势良好的茶,一家人心急如焚。"茶种出来了没有人要,白费了工夫和心思,种它还有啥意义?"母亲抹着眼泪说。

1989年,峰回路转,一家人的希望重新点燃。这一年,崂山县茶厂以每斤8元的价格,开始从农户手里收购春季鲜茶,加工后对外销售。

那时1斤茶叶售价100元左右,最好的茶卖到160元1斤。

"4斤半鲜茶炒1斤干茶就能卖100多块,而茶厂给的收购费不到40块。"胡孝林仔细合计后,萌生了一个大胆的想法——委托茶厂加工,然后买茶厂包装盒,自产自销。

胡孝林背着茶叶走进了大陆茶庄、福生德茶庄、崂山百货大楼等零售终端,推销自己的茶叶。"最便宜时48块一斤,即使这样,也比卖几块钱一斤的鲜叶合算。"

胡孝林的做法触动了众多茶农,他们纷纷改弦易辙——不卖鲜叶,委托茶厂加工后自卖。茶农走自卖路线后,胡孝林思考再三,决定筹借资金上马炒茶设备。

胡孝林说:"做出这一决定主要出于两点考虑:一是茶叶的最佳品质。沙子口、王哥庄等茶叶主产区的茶农都委托崂山茶厂加工,可厂子里设备毕竟有限,茶农们不得不排长队等。鲜茶叶采摘时间久了,容易变质,从而影响茶叶品质。二是在与崂山茶厂业务往来中,已细心揣摩出了茶叶炒制技术要领。"

一个茶农的"单飞"时机已经成熟。

"当时,买两台炒茶必备的烘干机、揉捻机,就得6000块。盖房子、娶媳妇,已花光了家里积蓄。买设备的钱从哪里来?一家人为此愁得吃睡不安。"胡孝林说。

正当他一筹莫展时,崂山区林业局张凤昌向他伸出援助之手——张凤昌不仅借钱帮胡孝林买回炒茶设备,而且在炒茶技术上给予指导。

拥有了炒茶设备,胡孝林在自家门口用石棉瓦盖起简易厂房,炒茶、销售都在这个厂房里完成。1993年前后,一种炒制扁形茶的设备在崂山周边露面,扁形茶消费开始兴起。胡孝林当机立断,和朋友凑钱一起一路打听,来到杭州生产厂家。数日后,新设备到位了,他如虎添翼。

产品实现多样化,加之茶叶炒制火候掌握得好,胡孝林的茶叶在青岛高端消费者中形成了稳固群体,不少人慕名开车登门购买。

"那时,我们家门前经常停着一长溜小轿车,都是来买茶的,真叫邻居们眼热。"

胡孝林描述当时的情景,脸上挂着发自内心的笑容。

这年春天,《青岛日报》第一版以《沙子口的春天》为题,报道了胡孝林靠种植崂山茶致富的事迹。

"胡家种茶发财了!"

村民们惊呼的背后,是对种植结构的快速调整,不少家庭把原来生长的果树砍了,有的毁了菜地,改种茶树。胡家也乘胜出击,新增茶园17亩。

胡孝林头脑灵,会经营,这一美誉在沙子口一带不胫而走,不少茶农慕名找上门来委托加工,有的干脆把鲜叶直接卖给胡孝林。就这样,在崂山区,胡孝林成了第一家专业收购茶农鲜叶的个体户。

1996年后,茶叶种植在崂山区及周边已成燎原之势,万里江、晓阳春等品牌迅速崛起。

"崂山茶运作要很快走出'家家点火、户户冒烟',从而进入品牌时代,再也不能在家里小打小闹了,必须走出去。"对当时的现象,胡孝林冷静地进行了分析。

后来事实证明,胡孝林的判断是正确的,如果小成则满,继续搞小作坊,就不会有胡孝林的今天。

1997年,胡孝林在北崂村公路旁以年租金2.8万元租赁了一处厂房,并新添6台炒茶设备。"每天中午12点生火,次日凌晨3点多结束。"胡孝林说。在这段炒茶最佳时间,七八台设备几乎是满负荷运转。仅为村民代加工,每年就有2万多元的收入。

胡孝林生产的茶叶品牌名叫"北崂",这是他的出生地和成长地。用村庄的名字注册茶叶商标,虽然带有几分偶然性,但也似乎有必然的缘分在里面。

自种植茶叶起,胡孝林就坚持自己炒茶,而且雷打不动。他吸纳南北方茶叶炒制技术精华,经过他的手炒出来的茶叶,没有火香味,而是有一股淡淡的绿植清香。

1995年,崂山区第三届茶叶评比活动举行,胡孝林报名参加,这也是他第一次参加类似评比。当时,崂山区政府从青岛市请来了许多知名的茶专家做评委,胡孝林手工炒制的茶叶一举夺魁。可是,当区政府给胡孝林颁发锦旗时,他发现一个让自己十分尴尬的问题:由于自己的茶叶没有"名分",锦旗上只好以他所在的村庄——北崂村茶标注。

"你应该尽快注册个商标,有自己的茶叶品牌。"区政府领导、农业局专家的一番话,让胡孝林如梦初醒。

该给商标起个啥名字？胡孝林请教了多人,最终还是选定了自己取的"北崂"。"'北崂'既留住了原来的好名声,又说明了茶叶产地,一语双关。"胡孝林解释说。

为叫响"北崂",胡孝林从茶叶品质入手,他严格按照农业部门制定的茶叶种植技术要求生产,在销售中不仅坚决不卖"隔年茶",而且在春茶的界定上严格以3月份生产为标准,在包装上注明"大田"茶、"大棚"茶,充分保障消费者的知情权。

胡孝林和他的"北崂"茶知名度日高,不少茶农向他出售鲜叶。胡孝林在收购中坚持一个原则:只收购北崂、南崂、中崂三个村300亩茶园的鲜叶。"这三个村相互挨着,茶农叫张三还是李四,有几亩茶,是否按要求种,这些我都了如指掌。"

前几年,不少人建议他走出家门,到崂山各个茶区收购鲜叶,以尽快壮大生产规模,都被他拒绝了。

他说:"点太分散,茶农太多,鲜叶品质不好控制,不能以次充好。"

2001年,胡孝林又做出了在当地开风气之先的举动——参加中国农科院茶叶研究所在全国举办的"无公害放心茶"评比。数月后,结果揭晓,胡孝林捧回了"全国无公害放心茶"牌匾,崂山区电视台对此做了重点报道。宣传带来的结果是,唤醒了茶农对崂山茶的品质保护意识。胡孝林以此为契机,推动"无公害放心茶"生产在北崂及周边村庄快速普及。

稳定炒茶队伍,是胡孝林保证茶叶品质稳定的一着妙棋。2000年,随着茶园规模扩大和加工能力提高,胡孝林到"南茶北引"另一地区——日照市招聘了8名技术娴熟的炒茶师傅。此后,每年正月初八,胡孝林都要去日照,登门给炒茶师傅拜年,他的真诚赢得了日照师傅的信任。7年多来,他们忠心耿耿,跟随胡孝林一路打拼。

作为崂山茶生产经营的一支重要力量,成长起来的胡孝林已站在产业、品牌发展的高度,日夜思考崂山茶品牌保护、品质保证、种植户"小、散、乱"如何整合等问题。

带头人的示范效应,让崂山茶种植一哄而上。种植面积盲目扩大、产品质量良莠不齐等,使崂山茶正在经历"成长之烦恼"。

"全区有大小茶场200多家,这些茶场技术水平、产品质量等参差不齐,使得崂山茶叶市场混乱无序,在很大程度上制约着崂山茶叶向精品化方向发展。如何在不影响茶农收入的情况下,完成品牌整合成了当地亟待解决的问题。"崂山区农林局的一位专家不无忧虑地说。

"对我们茶农来说,最大的困难是卖茶难。很多时候鲜茶的价格才2块钱一斤,而雇人采茶一个小时最少要5块钱,这样连成本都保不住。"和专家一样,茶农们也在为保本增收忧虑。

这似乎是一道"两难"命题。

2001年,崂山区组织茶农走出去到秦皇岛与浙江新昌参观考察,考察让种茶人茅塞顿开。

秦皇岛茶叶旅游经济与新昌茶叶产业的迅速发展给崂山种茶人留下了深刻印象,他们开始反思自己的种植经营方式。

"新昌大佛龙井茶全国有名,虽然靠近杭州,但是新昌茶农没有搬用西湖龙井的牌子,而是整合了自己的资源,打出了自己的品牌,既让茶农们增加收入,又让一个地区茶经济得到快速发展。"崂山区领导感慨不已。

2002年,胡孝林在崂山区民政局注册成立了崂山区第一家茶叶经济联合体。"经济联合体的核心内容是三个统一,即统一品牌、统一包装、统一施肥。"他说。

茶农使用联合体统一调购的生产资料,在经济联合体技术人员逐户指导下,按统一标准组织生产管理。鲜叶采摘后,统一收购起来炒制,然后以"北崂"品牌对外销售。经济联合体成立伊始,就有40多户茶农参加,第二年,猛增至近百户,崂山茶散乱的生产模式得以迅速改观。

2005年,胡孝林倡导组织的茶叶经济联合体走向了更加规范的道路,茶叶经济联合体改名为北崂茶叶合作社。合作社由六名法人组成,以北崂茶场为主体组织经营,统一农资、技术、营销、品牌。此举不但扩大了北崂茶场生产基地,而且大大增加了社员经济收益。目前,茶业合作社已拥有茶园千余亩,社员百余家,销售收入逾千万元,合作社社员每亩茶园平均增收5000元。

胡孝林创办的合作社的成功,引起了崂山区农业局、青岛市农委等部门的重视,并被作为一种模式推而广之。目前,在《中华人民共和国农民专业合作社法》指导下,"王哥庄馒头""北宅樱桃"等多个专业合作社正在崂山区迅速崛起,让辛勤耕耘的崂山人喜上眉梢。

五

在胡孝林的办公室,他拿出晾干的崂山白茶冲泡。玻璃水杯中的茶水色泽明亮,叶片碧翠,肉质肥厚,香气淡雅,冲水后茶汤清澈透明、汤清叶绿,入口甘润清香、浓醇鲜爽。

陪同采访的崂山区文联主席韦志芳和胡孝林探讨白茶的制作方法:白茶整个制作工序不炒不揉,鲜叶采下后要让茶青吸饱太阳光,全靠制茶人手工操作。虽然听上去是挺简单普通的工艺,实际操作过程却不能有半点马虎,别的茶类加工过程中,如果此环节不太完美,在其他环节还有弥补的机会,白茶却只有萎凋和干燥两步成茶,这对制茶人的经验要求非常高。

韦志芳主席也是一位种茶人,她和我说白茶纯日晒萎凋制作,并带了自己的茶让我品,她的白茶汤水甘甜、香气通透,"毫香蜜韵"十分明显。

她说:"受自然天气的影响,现在产量大的白茶也使用了改良工艺,是在传统工艺的基础上添加了轻揉捻微发酵工序。轻度揉捻后的茶叶相对更加浓香,但部分丧失了白茶应有的'鲜爽',且叶底有明显伤痕。"

几杯白茶在眼前绽放,满眼新绿,我心里欢呼着春天真美,看着它们,感受着它们,一杯水装下了整个春天,真让人欣喜。

从2002年起,北崂茶场与植物声频控制技术发明人、归国生物物理学家侯天祯教授合作,成为侯天祯教授信息物理农业技术的中国茶叶试验示范基地,北崂茶场也因此成为世界上第一家应用植物声频控制技术的茶园,使生态农业和物理农业的这项尖端技术和产品真正落地。

崂山作为我国茶叶主产区的最北线,冬春季节的茶园经常受到霜冻的侵害,茶树的正常生长受到影响,产量和效益都有所下降。冬春季茶园管理成为生产的关键环节。在这个环节上,一直存在扣棚和不扣棚两种做法。一般说来,扣棚使南方茶种容易在崂山成活,并且全年产量较高。但从长期来看,不利于培养茶树对崂山气候环境的适应能力,尤其是春季拆棚后,抗霜冻能力差。不扣棚的做法对平时茶园管理技术要求较高,全年产量相对较低,但是茶树一旦适应崂山的气候环境,抗霜冻能力就大为提高,茶叶品质也更好。

生产方式的不同,造成了茶叶的内质差异。

喝茶人知道,茶内氨基酸和咖啡碱含量高,茶汤浓醇鲜爽,饮后齿颊留香,令各地好茶者赞不绝口。崂山因地理位置优越,为崂山茶的生长提供了十分重要的养分。

崂山茶得山海之精华,缘于雄奇险峻的崂山,也缘于它所处的得天独厚的海岸线,隐逸世外,禅语梵音的阴柔之风,早已入了民间文学。

清代文学家蒲松龄著名的"以茶水换故事",也曾在崂山发生过。

清康熙十一年(1672)四月,蒲松龄偕友游历崂山返程至崂山西部陡阡口(今登瀛村)时,足疾复发,只得就地借居养病。他趁空闲整理了刚收集到的《崂山道士》《香玉》《野狗》的素材,为创作巨著《聊斋志异》做准备。他还就近采制当地茶涧所产的野生茶叶,摆茶摊供路人喝茶,以换取他们的口述故事。

崂山的闲适和美好,让蒲松龄将方圆的美景胜迹览遍,耐冬花如红云灿烂开放,芷草长满了一湾又一湾,海鸟长一声短一声,他错过了许多,最终没有错过崂山。

时间走到1940年4月,日本侵华期间,为了确立在山东省开发茶业的计划,必须了解土质、气候等条件是否适合茶树栽培,从而获得适植条件下播种、栽培、加工等茶园经营的全套资料,为此日本石川县茶业组合副组长本山亮一(大圣寺町瑞苹园主),来到中国胶济铁路和津浦铁路沿线北纬36°以南的平原上进行调查。

随同调查的人员有农事试验场李场长、田中氏、本山氏、伪高胶县(现在高密、胶州)县长、宪兵一应人等。他们在伪高胶县境内发现了一棵大茶树,这棵大茶树粗有三抱,高五丈余。据传此树是植于明朝、迄当时已有600余年的古茶树,当地人把它奉为神树,尊为"茶树爷(茶树神)",每年5月5日前后新芽竞发时,采之煎饮,以除病魔、延年益寿。调查人员在大茶树下拍了照片。日本

《茶》编辑部在1940年第8期刊登《世界第一大茶树?》做了报道。

青岛学者刘国明历时十年完成的《中国山东崂山茶系探源新说》,已在植物学、气象学、文学、史学、考古学、地理学和茶学等学科方向取得了大量论据,这足以证明青岛崂山自古有茶。

据登瀛村多位老人口述,其村后深山中不仅有一条名唤"茶涧"的山涧,该涧内还有一座建于明代的茶涧庙,庙内供奉"茶神"。

《崂山古今谈》(崂山最早的科考专著)作者蓝水对崂山进行了十多年的实地考察,他证实茶涧确曾有茶,确有茶涧庙。

2005年春刘国明与《青岛广播电视报》总编辑于学周带领一支专项科考队,发现并确认了茶涧庙遗址。

山东产茶应起于春秋,盛于隋唐,衰于晚清。晚清以来的社会大动荡,使得山东茶叶生产与消费逐渐衰落。至20世纪三四十年代虽仍有少量生产,但已濒临断层。抗日战争和解放战争时期,山东的茶叶生产基本上中断了。

气象学家竺可桢提出:黄河流域在过往的5000年里,其气候有一个相对明显的,由温暖、湿润向干旱、寒冷转化的漫长过程。在中国古代的某个时期,青岛区域远比现代温暖、湿润。气候和自然条件的变化,改变了茶树自然生存与生长的环境。

在自然和社会原因下,山东尤其崂山的原生茶树基本灭绝,茶叶生产亦趋于断代。

崂山,是"海上第一名山",有"神仙宅窟""道教全真天下第二丛林"之美誉。独特的地理环境、肥沃的土地、优质的水源培育出了崂山茶,色、香、味、形和南方茶有不一样的特点。崂山是道教名山,崂山的风透着仙气,崂山的水透着灵气,崂山是一座让道教通体浸染的山。同国内其他茶文化源地相比,崂山茶文化有诸多独到之处。其一便是内聚山海文化的特质。茶实嘉木英,其香乃天育。

名山蕴名泉,作为中国种茶纬度最高,土壤、气候等生长环境最好的北方茶,崂山茶汲取山中泉水,沐浴大海朝阳,浸润海雾紫气,生就了色泽翠绿、香清味醇的气质。

第九届国际茶文化研讨会上对崂山茶的评价是"茶中新贵"。国际茶文化研讨会被誉为茶叶界的"奥林匹克",是世界茶界最高规格的国际性学术会议,每两年一届,1990年以来已成功举办了八届。该研讨会还按照奥运会的申办形式确定主办地,已分别在中国杭州、常德、昆明、广州、雅安和韩国汉城(今首尔)、马来西亚吉隆坡等地举办。2006年5月26日,第九届国际茶文化研讨会在青岛举行,青岛由此成为我国北方第一个举办这一国际茶叶界盛会的城市。这次盛会与国际接轨,凸显仙山圣水崂山茶的茶中新贵地位。

崂山气候宜人,冬季最冷的1月份平均气温为-1.2℃,夏季最热的8月平均气温为25℃,全年平均气温为12.2℃。当中国北方早已冰封雪飘时,青岛市崂山依旧温暖如春,当南方酷暑难耐时,青岛市崂山却凉如初秋,所以崂山一年四季(尤其春、夏、秋)云雾缭绕,空气湿度大,昼夜温差较大。崂山土地肥沃,崂山水源充沛,很适合崂山绿茶种植和生产。

20世纪50年代初,即墨文人蓝水往游崂山,借宿太清宫。当家老道给他沏上一壶自制的茶,他饮后感觉非常好,在《崂山古今谈》一书中赋诗赞曰:"入口似龙井,味清色却青。谁为添一品?新制续《茶经》。"

在崂山,采茶制茶与在海边捡拾蛤蚌、鲅鱼一样平常,堪称崂山两道独特的风景。文人笔下多有生动记载,如明人张允抡云:"潮落人争鲅,烟香灶制茶。"清人赵似祖云:"网得海物形容怪,制得山茶气味清。"崂山茶的品质如何呢？周至元先生言其"味淡以清。惜山民不知采摘、烘焙之法，故不能与龙井等品齐名"。早期的崂山茶惜因采摘、加工不得法而不被世人识。

崂山名泉众多，泉水富含多种矿物质和微量元素，甘香清冽。如华楼宫玉皇殿后的碧落岩下有金液泉，泉水落池中，不涸不溢，味极甘美。用这样的泉水煮茶有什么效果呢？元代礼部尚书王思诚在《金液泉》七言绝句中云："瓦瓶日汲仙家用，酿酒煮茶味转甘。"无论酿酒还是煮茶，用金液泉都会大大提升口感。除泉水外，崂山的井水品质亦不俗。如神清宫的长春井，用此井水烹茶也别有风味，"道人爱客将茶烹，龙涎一勺汲深绠。初啜已令腋生风，再酌回甘味更永。凉如冰雪置于胸，寒似醍醐灌人顶"。

崂山道士惯常饮茶，"丹灶"与"茶瓯"成了道士的标志。饮茶可以放松精神，排解苦恼与忧郁，读经悟道时，更需要茶来醒脑提神，如明代即墨蓝史孙《送戴道人入崂山》一诗云："分泉洗钵烹灵剂，就石支床看道书。"一些游人常有幸得到道士的香茗款待。

1697年4月，清代河南文人张道浚游崂山，憩息于修真庵，曰："松间犬吠，道童知客至，拾松枝烹茗相款。"

古时道童就地拾取松枝烹茶，或用野竹煮茶，如清代孙凤云《游九水》云："素有耽幽癖，山茶入夜煎。连根烧野竹，带月汲山泉。"夜深人静，明月高悬，品上一杯用野竹、山泉煎出的清茶，茶香四溢，令人陶醉。

崂山山里产一种石竹茶和玉竹茶，二者放到一起冲泡，就称为"崂山道家阴阳茶"。相传这是崂山道士发明的喝法，男女均可喝，滋阴壮阳，调节人体阴阳平衡，具有强身健体之功效。

红炉点雪，茸芽细嫩，色泽翠绿，汤色清澈莹黄，味感醇厚浓郁，香气弥漫于绛唇皓齿间，若兰馨香扑鼻而来，回味隽永。此茶只在每年的谷雨前后十余天内采崂山狮峰顶上云雾间之嫩芽,揉制熏焙,其他季节则弃置不取,故而弥足珍贵。

谈禅煮茗,枕流漱石,抚鳌偕蟾,于瓦屋纸窗之下,偕二三个素心人,有红袖添香,素手汲泉,啜一杯红炉点雪,品读茶禅一味,"茶烟袅袅笼禅榻"的闲适优雅,自是人生一大乐事。诚如弘一大师所言:"禅意的人生,是人生的第一境界。"

六

2018年冬日,崂山下了一场厚雪,炫目的雪纷纷扬扬覆盖了茶园,茶农怕冻了茶树,纷纷用白色的厚布覆盖茶树。雪中的劳动者,有一种节奏的波动。而在每一个波动起伏的光亮下,都有一张棱角分明的脸,对茶树的景仰全部皱在缺少光泽的笑容里。此景,既是人与天地最和谐的景象,也是人与万物最和谐的时刻。

此刻,所有有生命的形体,都在天地的方圆里,共着一个悠然自得的节律。雪对崂山永远是及时的造化。

"崂山春茶要涨价了。"

说起自己的喝茶经历,干活人老张说自己几乎是生下来就开始喝茶:"我老家在德州黄河边上,那边是盐碱地,水是咸的,家里几乎人人喝茶,为的就是缓解水里的咸味。"因为工作的关系,老张20多年前移居青岛,青岛的水和茶都不错,"喝第一口崂山茶就感觉甜到心里。"他彻底爱上喝崂山茶,一天三顿饭,饭后都要来上一壶。

"别人喝茶睡不着觉,在我这里一顿没喝茶就觉得少点什么,反而睡不着。"这是一位视茶如命的老茶客说的,却因为茶叶价格的上涨不得不委屈自己,不喝春茶了。

崂山老茶客多,用他们的话说,一天的精神头全靠一壶崂山绿撑着。

跟随胡孝林到他的崂山沙子口南崂村背后的山坡上,他指着远处的茶园说:"这片是前年种上的,去年那场寒流没挺过来。"去年一场罕见的寒流,给崂山的茶田带来了不小的影响,再加上从冬天开始的干旱天气,茶树即使没有冻死,也面临减产。面对枯死的茶树,胡孝林还没心思盘算补种等问题。

"这场雪下得好呀!"胡孝林说。

山坡上的这片茶园将于明年4月20日前后开始采摘,以前每斤茶的价格能卖到四五千元,更早一些上市的王哥庄春茶,曾经卖出过每斤8000多元的高价。现在不行了,整体经济下滑,做茶人多得数不清,谁还有心情认真比较茶的好坏?

崂山绿茶加工成成茶的品种主要有四种,头茬的嫩茶叶由于形态好,往往被加工成类似龙井的"扁茶",这种加工工艺能最大限度保持崂山茶的原味;第二茬采摘的嫩芽,无法保证一芽一叶就要加工成类似于"松针"的茶形;到了5月中旬茶叶嫩芽长得厚大,这就要采用类似碧螺春的揉茶加工工艺;而夏茶的加工工艺相对简单,由于都是老叶,就直接上滚筒炒茶机,得到的是滚筒茶。四种茶叶的价格依次递减。

崂山茶每年茶叶的需求量都在快速增长,尤其是现在很多外地人开始认可崂山茶。每年采完春茶就得考虑移种补种,冻伤的茶树也需要剪枝等待重新发芽,不过茶树需要一个休养生息的过程,即使现在补种也要两到三年之后才能采摘,修剪过的茶树最快也要等一年。崂山绿茶每年的采摘期是从4月到10月,只有短短的半年,茶树可以有更充足的休息时间,可以积累更多的养分;而南方绿茶的采摘期从3月直到年底。

长熟了的崂山茶叶的颜色变成墨绿,叶芽更粗壮;而南方因温暖的气候,茶树生长迅速,叶芽生长期短,颜色翠绿,叶芽纤细多梗。

时间赋予崂山绿茶深厚的内涵。"味浓、耐冲是崂山茶的最大特点。"一位喝了20多年的崂山茶的老茶客说,"南方茶一般冲泡3次,味道就开始变淡、发涩,而崂山绿茶冲泡6次以上还会色、香、味俱全。"

又回到这个问题,好的崂山茶到底应该是什么味道?

几次听种茶人讲崂山茶的辨别方法,可"叶片光滑""味道鲜醇",还有那个"豌豆香",都是抽象的概念,喝了两年多的崂山茶我却根本没办法照搬。

仔细想想对茶的认识太规范、太教条也不行,崂山茶简单平凡,饮用时就如同和一位知己对话,但你什么话也没有说,却已经从喉咙处走出来一股沁人心脾的味道。味蕾的沟沟坎坎都被茶的清香填得满满盈盈,容不得半点回旋,又一口,那情绪如同涨潮的海水,充斥着你的全身,一个"好"字还来不及说出,脑子便空白了,暂时的激动似乎已经过去了,留下的却是无穷无尽的脉脉柔情,你会想到"瘾",崂山茶的"瘾"是无法剔除、无力回避的。

在崂山住久了,知道好的崂山茶还需要好的炒茶人。

那么,炒茶到底哪一步最重要?从采摘开始每一步都很关键,哪一个环节不到位,一锅茶就彻底毁了。茶叶采摘回来要先摊晾干露水,否则茶叶的味道就有可能因为含水量大而发涩,因此最初的摊晾也很重要。

炒茶就是让茶叶逐渐脱水的过程,这摊晾是第一步。

摊晾完成后要进一步让茶叶脱水,工人在滚筒形状的杀青机炉膛下生火。"这一步是杀青,让摊晾过的茶叶从这滚筒里走一遍,让炉温进一步蒸发叶子里的水分。"这一步最关键的是控制火候,虽然有温度计显示温度,不过炒茶人还是习惯用手测。

火候小了茶叶会有一股青草味,火候大了茶叶就炒糊了,味道不好,形状更不好。而到底什么样的火候最好?这全凭炒茶工人的经验,完全靠手感。

而接下来的"揉捻""二杀""烘干""提香",每一步都需要炒茶人用心捉摸,每一步都需要小心翼翼,不可辜负了好山好水长出的好叶子。

其实,从开始的采茶,手指是揪是掐都有讲究。

"就拿采茶来说,就算是采摘的手法不对,这锅茶可能都算不上好茶。"

采茶人的手法是必须用拇指和食指把嫩芽轻轻揪下来,有的采茶工为了省力会用指甲掐,这样茶叶梗根部就会被破坏,汁液就会出来,炒制过程中就会氧化发红,最重要的还是影响口感,这一点点的疏忽就能造成整个茶汤的涩味加重。

长年喝崂山茶的挑剔的老茶客一口就能品出来。

去年夏天路过王哥庄一带的一些村落,我常常会看到戴着口罩的工人正在往外挑拣鲜茶叶中较大的叶片,以保证所有的叶片大小相似。在南方茶加工过程中,整套工艺都是由大型机器设备来完成的,所以加工出来的茶叶大小均衡;崂山茶至少有3道工序是人工来完成的,很多中小茶场甚至从头到尾都是人工完成。

当崂山茶消费群体不断增加时,崂山茶出现了越来越多的销售麻烦。真正崂山茶向来是不愁卖不出去的,但现在,沙子口当地的很多村民都有存茶,最少的每年也要存上百斤。不是村民不想卖,而是价格被南方茶压得上不去,舍不得卖,不仅如此,这些地道的崂山茶还背着"假崂山茶"的恶名。

"春香、夏涩、秋爽。"这是青岛晓阳工贸有限公司董事长匡新给崂山茶三季茶总结出的特点,春茶香醇、夏茶青涩、秋茶淡爽。据介绍,崂山春茶因为有半年的生长周期,香气浓郁,品尝起来醇厚悠长,汤色透亮,一般可以冲泡五六次。

与日照自发形成薄家口等交易市场不同,崂山茶由于产量少、需求大,茶农们更像"大爷",往往还没到采摘季茶叶期就已被提前预订,有时茶农还想留给亲友或自用不想外卖。

唐陆羽《茶经》云:"茶者,发乎神农氏,起于鲁周公。""茶者,南方之嘉木也,一尺二尺,乃至数十尺,其巴山峡川(现今重庆西和湖北西,正是当今之神农架地区),有两人合抱者,伐而掇之。"

追溯中国人饮茶的起源,有的认为起源于上古神农氏,有的认为起于周,起源于秦汉、三国的说法也都有。众说纷纭的主要原因是唐代以前"茶"字的正体字为"荼",陆羽在文中将"荼"字减一画而写成"茶",但实际上这只是文字的简化,而且在汉代就已经有人用"茶"字了。陆羽只是把先人饮茶的历史和文化进行总结,茶的历史要早于唐代很多年。

中国的文化发展史上,往往是把一切与农业、与植物相关的事物起源最终都归结于神农氏部落。而中国饮茶起源于神农部落的说法也因民间传说而衍生出不同的观点。有人认为茶是神农部落在野外以釜锅煮水时,刚好有几片叶子飘进锅中,煮好的水,其色微黄,喝入口中生津止渴、提神醒脑,以神农过去尝百草的经验,判断它是一种药而发现的,这是有关中国饮茶起源最普遍的说法。另有说法则是从语音上加以附会,说是神农有个水晶肚子,由外观可得见食物在胃肠中蠕动的情形,当他尝茶时,发现茶在肚内到处流动,查来查去,把肠胃洗涤得干干净净,因此神农称这种植物为"查",再转成"茶"字,而成为茶的起源。

茶—荼,查—茶,文字能够使人勾起的联想太多了,如果不是神灵的引领,要接通植物的属性显然是困难重重。因为文字的创造,整个人类智慧和信息抵达了无边的想象和宽裕的空间。

茶作为口嚼的食料,也可能作为烤煮的食物,同时也逐渐为药用。

当茶成为赠送的礼品时,我想到了《载敬堂集》所载:"茶,或归于瑶草,或归于嘉木,为植物中珍品。稽古分名槚蔎茗荈。《尔雅·释木》曰:'槚,苦荼。'蔎,香草也,茶含香,故名蔎。茗荈,皆茶之晚采者也。茗又为茶之通称。茶之用,非单功于药食,亦为款客之上需也。"

有《客来》诗云:"客来正月九,庭迸鹅黄柳。对坐细论文,烹茶香胜酒。"

崂山茶,健康肠胃,滋润友情。肠胃是有记忆的,如果崂山茶敬我的是一夜失眠,有什么不好呢?当然,我始终觉得失眠是夜的生动。

等待春天的崂山茶,世上美好的东西都是从春天开始的。春天是一个没有语言的季节,一款崂山绿茶入手,喝饱了胃囊的人不知道又该怎样在人世间兴风作浪。

劳动者的消息和风景

一

呼绿雄的故乡在内蒙古伊金霍洛旗纳林希里镇其根沟二社，地处呼和浩特、包头、鄂尔多斯"金三角"腹地，那里水蚀沟壑，坡梁起伏，风沙肆虐。

他说，蓝、绿、白三色勾勒出了家乡，虽然只有三种颜色，却并不低调。如果你碰巧遇到了牧羊人，那他一定会请你去自家的土房子坐坐。一座黄土夯起的房子，黄泥加上一些稻草，这就是一座土房子。一个火炉，一张桌子，一个土炕，这就是摆设。

此时的家中只有两个人，父亲和呼绿雄。屋子里没有女人，父亲不是亲父亲，是养父，是他的大伯，内蒙古人喊"父老老"。

他的大伯无妻，光棍儿一个，大伯的兄弟把第一个孩子过继给了自己的亲哥哥，是连筋带骨的疼爱。养父有手艺，也是一个聪明人，会木工活计，甚至懂一点阴阳八卦，遇见婚丧嫁娶也替人看好日子。按说怀揣手艺的人吃遍天下，可他的养父对自己的手艺并不看重，更多的时候是他放松自己的一种方式，借手艺找一个可以喝酒吃席的热闹地儿。

养父怕孤独。

会木工的人，屋子里却没有一件自己的手艺活，土屋，灰冷的泥墙皮常常因鼠患"啪嗒、啪嗒"掉落。他就这样生活了几十年，屋子里没有女人的声音，没有香胰子味道，没有搽脸油的香气，有风时窗口吹进来一缕花香,都惹人馋。土屋里唯一的女人信息,来自土屋深处的八仙桌子上摆放着的一张照片,斑驳的绿色相框中是一位清秀的女人,刘海挂面似的挂在前额,豌豆似的眼睛,嘴角儿微微翘着,因了久远,照片上的女人眼神迷离。

这个女人是呼绿雄的祖母。

很小的时候,下学回来的呼绿雄常一个人面对土屋,一天一顿饭,煮饭时多添一碗水留出晚饭。养父出门揽生活,走哪住哪,酒喝多了烂醉在外是常有的事。从童年开始,孤独一刻不离陪伴了呼绿雄,白天的某一个时间,他常望着相片中年轻的祖母,他的心腹中,有一种难过始终蠕虫般地呻吟。

她微笑着。一个人死去,难道不可以用另一种方式迎接他的到来吗?死亡在他的脑海中有一个不确定的交叉点,许多前人对魂灵回转的描述让他充满了期待。

饿极了,不想回家,他就走到同村叔叔屋前,屋子里的欢声笑语像一团火,弟弟回头看他的眼神很陌生,婶子走出屋招手要他进屋,那一瞬间,他和这个家有了一种距离,他退后一步跑开了。

10岁时开始学会生火做饭,生活所迫,他向日子屈服了。

自尊已经怯懦到了不可救药的地步,每天只要经过叔叔的院子,听到声音传出,他就心跳加速,十分害怕叔叔家人看见他,因为他无法避开心中的尴尬,或者说是怨恨。

上高中时家里已经有3000元外债了。酒肉连带着的朋友,古话叫酒肉朋友,民间叫狐朋狗友。此时的外债是吃喝造成的。古话又说:吃不穷穿不穷,计划不到一辈子穷。读大学有什么用?"花一堆钱,从哪里赚钱?"有一次听见养父和叔叔吵架,关于他上学的问题。叔叔希望他上学,养父含糊其词不同意,兄弟俩为了争上风,为了把自己的道理挑明,争吵中有些话很伤对方,谁也无法说服彼此。固执真是似曾相识,弥漫多重语调的争吵最后导致兄弟俩反目。

呼绿雄还是在"父老老"家,只是在他的问题上不再过问。

呼绿雄夹在亲情的缝隙中,看着立场透明的他们,会觉得世界突然就剩下了自己,无法解救的无助和孤独。在成长的年份里常常这样,一面享受着这种隔绝一切的孤独,一面对这个世界充满了不信任。有一次听当地的年轻人说,想赚钱就去煤矿下井,来钱快。

一次招工,他跟着熟人义无反顾地走了。

煤矿井下作业是一项十分艰苦的工作,也是一项十二分危险的工作。他没有高学历,到煤矿工作,一是仗着自己年轻,二是因为没有学历只能做劳务工。

如果你没有下过矿井便不知道井下事。黑笼罩了一切,黑煤的墙没有黑影,黑甚至可以淹没人们的羞涩,如果你愿意分享大自然的赐赏,将世间一切忧烦涤除荡尽,那么黑可以让你剥下身体上所有累赘,还原自我。

2002年,呼绿雄到榆林榆家梁煤矿下井,开始并不是在一线,只是在井下打杂。一天的工资是17.4元,正式工一个月是6000元。正式工有班中餐,他没有,他是劳务工中的最下层工种。看着班中餐剩下的稀饭,他喝一口,准备喝第二口时他落泪了,一口稀饭再一次伤了他的自尊。

二

一年后他去了榆林补连塔煤矿。背着家庭的3000元债务,一年了,一毛钱没有还上,成长的自尊日日横亘在他眼前,怎么样省着花钱,钱都很难存。

此时，家里捎来信，说养父酒后驾驶三轮车翻到沟里了。

那时到了夜晚，白天忙于生计的人们显得异常亲切。人们放下白天的活儿，解开生活的枷锁，敞开心扉说话。呼绿雄希望和养父来一次长谈，当然是关于成年后日常生活的琐事，读书考学已经成为过去的想法。

养父从黑暗中拄着拐一颠一颠走回来，手里吊着养父的挚爱：酒和肉。生活的奢侈品是养父赊来的，赊欠对养父来说，只要是为了嘴前欲望，一切都值。养父的身后是村庄里的一群闲人，他们被养父招呼来喝酒。礼貌、体恤、客气、悲悯都忘了。冷眼看着这些人，他们没心没肺地说笑，呼绿雄觉得自己的存在减少了他们喝酒的快活。

熬夜是酒徒的日常，养父用筷子夹着煮熟的一块肉让呼绿雄吃第一口香。肉香扑鼻而来，口水泛起又咕噜咽下。他倔强地把脸扭向门口，那一瞬间他忍着情绪，甚至想一辈子不吃肉。

没入黑暗中的呼绿雄，独自一人走着，这时的夜不再恐惧，人不再孤独，他和夜较真，任由泪水跌落。哭着走往叫叔叔（亲父亲）的家中，他在夜色中听见了屋子里的欢声笑语，灯光是柔和的。他停下脚步站在院边，夜晚是回忆往事的最佳时间，而此时的夜空，新月如钩，钩在一丛缀满情愫的相思树丛外，钩出夜色的无限委屈。一个完美的充满欢声笑语的家，不属于他，站在窗外的他已经说明这是一个无法改变的事实。

生活中的双重压力再一次让他选择坚强。他在补连塔煤矿干了三年，遇见了神东第一批劳务工转正考试。一共970人参加考试，只有25个正式工名额，他考了第一名。

人生改变身份的一瞬间，亮晃晃的日头都和从前不一样，他小心翼翼地托着命运给他的赏赐，用生命艰难地抗争着自己的定数。

这也提醒了他,假如按照现在的成绩,当初是不是可以考上内蒙古大学呢?

反复想,真是有意思的事,想到最后给自己一个肯定:呼绿雄就是内蒙古大学毕业生。

井下的所有机械设备,只要正式工会的他都会。人就怕长眼睛,多看多学是他超越他人的最后本事。他知道,这世界上只有不愿学的,没有学不会的。

2006年2月,呼绿雄拿到了转正工资6000元,此时他已经是副班长。工资由一天17.4元到一个月1000元,再变成一个月6000元,也许它的变化看起来比那些浮泛的所谓的幸福更有意味,但是,痛苦是不会飘散的。正式工是一张贴了金箔的名片,有如高中生考上大学。

拿到工资的第一时间,他请班里的人吃了一次饭,让所有人点贵菜,贵菜就是荤菜,他想到了养父。

一位刚转正的神东矿矿工怀揣着正式工人的第一个月工资,回到内蒙古鄂尔多斯市伊金霍洛旗纳林希里镇其根沟二社。他满怀喜悦地站在自家的土屋门口,面带笑容很真诚地和年老的养父说:"爸爸,我请你吃饭,我们喝酒吃肉去。"

养父吃惊地站在土屋门口,望着笑容满面的儿子,平生第一次没有抵触情绪的邀请让养父流下了眼泪。

呼绿雄的儿子这一年2岁了,吃饭时养父说到了孙子,说到了儿媳。养父第一次说:"我是会木工的人,我没有给你打下一件家具,总想着有机会,可是现在没有机会了,一来人家都不时兴手工活了,二来我的眼睛坏了,看不清走线,身体也越来越糟糕。我是会掐算好日子的人,我儿子结婚不敢算,要别人算,我就怕那个日子算坏了。现在看来世上的日子都是好日子,我哪里能够想到有一天我儿子请我喝酒吃肉,这日子说到眼前就到了。"

呼绿雄看到养父已经不是当年的养父了,喝酒也少了,吃肉更少,似乎半天都不动筷子,酒和肉在眼前摆放着,也就是一个气氛。

呼绿雄说:"爸爸,我要带你去看看身体有没有啥毛病,你从前可不是这样,酒肉放在眼前就没有命了。"

养父说:"我没有啥病,就是人老了。你妻子是一个好女人,不嫌弃你,她也等到你的今天了。"

呼绿雄想到妻子,想到当年妻子来土屋相亲,土屋内家徒四壁。

三

对自己妻子的任何赞美,都会显得虚假。平常和卑微、索取和奉献、尊严和地位,在爱情面前获得改写,赋予了具体而真实的内容才可谈得上爱。社会底层被人们遗忘的角落,这些普通的事物中,普通人的爱情就是亲吻泥土。

呼绿雄的妻子当年是神东煤矿酒店的一名服务员,2003年通过朋友介绍认识呼绿雄,那时呼绿雄还是一名井下劳务工人。两个人有同样的背景——贫穷,或者说都是因为贫穷无法继续完成学业,过早走上工作岗位。呼绿雄还记得第一次领着女朋友回家,那时的乡村普遍修建了砖瓦房,但他们家还是土屋。他有一种豁出去的感觉,就这样的家,就这样的人,接纳这个人就必须接纳所有的一切。

他捎话给乡下的姑姑,要姑姑去收拾一下屋子。家徒四壁的屋子姑姑洒水扫尘,一边扫一边难过。收拾得干干净净的土屋内,最扎眼的是炕上的花床单,这是姑姑的杰作,也是他有生以来在土屋看见的唯一的春天。

面对这一切,他不想虚弱地躲避什么,他很直率地和女友说:

"我的家,回来之前让我姑姑收拾了一下,有些东西我们走后姑姑要拿回她自己的家。我家的土屋没有色彩。你爱我这个人就一定要接纳我的家,我的父亲。这个家里我没有母亲,你是这个家里唯一的女性,我不想欺骗你,我的家里缺少正常人家的其乐融融。我父亲喜欢喝酒,酒后的父亲对家没有牵挂,喝酒是他一天里最快乐的事情,你如果爱我就不能嫌弃我的父亲,因为我的父亲内心很苦。"

后来成为他妻子的女友说:"每个人的家都不一样,但每个家庭都有说不得的苦。"

第一次拥抱女人,蜻蜓点水似的,没有电视剧中那样的煽情。

为了掩饰家徒四壁的羞愧,养父说:"农村人都这样,慢慢会好起来。"

结婚时不能免俗,岳父家提出彩礼钱,呼绿雄没有存款,这些年他一直在还债,旧债新债,天旱,养父刚打了机井又欠下债。岳父答应彩礼由10000元降到3000元,可他也只凑到2200元。他和岳父说:"没有钱,但是,我有一天会有钱。只要我努力工作,劳动不会亏待我。"

岳父家也不好,但是岳父有岳母,有完整的家,聚气也是聚财。

巴掌大的村庄,住土屋的光棍儿子娶妻,生活的"里子"都成了问题,哪里顾得上这些"面子"?岳父顾及他的面子悄悄递给他400元,让他在人前宽裕一些。他不是少心没思的人,他记得人的好。住进土屋的女子带来了香胰子的味道,妻子让他要强的个性经住了命运的冲击。呼绿雄和妻子说:"不改变我的现状,你爱我就没有意思了。"

2004年结婚,2005年有了娃娃,那时的工资一个月800元,结婚、生娃,有一个月一分钱没有了。他和朋友借钱渡难关,朋友怕他还不了钱,只借给他50元,三口人一个月就花了50元。贫穷带来的不信任、怀疑、小瞧、防备等等,让他难过到了极致,但是,他得领人家50元的好。

如前面所说,2006年劳务工转正,他回乡请养父吃肉喝酒,但是他发现养父已经吃不下肉、喝不进酒了。养父得了重病,肝癌。

一辈子喜欢酒肉的人,长一句短一句的吆喝变成了长吁短叹。人生经不起富裕生活的开始,假如一定要拿一个人的生命来换取他现在的一切,他宁愿回到从前。但是,人生永不会这么换算。

一顿饭吃得天就黑实了,呼绿雄在伊金霍洛旗订了一家不大的宾馆,宾馆有热水,养父一辈子没有好好洗过澡,洗洗身上大半辈子的泥,也让他舒服舒服。

洗完澡出来,浑身冒着热气的养父不好意思地说:"不怕你笑话,爸爸身上的泥也没有你想象的那样子厚,泥星星,浅浅的一层。有钱了真是好啊,一天洗一次,唉,一辈子要浪费多少水呀。"

父子俩笑,两个人的笑都控制着,生怕一旦笑过头了又要生出什么幺蛾子来。

一个人的一生中会有许多幸运和遗憾,其中又有一两件刻骨铭心的事。而对一个煤矿工人来讲,许多幸事和憾事往往又与自己的奋斗有关。但是,对他们来说,很少听说某件事既是天大的幸运,又是头号的憾事。

胸口总是被两种极其矛盾的情绪纠缠着,对一个善良的人来讲,其难过是可以想见的。

2006年,呼绿雄陪养父进京看病,其实看病已经成为一个借口,他就是想领着养父去北京看看,看看天安门、故宫、长城。让一辈子没有离开过伊金霍洛旗纳林希里镇的养父,在睁着眼睛时看看世界,看看天下的好。

这时候走路都开始气喘的养父,或许是儿子对他的孝顺让他感动,他坚持着在天安门看升旗,脸上始终都挂着笑。走到故宫时养父走不动了,停下来看着偌大的故宫,在故宫行走的人让养父说了一句有趣的话:"北京人不如咱们那里的人穿戴得好看,说明他们也有过穷日子。"

隔天,去看长城。书本上说"不到长城非好汉",现在到了长城脚下,爬不动了,力气也有用尽的时候,哪里敢说自己是好汉!

望着高处的长城,长城像铁箍一样缠绕着山,任凭怎么想象也不为过。一道崀梁上,一位打扮得过火的陕北农民用粗粝的嗓子吼着什么,好像是在拍电视,那种表演的样子让养父周身战栗,仿佛觉得,虽然这老农打扮的样子很"陕北",却感觉有点戏剧得煨煳了。来北京做啥来了?啥都不如安安稳稳待在家舒服。回,只有回家是正理。

养父和呼绿雄说:"明天咱就回家,你妻子带着娃在家,咱父子在北京游山玩水,情理上说不过去。回家,好吃好喝,自己家自己说了算,没有心情看这看那了,回,爸爸想回家了。"

呼绿雄也觉得北京太大了,这种完成任务似的看景搞得人很累,何况一个病人。既然养父想回,由着他,回就回。人到了熟悉的环境中也许才能压得住惊慌,才能找得到幸福。

回去的路上,丈母娘打来电话说:"你媳妇怕是又怀孕了。"呼绿雄告诉养父妻子又怀孕了。养父龇着嘴笑,笑着笑着泪出来了:"爸爸真是没白养活你,你真是在爸爸脸上左一下右一下贴金了。"

四

入冬,第一场雪下得早,天空是阴沉的铅灰,地上是天衣无缝的银白,似乎一切都已经冻结。汽车开过的声音显得黏稠和凝滞,雪花在空中乱舞,如千千万万格外活跃的精灵。家乡很难见雪,即使落雪,事先也需要两三天的酝酿,然后才见零零星星的雪花飘落。室外温度骤降到零下30多摄氏度,几乎是从秋天直接走进了三九。这场雪下得好,干裂的土地可以饱饮一顿了。

呼绿雄从医院接回养父。人已经坐不起,回家也就是等着准备后事了。拉开车门的一刹那,风雪成了无数把锋利的小刀在脸上浅表处横割竖割。衣服突然变得又轻又薄,风像冰水一样轻易地浸过外套和毛衣直抵五脏六腑。

四个小伙子将养父抬到土屋炕上,土屋内姑姑已经生了火,温暖的土屋,风雪给人的那种最初的激灵过去了。养父挣扎着伸出手招呼脚地上忙碌的呼绿雄过来,他似乎要说什么。抓住呼绿雄的手,仿佛抓住了温暖,儿子给自己带来了些许的生命延长和瞬间的坚定。他无力地大口喘气,眼睛漠然地停在某一处,似乎在等待合体的魂灵。往昔再一次闪现,那些顽皮的小事或者话语间的顶撞一遍一遍闪回。

歇息之后,养父说:"爸爸要离开你了,这个世上你将没有爸爸了。没办法,爸爸知道你的办法想尽了。爸爸要给你交代几件事:第一件事,别人家都修了新房,爸爸没有能耐修不起,土屋子显得寒酸,我死了,你别嫌弃它,从前的记忆都存放在里面,不要让土屋轻易塌落了;第二件事啊,我使唤过的农具就叫它们在,我和它们有感情,儿啊,人这一生还不如农具哪,人制造了许多长生不老的东西,就是救不了自己的命,没办法;第三件事,家里喂养了20多只羊,你卖了羊,换几个钱,爸爸没有给你留下一分钱,卖几个钱算几个钱吧。你不要埋怨爸爸不让孙子来看我,我脱相了,人鬼不分,害怕吓着他。"

该死的病魔就要夺走这个老光棍儿的命了。

"努力"是一个多么虚弱的词啊,养父的手慢慢没有了温度。

老天没有恻隐之心。

老光棍儿养父带着一生的福气走了,同时也带走了自己的苦难,走到一个再也不会回转的地方。

安葬了养父,在分配他身后事情时,呼绿雄把20多只羊送给了他的亲生父母,他们给了自己生命。叔叔不要,呼绿雄赶着羊走到叔叔家大门口,跪在叔叔门前,门前立着惊慌失措的"父母"。呼绿雄说:"叔叔、婶,羊赶到门前了,我感谢你们给了我一个苦难的爸爸,羊是你们的了。"

说罢,起身头也不回地走了。

那些干活的农具在墙角安稳地等待着自己的命运,因为长时间不用已经长了锈斑。农具有爸爸的手温,农具和泥土亲近才是它们的富贵命。呼绿雄在土墙上钉下一排钉子,用清油擦洗干净,挂上去的农具,像艺术品似的,和时间与意义无关,它们是养父在世的牵挂。

雪纷纷扬扬下着。

雪地上的土屋在积雪之下已经看不清眉目了。

钻天杨纵横交错地分割了连片的村庄,它们光裸的枝丫凝固在乌灰的空中,整体上保持着爆炸的姿势。一只乌鸦从土屋顶上飞起,将苍凉的鸹噪带向广阔的草原。呼绿雄锁上门,对飘雪的天空充满敬畏,他第一次带着情感认真凝视土屋,从前对他形成的那种苦寒的挤压突然消失了,让人那么温暖和不舍。

不住人的土屋子,很快就开始往下掉墙皮。呼绿雄害怕土屋子塌落,用一种什么方式可以阻挡四季对它的伤害?他最后想到了用塑料布把土屋子包裹住,大大的一个包裹,有水分在塑料布里面,也许土屋子会活得长久一些吧。

有两年时间,在伊金霍洛旗纳林希里镇其根沟二社,被包裹着的土屋子成为大地上一种风景。

两年多时间,呼绿雄每回到故乡抬头看见它时,心中就有一种酸楚。两年多时间,它就像他健在的一位亲人,时时刻刻在告诉他什么、启发他什么,可是他一直无法读懂它的深意,也即无法读懂养父。

五

几年后土屋子还是塌落了,没有声息。

呼绿雄每次回乡,面对土屋子心中都有一种刀绞的感觉,养父的三轮车已经被雨水和阳光侵蚀得面目全非。从前,很大的一个原因很可能是贫穷,见识少,呼绿雄清楚,贫穷让他忽略了土屋子的好,再好的日子也回不去了。但是,当他再次独自一人痴望它时,他似乎越来越悟出了一个道理:世界上有很多东西远比一大箱黄金珍贵,钱也许能买来奢华,但是绝对买不来亲情,买不来苦难和坚强。土屋子里的记忆让他受用一辈子,养父为何不舍得它,也许经了岁月的呼绿雄找到了答案。

2016年,呼绿雄开始在土屋子的基础上修建新房,他要修建一座伊金霍洛旗纳林希里镇其根沟二社最好的房子。修建好房子后,呼绿雄把养父的三轮车放在院子里,曾经土屋子有过的都放进去。伊金霍洛旗纳林希里镇其根沟二社的人们笑话他,这么好的房子就为了存放没用的旧东西。

只有呼绿雄知道,怀念自己的成长,不是钱能够衡量的,没有钱花,可以通过劳动赚得,但人活着不能没有回忆,回忆中更不能没有亲人。劳动给了他知足,这份知足让他懂得了人活着更应该知恩图报,世间许许多多的事、物、人,无不如此,每一个环节中,正是因为残缺,所以生活才需要努力,也变得更美。

艰苦环境下工作的煤矿工人,形成了其特殊的群体品格。这种品格一旦形成就成了工友们共有的行为规则和行为方式,它甚至影响一个企业的生产力;这种品格会逐渐外化成一个企业的品格,它也影响了一个团队的凝聚力;这种品格又直接对应着这个行业的心态,并影响整个行业的走向。

文学是语言艺术,作品以故事取胜,打动人心的故事一定来源于最基层。在这个重要的年代里,伟大的文学不可能脱离政治,不可能失去同社会的联系和对人类命运的关怀,真正的作家是富于文化理想和道德责任的。面对生活的真诚和勇气,写作者内心有光才能看见喜爱光明的劳动者。

走过时间

一、记忆是从气味开始的

　　文字斑驳地记录着老时光。北方的麻头纸,再生环保。我还记得童年时,植物的纤维,每次被平筛托起,即成一张纸。纸,有厚、有薄、有疏散、有凝聚。码放在窑洞里的炕箱上,墙皮一样的纸,粗糙里蕴含细腻,细腻里潜藏豁达,和风丽日中晾干,既浴着明媚干净的阳光,又把光照消减在了阴凉之外。

　　乡人叫"黄草纸"。

　　冬天的黄草纸糊在窗户上,整个村庄都很怀旧,镰刀似的月亮挑在树梢,猜不透,窗外雪地上一长串狐狸脚印,它的三寸金莲盛满了各种故事,与生活有关,与风霜有关,与情感有关。

　　糊窗纸捅破之前,我听一个女人喊:

　　"雪啊,凉啊,屁股蛋子挂了霜啊。"

　　空荡荡的,站在千年文化的凝结点上,只要生活语言仍然沉浸在泥水里,这种一脉相传的生活,总是牵掣人,既温馨又让人心动。山风不时"噗、噗、噗"扑打着窗格子,一股岁月沉淀的气味冉冉飘起,惊异之外,我感到迷醉。风携带着雨水,那雨滴声是那么清凌和圆润。

　　"雨来了。"

　　雨把屋子里的人想开腔说话的念头压了下去。雨让暑气消减下来。天光在窗户前放下心事,屋檐下的鸡、狗们团成蛋,空气里是泥巴被雨水濡湿的清冽的味道。有一滴雨打在黄草纸窗格上,弹走了一只苍蝇,雨声隐去了苍蝇的拍翅声。野外赤脚就着石板桌凳写作业的少年干号着跑回窑,黄草纸装订的作业本被雨淋得湿漉漉的。一个性躁又顽皮的孩子,听不得大人的骂,吸着清鼻涕,恼上心来,跑进雨中。大人说:"叫他去害吧,驴脾气,躲着,不招他。"

雨水渗漏在窗户纸上显出斑斑点点的漏痕,甚至在窗棂上也有。如果说一个人不需要所谓的远大理想,只守着旧屋,生命最天然的进程,也许最符合自然的生息、吐纳、藏露,醒着,又糊涂着,不在乎那山外的世界,多好。

从前的黄草纸在窗格上,透过阳光能够照见那些浮动的麻皮或者桑皮经络,亲切得让你觉得如体内的血液流动。

我似乎总是想起从前,从前的心爱之物,阳光裹起密集的尘土,慢慢涌动着,亲人们穿梭在中间,有一点儿生存的荒凉味道,风吹动他们的衣襟,而笼罩在这一切之上的是一股扩散开来的牲畜味儿,那一瞬间惶惑了,最好的命运被篡改了,是什么样的魔术手破坏了原有的秩序?

奇怪的是,事隔多年我站在故乡山神凹的山脊上,村庄里的一些人和事,都能浮现在脑海中。

这些记忆是扎了根的,在心里,有时候做什么事情,也不知为什么就感觉从前非常熟悉地来了。

二、岁月轻得像逝去日子的旁白

那些清新的人间的柴烟味道,让我再一次回到尚不算遥远的青春时代,回到那些已经在无数次的记忆中经过过滤留存下来的明月当空的日子,那些日子里有我们共同的卑微。

那时的土地并不荒凉。在灰色的秋光里,在渐渐强劲的北风中,因失去水分,柳叶变得枯黄腐朽,风一吹如零零散散的日子纷纷落下。很多年前我和活在人世间的父亲去河道里看过沤麻,沤麻上浮着绿茸茸的绿藻。故乡人叫"蛤蟆咦",麻如细蛇,中气十足的蛙鸣在沤麻中摇摇曳曳鸣唱。

在暧昧的黄昏与白昼的边缘,在迷蒙的晚夕的幻觉中,时光异常短暂,河流如同针线一样穿起了我的从前。

那年,小爷葛起富从山神凹进城来,背了一蛇皮袋子鸡粪,卷了两刀黄草纸。小爷进门的影子给阳光蒙上了一层忧伤的情绪,屋子一下陷入一种迷蒙的绛黄中,让人惋惜所有的失去是从看见时就开始了。

小爷说,凹里人陆陆续续搬走了,河水断流,人脉也就断了。这两刀黄草纸是我和你爸爸百年后用来剪"门头才"的,黄草纸比粉连纸耐风刮。

故乡人去世,都要将白纸剪成条状,条数与死者年龄相同,砍斫一根鲜柳木棍,将其缚于棍上,悬于大门外,男悬于门左,女悬于门右,出殓日,与棺木同葬。有些地方称之为"纸骨朵""岁数纸",有些地方则称之为"灵幡"。

几年后小爷和父亲相继去世,两刀黄草纸派上了用场。有一种无法形容的情绪攫住了我,那是忧愤和伤感,更是神秘。"门头才"昭示着土地上生长的一些简单的想法:黄草纸比粉连纸耐风刮。人生,痛苦似乎轻而易举,实际上却万分艰难。岁数也许是一个人活着时化解痛苦的方式,生死攸关的事缩减为一"骨朵"纸的存在,下葬时,亡者带走了自己的岁数,带走了人世间最后一串被遗忘了的乐天知命的数字。

窗户上的窗花褪去了红色,桃花在窗外粉白成一团,一只壁虎趴在窗棂上机警地睁着眼睛,因为没有见过屋子里有太多的人出入,它像一个充满好奇的孩童,认真打量着躺在炕上陌生的熟悉人。

一场雨过后,我看到院子里用了祖辈的破水缸聚集了雨水,风过时泛起一圈一圈的涟漪,我的心一下就难过起来。"个人即便来得及。时代是仓促的,已经在破坏中,还有更大的破坏要来。有一天我们的文明,不论是升华还是浮华,都要成为过去。"

张爱玲的话,总是触动我内心的哀婉,尽管一切都会成为过去。

惶惑之间又想起和小爷、小奶面对面坐在炕上说话,灶台上铁壶里的水冒着白气。

小爷讲当年制作麻头纸的记忆:"工序有18道。"

二尺半长、一尺二宽的黄草纸,"水中银花现,帘上白云升",可知,"古时候,朝中重臣向皇上进谏的奏折、民间向官府申诉冤情的状纸,或制作鞋底、糊窗、裱房屋、钉账簿等,都用的是黄草纸"。为你遮过风挡过雨收留过浪迹心情的住处,一年一年糊窗时总是把那些纷至沓来的人与事牵引到眼前。

三、时间带走了一切

山神凹后来只剩下一户,我喊他叔。叔的一只眼睛害病,核桃大的包块,脸上表情忧郁,落落寡合。我坐在叔对面的炕上,天光映照得人脸有点煞白,叔难以消弭内心巨大的悲凉,定定地看着我。弥漫在空气中看不见的气息,似乎被我捕捉到了,它唤醒了我对眼前人一再走失的惆怅。

叔说:"一辈子没有求过你啥事,我这眼睛,去年秋天收罢粮开始疼,以为是秋虫招了一下,生疼,慢慢就肿了核桃大,生脓,脓把眼睛糊了。娃领我去大医院看病,大夫说是眼癌。癌就是绝症啊。"

我轻描淡写地说:"叔,世上的癌,数眼癌好治,剜了它,还有一只眼,山神凹的地盘不大,够你瞧见。"

叔说:"你在外真是长了见识,我就是想求你保住我的眼,一只眼看路,挑水都磕磕绊绊,一桶水洒了半坡。"

一只眼肯定会影响生活,失去了一只眼睛,看东西没有立体感,那种痛苦会时时提醒曾经有过的昨天,有过的从前。

叔说:"都说眼病是双眼病,一只眼睛得病了,另一只眼早晚也会得。"

我说:"叔,人到了一定年龄就得睁一只眼闭一只眼。睁一只眼谋生活,闭一只眼保平安啊。"

叔的一只眼睛里流露出几分戏谑的神色,在我的脸上停留了一会儿,然后佯装咳嗽。我的脸一下红了。

一辈子没有离开故乡的人,也会得癌?真是坏了青山绿水的好名声。

那一天还是来了。"门头才"在院子里的枣树上,粉连纸剪出叔的岁数,风"沙、沙、沙"地穿过粉连纸的缝隙,把"门头才"一律压向一边。一个人不再活着,他的名字留在了墓碑上。我看见风撕走了一条"门头才",减去了叔一年的岁数。一条一条的"门头才"被风撕走,岁数里布满了痛、沟壑、贫穷、丰收、四季,还有埋入深土中的深度和厚实。无可名状,饱含辛酸的泪水,我的亲人们黑衣黑裤坐在碾道旁,没有谁能让时间回去,风同样撕走了他们的岁数,他们隐去时,我突然理解了"黄草纸比粉连纸耐风刮",那是一种寓意啊,是亡者在活人面前露出的自卑之相。

我在冬日稍和煦的阳光里,走进空了的窑洞,黄草纸、石板地、泥墙、灶台和梁椽清晰地发出活动筋骨的声音。多么好的村庄,沉静细碎的阳光洒满了每一眼窑洞,多么不寻常啊,那热闹,那生,那死,那再也拽不回来的从前。时间悄然流逝,倏忽间,窑洞成了村庄的遗容。

时间带走了一切。

许多物事已经消失。记忆潜入时,山神凹的土路上有胶皮两轮大车的车辙,山梁上有我亲爱的村民穿大裆裤戴草帽荷锄下地的背影,河沟里沤麻上有蛙鸣,七八个星,两三点雨,如今,蛙鸣永远响在不朽的辞章里了。

四、在半生半熟的黄草纸上行走

纹理粗犷但行笔不涩不滞,绽开来,仿佛颓败的美好越来越大地洞开去,我把从前框在黄草纸上。

感觉行笔实在舒服流畅,黄草纸吃墨快,墨汁浸入纸张纤维迅速。因为墨汁加了水,纸张有少许的阴润感,但不是很强烈,应该是因为半生半熟吧。

半生半熟是人世间最好的情爱,最好的水墨。

"意翻空而易奇,言征实而难巧"(刘勰《文心雕龙·神思》),用什么样的"意"才能表达心中的"言"？一切事物安静到虚无的表象里,与土地一样呈现于眼前的总是植物的麻和桑,斑驳翘落的窗格前,我的心中不由得就衍生出一个倘若能将岁月捕获的假设。就是这个转瞬即逝的臆想。

窗格子如年轮一样开裂了,晕染的水墨如同黄昏的道理和法则。明亮的电灯,单调、苍白,缺少表现力,再清楚不过的结果:生长的生长,败落的败落。

这实在是一件没有办法的事啊,夜的旷野覆盖了一切,我多么喜欢在月辉朦胧如银雾的窗格前,听悦耳低语,浪荡与冒失泛滥的言语。无穷的深渊般的尖声浪气,还有扑打窗棂的露水,全都是夜的内容和表情、夜的呼吸和生命,还有夜的亲爱。

每个人都有自己灵魂的行走,时间意义上的行走可能千差万别,而行走意义上的精神依托却是最为重要。

行走在黄草纸上,面对河流,我停下来,我从它的水波流纹里读出了精神行走中的丽日天光。走过群峰,遥想造山运动时,岩浆奔涌,地壳急剧的自我搏斗之后,地质史终于迎来了一段珍贵的平静的时光,自然过渡到了它运动的没有目的的合理目的性,找到了秩序。秩序具有了更强的生命力和无限的可能性,更让我——一粒细小的微尘,可以在浩渺的天地间自由舞蹈。

成长和人生阅历、审美经验甚至生命态度因水墨留下痕迹时,宛如回应了我平庸生命中的贵族气质。潜在的目标,没有功利,没有矫饰。地理的奇妙组合为我的命运提供了太多的可能性,并赋予了我强劲的体格。

时间迅疾而过,有多少生命深埋于时间中,亲情、友情、爱情,终于待在了一个安全的地方,那个去处直叫人呼吸到了月的清香、水的沁骨。生命的决绝在所产生的文字和画作中获得回归,当这些已逝的生命从我的生命中划过时,我体悟到了温情与哀绝,惆怅和眷念。"但使亲情千里近,须信,无情对面是山河。"我不知这是谁的诗句,却与我内心的感触对接了。

时间如中国画缥缈的境界一样,明知道一切不可能出现,却还愿意在疲倦的时候沉溺其中。逝去的以另一种方式活在现实中。当我把逝去的还原成一幅画时,我就更深刻地了解了那段时间。我看到了时间尘埃掩盖下的一些浓厚背景,无论轻贱卑微的生命还是辉煌伟大的喧嚣,一切都在时间的行走中验证了一条真理:在已逝的历史中,在别人的转述中,歌哭笑骂,述不完的无奈与辛酸,有我无法穷尽的多样人生。

浅拙的写作和画作是对生活质量的尊重,并让我在精神上获得了慰藉。每当夕阳西下,在门前一条老路上踯躅时,我常常会想起出生地——窑洞。院中的枣树、窑内的毛驴、向晚的炊烟和归来的羊群,一切的一切让思虑成疾。

当我再一次回到村庄时,我看到了时间消逝的光芒,我和我先祖的脚印重叠着,在荒凉、萧瑟的坡道上走来走去。那棵枣树早已在追逐时间中高过窑顶,然而坐在它的叶子下守望幸福和丰收的人,已经不在人世。他们的坟墓在对面的山坡上,夕阳落了,晚霞退了,在一切都可以颠覆的时间中,怀恋被放置在多维的记忆上,时间同样给了我精神的薪火传承。

走过时间。

我把行走的味觉写成文字,历史、现实、存在或存在过的生命,一切都始于行走,也在行走中结束。我想生命的价值仅仅在于:是否向真、向善、向美,即使目的地并未走到,只要朝这个目的地行走就好。

致敬:那些走得认真、走得执着,摒弃了种种诱惑的人!

村　　庄

一、走

好,那就走吧,山峦河流皴出阳光的明暗,假如我不回头。

今生要走过多少道路?

一条宽阔的谷间,曾经有一条河流过,如今一群羊恰似河的洪峰滚出山间,向远处四散而去。

这生殖的土地,鲜花盛开,青草繁茂,作为羊们的口粮正合适。

一切都在晴朗的光照下,数丈宽的河道蜿蜒,无水。下游一位年长的老汉说:"往山里走能找到它的源头,公家人叫它沁河源。走到我跟前喊它秋水河。从前的秋天雨水多啊,河的声音大,便有了这个别名。"

古人誉之为"沁水秋声"。

有诗曰:

滔滔沁河不停留,一色同天节到秋。
银汉高连云漠漠,金风暗转韵悠悠。
一帆风顺千波助,万籁含虚两岸幽。
浪及中州勤灌溉,但叫邻省屡丰收。

这条让"邻省屡丰收"南北贯穿晋东南的沁河,发源于山西沁源县的霍山,郭道镇以上为上游,郭道镇以下经沁源、安泽、沁水、阳城等地进入河南境,在河南沁阳接纳丹河后转向正东,在武陟附近汇入黄河。全长456公里,流域面积1.29万平方公里。

沁河下游平原有广阔灌区,隋、唐时已开渠引灌。隋为通济渠,唐改为广济渠。1261年开浚的广济渠引沁水灌溉济源、沁阳、孟县、温县、武陟5县民田3000余顷,后20余年淤废,1329年左右修复,今济源、沁阳等县的广济河就是当年广济渠故道。

1952年修建的人民胜利渠将武陟与卫河接通,在沁河和黄河汇合处分洪。我从老百姓的话里知道,许多年沁河都没有涨水了,当年上游下雨、下游涨河时,站在沁河岸边举着粪叉捞横财的人们一脸兴奋,洪峰一个浪头一个浪头滚来,猪啊羊啊的,河岸上等待发财的人心跳得"怦怦"如鼓。

沁河古称沁水,也称少水,《左传·襄公二十三年》曰:"齐侯遂伐晋,取朝歌。为二队,入孟门,登太行。张武军于荧庭,戍郫邵,封少水。"

文中的少水即沁河,当指沁水县端氏镇附近河段。

端氏附近河段有西城村,是沁河岸边一个小村庄。2000年时村庄里有几十户人家,2012年的夏天少到只有十几户,村庄在老人眼里生成败灭,一代一代人老去,一代一代人成长,谁家的子孙活成人样子了,谁家的日子活得百般得劲了,日子一天天垒起来,垒成了坟墓,活着的谁走了,走了的不出三代自家祖坟上的香火就断了,唉,可惜这家人哇,无后。

老人说,人只能记住三代。

三代后谁也记不得自己的祖宗。

现在,长记性的人实在是少,除非自己的祖宗入了文字。

西城村的人不知道西城村的历史,西城村的历史关乎着中国古代社会进程的记忆,它是沁河岸上第一个政治文化中心。

说这些,西城村人不信。

他们认为,现在的人都喜欢说大话,针尖大的事情能说成天大的窟窿。

可西城村确有历史可循。

西城村是晋国最后的国都。从三家分晋始,最早的西城村成为县治端氏聚。历春秋、战国、秦汉、魏晋、北朝。隋代端氏、沁水二县并置,沁水县移至今日之县城。

西城村,这个名字很容易叫人猜想出答案,城西边的村庄。会想到它是端姓人聚居之地,走到现在我们已经很少见到端姓人了,在远古姓和氏本是两回事,姓起源于女系,氏起源于男系。

《通志·姓氏略序》中记载:"三代之前,姓氏分而为二,男子称氏,夫人称姓。"秦汉以后,姓与氏始统称为姓氏。清代顾炎武《日知录·氏族》记:"姓氏之称,自太史公(司马迁)始混而为一。"

有人说司马迁的《史记》有小说的样貌,好读,不讲等级,以细节和故事为重,每个人都有自己不同于常人的品行和个性,把人写得极有感情,把历史写得极有路数。

《红楼梦》中林黛玉的潇湘馆挂有一副楹联:绿窗明月在,青史古人空。告诉我们人的寿命不及文字,而人活着,贪图富贵的人到最后也都把一切看透了,唯一对名垂青史贪得无厌。

从古到今有几人能入史?

端氏聚的地名到现在已经无法考证了,所有人只知道沁水县有端氏,没有人知道有端氏聚这个地方,历来执政者都喜欢修改地名,把端氏聚改成西城村,既没有内容,又没有历史,无非是城西的一个村庄而已。

不能简单怨西城村的人不知道自己的过去,因为百姓的日子太过朴素。

日子是随着天气过来的,以往的日子里端氏聚确有几个好天气。好天气和人、事有一定的关系,比如说这一天阴雨连绵,没有日头,可偏偏这一天传来了喜报。你能说这不是一个好天气?

历史对端氏聚有幸,幸在与名人有缘,与政治有缘。一条大河为一介书生的姓氏而浩荡、而激昂、而感动的时候,姓氏与土地的结缘使得这块土地在历史中有了文化。

明代吴宽《家藏集》卷五七《端友传》中有:"端友,盖春秋时卫人,端木叔之裔。端木叔好游,庄周称其维山川险阻无所不之者也,曾南游过五岭至端州曰:'此吾姓也。'止之,遂去木称端。"

端氏之姓由端木叔改之,端木叔为端木赐后裔,其与端友应当为战国时人。端木赐子贡为春秋卫国人。春秋时的卫国辖地按现在的版图来规划应该包括河南北部与东北部、河北西南部,与山西东南部接壤。春秋时期,端木家族中可能有一支迁入山西沁河岸边,沿河的风光真好,因为喜欢,所以定居在此。

走到此处,杨柳晚照的亮隙间,眼中有水,胸中有山,无怪乎端木叔要为他的先祖感叹了。

关于端木叔的先祖,唐人林宝《元和姓纂》记载:孔子弟子端木赐,字子贡。子贡后人以其字为氏而为贡姓,所以端木氏与贡姓实为同姓,后人改称端木氏为端氏。

卫地子贡,其子孙迁居沁水后,便称迁居之地为端氏聚。

文化人对生活的追求更接近山水,如飘落至此的一团云笼罩在一堆柴上,无论落到哪里都弥漫着人间烟火气。

端木赐子贡是谁?是孔子七十二高足之一,善言辞,在鲁国、卫国做过官。春秋时齐国曾攻打鲁国,子贡游说齐、吴、越、晋诸国,促使吴国伐齐,并大败齐师,保住了鲁国,子贡因此曾到过晋国。晋国先后建都于今山西翼城、曲沃,子贡由鲁国入晋,无论是去山西的翼城还是山西的曲沃,一条沁河水都是其必濯足的地方。

子贡又善货殖经商,经常往来于晋、鲁之间,家有千金之富,是孔门最富有的弟子。

子贡依傍着婆娑的树影,静立在流动的水边,他驻足停留,充满一个生意人加一个学问者的满足。沁河岸边的杨花柳絮,望过去,像一幅中国山水画中的墨晕染开去。风水于物中超物,于意中归于无意,无巧无俗,本真天成,风水是更接近自然的风云际会。

二、风云

风云变幻。

唐骆宾王《为徐敬业讨武曌檄》曰:"喑呜则山岳崩颓,叱咤则风云变色。"

在我心里,公正地描述一段历史几乎不可能,更多的是凭想象演绎。风水好的地方出人才。风水好的地方并不是一只鸟儿在飞翔,最大的可能是一群鸟儿绕城高飞。

到过沁水县郑庄西城村的人会发现,从地势上看西城村与邻近的河头村最初是连在一起的,只有连在一起我们才能看出历史上一个侯国都的规模。树木繁杂,百鸟喧嚣。

那么是什么坏了曾经完整的一座村庄的风水?

是流动之水?是战争?是变幻莫测的历史风云?

流水不腐,河岸的树遮住了古人极目远望的视野,砍伐,为了一段繁华盛世的热闹景象,也是君王衰落而致穷奢淫逸的狂妄激情。

当卫地端木氏之一支迁居西城村,将村子更名为端氏聚时,端氏聚隶属晋国。魏、韩、赵三家分晋时,迁晋君于端氏聚,西城成为晋国最后的国都。战国时沁水县归属韩国,继而赵国又夺去了晋君食邑之地,沁水又归属了赵国。

长平之战秦国灭赵,沁水又归属秦国河东郡。到了汉武帝时,湿成侯刘忠被封到端氏聚,建立了端氏侯国,历西汉二百年;光武帝刘秀推翻王莽新朝后,恢复了刘氏天下,又封端氏聚为族兄成孝侯刘顺之子刘遵的食邑之地。也就是说,端氏聚在汉代因汉武帝实施"推恩令",分封同姓诸侯王子孙,"荣升"为一个小小的端氏侯国,直到成孝侯刘顺之子刘遵,端氏聚一直作为侯国之国都,也一直是这方土地上的政治文化中心。

我们来看西城村的风水,西北背靠紫金山,东临沁河,县河由西而东流,汇入南下沁河,冲积出一块三面山峰环拱、一面临水之高平之地,端氏聚就在高平之地上,依山傍水,一方形胜,风水极佳。

古人选址是很有讲究的,子孙的命脉气数都在山河里包括着,古人称此为堪舆术、青乌术,今日称为环境和谐。

端氏姓入住也罢,封为侯国也罢,沧海桑田总要被历史车轮无情碾压而过,河水连年暴涨,不断冲刷崖岸,砍伐不断,战乱不断,历史割据不断,空气中到处沐浴着狂风和骤雨。

一座小小的侯国,当被风被水冲分为二时,伤风败俗的事就裸露出来了。

历史上社会中显现了许多无法解释的谜,我们没有办法将历史还原,就像我们不可能回到昨天一样。讲不完的故事,动感的情态和逸事,我们一定不是解谜的人,因为昨天已昙花一现。

风雨冲刷和历史变迁导致了地脉、风脉散尽。曾为晋国国都、汉代侯国国都,曾为近千年沁水县政治文化中心的西城端氏聚,失去了旧日的辉煌与威势,只好随着河水东流消散而去。

不知道明代之前可有端木氏的后人来此寻过自己的祖先。应该说是汉代之前还有端木氏一支,也许汉代王室的分封让村庄里的端木氏都被赐姓了刘,也许朝代更迭中端木氏如强权政治裤裆里的虱子叫人家随便抓没了。

清代雍正年间泽州知府朱樟来到沁水,很想知道晋国的子孙生活得如何,到处查访找不到晋国子孙,晋国之前的端木氏,他都没有想起来。他很伤感地作《端氏城怀古》,诗云:

> 言寻鹿路转林腰,深喜居民未寂寥。
> 百折溪泉收嫩堰,一梨寒雨立疏苗。
> 山遮岭北峰尤峻,水曝村南势渐骄。
> 城郊已开分昔日,教人何处问椒聊。

椒聊指花椒子,喻子孙。

朱樟打问的是如今的沁水县的端氏镇,端氏聚在汉代的时候就已经消失了,村庄的名字流落到离西城村数十里的沁河岸边,流落的途中丢失了"聚"字,同时也丢失了自己不凡的身世。

如今西城村生活的依旧是汉代延续下来的百姓,对于祖先有过什么样的身份他们是木然的。木然好,木然是活着的正途,不想太多,就想活。

我看到刘姓后人,他们满身沧桑,满脸茫然,曾经的改朝换代,对他们来说已经成为故事。

见一位挑箩筐的汉子走来,我迎上前说:"你们刘姓先人曾经做过汉代的皇帝。"

汉子盯着我的脸说:"我的先人是李世民。"

我好一阵子才反应过来。他姓李,李姓又是什么时候迁来的呢?我冲着对方的背影喊过去:"你们西城村还有啥姓人家的后代?"

他甩过话来:"百姓人家后代。"

一根扁担两头挑,担风担雨担重任,担天担地担日月。生活掩盖了生命的种种辛酸和叹息,活着,除了为明天而疲于奔命,他已经对探寻古人缺少了热情。

是的,热情!没有了热情的村庄,其实就是宿命的象征。没有热情的村庄也就等于结束了万紫千红的生活。

三、旧时影

我从西城村进入端氏古镇。

偏离了历史方位的端氏古镇,浑穆气象在夕阳下山之前扩散开来,让人感叹它旧时的宏阔开张。

30年前我坐班车路过端氏古镇,车停下来拉人,一股黄尘荡进来,我通过躲避的空隙瞄着窗外,端氏的繁华在尘埃落定下丰富起来,小摊小贩在桥的两边,卖的青菜、萝卜、豆角,桥下的沁河水清澈得一展到底。我看到带有颜色的卵石,那些长成须的青苔在流水间快意地摇摆着,那一刻我很想下车买一个烧饼或橘子之类,口水在我的嘴里汹涌澎湃。荡进车里的黄尘叫我激动,多么繁华的大地方呀!

我的一个本家叔叔就住在端氏西街,他叫葛王八。因为小的时候大人怕不好养活,起个赖名字神鬼讨嫌。记得很小的时候跟随父亲搭村人的驴车走亲戚,我的本家爷爷站在胡同口喊着:"王八,王八,爬回来吃饭。"那时候王八正是捣蛋的年龄,从胡同口出现的时候,一张脸烧红了半边砖墙。

30多年过去了,没有再走过亲戚,只知道葛王八青年时修自行车,中年转修汽车,是不是发了不知道,只记得当时问过他端氏有多大。他说:"端氏大哇,有多大？没天边。"

我和父亲站在桥头等驴车,两只眼睛看不全端氏,然而端氏在我的眺望中诞生了幸福:幸福就是大,就是无知。幸福是自大、自满、无知。葛王八在河道里,望着桥头上的我父亲喊一声:"哥——"一步赶一步跑,我怕他跑快了喘不上气来,刚一张嘴驴车来了,父亲提起我放进了车篓里,赶驴人一声"嘚",驴夹紧尾巴一阵风似的就把我带走了。葛王八在我的视线内越来越小,端氏镇在我的视线内反倒越来越大。

我问父亲:"没天边在哪？"

父亲说:"眼皮关生死也关没天边。"

闭上眼睛时,黑暗无边。

端氏由端氏聚而来,可人们已经忘记了它曾经是西城村的前身。端氏有多大？隋朝至元代它一直是县治所在地,千年兴盛,还一度为州治。端氏东依嵬山,隔沁河与榼山相望。古县河由北而来,至端氏汇入沁河;沁河由西而来,至端氏南折而去,留下一块三角洲沃地,端氏建于其上。端氏是沁河的中游,是沁河流域第一重镇,是沁水的富庶之地。沁河流经沁水县境内130余里,自三郎始,至尉迟终,全沁河之锦绣,几乎都聚于此地了。

光绪年的《沁水县志·山川》记:"又西南数里,有嵬山,西下数里滨于沁河,而端氏镇在焉。嵬山与榼山东西相望,翠巘争奇,而沁河绕其中。故自端氏而下,二十余里之间,民居稠密,人文蔚起,灵秀所钟,盖不偶矣。""稠密"二字把端氏镇大到没天边的形容挤兑得无地自容。

说端氏是旱码头,是因为它的声名在外。

一个人的声名,是这个人把本事亮给了世人;一个镇子的声名,是它神色不动站在那里饱经沧桑的历史。

端氏是一个又一个时代的见证,隋开皇三年(583),端氏县治由西城村迁至端氏村,隶属长平郡。唐、五代、宋归泽州管辖。到元至元三年(1266),端氏县并入沁水县(延续至今),隶属晋宁路。其县治从西汉至元延续一千多年时间,既是沁河岸边最繁华的商贸之地,也是沁河流域的文化中心。倘若置换成视觉形象,起伏跌宕的吆喝声中激动了多少代人奔涌而至。岁月让人们把钱财投向了广阔的社会,声名与热闹比肩而行。

从端氏镇风格迥异的历史建筑中发现,看似杂乱无章的镇,却无形当中构筑了无数个不同的视角,可以叫你想象,古人占地是颇具匠心的,不像今人,粉饰的斑驳仅仅能遮住骨子里的钢筋水泥。我还记得我小时候往沁水县走时看到河岸上的桑林,稠密的树,阔大的叶片,日夜不息的河水,采桑的女子跟着流水走。那时候的沁河两岸家家户户养蚕。据说早在唐代,在古老的端氏东街就集中着众多的缫丝、织绢等手工业作坊。后来,才有那些和人们生活、生产有关的粮店、日杂店、骡马店陆续发展起来。耕种五谷得以食,植桑养蚕得以衣。

"遍地罗绮者,不是养蚕人。"养蚕人没有穿罗绮的奢侈,他们穿棉花线做成的布衣。

蚕商起源于黄帝元妃西陵氏嫘祖,嫘祖在中条山的夏县开创了蚕桑业,考古学者曾在夏县发掘出半个蚕茧化石。沁水临近夏县,通婚通商,蚕茧是神赐给这一方土地的幸福。因为打丝,端氏镇整个秋冬季节,大朵大朵生丝一样散乱在天空的云朵因水雾积聚着,家家户户逼仄狭小的地锅前,蚕茧在铁锅里煮沸,一双手逗弄着丝线,一同逗弄的还有日子往前走的热望和奢想。

青雾在端氏镇上空歇足,一路顺河而来的乡民,抵达端氏镇的脚步是散乱的,当他们看到端氏镇上空吊挂的青雾时,他们的步履不由得飞快起来,同时心跳也在加速。硕大的云影落在沁河里,有骆驼驮走打成麻花样的生丝。有人见过八驮的驼队,麻纸、盐巴、生丝、药材,小山头一样沿着沁河一昂一昂走远。因为打丝,端氏的声名在时间之外延伸,无比广阔。当年哪家女子出嫁,娘家人不来端氏买几床洋红缎子被面？有老人还记得1958年在端氏村小河西筹建端氏缫丝厂,正是大闹食堂、大炼钢铁的时代,东西沁河两岸的女子进厂大闹生丝。1960年建成投产,当年生产十九吨,经上海商品检验局审定达到了3A+38级梅花牌厂丝。桑叶用来养蚕,桑皮用来做纸,沁河畔手工捞纸作坊有十几家,大多用桑皮、绳头、麦秸生产绵纸、土纸。有人计算,三个捞纸池,每天可生产2×4白绵纸三捆,每捆折合小米五斤,年生产总值折小米一千三百五十斤。1944年春,端氏河北自然村捞纸池有八个,年产量三千一百二十捆,年产值折合小米一万四千斤。

  小米是北方人们日常最主要的粮食,从生养的女人们喝下一碗谷子水开始,小炉台的砂锅里就不停熬着小米,小米熬出的米油子不仅养月子里的女人,也养奶水不够喝的孩子。小米,金黄中透出光泽,温软、厚实、甜香沁鼻,有了小米,其他农作物都歇凉了。

  有很长时间端氏镇人因为缫丝来钱快,不再种庄稼,他们认为最没有出息的人家才种庄稼。米香让端氏每一条街道的犄角旮旯都显出过日子的朴素而温和,但是,在生长的时间里那些腰身笔挺、横眉竖目的人依然不是种地人。有了小米,谁还种其他粮食？有了蚕茧,谁还舍得大片的土地不去种桑树？盛夏,细密的纸浆铺陈在沁河岸边,被光芒铺亮,一种气味在空气中走得晃晃悠悠,明亮的、冷艳的,在固定的地理位置上以自己的方式变换着四季的不同色彩。端氏因为蚕,成为最锦绣的地方。端氏镇的浪漫以一种燃烧的姿态装饰了举目远眺的大到"没天边"。

手工业的繁华如现代文明一样,使得极易抵达的热闹瞬间开始了。

黄昏的端氏古镇,"萧瑟秋风今又是"。在端氏桥上遇见一位干瘦的老人,岁月抽干了他的力气,他挽着篮子,篮子里装了花生,他想绕开我,桥并不太宽,但绝对不窄。晚夕的光尘包裹着他的身体,他的躲避无用,我迎上去,我只是想买他篮子里的花生。

老人说话的时候,我看到他眼角有泪往外渗。

他说:"人老了,得了风眼,见不得刮风天。"

我们站在桥头上说话,往来的车辆呼呼的,一股一股尘土袭来,老人说:"自从有了高速路,这路上的拉煤车就少了。"话到深处老人还记得端氏镇有复兴楼,金银首饰制作店铺兼营丝行,有源顺祥布店、资源和布店、同兴和烟坊、聚汇源烟坊、育合昌油坊、源茂公油坊、复兴昌麻铺、东顺合油坊以及染坊、糖店、药房等等,当时在城东从郑庄、朗必沿沁河至西古堆、东西峪、十里至柿庄河、玉溪河,从端氏以下沿沁河至阳城县的广大地区均为端氏商业的贸易市场。相应而起的饮食、旅店等服务行业也增多。

老人说,当时端氏进出商品以绸缎为大宗,以油品、粮食、黄丝也多,仅端氏粮食市场日销米、麦、豆、芝麻即可达百余石。

那时流行着:"梳分头的不戴帽,镶金牙的见人笑,戴手表的挽三道,穿皮鞋的提裤脚。"多少人路过端氏镇都要住下来,旅店里养了"姑娘",姑娘们个个风姿绰约。有姑娘的旅店常叫男人感受到一股春潮迎面涨来,他们的血液开始快速流动,痴狂,好端端的人就骨软腿酥了,那时不在端氏逗留几天就不叫出门人。还听说,那时去端氏镶金牙成为一种时尚,两颗大而鲜明的金牙,天光下一忽闪一忽闪的,紧挨着吐出的话,听话的人能听见金属和气息之间那一声呼哨。

老人一张嘴豁牙露口,牙掉完的时候生命也即将被带走。我想象不出他50年前的青皮后生样子,他抬起黑干细瘦的手指着桥下的沁河,生命在岁月和欲望的摧残下已经失去了优雅和尊严。

旱码头也有冷下来的时候。当热闹满溢出来时,社会仿佛被一股粗莽的力量牵扯着,来得太容易的私利像一地无法聚拢的心事,人心不足蛇吞象,当伸出去的手无法收回来时,沁河记忆里藏着曾经染绿过的河岸。

四、明月降临

窗户内的事情在历史深处早已破败无着,窗外的世界依然日新月异。我一直认为窗户就是建筑的眼睛,哪怕它已经散乱,沦陷到大地的内部,但你依然可以感受到它的明亮。

老人盯着一户人家的窗棂说,1916年东裕合盐店缺斤少两,被群众抓了秤杆,当时聚众闹事的人有几百人。东裕合盐店是端氏望族贾家背后支持的盐店。贾家长子贾景德是阎锡山的红人(秘书长)。出了这种事是要叫人妒脑凹(指着脑袋骂)的。自古当官的就好在自己的官位上兴风作浪,人家一句话,河东盐运使便要求仓销阳城、沁水两县盐务,随后立马关门。后来贾又在端氏开了积成厚盐号,总号就是现在端氏的盐店圪洞,共设四个分店。他怎么去台湾的?不给阎锡山上号(行贿)他能过了海?不在生意上做鬼他能上得起号?从来都是"官商一张嘴"!

老人的言谈固执而决绝。

从前一只狗见了陌生人,便叫得很凶,人一见狗便吓得打哆嗦;现在,狗看见人打远处一脸和颜悦色的样子走来,人一走近狗吓跑了。一条老街悄无人声,一座老屋黯淡在怀旧的惆怅里,一条狗热望门前的热闹,多希望闻到蚕茧、锦缎的芬芳,哪怕是牛粪柴烟的气息。从前的狗叫声点捻子似的,一串响儿引爆一村的屋檐,檐头飞花,村庄的幸福是一种背景,世俗在灵动的青山秀水间,寂寞下来的一个"闹"字因狗叫爆了。

世事更迭的无奈,一镇子的古物都叫现代人敷衍过去了。人的习性自古都是一样的,权力面前人更喜欢自顾自地表演,可是,古时候啊,那住、那行、那日常、那诚恳,所有都是围绕着耕读传家理想家园开始的。现在,一群演技高超的演员,好端端把村庄变成了布景。

我和老人一起往镇里走,想去看看贾景德的住处贾谷洞。

贾景德故居坐落在镇内东西老街之北隅。其父辈在清朝为官,属于当地有钱有势的大户。1934年,贾景德任太原绥靖公署秘书长时,回家乡大兴土木建筑贾府,同时整修祖茔并亲撰墓志铭。除了贾府,端氏还有南门里、聚江园、史家院、曹家院、贾宅院、大花院、盖家院,这些富贵都封尘在往事中了,任由观者的眼睛与想象力天马行空地去感受。

书上说由于战争及历史,临街的豪华大牌楼和许多建筑已被毁。现仅存一院三排古式砖木结构的房子,以及人称贾谷洞以北的一座门楼。房子均面阔五间,两进,青砖砌墙,屋顶铺素板瓦,从外表看显得古朴大方。院东南仅存的门楼,为歇山式屋顶,上置琉璃青瓦,斗拱相叠,美观精致。可惜门两侧的石鼓、石狮子早已不存,但仍能显示出当年官宦人家的威严和气势。

走到这里,我的记忆突然复苏了,若干年前我来过,我的王八叔叔家在拐过去的那个弯道里。王八他爹是我的本家爷爷,一个会唱戏的老艺人,他作为贫下中农分到了贾家一座柴院。爷爷唱上党梆子,专攻大花脸,一生尝尽江湖之险恶、艰辛甚至屈辱。外头传言他底功瓷实,每到一处演出,都有掌声潮起的场面。

老人说他认识王八,说王八不如他爸,他爸在世时是个"硬人"。

传说有一年夏天夜里赶戏,剧团拉行头的毛驴车走到贾家的坟茔前突然有老者出来挽留唱戏,青花瓷盘里放着金元宝。哪有艺人见了不眼馋的?随即扯起大幕,演员化装,台下的男女老少吵吵嚷嚷一下子就乱开了。这边厢因为赶台口路过端氏,王八爹想留家中一宿,第二天晚上的夜戏不误就是。正在炕上睡囫囵觉呢,那边厢剧团差人隔窗叫王八爹快快起床。王八爹随来人赶往舞台前,一时想不起来这是哪个村庄,来不及问就被团长按在了化装桌前。

大花脸几笔勾成。戏是《秦香莲》,他演包文正。陈州放粮途中遇见状告陈世美的秦香莲,王朝马汉上场,包文正手拿马鞭,手捋髯口,二道幕穿一袭黑蟒袍上场。不等第一句唱开腔,他突然发现台下之人个个都是骨头架子,吵吵声是沁河的哗哗流水。包文正在舞台上大喝一声:"小鬼作怪!"霎时灯灭幕谢,一群人呆在一大片河滩前。

我问,假如唱下来会怎么样?老人说,到最后都落进沁河喂了王八。

沁河曾经是有王八的。王八是河水的寄宿者,也是河流的生灵。什么时候我们的河流少了王八呢?1958年"大跃进"期间,端氏村就开始安装锅驼机,提水灌溉。引北城后河水沿村中到南头挖池蓄水提灌,当时只能浇30亩土地。延续到60年代末,从1968年开始正式建立电灌站,1975年已建立13座电灌站,挖建大型水池6个,最大容量为10000立方米,最小为1200立方米,加之曲堤水轮泵站的东灌区灌溉,全村当时2000亩土地全部实现了水利化。沁河两岸何止一个端氏镇在实现水利化?做机砖、炼铁、挖煤,农民开始与土地疏离,与河水疏离,与村庄疏离,疏离使人对大地的感情萎缩,谁能喝住虚荣的野心?

有时候想,一个村庄的繁华一定要看它曾经拥有了多少庙宇,端氏最早的庙宇是寨上的庙院和法门寺。明、清两代,又修了汤王庙、城隍庙、端阳祠、文庙、南佛堂、铁佛寺、关帝庙、黑虎庙八大寺庙,分别坐落于镇内的东、西、南、北、中。还在镇的东街修了大、小两座阁楼,分别矗立于古街的南北。村庄寺庙的不断修建,使城内街道逐步形成了完整的丁字形布局。可惜经过数百年的岁月流逝和村镇的发展,毁坏从诞生之日起就构成了重而有力的刺激之能事。每一个朝代的更迭,每一个运动的开始,每一项手工业的遗失,每一次推倒重建之后,有时候只是扭了一下头,连叹息都没有,一切就都变得萧瑟了。

我喜欢秋天的繁华,喜欢看剥麻晒蕨的农人,喜欢檐头下挑起的新剥下的玉米棒子。天黑下来时,老人黑得像一截木桩,寂寞地站在村庄的空地上,像入定的老僧。噢,岁月让他无奈了。

最隆重的节日——年

一

有许多民间的东西消失了,而我对消失的东西一直心怀敬畏。当知道故乡大年初一依旧保留着送喜神的习惯时,无论是面对现实的故乡,还是精神的故乡,我均无法不泪眼相看,我知道,无尽的朴素和无尽的繁华,与长存的良善一样,一定有,永远都在故乡。

故乡的腊月天里充满了年味儿。年的盛典是故乡人用脚力和体力走过来的,就算是一年辛苦,左转右转了一年,年近了,该磨豆腐,该杀猪,该宰羊,丝毫不敢含糊。村庄被年味儿罩得雾气弥漫,这样的热闹是时刻与别人的生活紧密连在一起的热闹,每家每户都把年看得很重。周而复始的热闹,是父母春播冬藏的盛大典礼,也是人生五味甘苦的春华秋实。

小孩、小孩,你别馋,过了腊八就过年。
腊八粥,喝几天,哩哩啦啦二十三。
二十三,糖瓜粘;二十四,扫房子;
二十五,做豆腐;二十六,去割肉;
二十七,杀公鸡;二十八,把面发;
二十九,蒸花馍;三十晚上熬一宿,
初一初二游门走。

流传已久的民谣让孩子们对过年的期盼更加热切。午后或是黄昏,耳畔偶尔会传来一声爆竹的脆响,惹得在胡同里打劈柴的老汉一声嗔怪:"这是谁家孩子?怎么抢年过呢!"

进入腊月,坡里的农活已基本停下,街上的闲人多了起来。男人们开始频繁地赶集,将刚赚了一年的尚未焐热乎的钞票去换两双小孩的鞋子、家里急用的蒸锅、两瓶白酒、一捆海带和几棵白菜,当然也忘不了捎回过年必备的香纸、蜡烛和鞭炮。女人们忙着蒸花馍,晚间则在灯下飞针走线,将从供销社里扯回来的布料缝制成一家老小的过年衣裳。

从腊月初八给灶王爷供了腊八粥开始,人们就开始掐算着年了。

"吃了腊八煮(粥),还有二十天零两宿。"腊月的天气滴水成冰,但人们心里却热气腾腾。农耕时代的春节,是人们辛苦一年的盼头。

进了腊月门就不能说脏话了,不能因为莫名其妙的情绪亵渎了年,更不能因为来路不明的脾气漠视了年。年讨厌说脏话的人,年会带走嘴不干净的人来年的福气。

腊月里的巧媳妇们把麦子面做成各种形状的花馍,在年到来时,好供奉自己的祖先,让祖先继续呵护来年家中的财源。

除了花馍还要蒸面鱼,取"年年有余"之意。过年的面食中年糕必不可少。年糕有黄、白两色,象征真金白银。年糕又称"年年糕",与"年年高"谐音。

民间有咏年糕的诗歌:"年糕寓意稍云深,白色如银黄色金。年岁盼高时时利,虔诚默祝望财临。"

过年要杀年猪,遇到歉年,往往需要以野菜代粮渡过饥荒。这样艰难的日子,连人都三尺肠子闲着二尺半,哪儿还有东西来给畜生吃？因此要想喂大一头猪是非常不易的。

有钱没钱,杀猪过年。喂了一年的猪,一旦做出了杀猪的决定,女主人往往会变得悲喜交集。喜的是辛辛苦苦喂大的猪终于可以换成钱了,一家老小的新年衣裳、正月里招待客人的菜肴,以及来年春天修缮房子的花销都有了着落。若是再周到点,兴许还能攒下个二三十元呢。悲的是一家人突然就要少了一口,牲畜可是农家一等一的好劳力,年头年尾说没就没了。一时悲戚,晌午头给猪拌几把麦麸,半夜起来再添一瓢,明天要出圈了,心里头锥子般剜得疼。

面对屠夫,人人在嘴上安了个门锁,绝口不提一个"杀"字。

杀猪的屠夫俗称"宰把子",等"宰把子"一到,众人一齐动手:揪耳朵的、摁身子的、抓蹄子的,在猪的嘶叫声中将它的前后腿牢牢绑住,抬到早已准备好的高桌上面。孩子们听到猪叫声,纷纷从热被窝里爬起来看热闹。只见"宰把子"拉开架式,一刀捅向猪,鲜血便哗哗地淌进了事先准备好的大盆里。

大伙把放完血的猪抬到锅台上,"宰把子"拿刀在猪的后腿上轻轻划开一道小口,用一根细铁条伸进去左捅右捅,然后将嘴巴对准小口一顿猛吹,直吹得整个猪身子胀鼓鼓的,好像一个大皮球时,这才用瓢舀起锅中的开水,一边哗哗地往猪身上浇,一边唰唰刮毛,不过猪脊梁上的鬃毛是不能用刀刮的,需用一块布满孔洞的"浮石"一撮撮往外拔。因为猪鬃可以制刷,自古以来便是"宰把子"的"小礼",虽然很值钱,但主人家对此举从无异议。

刮完了毛,一头白白胖胖的大肥猪重新被抬回了桌上,这时候,天井里已挤满了前来割肉的乡邻。只见"宰把子"将手中的刀子玩成了一朵花,眨眼工夫,下货取了出来,猪头、猪蹄也离开了猪身。摘下的苦胆被男主人随手挂在房檐下以备药用,而猪尿脬则早已被孩子们抢去吹成了气球玩。大家围在"宰把子"身边,你割二斤当腰,他要一刀后肘,不一会儿,一大头猪就被分割得干干净净。此时此刻,最快乐的要数主人家两口子了。男主人笑嘻嘻地点着钱,女主人则忙着洗猪肠、捞猪血,然后与萝卜丝掺在一起炒成一盆大锅菜,打发孩子趁热给左邻右舍挨家挨户地送上一碗,意为大伙共享口福。

永远没有准备就绪的时候,准备着就到了腊月二十三,俗称小年,又称祭灶,有"官三民四""道士和尚二十五"之说。

二

早年间过小年家家户户都要用麦秆编一只草马,草马是灶王爷的坐骑,马脖子上系铃铛,赵王爷走时,一咕嘟火烧了。腊月二十三灶王爷要回天庭汇报工作。走前还要给灶王爷吃甜点,糊住灶王爷的嘴,好让他在玉皇大帝面前多说好听话,来年多给人间一些风调雨顺的日子。

从前大人们说有灵性的娃娃还能听到灶王爷叮叮当当的出行声。

记忆中赵王爷的画像上印有二十四节气,是用以查询节气,指导农时的晴雨表。

小年的来历虽然年年讲,但孩子们是小和尚念经——有口无心,一边吃着饺子,一边追问灶王爷的来历。

"灶王爷爷本姓张,一年吃碗烂面汤。"

相传灶王爷乳名张郎,天资聪颖,出身贫寒,于 16 岁那年与一个叫郭丁香的闺女缔结秦晋之好。郭氏贤惠能干,成亲后担负起家里家外所有的事情,让丈夫潜心读书,考取功名。张郎日夜寒窗苦读,两年后赴京赶考,一举中得状元。富家女子李海棠见其才貌双全,遂对张郎展开攻势:"张郎,张郎,你休了郭丁香,娶我李海棠。俺给你生对小儿郎,这个叫你爹,那个喊我娘……"

经不住诱惑的张郎终究做了负心郎。谁知张郎再婚后仕途不顺,一直未能谋得一官半职。张郎衣食无靠,只得拖起打狗棍做了叫花子。而勤劳的郭丁香则置地盖房,日子越过越红火。某日,张郎要饭来到门前,郭丁香安排下人给他做了一碗面条,并扯下一根长发盘在碗底。张郎吃出长发,明白自己要饭要到了前妻这儿,不禁羞愧难当,于是撞在锅灶口上一命呜呼。死后玉帝念他学问满腹,便封他做了最小的神——灶神,郭丁香和李海棠也夫贵妻荣,一起成了灶婆。

民间木刻印刷的灶君像中,灶王爷只有妻没有妾。可能他违反了现在的一夫一妻制,民间擅自取消了他的妾。

做罢年前的大事,离年近得只有一天了,其实,最大的事是在三十晚上,祖宗要回家团圆了。

黄昏来临时,街上会出现短暂的安静,男孩子纷纷回到家中跟随大人去祖茔里"请年"——将那些已经去世的先人"请"回家来共度佳节。若按老规矩,"请年"得等到太阳落山后打着灯笼前往,因为鬼魂怕阳光。不过,后来这些古老的风俗早已七零八落,很多传统祭奠活动只剩下一种缺少内涵的形式而已。

"请年"回来大人会叮嘱孩子:嘴上再加一把"把门锁"。污言秽语和不吉利的话不能出口,如若违反,轻则让回家过年的祖先们笑话没有教养,重则会给家中招来灾祸。

除夕忙年要打扫卫生、挑隔年水、劈隔年柴、贴对联、挂宗谱、捞隔年饭、摆供桌。晚上九点左右在院中烧香、烧纸、奠酒、磕头,将灶王爷接回家,名曰:"接灶"。

新中国成立前,官员可以兴建家庙,寻常人家祭祖,会在厅房或正房墙边摆一条长几,几上放置先人牌位,这些牌位均有木质外罩,并以镂刻为装饰,木罩内的木板上以正楷字体书写着自家祖宗牌位。敬祖宗后开始贴对联,天井和胡同也已打扫得干干净净,能抬眼撞见的地方都贴着"出门见喜"。

年夜饭是老百姓一年中最丰盛的家宴,除了酒肴山珍、猪肉粉条,还有生活中说不尽的酸甜苦辣,道不完的儿女亲情。

大人在年夜饭后将鞭炮拆散开来化整为零,然后精心制订出每天的燃放计划。打算虽精细,数量却有限,往往是半天未过,囊中鞭炮即已告罄。没有了鞭炮的吸引,年的氛围便有些清淡,男孩子们只好与小伙伴们在草垛间藏猫猫打发时间。而女孩子则对鞭炮不屑一顾,她们穿戴一新,像花蝴蝶般在大街小巷飞来飞去,一边相互比着身上的新衣裳,一边眼观六路,耳听八方,随时躲避浑小子扔到脚下的鞭炮……

夜里老人要分钱,叫压腰钱,也谓压岁钱。随着时间的推移,激动人心的时刻终于来到了。仿佛是冥冥中有神祇下了一道命令似的,顷刻间鞭炮响成一片,左邻右舍大门四开,男主人带着儿孙焚香烧纸,祭奠祖先。煮饺子的热气和鞭炮刺鼻的硝烟弥漫了整个村子……差不多已经到了半夜时分,街上变得热闹起来,大家开始走街串户拜年。

刺骨的寒气挡不住人们内心添岁的喜悦:"过年好!""过年好!""长岁了,该知道好好学习了。"在此起彼伏的祝福声中开始守岁。

五更天,家家院子里燃着明火,孩子们围着火堆嬉闹,大人们开始敬神。耕读传家的乡人首先期望牲畜健壮,田里无病无灾。他们一早要拜的是五瘟和五谷神。读书自然盼望金榜题名,光耀门楣,在校读书的孩子们跟随大人手捧一把香去夫子殿和文昌阁,其中,文昌阁内供奉文武主考,一应俱全。乡间寺庙都是多神共处的,孩子们一一磕过去,所有的神拜过了,去年的不快、顾虑都被洗涤得干干净净,来年有福了。乡人信奉求什么得什么,尤其是大年来临,仁慈的神会眷顾他们的未来。

五更天,给祖宗上香,放第一声"开门炮",故乡的年就像炒豆子一样把年炒红火了。

三

大年初一上午,迎喜神开始。从大队的仓库里取出闲置一年的铜响器,年轻后生们嬉笑着敲响了第一槌锣:"台台,大大,仓!"听见锣响的人们心一下子开了,家家都往篮子里放置牲畜要吃的东西,其实也是人吃的东西。各家各户往出赶牲畜,迎喜神。

迎喜神迎的不是哪门子神仙,是乡下人的五畜六禽,这是老祖宗留下来的一个活传统,也是关于生命的事情。

一缕炊烟,几声五畜六禽的叫声,人就有了活下去的精气神。五畜六禽和人一样,一年开始了,一年的开始是简单、自然,也是喜庆的,五畜六禽一年给人带来了福,人也要敬重五畜六禽呢。

年三十晚人们吃了岁饺子,大年初一就该五畜六禽吃"岁"了。家家户户把五畜六禽赶到一个大的空地上,篮子里装了最好的吃食——腊月里蒸下的白馍。人围了五畜六禽,有打响的开始"咚咚锵,咚咚锵,咚锵,咚锵,咚咚锵"很有节奏地敲。原先的时候是细吹细打,现在的人活得都粗糙了,能拿得出细活的不多(乡下人把弦乐叫细乐,把锣鼓铜镲叫粗响儿)。迎喜神等于是大年初一和五畜六禽一起过年,故乡人敬重它们都是一等一的壮劳力呢。乡下人相信,磨难会在五畜六禽中激起残忍,而人的心间就应该唤醒良善,良善是所有生命活下去的光明。大地上布满了具有魂魄的事物、牲畜、山水、土地、风、雨、雷、电等等,这些事物选择了与人相亲相爱,人更应该毫不吝啬地用亲爱把一切生命的激情点燃。

"过年迎喜神啦,五畜六禽一家人啦,一保田地,二保钱财,三保平安,四保喜神,五保祖先,六保太平,千年保富贵,万年保儿孙哪!"

嗵!啪!

年味儿真足,抓一把,浓稠得确有几分份量。

过罢初一,人们便开始筹划"出门儿"的事。"出门儿"是走亲戚的别称。庄稼人一年四季风里来雨里去辛勤劳作,正月是一年中最闲适的日子,于是便利用这段时间走亲访友。走亲戚的路上遇见熟人,先是互道一声:"过年好!"再问一句:"出门儿啊?""对呀!你也去走舅舅家?"说完相视一笑擦身而过,朝着炊烟袅袅、酒菜飘香的另一村子匆匆走去……

正月里走亲戚是过年的又一乐事。不论是到姥姥舅家还是姑姑姨家,不但有好吃好喝招待,孩子们往往还会得到一小挂鞭炮或是几毛钱的奖赏,当然,这都属于个人财产,用不着上交父母。如果能连续走上几家,则会收获颇丰,正月里可以很潇洒地从小贩那里拔糖葫芦吃,一边细细品尝,一边随手从衣兜里掏出鞭炮来燃放,俨然富翁般趾高气扬。

一圈亲戚走下来,半个正月已在觥筹交错中一晃而过。当然,这期间家里也会有一拨拨的客人登门,甚至一些多年不走动的老亲戚也会突然造访,让人惊喜之余又有点措手不及。每天迎来送往,日子忙碌而充实。

正月里走亲戚有许多不成文的规矩,比如客人所携带的礼物大多的时候只是为了"好看",即使主人家留下客人带来的礼物,也会再换上别的东西"压篓"。往往你送给二姨的馒头点心,转了一圈又由大舅家给"圆"了回来。等过完十五要吃的时候,打开一看,却发现点心透了油、馒头长了毛……这些东西原来就是自己家的,旅行了一个正月又风尘仆仆地回来了。

缺少文化生活的年代,人们更注重自娱自乐。

"耍正月,闹二月,走亲串友到三月。"

流传于乡间的俚语,既印证了农耕时代人们的闲适心态,也成为庄稼人尽情玩乐的理论依据。有的村子会自建"剧团",排演一些地方戏曲娱人娱己,戏文虽然都已老掉牙,大家仍乐此不疲。而最常见的娱乐项目是踩高跷(俗称"打秧歌")。一进腊月门,村里的"秧歌头儿"便开始组织班子,每天熬夜挨冻进行排练。秧歌队为青年男女搭建起加深了解、培养感情的平台,因此颇受年轻人喜爱。

"咚咚锵!咚咚锵!七不隆咚锵咚锵!"激昂的锣鼓声由远及近,人们便知道秧歌队开始"踩场子"了。不多时,涌动的人群便里三圈外三圈地将场院围了起来。秧歌队里的传统人物有老头、老太、媒婆、县官、员外、相公、小姐和新媳妇,以及《西游记》里的唐僧、悟空、八戒、沙僧师徒。随着时代的进步,里面又增加了工农商学兵等新形象。其内容与形式既固守传统,亦与时俱进。

一支二三十人的秧歌队,就仿佛一个浓缩的小社会。秧歌队不仅在本村表演,也到邻村拜年,表演完毕会收到烟酒及现金之类的酬劳,作为对他们精彩表演的回报。

转眼元宵节就到了。

元宵节是雅称,人们对这个古老的上元节均称"正月十五"。

"干十五,耍十六",这是多年形成的习俗,十五这天可以干活,十六则是个"耍日子"。

其实正月里天寒地冻的也没多少农活可干,无非是去麦田里瞄瞄,把冬天存放在地里的粪疙瘩打开。太阳落山的时候,男人们要去祖茔"送灯",除了像过年那样烧香、烧纸、放鞭炮外,还要在坟头四周点燃蜡烛,让温暖的烛光照亮祖先亡灵回家过节的路。

见男人"请十五"回来,女人便连忙开始烧火煮饺子。孩子们也不闲着,按照大人的吩咐"散灯"。所谓的"灯",即用豆面做成十二生肖形状,上锅蒸熟后在中间的凹槽内注入豆油,再以山草棉花做心。

豆面金贵,很多人家便用萝卜替代面灯。点燃后端着它四处映照,边照边唱:

"萝卜灯,清凌凌,照得蝎子永无踪,照得蚂蚱不见影,照得耗子不打洞。"

同时还要在家中各处插上一种用芦苇秆做成的"小蜡"。一时间家家户户烛光摇曳,灯火通明。街上鞭炮震耳欲聋,屋内饺子、元宵热气腾腾,营造出一种合家团圆、其乐融融的温馨氛围。

"月上柳梢头,人约黄昏后。"虽说古诗里所描述的场景在乡间很难见到,但入夜后村里还是十分热闹。孩子们一手提灯笼,一手拎着啪啪作响的"滴滴金"(用纸卷、木炭粉做成的微型焰火)满街疯跑,远望犹如七月流火。如若碰上哪年村里"挂灯",街上就会拥挤许多。巧手的工匠用高粱秸绑扎出花鸟鱼虫、瓜果蔬菜等世间万物的样子,再涂上相应的颜色、图案,在电灯泡的映衬下,一个个栩栩如生,将节日气氛渲染得愈加热烈。

四

正月十五的重头戏是燃放焰火。

最早的焰火都是土造的,将木炭、生铁末及硝、磺等物放入犁地用的"铲头"中封好点燃,由年轻力壮的小伙子手持绳子将其抡起来转圈,俗称"抡花"。"抡花"是个出大力的活儿,往往需要数人轮番上阵。后来条件好了人们便购买各种成品烟花,大家于晚饭后各自携带烟花来到空地上燃放。一些靠山的村子充分发挥地理优势,每年都会将烟花搬到村后的山顶上燃放,居高临下,声势浩大,方圆几十里均可欣赏到壮观的焰火瀑布。

不知什么年代这样的焰火就走失了,取而代之的是铁匠打的铁礼花。正月十五晚上,观罢灯的人们拥向铁匠选取好的一处宽阔的场地。在铁匠提前准备的生铁炉内,生铁在高温加热下熔化成沸腾的铁水。尤其是熔化报废的农具铁犁铧的铁水,打出的礼花最佳,铁礼花也是"铁犁铧"的谐音。

铁匠将火红的铁水倒入一个土制容器内抬到树下,把熔化的铁水用木勺舀到带有凹槽的木板上,手持短木棒,然后两者相磕,迅速往上空打去,流星般的铁水在树枝的碰击下迸散开来,犹如一簇簇"金花"凌空绽开,又似朵朵"金菊"华丽四射,把夜空点缀得璀璨夺目。此时,铁匠们旋转着"火伞",如奔跑起来的"火牛",一个个活灵活现的表演构成了一幅绚丽多彩的民风民俗图。为防止被飞溅出来的铁花烫伤,打铁礼花的铁匠们头戴用水浸湿的帽子,并且把老羊皮袄反过来穿在身上,手里拿的木勺子,需要在水里浸泡一天,才不会燃烧。

> 烘炉入夜熔并铁,飞焰照山光明来。
> 忽然倾洞不可收,万壑千岩洒红雪。
> 世间怪事真如此,百炼柔钢齐绕指。
> 请看入眼幻缤纷,笑他剪彩堆红紫。

元宵节是中国的传统节日,汉文帝下令将正月十五日定为元宵节。汉武帝时,"太一神"的祭祀活动定于正月十五日(太一:主宰宇宙一切之神)。关于元宵节的另一说法是,元宵节燃灯的习俗起源于道教"三元"说(上元、中元、下元),三元神为主管天、地、人之神,所以正月十五也叫"燃灯节"。

过罢正月十五还有一个节日,那就是正月二十五填仓节。因为填与天谐音,也可以写作天仓。实际上是春节已过,春天到来,仓廪要充实,就该劳作了。岁时节日都是跟农事相关的,因此是农村的重要节日。填仓这一天大人们要倒腾出莜麦、豆子、谷子、玉茭、高粱、黍谷、麻子、麦子、红谷、花生,挑出颗粒饱满的分装在十几个布口袋里。午夜子时用荆条篮子沉入村庄十丈深的水井,看着井绳的长度,琢磨着正好吊到了水面五指高的位置,然后把辘轳缩死,等出了正月,进入二月好把篮子摇上来,看哪些种子发芽了,清明过后就种发芽的种子。

岁时节令也就是岁时、岁事、时节、时令等。

"添仓节"是古代民间祈年节俗,定在农历正月二十五。《帝京岁时纪胜》记载:"(正月)念五日为填仓节。"人们或饱食以表示填满了仓,或用灰等围出仓的形状,在其中放些粮食以示仓满,或祭祀仓笼之神,以祈一年粮丰仓满。

填仓节分大小:小填仓在农历正月二十,为祭以祈年丰,亦称"小天仓""小添仓";大填仓则在正月二十五,乡人也有称其为"老天仓"。

添仓节这天,还要象征性地往粮仓里添加粮食,有的地方则在添仓节这一天吃春饼、煎饼和饺子,并把这些食物投入粮仓,名曰填仓、添仓。也有的地方把添仓节叫作"雨灯灯",灯用谷面捏成,共捏十二个,小碗大小,每个灯顶端捏一个灯盏,灯盏边缘捏一个小豁口,每个豁口代表一年四季中的一个月。灯盏蒸熟后,揭开锅先看哪个月的灯盏里积的蒸汽水最多,则证明那个月雨涝。再根据种庄稼在哪个月需雨水最多来推断这一年收什么,作为本年安排种植的依据。

有民谣:"点遍灯,烧遍香,家家粮食填满仓。""灯"和"登"谐音,"糕"和"高"谐音,天地之阔啊,粮仓要升高了。

添仓节过后,家中积攒的精米细面已几近告罄,饭桌上的白面馒头渐被地瓜、红薯等粗粮替代。

山西民间有民谣唱:"过了年,到填仓,填仓米面做灯盏。拿簸帚,扫东墙,捡到昆虫验丰年。""一年的节气数一数,就看头一个二十五",意思是这一天天气好,今年粮食就会丰收,如果天阴或下雪,就会歉收了。填仓这一天是不准做针线活的,以防"扎坏了仓神的眼"。实际上就是找个借口给整年劳作受苦受累的妇女们放一天假。

"懒婆娘,别掉泪儿,过了填仓节,还有二月二。"

这说明类似的放假还会持续,那可是防止扎瞎了龙眼。

关于"添仓"还有一个历史故事在里面。西汉大将韩信投军前一贫如洗,曾受胯下之辱,漂母出于怜悯,以餐饭相济。韩信投军后屡立战功,与张良、萧何并称天下三杰,名扬四海直至封王。韩信称王后,为报当年一饭之恩,竟赠黄金千两。世人以为供韩信即会得到丰厚的回报,亦拜韩信为仓神。填仓时,要在韩信像前摆放供品,有的在粮仓上面焚香并给韩信设置神位。

现在人已经不过"添仓节"了。从阳历年元旦,到火树银花的除夕之夜,一个个老节日,如一个个星座嵌在中华民族历史文化的天穹,闪烁出异样的光彩。我们用手和心触摸到它们时,会感受到传承至今的历史文明强有力的脉动。

填仓节又叫天穿节。宋代以前,以正月二十五为天穿节,相传这一天为女娲补天日。在远古时期,天崩地裂、火山爆发、洪水浩荡,猛兽巨鹰横行扑食难民,百姓处于水深火热中。这时被称为人类始祖的女娲氏,采来五色彩石日夜冶炼,炼了七七四十九天后,正是正月二十五这一天,终于把破裂的天空修补好。女娲氏又斩断巨龟的四条腿,用来支撑天的四方,并且杀死猛兽巨鹰,治退洪水,使百姓安居乐业。为了纪念女娲氏,人们就在正月二十五这天吃烙饼、煎饼,并要用红丝线系饼投在房屋顶上,谓之"补天穿"。

苏轼曾有"一枚煎饼补天穿"的诗句,故正月二十五又称为"天穿节"。

填仓是农耕文化的产物,是我们的先人对衣食充足愿望的朴素表达。一个节日就是一种文化,每个古老的节日都在传递着先人的思想脉络。

现如今很多东西都可以用科技和金钱替代,唯独这年的味道不能。

天增岁月人增寿,春满乾坤福满门。大地回春,万物复苏,一元复始,万象更新,在这样的美好季节里,那真是未来可期,幸福可待啊。

嗵!啪!

哦,又长了一岁!

石雕,是门前福喜

　　石雕这玩意儿,也曾风光无限,却总不是骨子里的东西,一时兴过,眼前便真的旧在了那里。或许,在多少年之后,万物萧条,生灭有道,再赏繁华之后的古建骨架,你会顿时一痴,半天无语,复叹真正骨子里的东西原本就该如此"旧","旧"到传统的老根里去。热爱它的人谁敢说它不是自家精神底色里的那束光芒?!只有有它,方有"如故"和"旧知"的惊喜,都是"门前"的故事,虽形式简约,而意趣雅儒。

　　先说我发现的第一只石头小兽吧。它在草丛中隐约等待着现世,脸上还挂着一坨干牛粪,我的眼睛无风起浪。风已经软化了它的蹄脚,噪声在空间里升高,我小心刨出它,如同捡拾到一尊宝物,想象着让世俗一下就静下来。老天,它在荒径中藏了多少年?那个黄昏,夕阳的晚照下,它如一堆美好的文字推动着我的感情不断地向前滑动。对于收藏物件,我一直找不准自己的喜欢,比如那种剧烈的喜欢,总有一种寻觅一直蛰伏在内心最深处。小兽的出现明确了我的方向,我爱上了石雕。有一种庸常生活底色下的光亮,记录着日常人家炕头锅灶边的历史,它在并不富裕的人家门前,守望麦熟茧老李子黄,一座老屋,一条老街上,它寄托了旧时代的灵魂。抚摸着能感觉到它从远处走来,有响动,有重量,有意趣。

　　我从河道走往村庄,遇见的乡民总是乐观的,河流给了他们性情,给了他们生机,给了他们无比荣华,他们并不在意明天是否还会守着一条河流。面对河流,思绪飘然的是我,对于乡民们,世俗、安稳、守成，也有期待和向往，或许他们的愿望是走出去，把河流遗忘在身后。

生命在时间转换中成长，顽石虽愚，"聚天地之精华，得日月之灵气"，在富于创造天赋、有着高贵心智的石匠们的雕琢之下，必将以另一种生命形式获得新生。先说石狮子。在衙门、豪宅、民居等有门的地方，一般都是成对出现。往往是左雄右雌，迎合了人世的思维逻辑：男左女右。雄狮子左蹄踩球，俗称"太师"；雌狮子右蹄抚幼，俗称"少师"。狮子的毛发卷成疙瘩状，称为"螺髻"。一般而言，"螺髻"的数量因宅院等级不同而有严格规定。一品官府门前石狮头可雕13个疙瘩，称为"十三太保"。每低一级就要减少一个。七品以下官员门前摆石狮即为僭越。虽然关于石狮子的形象和配置从唐宋之后就有了较为固定的模式，但是，在民间不仅有左脚踩幼狮的"太狮子"，还有远远超过13个螺髻的石狮子。由此可见，民间的装饰中，所谓"形制"等并不具有绝对的约束力。石匠的世界是一个创造的世界，否则就不会有如此众多的珍品奇物。斑驳日影下，我看着那些历经年月的狮子，它们的螺髻贴着人的体温，因长期被触摸泛着冷光。尽管这些创造历史、创造文化的石匠最后连名字都未能留下来，但他们持久的付出已经嵌进了石头的纹络。

我顺着河流走过去，老屋子门前的柱础散乱地扔在街道上，随处可见。岁月湍流自可以将人世兴衰冲刷得无影无踪，然而廊檐下的柱础，却把时间永远凝固在它的花纹上了。一对上好的柱础，伫立呆看，只觉一股气势迎面扑来，形制各异，动人心魄，让人为匠人的胆识与智慧而激动。眼下，可惜村民已离去，这经年累月沉睡的石头一时为商家所看中，借"文化"之名红了起来，"市场"了起来。原本简单的东西，突然令缱绻醉眼的俗世"狗撵兔子"似的乱了方寸。

　　一户村民说,夜里听得外面的柱子下有声响,像是给轮胎打气的声音,屋子里的人大气不敢出,一早见柱子下支着两个千金顶,柱墩不见了。毁坏总是比新建来得快、准、狠。我坐在廊檐下猜想着当时的情景,我不想原谅人,失义取利,人是很喜欢把自己降低到动物等级的。欲望总是让人头脑昏昏的,那么好的东西,是谁一定要安排这样的结果?喜欢的东西一定要拥有吗?历史是与人同在旅途上的,不曾拥有才有想象。所幸人一辈子的时光很快就过去了。

　　柱础的实用功能是支撑柱子上部传下来的荷载,又可阻挡地面返潮波及柱脚使其朽烂和人为碰损,同时具有提升柱子壮观形态的装饰效果。一座老院落的门脸反映着主人的地位和权势,所以一个家族或家庭的名望被称为"门望",就门的装饰来说,门前先有上马石和拴马石,讲究的人家上马石脚踩的水平面上都有浅浅的浮雕。尤其是拴马石上那只猴子活灵活现,马上封侯,历史有了寓意,才会动人。还有青石台阶、门枕石、门头、门脸。长方形的门枕石,一头在门内,托住大门的转轴,一头在门外,起着平衡的作用,为了避免大门转动时产生位移,露在门外的一段多比门内那段长而厚。这段露明的石墩,大都雕有狮子,并列在大门两侧,沁河岸边的人叫它们把门狮子,不是那种衙门前的狮子,这样的狮子比独立的狮子更为自由,有站立、蹲坐、趴伏的,表情也不只是一种凶狠状,显得嬉笑、顽皮一些。我从衰落的大户门前看到门枕石大多为鼓形。为何是鼓形?设想一下,沁河流域曾经是舜的活动地带,舜时期作为政治上的开明时期有"尧设谏鼓,舜立谤木"之说,谏鼓是朝廷为听取百姓意见在大门前设的一大鼓,百姓有事可击鼓进谏,此抱鼓石和彼谏鼓是不是带有欢迎来人的意义?匠人在世上留下了手艺,手艺能流传下来,变化的岂止是形式,一定还有内容的起承转合。看那些门枕石,从粗硕到细腻,从简朴到繁复,从就地取材到取材青石、白矾石等,演变过程跟随人的财富提升而不断变化。

雕刻在石头上的图案含有吉利寓意趣事,那时的人活着真是有太多美好的精气神,太多的梦想从院子里走出去,带着睁眼就会看到想到的寓意,走向世界。哪怕是从田间走回院子,也是从丰收走进喜悦。站在这些石头艺术前,我受感染,如此怀念旧时光,怀念一个家族把重复演绎为完美,演绎得子孙没有力气和"老屋"说再见。

沁河古院落的柱础的规制大体是能看出年代来的。唐宋至明清早期柱石多下呈正方形,上呈隆起盆状,有如覆盆,也叫覆盆式。随着朝代的不同,其柱石下端正方形展开幅面大小亦不同,年代越久远,展开幅面越阔,其柱径亦越大,年代越近,展开幅面越小,其柱径亦越小。元代柱础的特点是多为不加雕饰的素覆盆式素平柱础。素覆盆式上端隆起较低,周边则呈圆弧形渐收起,似扁形圆盆状。因为无论是从其柱础、构架用料粗硕和古拙程度,明代遗存的用料中总还能看出元的影子。沁河两岸的柱础从平面看,造型有圆形、方形、六棱形、八棱形和上圆下方等形状。即便同一形状,其组合方式与体积大小又有许多不同,因建筑的大小不同,院落的进深不一,更因为是不同性情的匠人所造。我看那些雕刻,有的清洁淡雅,少了一些功名利禄、骄奢纵物的世俗浊气,有的也许是自家手艺不精湛,或主家给少了米面,做工明显来自徒弟的学徒手工。考究人家砌房造屋,对要雕凿的石头是很讲究的。我听一位年老卧床的石匠说,讲究的人家,雕凿石头的日子里不能见怀孕的女人,也不能见寡妇。怀孕的女人如知道谁家有石匠活,一定要绕开走,怕一些神通的石匠一时起了邪念无端给自己雕凿一个残缺的娃娃出来。雕凿好建筑装饰,无论是压窗石还是别的构建,点香、磕头、放鞭后,匠人才开始放置它们,大的柱础和门枕石,一般要请阴阳先生来,要在柱子柱脚与柱础之间放上一枚铜钱或银圆,是吉利也是镇物。

石匠家族广博深邃的文化内涵,主要蕴藏在以浅浮雕、高浮雕和圆雕、透雕等雕刻手法雕就的各种器件里,那些雕刻涵盖了动物、植物、人物、器物、文字、几何形图案及其他自然物等。有人说石匠的手艺是民俗文化的万花筒,我觉得它还有一个更为隐匿的作用——完成一种自然的转换,精神在现实里托物寄情的过程。我在晋城玉皇观近旁的关帝庙看见过石制圆柱,雕花圆柱上布满人物,那样的手艺,打远处看真叫人敬畏和尊重。我能感觉到时间的重量,它启悟我未曾有过的感知,我甚至会想,我活着的意义与匠人的相比是多么平庸。它就那样存在,静默不言,以艺术的方式取得了盛气凌人的效果,同时加强了它的最高礼制性质。

在我童年每一天的期盼中,最持久最迫切的愿望是坐在别人家的门墩上,阳光照得我暖暖的,傍晚的时候阳光还能把我的影子照进他们家的青砖地面上,屋里进进出出的人踩着我的影子或用他们的影子重叠着我的影子,我的影子看上去就像一只守门的狮子。老宅的门墩,坐禅入定,悟道明心,守着一份时间中涩涩的苦味,投身在门的两侧,旧时的影子,将我带进一种透亮与舒畅中。

如今即使豪宅的门前也已经不见门墩了,没有门墩的门,光秃秃的,显得那么不安定而又弱不禁风。门,是一座房子的文明尺度,在中国古代,进什么样的门,是有身份讲究的,门墩也有高下荣辱之分。四壁合围,高墙环堵,朱门红墙,一对儿门墩守着一代一代人在它里面生长,把生命喂养得强壮,让生命静守着它的雄奇和贵重,也静守着它的牢靠和厚实。

当然,还有那沁河女人喜爱的炕狮,它是炕上女人用来压小孩被角的,神态各异,都是匠人随心随意的物件。可现在的炕狮少了,原本是家家户户都该有的东西。少,说明了它的不重要性。我很奇怪,血脉相连一定要在有了一定阅历之后才能理解,我理解了吗?炕上的那个看小孩儿的狮子,潜藏着对充沛生命密码的解读,它在接近文明的曙光中消逝掉了。太多的消逝叫人老是背负着沉重,是因为炕没有了吗?炕上睡着的人该是穿白袄大襟衫,黑布裤子,打裹腿,小脚,直贡呢布鞋,一脸的欢喜定格在炕上,因为炕,因为睡炕人的走远,一切都成了从前。

我走过村庄,我看到石桥,石桥上坐着几位年长的女人,她们说话的声音被走过来的我冲淡。傍晚的雾霭浓稠得像碗米汤,她们一个挨一个坐在石桥上,一边压低了声音说话,一边看着我走来。石桥的望柱上雕刻着狮子,那狮子几乎可以说是一个幻影,只能去想象了。女人们坐在桥栏上,我真希望夕阳挣出雾瘴辣辣地泼在她们身上。借着最后的夕阳我看那望柱,盆口粗的柱子被岁月刮削得瘦骨嶙峋,看那些镂空雕刻的花卉华板,已经是什么都看不清楚了。

日本建筑学家黑川纪章说:"建筑是一本历史书,我们在城市中漫步,阅读它的历史。把古代建筑遗留下来,才便于阅读这个城市,如果旧建筑都拆光了,那我们就读不懂了,就觉得没有读头,这座城市就索然无味了。"我走在沁河边,感觉每个时代的文明都在城市建设中留下了自己的痕迹。石头是大地的纸张,也是岁月的记忆,保护历史的延续性,保留人类文明发展的脉络,是精神文明建设的要求,也是对传统老根的守护。

善　　陀

　　善陀是一个村子,若干年前它在一座山的山坳里,它的热闹来自屋子里的那些人声。若干年后,善陀消失了,植物覆盖了它。冬日树叶落尽时,看过去,备受摧残的村庄显得生硬和突兀。一座寺庙的舞台还在,只是没有了背墙,敞开的舞台犹如一扇落地大窗,更多的自然透过敞开告诉世人,物质形态完好的东西到最后都是以这样一种形式完结。

　　村庄里一些屋墙之所以还在,是因为曾经村子里的人过于铺张地用了石头。

　　不知道现在谁还用石头盖屋,这种需要粗重的体力活计的房子已经被现实中的人们舍弃。阳光从石缝穿透,青草茂盛,风来它们摇曳,风去它们也摇曳,只要有光,有雨水。

　　我能想象曾经的戏台下,男女老少,到了赶庙会时分,唱戏的、卖香烛的、卖火烧的、卖丸子汤的、打情骂俏的、偷鸡摸狗的等等,都是围绕着对面的大雄宝殿开始。跳大神的嗡嗡如蜂,与香烟缭绕、人声鼎沸的戏台傲然对立,二者之间,总是掺杂着皱纹的脸和骨软的腿。

　　那时候,入村瞧戏,我们就这样一窝蜂地拥进了善陀。

　　善陀实在是不大,十来户石砌的屋子,青绿的草铺天盖地。有些花朵开着,犹如小女孩身上的碎花布衫,望过去异常舒畅。曾经的庙,高耸在小村中央,有几朵白云,从绵延起伏的山冈走来,庙脊上的琉璃瓦被云彩遮挡了一下。一群不知名的小鸟呼哨着飞起来又落下去,小小的跳动,衬托着背后葱茏的山峦,这些庙顶上黄绿相间的瓦楞,更显得轮廓分明,光亮夺目了。红的庙墙,翘起的檐角,善陀在人们无数的好感中,一定有触摸到世外文明气息的感觉。鞭炮响起,那些咧开大嘴笑着的人,点燃香烛跪下,高香上的烟气缭绕着,求佛的人根据自己的欲求,还原着自己想象的生活。

我偷看那个卖香火的老人,她在比较两张纸币。她把明显干净的一张装进了衣袋,另一张握在手里,等待找零。她嘴里喃喃:"你该烧一炷高香了,看那些开着小轿车的人,有人前呼后拥,都是前世烧了高香啊。"

把钱看成一种吉祥幸福是一件好事,钱的新旧是不是左右她生存的好心情呢?高香,只是要整理出一个干净、没有臭气、看上去庄严的说法场所,如此,它的意义与高矮又有多少关系?我转身走出庙门,惶惑间居然不知里面供养着什么样的神佛。现在想,好像莲花宝座托起的佛,有一张丰腴的脸。

正是 5 月,一大片黄灿灿的油菜花,朦胧的潮气,清水流过,禾苗正在生长。念着牵挂着同时被惦记着,应该是很幸福的事了。爱是平常,有爱心,始终怀念爱的人,任凭时间之水流逝,如此,便看见了那个朴拙的老人。

他正挑了一担水走进油菜花田。他弯下腰,然后直立在花田中央的一块土包上。他突兀地站着,哼着欢快小调,很自在地在油菜花田里劳作着他有意义的劳作。那么,油菜花田里还生长着一种什么农作物?这么宁静致远的小村,因何要修一座庙?修庙人一定怀有梦想接近现实的目的。

一盘石碾。疏疏的,有一枝桃花斜过来。"人面桃花相映红""桃红又见一年春""催出新妆试小红""为他洗净软红尘"……你看,有桃花在,一切就必然带着浪漫的寓意了。桃花从一座小院的墙头上伸出来。院内没有人住,春风吹生的野草疯长起来。石屋的门两侧有春节的对联:"春风送暖驱寒意,幸福不忘报党恩。"多么暖人,像春雪在阳光下就要暖化了。我走近它,记下。没有人住的石屋,贴着暖心的对联,很有味道。

看天。天上有云,云本无根。世人都说那云有一种超然物外的心境呢。是啊,那云,混沌无识无序,依偎戏耍在山的怀里。谁又能说混沌不是一种大境界呢!像这善陀人家,只守着自家的老屋,守着一种不变的生活。日出而作,日落而息,生儿育女,修房造屋,抽几口旱烟,看几朵云彩,心里平和着,吼几声地头田间的秧歌,砸出一些活命的滋味来,你能说这不是一种幸福?其实,幸福是一种自我感觉,体验存在于感觉的过程中。幸福,难以倾诉,也不可理解。就像这云一样,云飞云落,都是平常。

云与人一样,同是一段生命的过程。坐看云低,仿若洞见一段生命的无为和无知。云的家园是山,是江河湖泊,是草丛树林,宁静的自然对于人类,不也意味着一种永恒的家园吗?

山、水、草、木、生命、智慧、劳作与汗水浇灌的丰腴。油菜开花,它使我们在生命的轮回中懂得自省与平和是一种美好的品质,让我们知道翻越一座山之后是裸露出的亘古的宁静与庄严。

我走近那位老人。我问他在浇灌什么。

"浇灌坟茔上的树啊,万年松柏。"

他用手指给我看,先他而去的女人就留在那里。那样轻松,这样说,没有一点伤感,但,仿佛是真的,如延续着生活的从前。老人眯着眼睛。挽留一些事情真的很难,很多人、事也很复杂,到了这样的年龄,如果有痛苦,痛苦就会与生活永远相伴了,不为痛苦去浪费闲余的时间。

老人走过去,从我面前,以一种自在的神态。

他的女人就在那里,油菜花田,等待着亲爱的未亡人。月球和地球的距离,必然带着诗意的浪漫。掰着指头数日期,一日两日,农妇不紧不慢,安稳得惊人。守候着静止在四季轮换的油菜花田,她是这世上最有定力的一种人。

有一天,老人将回到小屋,重新开始旧的生活。空气净了,心也净了,情绪似也变得透明。冬日白雪覆盖,春天幼苗返青,五月百花盛开。葬在这油菜花田的善陀人真是好福气啊。

时间好似昨日。

沉默下来的善陀,山中的花期这般烂漫,得益于毫无阴霾的雨露滋养,洁净而又恣肆。看到过生命烂漫的时刻,那个存在过的善陀,就像黄土地上一块沉默的土坯,站在山上石垒的豁口处,能看见巨大的深壑,它已经走出了人们的生活。

有诗意的生活和有过多物质的生活相比,善陀在大山里,就名字而言,暗隐着某种岁月的从前。

半夏的虫草

——《与虫在野》读后记

半夏新写了一本书《与虫在野》。拿到书的那一刻,天空瓦蓝,有声音从遥远处走来,一刻不停的十月风罩着那甜美的声音。此时有一只虫子落在我手臂上,是七星瓢虫,虫子是冲着声音来的吗?那是半夏在说话。

这个女子的内心里长着一个植物王国,住着她的昆虫朋友。

一本书决定一个人的记忆。记忆一旦被保存,就容易定型。开放的土壤上,笼罩在回忆里的半夏应该是在 2008 年。我们在老鲁院前后住同一间宿舍,房间号是 412,入住的那一天我看到了留在书桌抽屉里的纸条:我是你的前任,如果爱就来昆明找我。

那时我想:半夏并不是一味中药。

时间总是给你机缘,我们在昆明相识。许多人际关系,来时来,走时走,相比匆忙地离去,有些细节留藏,竟然已需要决心。属于生活,但不属于生活中的细节,遗漏了的友情总会留下一些牵挂。半夏是我的珍藏,因为她明亮。

半夏在《与虫在野》里写道:"参照虫生,哪一样的生命不是这样的模式?人类例外不了。我常感觉我已是一匹野马,不往野地里蹓蹓蹄子过不下去了。有一种旅游是沿着乡村公路的旅游,一再停下看沿途风景。高速公路上的旅游,只奔着目的地去。我喜欢沿着低等级乡村公路走走停停的野游,喜欢美国乡村音乐歌曲——*Country Roads Take Me Home*(《村路带我回家》),这歌里的

Home(家)绝对是有青山绿水的地方,有鸡啼犬吠、有虫鸣鸟飞的地方。为拍虫子和野草闲花,我的蹄子踏入真的荒野也终将没入时间的旷野。"

感情的反刍不知道什么时候发生,来证明人多多少少都是有情感的动物。喜欢,总有一瞬,无可预料的风吹来,全部浮现,那时间,一只虫子的出现,真是让半夏快乐得难以招架。植物的世界与植物的心合拍了,世界使人类惊奇,大概真是上天的旨意,无论人情还是地理,有那么一种现时的存在,没有什么地方能够比昆明的植物更丰富,那是虫子的天堂。

高原是祥和而寂静的,有节奏的虫鸣,在星空低垂的旷野上,那声音体现了野性的力量。虫子是沟通大自然与人的心灵的一种不需要证明的生物,借助虫子,人们能够体察到天地造化中的灵性,感知人类无忧无虑的放浪生活的旺盛生育力量。

昆虫为生存而斗争所表现的妙不可言的、惊人的灵性,是人类望尘莫及的。从半夏的书写中我不得不佩服昆虫这一物种的智慧和神奇。在平时生活中真是很少留意到体型细小的昆虫,但是昆虫却与我们的生活密不可分。它们不仅可以保持生态平衡,也可以作为食物、药材,预示气候变化或灾难发生。在亦幻亦真的时间中,我们的祖先把昆虫的活动与季节和月份联系起来,从而总结出以昆虫记时的规律,记入书籍中。

《诗经·七月》篇中有:"五月螽斯动股,六月莎鸡振羽,七月在野,八月在宇,九月在户,十月蟋蟀入我床下。"

虫子的宇宙不断地向外扩张去,而就个体生命来说,人间风景却在这种扩张中相对地缩小、收敛。五月螽斯开始用腿行走了;六月"莎鸡"(纺织娘)的两翅摩擦发出鸣声,同时也可飞行;七月在田野中;八月到了住户的屋檐之下;九月即进到屋里了;十月蟋蟀就得钻到热炕下了。在时序的潜流中,我们看到了现实的屏幕上重现婆娑的光影,它们走动、飞翔,将岁月烟尘中的般般情事勾勒出来。

有经验的人,能根据某些昆虫的活动情况或鸣声,来预测短期内的天气变化及时令。例如,众多蜻蜓低飞捕食,预示几小时后将有大雨或暴雨降临。其原因是降雨之前气压低,一些小虫子飞得低,蜻蜓为了捕食小虫,飞得也低。蚂蚁对气候的变化也特别敏感,它们能预感到未来几天内的天气变化。据说气象部门根据各种不同蚂蚁的活动情况,将天气分为几种不同类型,用来预测未来几日内的天气情况。晴天型:小黑蚂蚁外出觅食,巢门不封口,预示24小时之内天气良好。阴天型:(4—6月份)各种蚂蚁下午五时仍不回巢,黄蚂蚁含土筑坝,围着巢门口,四五天后,连续四天阴雨。昆虫的世界有夕阳下妆成一抹胭脂的薄媚,胎孕着一个人类依附的世界。

十月,读《与虫在野》,感觉季节开始走向最深邃的部分,有些虫子将去往另一个世界。想到虫子的颜色变幻无穷、旖旎魅态,便想起了我的阅读贫瘠,它们在寒冷中僵去的尸体,使我在一瞬间里噙满莫名难辨的泪水。时光年复一年这样消逝、这样呈现,人类对它们的伤害此起彼伏,伤害已经是人类活着的乐趣。想起美国作家萝赛《花朵的秘密生命》中的叙述,植物中的花朵和昆虫的世界,它们是有远见者也是更懂得生存的智慧者。书上说,对一朵花的真相所知越多,花就越显灵动。

《与虫在野》是一本知识和感官动人相融的书。

半夏放开自己的蹄脚,出走。追忆似水年华的一种心灵履约,是对昔日芳华的斜阳系揽,更是对遥远童心的痴情呼唤,在过往岁月的每一个日夜,付诸文字,重现一个个鲜活的生命真实,描绘种种生灭流转的人间风景,昂贵的欲望诱使她成为一本书的制造者。书中的昆虫是她的朋友,很多好朋友都短命,但她相信书籍的生命一定最长久。

半夏说:"虫命关天啊! 虫安妥,草自在,人类方安然自得,所有的生命皆须敬畏。生命的周期节律如复调音乐,声部各自独立却又和谐统一,万物生,生生不已。和光同尘,自然自在。"

书翻动时目光突然驻留在《蝶去》一文:"蝴蝶生命活跃期都去恋花了,蜜蜂也有这特性,所谓'狂蜂浪蝶'也。"她写杰奎琳·杜普蕾演奏的大提琴曲《殇》,匈牙利大提琴家史塔克说:"像这样演奏,她肯定活不长久。"结果一语成谶。

《殇》里有一句话,"你的声音如蝶落一般寂寞"。

在半夏的图片库里,蝴蝶拍得最好的几张都是在它们归西时分。

"强劲的想象产生事实。"人类模仿蝴蝶翅的鳞片,为人造地球卫星设计出一种自动控温系统,解决了航天的一大难题。双翅目昆虫的后翅称平衡棒,也是天然的导航器官,人类仿此制成振动陀螺仪。这是一个自足的世界,昆虫为人类提供了独特的样品资源。

写作是生存的一种方式,是活着的一个必要证据,是存在的基本理由。当我还在苦兮兮写小说时,半夏已经回头看上了植物,这个静谧出口的最后温情又有多少写作者懂得?!

那些不计其数的昆虫,它们的生命像尘埃一般充斥和填埋在时间的生灭流转中,它们微弱和快乐的存在是半夏回到写作的一个理由。

另一个理由,我想,每个人的内心都想在消逝的季节中找回童年。

那些出现的虫子,它们周围的空气一定是清香而甘甜的。

茶已成水

去宜兴是一件美事,因为宜兴这座城市是紫玉金砂的艺术堆出来的。宜兴市文联主席徐风写了一本关于紫砂壶的长篇小说《国壶》,写了两代壶王的故事,故事里的事有趣,一招一式有板有眼。因艺生戏,因戏生情,这是徐风的能耐。徐风的《国壶》,来源于宜兴的紫砂壶历史,一座城池的历史让徐风拥有一身狂放与豪气,全都因为紫砂壶扩展了徐风的快慰。说到国壶,人们自然会想到那一捧泥,由泥而做下的壶,是用来泡茶的。在宜兴,壶是乾坤,茶已成水。

我走进宜兴并站在宜兴的街道上,感觉宜兴不大,我喜欢不大的城市,它使我走近的感觉更加集中而且信任。因为紫砂壶,我便像打量一件古玩一样打量宜兴,它在春天的味道里像一个轻轻陈述的词:宜兴,以壶为雕心为艺。

宜兴的店铺做紫砂壶的居多,这让我感觉宜兴不同于别的城市,有一些雅趣横生。凡是做紫砂壶的店里都备下一套茶具,泡茶用的便是上好的紫砂壶,特别是喝老茶,喝顶级的好茶,对茶具的要求更高。这个时候行家一般会用老壶,因为老壶已经退火,不夺香,这样冲出来的茶感觉很"厚",也就是茶喝过后在舌面依旧有很长时间的"附着感"。久在繁忙里,呷上一盅茶,让清香在嘴里徐缓发酵,真的,现在的人都开始好这一口了。饮茶方式对北方的我来说,很难从粗放式羹饮过渡到细啜慢品式饮用,面对宜兴的紫砂壶,我决定改掉曾经羹饮的习性,不然对不起我买下的这些紫砂壶。

我一直觉得一个城市一定要找到自己的魂。魂,不是政治,也不是经济,而是文化。文化才是城市的魂。做一件与文化有关的事情,几代人延续,那一定是一个守得住决心和信心的城市。宜兴是这样的。紫砂是传统工艺,因为实用功能发展起来,它有着强烈的传统文化和地方文化色彩,宜兴要做大做强,文化意义已经成为紫砂艺术不可或缺的重要组成部分,而紫砂艺术的坚守,对宜兴可说是"此中有真意,欲辨已忘言"。宜兴市领导知道,宜兴普通老百姓更是明白其中的理儿。我问几家开店的店主他们的孩子们都学什么专业,他们告诉我,在学艺术。想来他们最割舍不下的还是宜兴的这一捧紫砂泥,那种质朴无华,却由骨到皮都透露着浑厚凝重气息的艺术精髓,他要后代们继续延续这个城市的魂。

我在宜兴学得了许多关于紫砂壶的知识,徐风告诉我,并不是所有的茶都能用紫砂壶来冲泡的,比如绿茶、黄茶、白茶,这些茶比较细嫩、口感鲜爽,如果用紫砂壶来冲泡,绿茶就会有一股焖熟味,如果改用玻璃茶具冲泡绿茶,则会散发出一种清新的味道,而且玻璃茶具更直观,可以直接看到绿茶在里面绽放。如果用紫砂壶来泡黑茶那就是绝配,包括云南普洱茶、湖南安化黑茶、广西梧州六堡茶、四川边茶、湖北老青茶、陕西泾渭茯茶等。紫砂壶的特点是不夺茶香气,又无熟汤气,壶壁吸附茶气厚,日久使用空壶注入沸水也有茶香。紫砂的茶具除了适合泡黑茶,还适合泡乌龙茶,包括闽北乌龙系的武夷岩茶、水仙、大红袍、肉桂,闽南乌龙系的铁观音、奇兰、水仙、黄金桂,广东乌龙系的凤凰单丛、凤凰水仙、岭头单丛,台湾乌龙系的冻顶乌龙、包种、阿里山乌龙等。

说到壶,好像唐代之前,茶、酒与食之器是混用的,没有明显的界线,唐代开始,因为茶圣陆羽写了一本《茶经》,茶道开始盛行,茶具也开始与餐具区分开来。唐代流行煎茶,茶具喜用青瓷,宋代茶具以绮丽为时尚。这与宋代风行的斗茶时尚相呼应。到了明清,茶具呈现一种返璞归真的趋向,那么紫砂壶的命运是不是从明代开始的?饮茶方式改变,之前盛行的龙团凤饼不再时兴,散茶流行,前代流行的碾、磨、汤瓶之类的茶具都废弃不用了,宋代崇尚的黑釉盏也退出了历史舞台,代之而起的紫砂更显得清新雅致、赏心悦目。

一把壶有没有收藏价值,我觉得最重要的是看它的工艺和稀缺性。工艺是手工,真正能卖起价来的壶都是手工制作,而稀缺性更是适用于所有的收藏品。有些壶受到矿石资源和手工制作难度的制约,成品数量有限,价值自然就高。一把好壶是为友情而存于世间的,它背后有故事。在宜兴,民间紫砂壶博物馆很多,做生意的人喜欢玩文化,生意做得越大,文化便玩得越上瘾。看他们的收藏,人被定在那一刻,屏住气,稳住身,生怕失去那一眼。世间美好的东西是不可以刻意追求的,但不可放弃追求情怀。因为美只赠予能够感受美的心灵。我在此时又想到了徐风的《国壶》,敢把宜兴的紫砂壶叫"国壶",好!气派!它在历史上是撞击过文人墨客的情怀的。今天的宜兴,大街小巷凡是走过的人,我能看出他们说话时的眼角不时流露出一丝不易察觉的自豪感,他们住在宜兴这样的城市,他们命好,有紫砂泥养着,他们托得住那自豪里的幸福!

一、这个季节菜籽花开了

有什么不好意思呢?我向前走。我的步履踩着永远延伸向前方的大地,那些暗黄下去的光芒,我在它们的包围下阅读马丽华的散文,她对西藏自由自在的姿态,和对西藏神性的神秘的关怀,让我开始渴望:"回到拉萨,回到布达拉。"我酝酿着这份感情,我等待,等待的过程让我走过了两个春秋。青草终结时的冬日,我盼望来年春天或者秋天,我要去西藏,去长满丰沛肥厚青草的地方。往西,青草的香味回荡在我的胸腔;往西,心灵因为青草的浸润而变得柔软丰沛;往西,白云和湖水无限久远地环绕着我;往西,日头不落的地方!曾经,安妮宝贝说,我们一起去西藏。我是因为什么事情呢?我等到现在,2005年8月26日,而安妮都出书了。我和一个胖得不忍心多看的男人说:"你向前走。"那时,他正好在加拿大多伦多大学上学。视屏上我看到他摁灭一个烟头,我微微侧过头,他的情绪被我的话点燃。

8月份或9月份,春天生长的青草,长到这个季节熟透了,如同我生命季节里的关怀,比任何一种日历都更透彻地记录着大地的变迁和我的改变。我在各种场合蛊惑去西藏,加我的人多起来,都不是什么爱好文学的人,我才知道,不是爱好文学的人也容易为一件事情激动,比如——往西——往马丽华蛊惑我日日夜夜思念的地方;比如,尝试一下没有文学的日子,你向前走——

在我历数过的许多的日子里,往西的光芒,已盖过太阳的光辉洒满了我的全部生活。我和我亲爱的女友说,我要进藏。她说,亲爱的,加我。我是8月26日成行的,之前,胖子已经回到了我居住的这座城市。胖子说:"我的体质,在翻越唐古拉山口时,大约需要8公斤重的氧气一瓶。"那句话让我感到的不是那8公斤重的氧气给我的负荷,而是考虑要不要和这个人合伙一行!其结果是胖子很坚决地说:"就算你把我扔下了,或者加我的人把我扔下了,我一个人也要前进!"

我亲爱的女友很失落地打电话来说:"我去不成了!"就一句话,没有下文。

我临时找了另一位女友出行。她的丈夫说:"我不敢保证你的生命安全,但是,我得保证我妻子的生命安全,我给你们带一部车,带一个好的司机。"

有钱真好。人可以靠它活着。

或许这就是人类对生存与生活的认同。

出行之前,我把所有的人叫来开了一次会,那一次会上我叫了"独行侠"狄兄,他是 2002 年一个人扒着货车进藏的,我要他来给我们讲讲那些上高原的经验。狄兄说:"这个季节菜籽花开了。"我的脸上洋溢出了灿烂。我写的那部小说《甩鞭》中王引兰对油菜花的喜欢,其实是我的喜欢。我的喜欢成为我幸福想象力生长繁衍的温床,它悄隐在我的世界里,抽枝、开花、黄尽天涯!

二、有一种快乐就是快乐

三部车,11 个人。那日早上有雾,我说嘛,怎么看到那些人的面庞会那么白净!

晨雾中阳光细细地露出来,不见灿烂。高速公路封了,我们扭扭捏捏前行,三部车上都配了对讲机,那里面的声音穿过来的时候,有极压抑的感觉。车行路上,太阳彻底出来了,太行山的风光是我所见到的天下最美的风光,浓绿色的基调配以黄土的颜色,两种色调,承载着负重与苦难,也承载着太行山人的慧性!

胖子用对讲机传过话来说:"革命同志们向您请示,为了旅途的快乐,可不可以讲一些黄色的段子?"我想了想说:"比如坐车很疲劳的时候,可以!"

胖子说:"最大的度局限在身体的哪个部位?"

我想不出哪个部位是"黄色"明亮、活泛的地方。所有的颜色都和脑子有关,脑子的繁荣,使它接纳、融会、吸收了外部世界富饶的故事,脑子始终进取的风格应该是厚爱身体的任何一个部位的。

我说:"只要在我面前你们说了不脸红的地方都可以拿出来说。"

胖子说:"我有点被噎着了。"

有一种快乐就是快乐,是极其单纯的快乐!

下太行山的路弯多陡峭,拉煤车要通过三个关卡,车堵了有两公里长。

开车的小付说:"前些年,我开大车往郑州送煤,在这条路上堵过一个月。"

我抬头眺望远方,远方是天空和云彩,无数山峦,能够想象它的是什么?一条路从里面抽拔出它长度的思想,它把现实世界上的任何一个陌生人带到了它的身旁,而它的不尽之处,却充满了亲切的诱惑!

走过堵车的一段路,突然想到山西的煤比发动一场战争的军火还厉害,由它而衍生出的交通事故、空气污染、嵌于地下的生命不永和各地拥进来的为钱投奔山上的女孩!有一些时间流行着一份电报:人傻,钱多,速来。这是一个疑问,也是一个号召。这座太行山,与天同在,与地共存,与人相合,车声人语经过几重,几曾见过有片刻的休歇阻断?!山风中耳道内声声嘶嘶的空音,那雾气和俗世霸蛮恣肆的烟尘相融,确让它生出了独秉的魅力和难见的雄壮!

来之前我刚刚看了病夫兄写的文章的开头,是关于煤的,我想任何一个有良知的山西作家都应该关注现实,因为,这里是疲竭和贫瘠的叠合,有历史与未来跟跄而不倒的太行山,有太行山恩养出的一群血性儿女。

从洛阳上高速往西安走,我接到了第一个短信,是鲁兄发来的:"拜会五台山诸神,恒山诸仙,蒙古长生天,宁夏真主安拉,雪山上的圣佛,五皇五道伴你此行。"我回头看我的身后,是扭动着向后退去的高速公路,蛇一样的青光划过的地面上,有这么多的神灵护送我,我将看到平安、光明与吉祥!

三、美丽不该是劈头盖脸的

夜晚的兰州在一座桥的下面。我们是 27 日凌晨两点三十分到达兰州的,三位从没有见过面的文友在这个城市的一家饭店等着。走到天水的时候已经是夜里的十点钟,因为从西安通往宝鸡的高速堵了一段时间,又因为从宝鸡到天水走的是普通公路,走过一个叫牛背的地方,路极其颠簸,到了天水,看看夜色,有人想不去兰州了,想就地住下。但是,我觉得还是要往兰州去,兰州城里,有一位女士和两位男士在静静守候,守候着一份温暖的执着!

天水往兰州的高速不是我们想象中的那样,是一条路走着往来的车辆,相当于我们这里的二级公路。窗外是涂了几层墨的黑,看到的是黑急速往后倒去。在静夜的公路上行驶,我有一种清凉的伤感,我害怕路像琴弦一样绷断。生命是一种仪式,只有到了走长路的时候,才会意识到。因为黑,思想里有了苦味,有了风格化的想法。旁边的女友正和坐着的男士聊家庭问题,家庭问题是柴米油盐问题,一柴一米一油一盐,世俗的空间就大了。女友说:"改变不了别人,就试着改变自己!"我惊讶地回头看她,她眯着眼,嘘了一口气,做浪迹天涯看透一切状,怎么就觉得她的头顶有一片瓦蓝的天空呢!中国古代把四季分了颜色的,有春青、夏赤、秋白、冬黑的说法。我发现家庭也是这样的,有阳光的日子不要嚣张,有秋风落白的日子也不要凉薄,坏得拿捏不住心情的时候,要想想曾经精致的金玉锦绣,识货的并有底气的人才能担待它的美丽啊。我女友的美丽是密布着日子的美丽,难怪她的爱人咬嚼着她这枚果子的时候,如咬嚼着人间的美食极品!

兰州的向春、马青山和一位大学教授在房间等着我,为了等我们,他们仨在酒店喝着时间拉长的酒,美丽的向春因为我们很晚没有到,宾馆把房间让了出去,和宾馆的总台大吵一架,临时找了这一家,她说:"只是没有空调。"我还说什么呢?一切跟文字说话吧。

她端正的外貌下有一颗奔腾的心!

我们坐了有半个钟点,说什么了呢?我都有点想不起来了,只是感动,只是一个劲地说"谢"。

我无法想象三个人从晚上八点开始喝酒,为了延长时间,不停地要酒,要看酒店人的脸色,要不时地看时间、看外面的黑,是怎样的等待!兰州,水光银泻般的车流之侧,我的陌生的友人,你们的美丽不是劈头盖脸的美丽,是秋天的阳光,是异乡等待的温暖,是很容易弄湿了的眼睛!

我们第二天上午离开兰州,走之前我在街上看兰州,对我来说这依然是一个陌生的城市。我看到有一个兰州女子趿凉拖,穿花短裤,袅袅娜娜走来,她肩上的小挎包斜在她的身后,身后跟着一个六七岁的男孩,那男孩小碎步,把小手伸往她的小挎包里,摸索!那不是她的孩子,那孩子是一个小小的偷儿,他的父亲或者其他什么人在远处站着看,他的眼睛望着那个男孩,有迫切的需求。有十米远的距离,男孩停下来,快速回头走到那个男人的身边,把手里的一团东西递给他,那男人拍了拍他的头。男孩有点羞涩地笑了笑,回头看走远的女子,有不尽的意味!

当一个孩子做了好事的时候,大人会拍拍他的头,表示喜爱!我的呼吸和我的心跳加在一起,我相信,那个孩子的未来将会多出很多的麻烦!

兰州,我如饮甘饴的市井空间留下了我走进西藏——坏得拾不起来的心情!

四、黄河含混了太古的血缘

沿着黄河往海拔高处走。

西行一百二十五里抵湟源,然后便得攀越海拔三千七百多米的日月山。一条大水,满眼浊重的黄色,是泥土的颜色。在金黄的太阳光下,黄河黄色的水油画一般涌动着中华这个民族的气质与表情。

黄河是从白云缥缈的巴颜喀拉山下来的,由西往东。关于它的发源,昔日曾把新疆南部塔里木盆地中的葱岭北河和葱岭南河当作黄河的源流。一直到了清高宗,派阿弥达到达青海实地调查,始知黄河实导源于噶达素齐老峰之下。蒙古语"噶达素"意为北极星——水作金色!一个"金"字,把黄河的水放到了文字的最高处了。

一条水尽得天地风云之气,一条水有灵有智,虽不言不语,却陪衬出了日月往古至今其绝、其独、其柔、其刚的美丽。阳光下看黄河水柔软而光滑,斗尺蜿蜒东去,已经没有了我们山西壶口的跌宕起伏之势,它逐渐收敛着它的波涛,像一条黄亮的铜镜子映照着历史的记忆。

往东,北出,经大积石山,入甘肃境,纳大夏、洮、湟、大通、祖历诸水,出入长城;再循长城北行,经贺兰山东入内蒙古,折东流复南下,成一大曲,名曰河套;自此屈曲东南行,经陕、晋两省而入河南省境,穿壶口、龙门二山,纳汾河、涑河、渭河诸水,始由高地而入平原;至潼关阻于秦岭,折向东,纳洛河、沁河诸水,陡落平地;再向东北流,经河北省,入山东省,至利津县入渤海。全河流经青海、甘肃、宁夏、内蒙古、陕西、山西、河南、河北、山东,计长四千六百余公里,滚滚滔滔,不舍昼夜行走,千年万年,是一条通向中华这个民族湿地的根！

　　黄河含混了太古的血缘，同时也含混了神的戒示，也许有一天它会消失得如树如鸟如草如兽，飞逝而去的时光会告诉我们凹陷处曾经是一条大河，会告诉我们冰凉的黄色的河床下掩藏着破碎文明的遗骸，但是，在我尚有生命的今天，它一如既往地喧腾，我看到它的时候，我生出了如许错乱的想象，然而，我知道死亡几乎是一瞬间的事情，婉转回首，有多少文明迁移盈消！读书的人都知道楼兰、罗布泊，汉初被认为是黄河之源的丝路巨泽，它是一步步走向枯涸的。一条河，一条纵横捭阖的大水，我想，它如果真有那么一天消逝，地球人都会眼角通红，迎风洒泪！

　　走过西宁，山上的绿草像春天刚吐出的嫩芽，毛茸茸地厚起来，有人开始觉得心堵头疼。无垠的广博之中，高原开始贯穿我们的身心。天按压着，有一个车的轮胎突然爆了，停下车换备用胎的时候，我看四围景色，太阳还不能够温暖我的肌肤，只是觉得凉，只是觉得空气中浮含着无数细小的尖锤，我胳臂上有因凉风而起的鸡皮，我的头发被风吹起来，我却感觉不到头痛，感觉不到一丝丝高原反应，更高处，不知道还有没有这样的奇迹。

五、绝青，夕阳影里

　　天空中恣意醉卧的云朵下，随风摇曳的青稞地给大地涂抹上一片厚重的铜锈黄。有一条青色的涌带——青海湖——梦幻般的青黛、幽蓝和亮黄，在我行驶的右侧生动起来。我感觉那蓝是今生未被任何一个声音、一个动作划破的完美。我一直不知道这个世界上有一种什么东西最能诠释最上乘、最隽永的高潮，现在，我懂了——绝青——夕阳影里！

　　假如有人对我有刻骨的冤仇，我会说：兄弟姐妹，我来给你跪下,天地间,下跪的长影是我对爱我的人和恨我的人的一个长谢!看看那青,那青色的水吧,看看,人世间冰窖似的悲凉和抑郁难堪的苦闷;看看,茫茫无尽的怅惋和茫茫无尽的了无意续的死亡。我还苛求得到多少呢?得到多少我才满足呢?那终古滋润着浊世人群心田的青海湖水哦,你给了我灵明的心目!

我的皮肤散发着黄亮的光芒,太阳照着我的时候,我骑在了一匹马上,我看到远方,一个朝圣者磕着等身长头,向前匍匐下去的时候,他的影子牵着千年的风,千年的经幡,千年的执着和坚定!千年的靛青莲花开了,心发所愿、口诉祈求,一切,但等得好于今生的来世。来世,即使放开所有的想象也难以穷尽它的美好!来世我渴望做一头小毛驴,我的脊上驮着一个孩子的童年,他的童年就像广袤的大地上隆起的高原,我要让他看尽人间繁华。

8月尾的青海湖,草滩上盛开着一种太阳花,黄色的,匍匐在地的美丽。一群牦牛,一群羊,我看到所有来者亲切的面孔——亲切的相遇而并非偶然的面孔。所有人赤足下水,清凉透骨的湖水上涟漪曼妙着前世和今生!那个放牧人在我的镜头里微笑,所有相互致意的过客,他们抛开现实的纷纭世事,走到这里的时候,心和蓝天、湖水、高原处飞翔的鸟一样,也就走进了一个洁净的空间。所有人的心都是透亮的,如同空气一般相融在一起,是因为青海湖,因为广阔的高原,横无涯际的天空下的青海湖!我的身后是闪耀着美妙芒刺的雪山,席地而坐时我回头看到那个朝圣者长叩的身影,大好的晴天下,有福人,他将历尽艰辛,也将功德圆满!

放牧人赶着他的羊群和牛群沿着湖岸走,羊群和牛群走过,我看到地上冒着热气的粪便,放牧人走过时嘴里唱着"花儿",当他开始唱的时候,我感觉他被高原晒黑的肤色是青色中的另一种美丽,另一种太阳的颜色!

"桃花呀,我不爱它,我爱的是带花的她。尺不能登锵!

"我并不是自夸,我会种田,会放牧,妹妹你嫁给我,请答话!

"依呀依噢拉!"

在耸起的高原上青海湖的存在是多么重要,是谁说过"青海城头空有月,黄沙碛里本无春"呢?

这是内陆高地上一座最大的咸水湖,为山涧断陷湖,它在蒙语里叫"库库诺切",藏语里叫"错温布",意思都是"青色的湖"!

六、我的历史感突然水一样蒸发了

在格尔木休整了一天,有一位对感冒有经验的人告诉我们说,进藏最怕的就是感冒,没有任何办法,只能输液。有的人开始有语默双亡的感觉,我的女友说她的脑袋似悬空的瓦壶。那是一种什么感觉呢?我打车时遇见了一个河南人,他告诉我说,他来格尔木一个月了,现在开始流鼻血。我有一点后怕,但是,我不好和任何人说。所有的人对高原反应的感觉是一个盲区,说不上怕,也说不上不怕,来西藏没有目的,只是觉得好奇,好奇也算是一种激情吧。

出格尔木往西,看到的是无尽的荒凉,那一种荒凉灼伤了我的眼睛。我从地图上知道这是昆仑山脉,我从诗歌里知道了"巍巍昆仑",我从神话里知道这里有西王母的瑶池,我从书本里知道这里是明末道教"混元派"的道场……世人称之为国山之父、龙脉之祖!但是,我在看到昆仑山时,脑海里突然有一段时间出现了空白,那一段空白里我哑口无言!一刹那,我的历史感突然水一样蒸发了。它属于冻土荒漠地貌,由复杂变质岩所构成,间有第三纪沉积物构成的丘陵低山和丘垄,山上看不到任何植被,山坡谷地长一点地梅、绿绒蒿等高原荒漠野生植物,它的孤独、它的寂寞让我想起了昆仑山的采玉人。昆仑山的采玉人,古有记载:千人往,百人还。

百人往,十人还。

采玉人脚下没有路,脚下的每一步都是对命运的叩击。

昆仑山采玉人唱:

"如果离开你不见你就离开了人世,我的姑娘,你是否会参加我的葬礼?"

昆仑山每年5月开冻,9月离封山就不远了。

没有人的昆仑山里有神话出没。没有人的昆仑山,于身外的世界它并不寂寞,于寂寞的身外我被寂寞撞得很痛!一个没有生命出没的地方,却生出了那么多神话!我一直靠我的想象支撑,我知道仅仅靠汉字对这座山讴歌是不公平的,它看上去那么荒凉,但是,它的胸腔里生长着玉,有着生命印迹的玉,它被昆仑山采玉人敲打出来的时候,有了一个很吉祥的名字:和田玉。

翻越昆仑山口,你看不到天的尽头,车是奔向远方的,远方有多远?你即使放开所有的想象也难以穷尽它,任何想象在可可西里都变得孱弱和无用。看不到如此广袤如此深古的神性大地上的边缘,你才知道什么叫:路,是没有尽头的!

可可西里,隐于我灵魂中的可可西里,对讲机里几重水波传过来胖子的话:"各车注意藏羚羊出没!"可可西里和藏羚羊,是妈妈和儿子的关系。天空在头上悬着,你举了手就可以拽下一片云来。路笔直地伸向远方,想着肯定会有什么奇迹发生,会看到一个矫健的影子。但是,你看不到,看到的是惊人的广阔的寂寥。那是巨大的无法被形容的空旷,你想象不到你是在陆地上行走,也同样想象不到会撞见何种生灵。我看到格拉丹东山在远处变得神秘起来,山头上的积雪被阳光照亮,看过去皆是绝美的图画!我看到了沱沱河,它是长江的源头。生命中两条大河,依赖于自西向东的青藏高原,它是神的恩赐,是神加给我们中华民族两条飞动的翅翼,它带着阳光的气息、青草的气息、泥土的气息、雪域的气息,行走向神秘远方。

七、唐古拉,唐古拉

与唐古拉山合影,它会把你从岁月的尘埃中托举起来。

如洗的蓝天下我和山口上一个叫梅卓的藏族女人合影,她告诉我藏语中梅卓的意思是神灯。她是唐古拉山口上一盏神灯,她温暖的笑容是雪山用高度堆砌出的精神。同行的人有人开始大口大口呕吐,吸氧的人坐在车里不敢打开车门,怕打开车门时那点有限的氧气被高原吸走。我以百米冲刺的速度向更高处跑去,向着一只黑色的鸟跑去,它在我走近的一刹那线一样飞离。

从山腰上往下走的时候,我有点拨不上气来,山口的风迎面扑来的时候,我站着足足有两分钟,脑海一片空白,我看到所有人的嘴唇是青紫色的,我不想证明什么,只是想挑战一下高度!我也不能够证明什么,雪山屹立苍穹,江河流经大地,万物以亿亿万年计算的岁数存在,人短暂的体验,能证明些什么呢?我不是政治家,也没有与政治家相似的念头,我是一粒尘土,抱着自己微弱的心脏在高原的最高处产生一点类似于天真的兴奋。

唐古拉,唐古拉。

一千年前文成公主走过。整整三年,大国公主浩浩荡荡的车队仪仗,在唐蕃古道上卷起漫天烟尘。无数人前呼后拥,旌旗蔽日,鼓乐的喧嚣响遏行云。几乎半个中国都被驮上了马背和驼峰。长安已不堪回望,中原已不堪回望,故国已不堪回望。日月山外一片蛮荒。公主在翻越唐古拉山口时,哭得声咽气绝。去国不可回,回流的只有泪水流成的河。

一千年后,班禅活佛进藏走的也是这条路。那同样是波澜壮阔的一种旅行。国家调集了全国三分之一的骆驼,以及不可计数的马匹,每一公里一百匹骆驼,近一百匹马,前后绵延一百多公里。护送活佛的队伍像一条由骆驼、马匹组成的河流。当地留下的歌谣说"会算不会算,百匹骆驼二里半"。活佛去后,身后的千百里荒原,骆驼、马匹的尸骸堆积如山。活下来的骆驼和马匹繁衍的后代,如今遍布青藏高原。

有如此煊赫的声势,除了因为地位的高贵,不能不说同样也因为路途的险恶。

在唐古拉山口,我已逐渐学会接受命运。我将在从容和寂寞中拥有我所得到的,一切到来都是神加给我的,我心感幸福。

来之前,西藏的朋友告诉我应该怎么念手里的念珠:拨过一百零八颗念珠,便等于念过一百零八遍真言。然后将记录百位数的"简程"(计珠)往下端拨一颗。十颗简程拨完后,即等于念过一千零八十遍真言。再把记录千位数的简程往下拨动一颗。拨完十颗,即等于念过一万零八百遍真言。念珠串上的两颗红玛瑙珠玉从紧挨着到逐渐分开,再次相遇时,即等于念过了一百一十六万六千四百遍真言。

再一次翻越唐古拉山口的时候,我看见玛尼堆上的风马旗迎风猎猎,我手里抓着念珠,平静地一粒一粒往后数着,我祝福所有走过唐古拉山口的人,今生的幸福——锦上添花!

八、西藏的神山比天上的星星多

布达拉宫是最接近神的地方。它始建于吐蕃时期,那时西藏还不是政教合一的社会,布达拉宫只是作为王的宫殿而存在,并无香火。但是,自从五世达赖受顺治皇帝册封,成为西藏政教首脑之后,布达拉宫因为是大活佛所在地,自然也就成了顶礼膜拜、供奉香火的圣地。布达拉,为观音胜地普陀洛迦的梵语译音,观音持航以普度众生。

因为赶上了西藏四十大庆,布达拉宫不对外开放,我们是大庆过后的9月4日十二点进去的。进去要先登记,大约是一个钟头放进去一批。有一段时间我在布达拉的广场上转悠。我看到远道而来朝圣者。他们的四肢和胸膛笔直地伏在地上,前额着地磕头,接着用木棒在额头着地的地方做个标记,然后爬起,双手合十,作揖,再走到标记那儿重新伏地、磕头。这样的等身头,他们从刚出家门时磕起,一直磕到圣地的彭措多朗大门到了德夏阳。正如我在青海湖看到的那个朝圣者一样,他走过的昼夜自己也记不清楚。他们历经风雨霜雪,已经衣衫褴褛,双膝、双手和额头已经结出了厚厚的紫痂。褡裢里已经没有了炒面。但是依旧把一沓沓钞票献给了布达拉宫活佛的灵塔。八座灵塔矗立在红宫内,黄金的塔身裹着绫罗绸缎,周围堆满金银珠宝。藏语说"赞木耶夏",意思是它们的价值抵得上半个世界!朝圣者来时往往腰缠万贯,去时一概两手空空。他们将额头和面额轻靠寺墙、明柱和佛塔,依依不舍地施以最后的礼仪,然后抓一把寺院上空酥油灯燃亮的烟气放入空空的褡裢,放入空空的脑海,相信空空的来世必定在某一个时刻赐予他们功德圆满的未来!

西藏的神山比天上的星星多,只要看到周围挂满七彩的风马旗,缠绕着白羊毛绳,堆放着刻满经文和避邪图案的玛尼石,那座山必定有神在远望着你。西藏的寺庙比天上的云彩多,那种诵经超度的吟唱,先是低沉的,像蜜蜂涌向大片的花地,接着是众多声部的吟唱,寺庙依靠他们稳固着岁月的嬗递,年复一年,代复一代,强调着自我本性,从而达到自我目标的最高精神上乘。在西藏你才明白精神是一种比生命更加强大的生命!诵经是寺庙里住的人毕生的工作,择其一生,去除杂念,走向光明!

我想起了普通藏民的天葬,想起阳光下升起那一缕煨桑的青烟。

布达拉宫——天葬,由卑微的生灵修炼成为大德的高僧活佛,需要经历过多少轮回呢?而活佛前世和今生留下的灵塔,我想,多少年后,它们将把西藏装点得金碧辉煌!

九、如意宝啊,莲花哟

我在五台山认识了一位青海塔尔寺的喇嘛。他每年都要到五台山交流学经,我在五台山白塔寺的广场内教他学会了发短信。他进步很快,时常会给我点一首歌过来。我在西藏,他不停地给我传送信息,就四个字:"扎西德勒!"

我给他发短信告诉他,我要沿着雅鲁藏布江往日喀则走。我去日喀则主要去的地方是扎什伦布寺,它就坐落在日喀则市西面的尼色日山下,是历代班禅额尔德尼的驻锡地。我看到扎什伦布寺不是因为它的建筑,而是因为整个半山腰上闪动着的金色的转经筒,它们以队列的形式转过了我望不到的山那边,我看清楚它们的时候,那光轮冲击直抵我的心扉。我从没有想到黄色会有这么瑰丽,我一直感觉黄是统治者思想深处生长出来的颜色,一点也不具平民的色彩。此时,季节的姹紫嫣红散尽了,独那转过山去的黄色的转经筒点亮了天堂的道路。

扎什伦布寺,源自1446年,宗喀巴的弟子、一世达赖根敦珠巴为纪念去世的经师希饶僧格,聘请西藏、尼泊尔工匠在日喀则精心制作了一尊2.7米高的释迦牟尼镀金铜像。为安放此像,根敦珠巴在帕竹政权的资助下,于公元1447年9月开始动工修建寺院,历时12年将所造之像置于该寺净室内。开始时,寺院定名为"岗坚典培",意为雪域兴佛寺。后来根敦珠巴将其改名为"扎什伦布巴吉德经钦却唐皆南巴杰娃林",意思是"吉祥须弥"。根敦珠巴是后藏萨迦人,也是第一个把黄教传到后藏的人。在建立活佛转世系统时,他被格鲁派追认为第一世达赖。公元1600年,四世班禅罗桑却吉坚赞接受扎什伦布寺邀请,担任该寺的第16任法台,从此,扎什伦布寺成了历代班禅额尔德尼的驻锡地。

我记得小喇嘛和我说过:"去西藏啊,一定要朝拜扎什伦布寺,只有朝拜了扎什伦布寺,你在来世才会看到黄金的世界。"我想告诉他我不是佛,我的来世无法活到黄金的世界里。但是,他肯定不懂我的话是什么意思,他脸膛红红的,他从来没有怀疑生命没有季节,也没有想过人世间对于他来说还有另一种人生。他喜欢我叫他"贝恰娃",意思是学经的僧人。我记得我开始叫他"喇嘛"时,他羞涩地红了脸说:"我仅仅是一个'扎巴'。"扎巴是普通僧人,喇嘛是对德高望重、学识渊博的僧人的专称。扎什伦布寺黄金的颜色除了佛像有,就是这满山一字排开的转经筒了。看着、走着、想着,瓦蓝的天就在头顶,从来没有人怀疑阳光不是金色的,我在这里看到的阳光是湖蓝色的,像一匹湖蓝色的锦缎一波波地跳跃着,我明白了,是扎什伦布寺山腰上的转经筒把阳光转出金黄来的。

一个上了年岁的喇嘛领着一条狗走过,我叫那条狗过来,它卷起尾巴在扎什伦布寺的广场上气势磅礴地走过,它是一条京巴和笨狗的杂交,它的出现无疑给寺庙增添了景趣。有从强巴佛殿走下来的朝圣者,有人告诉我说,那里敬奉着一座世界上最大的铜佛,所披袈裟也是世界上最大的,它换过两次袈裟,一次是1957年,一次是1985年。丰满的佛体、倍感细腻的肌肤在它脱去袈裟的刹那大放光明。

所有的人蹲下叫那条狗,扎什伦布寺的广场上空飘起了一片

"啾啾"声,狗掉转了头,看着围着的一圈人走到了我面前来,舔了舔我的手背又舔了舔我的手心,那个和它在一起的喇嘛走到我面前在我的手心写下了六字真言:唵、嘛、呢、叭、咪、吽。它念起来是如此绕口,从字面上解释,可译为汉语:如意宝啊,莲花哟!

我走出大门的时候收到了"贝恰娃"的短信:"扎西德勒!"

我回他:"如意宝啊,莲花哟!"

十、西藏的儿童

我没有办法面对西藏的儿童。抚着车窗遥望,目光所及处,白云、寺庙、羊群、牦牛、秃山和鹰,童心和花,喜马拉雅山在慢慢隆起,雅鲁藏布江青色的水在天空下,色泽是如此悲凉,结群起落的山和草是没有年轮的,年轮只长在终年孤寂地伫立着的树的体内。我来之前,友人告诉我,一个西藏的孩子从生下来还没有看见过树,有一天他看到了,指给父亲看,他说:"我看见了一朵花。"这个孩子长到5岁看到了花的那一天,他死了,死于高原气候,死时他的脸是青紫的,他的肺破裂了。

生命如此脆弱,如此短暂,我现在可以说,许多关于西藏的传说和由这些传说引起的想象,常常充满了谬误。许多到西藏来旅行的人,走的时候带走了牛头和羊角、麝香和虫草、藏刀和哈达,甚至宝石和玛瑙,也带走了他们在匆忙中搜猎的奇闻和在浮光掠影中形成的迷妄。他们于是肤浅地谈论寺院、谈论僧侣、谈论朝佛和布施,肤浅地谈论拉仓(跳舞)、谈论物物交易、谈论抢婚和天葬。在这种津津乐道的背后,西藏是一个宁静的未知山谷。唯一面对的,是一本神秘莫测的古书。这本书,由一个已不为人知的古老部族写下而显得神圣不可亵渎。但是,面对那个把树看成花的孩子,我无法不生出无尽的悲凉。

自然环境对人的侵入,说到底是一种情感的侵入,人对自然环境的侵入越是无能为力的时候,情感的侵入越是会产生未知的欲望,神的出现便标识着无由逃遁的宿命。一个孩子从出生起所面对的不是自然就是神,他的渴望是结束今生的渴望,从他出生起生命深处便具有了梦幻般金黄的未来世界。我从远处看到了一长溜排队站在路边的孩子,他们在我走近的时候,举起了小手,小手在额前伸展开,他们向过往的车辆敬礼。打开车窗,我听到他们嘴里喊着:"OK,OK,OK!"他们不会说汉语,但是会喊:"OK!"他们的大人从四面跑过来,我把本子和笔发放给他们和他们的大人,孩子们把笔藏进袖筒,举起小手继续喊着:"OK,OK!"我说,你有了就别再要了。那些孩子喊道:"没,没,没!"不知道这是不是他们唯一学会的汉字。

　　这是从日喀则往羊卓雍措的路上,孩子们把一路荒漠的风景点亮了。有很长一段路我看不见村庄,能够看到的是马拉的车子,它上面坐着上学的孩子们,一个年富力强的人手里拿着鞭子,驱赶着晃悠悠走着的马车。我把本子和笔递给他时,他会说:"谢谢!"教育真是一种美丽的建设啊。我知道全球有 1.26 亿孩子上不了学,大多数分布在发展中国家,我们国家有多少孩子失学呢?一个国家对未来的希望是对下一代的关注程度,经济发展后比较理想的投资,我个人认为是"教育"。西藏的孩子们眼睛里流出了渴望知识的光,有了知识他们就有了自己的境界。

十一、如水似风的菜籽花

　　西藏的寺庙像崇山峻岭一样浑朴庄严,西藏的湖水像太阳、月亮一样明亮热烈,西藏有世界一流的经典、史诗和医术,西藏有人类天性中最纯净的率真、善良和虔诚。一万年,在哺育了中华民族的大江大河的源头,强悍坚韧的高原民族创造了无愧于世界的健康的、优秀的文明。

　　西藏的菜籽花开到 10 月份,如水似风,让你的心洁净得可以到花尖上舞蹈! 满天满地的黄,让平实的土地肿起来,清甜的香味在羊卓雍措的湖水里,像享有语言表达能力的手指一样,抚摸着我的身体。我看到一只鸟落在油菜花田里,我不知道它是不是也像蜜蜂一样用花粉来填满它的胃肠。因为菜籽花田,我的心释放开来。有藏族男人牵了牦牛犁田,土地在阳光下闪动着悦目的光泽。秋天变得温暖而成熟,菜籽花让我变得俏丽而欢快。

　　一个灵魂渴望自由、时刻寻求从现实中解脱的人,应该去西藏走一走,你会讨得一份不错的心情,你的心境将简单自足,在充满宁馨安逸的大静之中,澄澈明丽起来。

　　多少年后我依旧会对西藏产生怀恋!

一种香,盛装在我的胃里

一、白酒在民间的德行

"酒是粮食精。"这是一句民间的俗话,常说,无新意,常挂在嘴上,便有了年华成长中的精气神。

酒是花朵历经季候修成的正果,皆是雨露、日月凝聚的黄金,皆是土地繁荣的铃铛。

梭罗在《散步》里说过,气候对人会产生影响,有如山间的空气会喂养灵魂,启发灵性。我以为酒,是植物世界给予人类的最现实、最刺激的大关怀。尤其在寒冷的北方,酒是饭桌上常在的风景,使单调的伙食出色,使贫寒的生活生暖,给寒冷的屋子增添了掏心掏肺说话的热闹。

儒家学说一直被奉为治国安邦的正统观点,因此儒家讲究"酒德"。

"酒德"二字,最早见于《尚书》和《诗经》,其含义是说饮酒者要有德行,不能像夏纣王那样,"颠覆厥德,荒湛于酒"。饮酒作为一种食的文化,在远古时代就形成了一种大家必须遵守的礼节。

酒德在民间却是另外一种样子。

记事起就常见我的父亲喜酒,一身的酒气,冲着风口呼吐出的酒气,一股辣呛人的味道。那时,生活贫乏,日子省着过,父亲几乎喝不到什么好酒,供销社的散装酒,一次半斤,下酒菜基本没有肉。夏天打赤膊汗流不止,身上的汗酸味被酒淹没了,小北风那个吹来,走过的人不自觉停下脚步深吸两口。母亲常常问:"喝酒有什么意思?"父亲眯着小眼睛一副陶醉的样子说:"有意思,解乏,提神,忘记一件事。"

以前不知道"忘记一件事"是很幸福的,母亲总是在日常生活中记起很多事,半夜想起便坐起来捋清事情的来龙去脉,一件事搅和得母亲一夜无眠。

人最大的烦恼,就是记性太好。如果可以把所有的事都忘记,以后每一日都有一个新的开始。

长大了觉得酒香气扑鼻是一种诱惑,便常常和父亲坐下来对饮。父亲说:"女人少饮酒,酒是有性子的,喝不好会伤胃。酒不伤男人的胃,伤男人的心。"说后一句话时眼睛盯着母亲,很是意味深长。

那年月,全国上下大搞社会主义建设,父亲有一个极其出色的军旅水壶,那里面不装水,装酒,挂在腰际,周围的工友都盯着他的水壶看。可贵的是父亲总是被看急了摘下水壶让他们喝一口。那只水壶一直在我家的某一面墙上挂着,那上面显影着父亲的青春年华,也显影着父亲的幸福回忆。

父亲后来戒酒了,戒酒是为了省下钱买国债。20世纪50年代,国家发行了公债,是建设社会主义的公债。那年月几乎没有人有多余的钱,但人人都有一颗忧国忧民的心。父亲当时是矿山机械厂的车床工人,胸中有国,省下酒钱买国债,用那时的话说叫支援社会主义建设。母亲不相信父亲能戒了酒,等着看笑话。父亲最后用酒壶装满白酒挂到墙上,用日期条封口。每日回家第一件事就是上前闻一闻,那一缕酒香落入肚里立刻止渴生津。那壶酒一挂就是几十年。

信仰的力量是无穷的,那种虔诚的笃信所产生的力量是我们现在的人无法想象的。

二、白酒祭日神、月神

见酒如见君子,在古代饮酒的礼仪约有四步:拜、祭、啐、卒爵。饮酒前先做出拜的动作,表示敬意,接着把酒倒出一点在地上,祭谢大地生养之德,之后才可仰杯而尽。

原始宗教起源于巫术,在中国古代,巫师利用所谓的"超自然力量",进行各种活动,且都要用酒。巫和医在远古时代是没有区别的,酒作为药,是巫医的常备药之一。

在我的故乡,普通人过光景劳作一生和自然相处充满敬畏,年节祭祀活动中,酒作为美好的东西,首先要奉献给上天、神明和祖先享用。

神灵的出现,是人类智慧初开、最富有幻想、思维最简单直观的时期,也是生存能力薄弱,来自对自然难以克服的畏惧,依照好恶,用简单的因果推理想象出的结果。有了以神为中心的故事便有了神的灵迹,接着便有了安放神的庙宇,这无疑让我们感受到了遥远的空间和同样遥远的时间里,有一双慧眼无时无刻不在规约着人的行为。

靠天吃饭的乡民,以天空为背景,三杯酒祭日。很小的时候,我见过一次日食,民间叫天狗吃太阳。大人孩子们取了自家的脸盆敲击,吆喝声四起,黑漆漆的天空下看那日头一扭一摆地走出来。那时候人们已经不烧香了,虽然仍是古代做法的遗风,只是惶恐程度低,并且知道天狗是吃不了日头的。古时候发生日食是要用九条牛来祭祀的,酒是祭祀的引子,仪式中遇到日食天要减少膳食,不用饮酒作乐,只在朝中击鼓。

人类手中始终掌握着有力武器,人们为神灵进一步人格化创造了条件。

祭月是在天地间。除了月亮在历法方面的贡献外,对月亮的祭拜是有世俗情趣和团圆意味的。月光皎洁,缺而能圆,晦而重光,月亮上面的死海形成的阴影,引起民间的种种猜想。古时候文人考举人的考试设在秋天,又称"秋闱",正是中秋月圆季节,中举称为蟾宫折桂。古人在月圆之时拜月求中举,更多的时候是分吃状如圆月的月饼和家人团圆。外出离家之人,中秋节时多远的路程也要赶回家,就为了夜静时全家围聚在一起喝一场酒,求得来年丰收,也求得家人平安。故乡沁河支流丹河边上有玉皇观,供祭星神,有参、辰、南斗、北斗、萤惑、太白、岁星、二十八宿等。宋代造像,那位月神真叫我喜欢,栩栩如生的样子,我站在她面前,感觉从脚下升腾起一股旋流,将我的灵魂带往星汉。有多少脚步在她的面前停留过?她那毫不涉及时光的轻灵的衣纹流饰,悄然释放出无限光辉。

三、一盅酒保一方平安

土地庙是小庙,庙虽小,却有一方大神,那就是土地神。土地神是一方诸侯,管辖范围虽然看似一个山头山尾,可他却能够呼风唤雨。在我的故乡土地神喜酒,求平安的人只需带一盅酒。

民间故事说山前山后各有土地庙,山前热闹山后冷清。山后土地来山前土地庙里抱怨,正好山前土地要出门赴宴喝酒去,便委托山后土地代理一天。山前土地前脚走便来一人祭祀,一盅酒请土地刮一阵顺风,明天他要行船。接着又来一人,一盅酒请土地明日千万不要刮风,他的梨树正在花季。没等土地决定又来一老头求雨。后又来一老太颤巍巍端着一盅酒,边走边祈求说她要晒姜,千万别下雨。山后土地实在是没有办法,急请山前土地回来定夺。

山前土地醉态中说:"刮风顺河走,躲过梨树沟;黑夜把雨降,白天晒干姜。"一盅酒跟着对方的需求定夺,不做无用之事,不放过有用之人。

"夫山者,万民之所瞻仰也。草木生焉,万物植焉,飞鸟集焉,走兽休焉,四方益取与焉。出云道风,嵷乎天地之间,天地以成,国家以宁。"

我见过土屋上梁时木工祭拜鲁班的仪式。木工师傅把斧头、墨斗、曲尺放在桌子上,五尺斜靠在桌子的前方,瓦工的瓦刀、挂尺放在右前方。一切准备就绪后,木瓦工和房子的主人净面,燃香点烛,恭请木工上梁。木工掌墨师傅走到桌前叩首恭请鲁班。所有工具挂红,燃香封梁,最后是三斤白酒冲着屋前屋后泼酒,祭酒结束后上梁。上梁时女人都回避,民间传说女人的月事是不洁之物,女人在这个世界上是阴性动物,女人出现的地方阳间将会有一个难以修复的创伤。

我的家族中女人都喜酒,风姿绰约的长辈,或凄迷或暧昧,或勤劳或勇敢,她们与神相伴,半是缄默半是憨态,寻常的蒲团上,被光线和色彩相加,借助了低成本的民间本色,一壶酒,几位女子,酒醉中透出的霸道和专制,使我家族的男性为之瞠目。

四、选择一款好酒安抚肠胃

时间打开了欢乐的窗,我被迎面扑来的浓烈开心给感染了。2019年夏天,我来到美酒河岸上的茅台镇钓鱼台国宾酒厂,很远就有一股香扑鼻而来,那香通过我鼻腔的速度明显比不喝酒的时候要快。我不知道是不是酒分子进入了体内之后,就会自动地催促体内所有的物质进行快速运转。或者,唤醒了我对好酒的记忆。

一条美酒河出产了几款名酒,想必水好才是第一要素。那么,还有什么呢？在与酒厂的师傅们拉话的时候，他们讲了一个有趣的现象，曾经想在交通方便的地方建厂酿酒，可新厂建成后，无论怎么努力，产的酒就不如在这里产的口味好。经过严格的科学考证，得出的结论是，这里地处亚热带，气候温湿，雨量充沛，常年温差、昼夜温差小，而日照时间又长，就特别适合空气中的微生物和古窖池群中微生物共同构成立体的微生物群落。

对于这样的考证，我是相信的。一方水土养一方人和物。茅台镇活该是酿酒宝地，除了得天独厚的地理环境，还有其更为特别的酿造工艺。天人合一，阴阳调和，讲究端午踩曲、重阳下沙，发酵时要前缓、中挺、后缓落，整整一年的生产周期里，得九次蒸煮、八次加曲、八次堆积糖化、八次入池发酵、七次取酒、三年陈储呀。

"酒会越喝越暖，水会越喝越寒。"王家卫的这句台词，每一次想起就会想到酱香典范茅台镇。

喜欢"钓鱼台国宾酒"这款老派口味，香低调微酸，酒色微微泛黄。入口绵柔，酒体醇厚，中段爆香，糟香明显，尾香甜厚，回甘，气化香甜，老酱味十足，记忆中烟云缭绕的正是这个特点，到处都是酒分子，没来过这里的，想象不出来身处其中的感觉。要酿制一瓶好的酱香酒，需要严格遵循季节，端午制曲，重阳下沙，还要经过九次蒸煮，八次发酵，七次取酒，最后要在酒库储存三年，再用七轮次酒精心勾调，才能包装出厂。这样的好酒，多喝一点即多，少喝一点即少，好酒的美妙也许就是养人。

人生喜酒源于生活。想想我远去的亲人们，我的一生的努力和获取因为文字和酒，并总能与文字和酒一起此起彼伏，已经够了。